Für Lukas und Elvira

PROLOG

EMILY

Er liegt direkt unterhalb der Böschung, mit der Wange im taunassen Gras. Der verknitterte Frackschoß ist unter den Rücken gerutscht, sein rechter Arm unnatürlich abgewinkelt. Er sieht aus, als würde er schlafen.

»Emily Brandt?«

Ein uniformierter Polizist kommt auf mich zu. Der Lichtkegel seiner Taschenlampe gleitet durch den Park, und für einen kurzen Moment leuchten Bäume und Büsche grün auf, nur um sofort wieder mit der Dunkelheit zu verschmelzen.

»Nihlzén«, sage ich. »Emily Nihlzén.«

»Haben Sie ihn gefunden?«

Der Polizist nickt in Richtung der Böschung. Ich schaue nach oben und betrachte den Vollmond, der wie eine fahle Discokugel über dem Sund hängt. Es sieht schön aus, wie ein Gemälde. Ich würde gern dort verharren, aber das Licht der Taschenlampe zwingt mich zurück. Die Frage wird wiederholt, und ich schüttele den Kopf, gerate ins Taumeln.

»Wollen Sie sich lieber setzen?«

Der Polizist greift nach meinem Handgelenk, und ich bohre die Absätze in den Boden, hebe die Schleppe auf und lege sie mir über den Unterarm.

»Nein, es geht schon.«

»Es waren also nicht Sie, die ihn gefunden haben?«

»Unsere Gäste …« Ich drehe mich um. »Wie … Was sollen wir mit unseren Gästen machen?«

Er antwortet nicht, sondern führt mich stattdessen weg.

Wir gehen langsam, folgen dem Kiesweg. Mein Körper ist schwer, und gleichzeitig spüre ich ihn kaum, meine Füße stolpern einfach vorwärts.

Die Gartenfackeln sind längst abgebrannt. Ein Krankenwagen und zwei Polizeiautos parken auf dem Vorplatz. Sie sehen aus wie Fremdkörper, gehören nicht hierher. Von der Schlossterrasse dringt aufgeregtes Stimmengewirr herüber. Festlich gekleidete Frauen und Männer stehen dicht gedrängt an der niedrigen Balustrade, spähen in den dunklen Park hinunter.

Als wir die Treppe erreichen, verstummt das Gemurmel. Es kommt mir vor, als würden sich alle nach mir umdrehen, mich anstarren. Verschwommen sehe ich durch den Tränenschleier, wie sich meine weißen Pumps von einer Stufe zur nächsten bewegen. Ich lasse mich von dem Polizisten zu den Glastüren bringen.

So viele Menschen sind hier, aber um mich herum ist es unwirklich still.

Doch gerade als ich über die Schwelle des Speisesaals trete, durchbricht ein Geräusch die Stille. Es dringt vom Park herauf. Zuerst ist es ein leises Wimmern, dann steigert es sich zu einem klagenden Schrei.

Abgrundtiefe Verzweiflung zerreißt die Augustnacht.

DIE HOCHZEIT

1

ANNIKA

Die Morgensonne hat eine Fliege geweckt, die jetzt hartnäckig um meinen Kopf herumschwirrt. Ich versuche eine Weile, sie zu ignorieren, klammere mich am Halbschlaf fest. Dann werde ich wütend. Was will diese verdammte Fliege ausgerechnet hier bei mir? Meine Wohnung ist zwar nicht besonders groß, aber für uns beide ist eigentlich wirklich genug Platz. Als sie zum dritten Mal auf meiner Nase landet, schlage ich zu, aber statt der Fliege treffe ich nur mein Gesicht.

Heute ist er da. Der Samstag, den ich sieben Monate lang mit allen Mitteln zu verdrängen versucht habe. Der Samstag, der mit einem dicken schwarzen Kreuz in meinem Kalender markiert ist. Ich hebe die Wolldecke an, unter der ich die letzte Nacht verbracht habe, taste mit der Hand das Sofa ab und finde mein Handy in der Polsterritze. Auf dem gesprungenen Display steht, dass es Viertel vor sechs ist. Ich hätte noch zwei Stunden Schlaf gebraucht. Mindestens. Aber jetzt hat sich das Gedankenkarussell in Gang gesetzt, und es ist unmöglich, wieder einzuschlafen.

Ich lasse den Kopf auf das Sofakissen zurückfallen, das Handy rutscht mir aus der Hand und landet auf dem Teppich unterm Couchtisch. Ich mache die Augen zu, bleibe ganz still liegen und bemerke ein dumpfes Pochen hinter der Stirn. Warum habe ich gestern getrunken? Wenn es dieses Jahr einen Tag gibt, an dem ich fit sein muss, dann heute. Was habe ich mir bloß dabei gedacht?

Die Wahrheit ist, dass ich eigentlich sehr wohlüberlegt an das Ganze herangegangen bin. Es war Freitagabend nach einer langen

Arbeitswoche. Meine Nerven lagen blank, und ich wusste, dass ich es ohne Alkohol nicht schaffen würde einzuschlafen. Der Plan war, ein Gläschen Roten zur Pizza zu trinken, allerhöchstens zwei. Der Tetrapack Wein neben mir auf dem Tisch lässt darauf schließen, dass es ein bisschen mehr geworden ist. Mir ist übel. Ob das am Alkohol liegt oder am heutigen Datum, ist schwer zu sagen.

Die Fliege ist ans Fenster weitergezogen und wirft sich mit beeindruckender Vehemenz gegen die Scheibe. Ich zähle an den Fingern ab. In sieben Stunden muss ich reisefertig sein, eine Tasche für die Übernachtung gepackt und etwas gegessen haben. In sieben Stunden muss ich mich hinters Steuer setzen. Ich habe keine Ahnung, wie ich den Weg dorthin bewältigen soll. Es fühlt sich an, als hätte ich eine Gipfelbesteigung vor mir. Oder vielleicht doch eher eine Wüstendurchquerung. Meine Zunge klebt am Gaumen, aber im Moment kann ich mich nicht einmal überwinden, vom Sofa aufzustehen, um mir ein Glas Wasser zu holen.

Dabei wird alles, was danach kommt, noch viel schlimmer werden als die Vorbereitungen.

Zusammen mit meiner loyalen Kollegin Pirkko habe ich stundenlang nach Ausreden gesucht, um mich vor diesem Tag zu drücken. »Habe schon Urlaub gebucht«, »die Katze muss operiert werden« oder »ich habe Magen-Darm-Grippe« sind nur einige der Ideen, die im Gespräch waren. Aber es gibt keine akzeptable Entschuldigung. Und ich nehme an, dass ein mikroskopisch kleiner Teil von mir tatsächlich dabei sein *will.* Sonst hätte ich ja nicht zugesagt, oder?

An einem Mittwoch im Januar lag der Brief auf der Fußmatte hinter der Wohnungstür. Ich war gerade nach einem kurzen Abstecher in den Supermarkt von der Arbeit nach Hause gekommen. Ein eiskalter südschwedischer Regen in Kombination mit kräftigem Wind hatte mich gezwungen, meine Winterjacke bis oben zuzumachen, die Kapuze über die Strickmütze zu ziehen und festzuzurren. Nur die Nase und die Brille waren noch zu sehen.

Mir schwante schon auf den ersten Blick, dass dieser Brief nichts Gutes verhieß. Das lag an der Farbe des Umschlags – zartrosa – und daran, dass ich die Handschrift erkannte. Die Handschrift meiner Tochter.

Den Anorak immer noch bis zum Hals zugeknöpft, sank ich auf den Hocker neben der Kommode, schob den Zeigefinger unter die Umschlaglasche und riss das Kuvert auf. Eigentlich war es keine große Überraschung. Trotzdem bekam ich Herzrasen, als ich die verschnörkelten, silbernen Buchstaben auf der gedruckten Karte sah. Das Papier blieb an meinen schweißnassen Fingern kleben, und meine Brille war nach dem Spaziergang beschlagen, aber ich konnte den kurzen Text dennoch problemlos entziffern:

Save the Date!

Wir heiraten am 24. August.
Weitere Informationen folgen auf der Hochzeitseinladung.

Emily & William

Beim Gedanken an diese Worte läuft es mir immer noch eiskalt den Rücken hinunter, und ich ziehe die Füße unter die Wolldecke. Die Fliege scheint ihren Ausbruchsversuch aufgegeben zu haben. Ich höre sie noch, aber das Brummen wird immer leiser.

Ich wünschte, ich wäre irgendwo anders. Oder noch besser: Ich wünschte, ich wäre jemand anderes. So hatte ich mir das alles nie vorgestellt. Aber es ist naiv zu glauben, man könne das Leben planen. Was passiert, passiert, und wenn man versucht, die Zukunft zu planen, wird man doch nur enttäuscht.

2

EMILY

»Ich liebe dich.«

William küsst meine verschwitzte Stirn, rollt auf seine Seite des Betts und bleibt keuchend auf dem Rücken liegen.

»Und ich …« Die Worte kommen stoßweise. »Ich liebe dich.« Ein Blick auf die Uhr lässt mich nach Luft schnappen. »Shit, William! Wir müssen uns beeilen. Das hier war nicht eingeplant.«

Ich schaue in ein Paar funkelnde blaue Augen.

»Das ist ganz allein deine Schuld.« Er lacht. »Ich kann schließlich nichts dafür, dass du so unwiderstehlich bist.«

Ich setze mich auf, knuffe ihn leicht in die Seite und rutsche an die Bettkante.

»Los, raus aus den Federn!«, rufe ich auf dem Weg ins Bad. »Ibbe wartet auf dich.«

»Entspann dich, Schatz. Ich habe alles im Griff.«

Ich springe unter die Dusche, drehe das Wasser auf und mache die Augen zu. Heute ist er endlich da, der Tag, auf den ich mich schon so lange gefreut habe. Ich habe den kompletten Ablauf wie einen Film in meinem Kopf gespeichert. Ich weiß, wie die Szenen geschnitten werden, welche Musik im Hintergrund laufen wird und wie das Schlussbild aussehen soll. Dasselbe gilt für die Fotos. Ich sehe sie ganz genau vor mir und habe sie gedanklich schon alle in ein Erinnerungsalbum mit dem Titel *Unsere Liebe* einsortiert. Oder wie auch immer es schließlich heißen wird.

»Alles in Ordnung?«

Williams Stimme lässt mich zusammenzucken. Er steckt den

Kopf zu mir in die Dusche. Ich nehme den Duschkopf und richte den Wasserstrahl direkt auf ihn. Er schafft es gerade noch, in Deckung zu gehen.

»Sorry!« William lacht auf der anderen Seite der matten Glasscheibe. »Ich konnte nicht anders.«

Während ich mir die Beine rasiere, gehe ich im Kopf die To-do-Liste durch und überlege, was noch zu erledigen ist. Es ist nicht mehr viel, die meisten Punkte sind abgehakt.

Während des letzten Jahres habe ich mehr oder weniger meine gesamte Freizeit damit verbracht, Angebote von Hochzeitslocations einzuholen, Drei-Gänge-Menüs zu probieren und das perfekte Kleid zu finden. Ich habe Blumen ausgesucht, Musiker und einen Fotografen gebucht, mich um die Einladungen, die Tischkarten und das Liederheft gekümmert. Ich behaupte mal, dass ich dabei sehr von meinem Job in einer Werbeagentur profitiert habe. Als Koordinatorin habe ich selbst zwar nichts mit Design zu tun, aber meine Kollegen haben mir bei der Auswahl der richtigen Papierqualität, Farben und Schriftarten für die Drucksachen sehr geholfen.

Da William seinen Job ja nicht vernachlässigen durfte, hatte er irgendwann vorgeschlagen, einen professionellen Hochzeitsplaner zu engagieren, aber nach reiflicher Überlegung entschied ich mich dagegen. Ich wollte nicht, dass jemand Fremdes unseren großen Tag plant. Schloss Örenäs entdeckte ich eher zufällig, als mir eine Bekannte im Fitnessstudio einen Instagram-Beitrag zeigte. Ich ging auf die Internetseite und wusste sofort, dass ich den perfekten Ort für uns gefunden hatte. Romantisch, luxuriös, und auch die Größe ist ideal.

William hat ein Boulevardblatt eingeladen. Oder besser gesagt: Das Magazin muss dafür bezahlen, dass seine Reporterinnen unsere Hochzeit exklusiv begleiten dürfen. Es fühlt sich ein bisschen billig an, sich an die Klatschpresse zu verkaufen. Andererseits ist es schön, nur eine begrenzte Anzahl von Journalisten vor Ort zu haben.

William löst mich unter der Dusche ab, und ich ziehe meinen Morgenmantel über, gehe zurück nach oben in die Küche und decke den Frühstückstisch ab, den wir so stürmisch verlassen haben. Muss ein bisschen grinsen, als ich daran denke, wie er mir vorhin ins Schlafzimmer nachgerannt ist. Niemand bringt mich so aus dem Gleichgewicht wie William. Und ihm scheint es ganz genauso zu gehen. Auch nach fünf Jahren fällt es uns immer noch schwer, die Finger voneinander zu lassen. Ich liebe, liebe, liebe ihn. William ist die Liebe meines Lebens, und ich lasse diesen Mann nie wieder los.

»Ich gehe dann jetzt.«

William ist angezogen und hat seine Reisetasche an die Treppe gestellt. Der lange Kleidersack mit seinem Frack hängt über dem Geländer.

»Das ging schnell.« Ich gehe zu ihm, lege meinen Kopf an seine Brust. »Bist du nervös?«

»Überhaupt nicht.« Er drückt mir einen Kuss aufs Haar. »Du hast ja an alles gedacht.«

Ich mache einen Schritt zurück.

»Das stimmt. Es gibt eigentlich nur einen einzigen kleinen Unsicherheitsfaktor …«

»Und der wäre?«

Er sieht aufrichtig ratlos aus.

»Mama.«

»Ach was.« William geht zur Treppe und greift nach den Lederhenkeln der Reisetasche. »Mach dir keine Sorgen. Es wird schon alles gutgehen. Sie blamiert sich doch sonst auch nicht vor aller Öffentlichkeit?«

»Das letzte Mal ist zumindest lange her.« Ich schüttele den Kopf, vor allem, um das ungute Gefühl loszuwerden, das nicht so richtig verschwinden will. »Aber du hast recht, ich sollte aufhören, mir ihretwegen Gedanken zu machen.«

»Grüß Cissi und Amanda.« William wirft mir einen Luftkuss zu, dann nimmt er den Frack vom Geländer. »Ich vermisse dich jetzt schon.«

Die Stahlkonstruktion der Treppe knarrt unter seinen Füßen, und kurz darauf fällt die Wohnungstür hinter ihm zu. Ich schlinge den Morgenmantel enger um mich, stelle mich ans Panoramafenster und winke. Sehe gerade noch, wie William die Hand hebt, ehe er außer Sicht verschwindet. Vor mir glitzert das Meer, und am Horizont zeichnet sich die Silhouette der Öresundbrücke ab. Ein Jogger mit Kopfhörern biegt an der Bar Italia um die Ecke, ein paar Touristen fotografieren sich gegenseitig draußen am Titanic-Aussichtspunkt, der aussieht wie ein Schiffsbug. Und die Sonne scheint, genau wie in meinen Träumen.

Ich verlasse das Fenster, suche mein Handy und entsperre es. Der vierundzwanzigste August. Ich kann immer noch nicht glauben, dass unser Tag endlich gekommen ist. Nichts darf ihn kaputt machen – nichts *kann* ihn kaputt machen.

Erik nicht. Mama nicht.

Mir wird ein bisschen flau. Mein Bruder verhält sich eigentlich meistens eher unauffällig, aber bei Mama kann man sich nie so ganz sicher sein. War es richtig, dass ich sie eingeladen habe?

Neben dem Wetter ist Annika Brandt einer der wenigen Punkte in meiner akribischen Hochzeitsplanung, über die ich keine Kontrolle habe. Ich weiß, was sie von William hält. Das weiß jeder, der meine Familie kennt oder früher mal kannte. Mama hat nie ein Geheimnis daraus gemacht. Im Gegenteil. Sie hat ihre Meinung immer gleich herausposaunt, sobald ihr jemand die Gelegenheit dazu gegeben hat.

Als William und ich ein Paar wurden, dachte ich, es könnte nur besser werden. Dass sie anfangen würde, ihn als den Menschen zu sehen, der er heute ist. Ich hoffte auf Versöhnung. Auf einen Neustart für Mama und mich, für Mama und William und vielleicht sogar für unsere Familien. Aber weder die Verlobung noch die Hochzeitsvorbereitungen hatten diesen Effekt. Tatsächlich hat jeder Schritt nach vorn uns nur noch weiter voneinander entfernt. Mama benimmt sich wie ein Kleinkind. Seit wir bekanntgegeben haben, dass wir heiraten wollen, hat sie kaum ein Wort mit mir gesprochen.

Papa hat versprochen, heute ein Auge auf sie zu haben, und er tut mir deshalb ein bisschen leid. Eigentlich sollte er den schönen Abend genießen dürfen und nicht den Babysitter für seine angetrunkene Exfrau spielen müssen. Aber ich fühle mich vor allem dafür verantwortlich, dass der Tag für William perfekt wird. Wenn ich daran denke, was Mama schon alles gesagt und getan hat, will ich kein Risiko eingehen. Man darf nicht vergessen, dass William inzwischen in der Öffentlichkeit steht. Die Leute sind neidisch auf seinen Erfolg, und neidische Menschen lauern auf Fehler.

Es wäre unglaublich peinlich, wenn Mama sich vor unseren Gästen und den geladenen Reporterinnen volllaufen ließe. Aber andererseits: Was wäre ich für eine Tochter, wenn ich meine eigene Mutter nicht zum schönsten Tag meines Lebens einladen würde?

3

ERIK

»Weißt du, wo dein Frack ist?«

Nikes Schritte kommen näher, und ich lasse den schwarzen Stoff los und mache rasch den Reißverschluss zu.

»Oder hast du es dir anders überlegt?« Im selben Atemzug fährt sie fort: »Guck nicht so erleichtert. Ich meinte damit nur, ob du dich doch noch hier umziehen willst oder erst später.«

Für einen kurzen Moment dachte ich wirklich, sie hätte die Hochzeit gemeint.

»Das habe ich schon verstanden. Und nein, ich habe es mir nicht anders überlegt. Ich ziehe mich um, wenn wir da sind.«

Sie nimmt mir den Kleidersack ab, ist auf dem Weg zurück in den Flur, bleibt aber auf halber Strecke stehen und dreht sich um.

»Wie fühlst du dich?«

Mein Hals wird eng.

»Alles okay.« Ich schlucke. »Warum?«

»Du wirkst nicht gerade begeistert.«

»Ach was.« Ich versuche zu lächeln, aber das gelingt mir vermutlich nicht besonders gut. »Es ist nur wegen William und … na ja, der ganzen Sache. Wer mietet denn bitte ein komplettes Scheißschloss?«

Nike erwidert mein Lächeln.

»Er hat bestimmt nicht die gesamte Anlage gemietet«, sagt sie. »Örenäs hat ja auch Konferenzräume und ein Spa. Es scheint mehrere unterschiedliche Gebäude zu geben.«

»Auch egal«, knurre ich. »Schloss, Frackzwang und, und, und … Mich macht das alles so müde. Wen will er damit beeindrucken?«

»Ich schätze mal, seine Gäste.« Nike zuckt mit den Schultern. »Oder die ganze Welt. Immerhin hat er hunderttausend Follower auf Insta. Und davon abgesehen hat er das bestimmt nicht allein entschieden. Deine Schwester hatte da garantiert ihre Finger im Spiel.«

Seufzend werfe ich einen Blick aus dem Fenster. Der Herbst ist noch ein paar Wochen entfernt, aber wegen des trockenen Sommers färben sich im nahegelegenen Waldstück schon die ersten Blätter gelb. Es ist schön, so zentral zu wohnen und trotzdem den Wald vor der Tür zu haben. Ich habe meine Entscheidung nie bereut, hier zu studieren. Göteborg hat viele Vorteile. Im Unterschied zu meinen Kommilitonen habe ich die Wohnheimzeit übersprungen und direkt eine Wohnung gekauft. Dem Makler war anzumerken, dass Studenten Anfang zwanzig nicht zu seiner üblichen Klientel gehörten. Aber Geld war zumindest kein Problem.

Ich schaue wieder zu Nike.

»Wir hauen morgen nach dem Frühstück so schnell wie möglich wieder ab. Ich habe nicht vor, auch nur eine Minute länger als unbedingt nötig zu bleiben.«

»Kopf hoch, Erik. Betrachte es als Kurzurlaub.« Sie weiß, dass ich Protest einlegen will, und hebt eine Hand, um mich zu stoppen. »Du bekommst gutes Essen, Wein und ein Hotelfrühstück, ohne eine müde Krone dafür zu bezahlen. Das ist doch immerhin etwas.«

Gegen Abendessen und Übernachtung auf Schloss Örenäs hätte ich an sich ja auch nichts einzuwenden. Ich könnte nur gut darauf verzichten, tausend Leuten zu begegnen, die mich an alles erinnern, was ich einfach nur vergessen will. Monatelang war ich fest entschlossen, nicht zu fahren, aber Nike hinderte mich daran, im Affekt abzusagen. Genau wie Papa bat sie mich, das Ganze aus der Sicht meiner Schwester zu betrachten.

»Emily wünscht sich, dass du kommst. Sonst hätte sie dich nicht eingeladen.«

Am letzten Tag, an dem man noch zusagen konnte, schickte ich eine Mail an die Adresse, die auf der Einladungskarte angegeben war, und kündigte mein Kommen an. Log und behauptete, ich wäre auf meine persönliche Assistenzperson angewiesen, mit anderen Worten auf Nike. Die Rückmeldung kam prompt. Natürlich könne ich meine Assistentin mitbringen. Emily versprach, uns zwei benachbarte Zimmer zu buchen. Sie fragte, ob es in Ordnung sei, wenn wir im Nebengebäude und nicht im Schloss selbst untergebracht würden. Selbstverständlich im Erdgeschoss.

Ich antwortete, dass das total okay sei. Aber es ist nicht okay. Es ist unfassbar, was da in wenigen Stunden passieren wird. Absolut unfassbar. Dass meine Schwester und William ein Ehepaar werden sollen, muss die Rache des Universums sein. Oder vielleicht ist es einfach nur der Beweis dafür, dass Murphys Gesetz wirklich existiert.

William Nihlzén, mein ehemaliger Schulfreund und Mannschaftskamerad. Mittlerweile Gründer und Geschäftsführer von WibNet, einem sogenannten Tech-Start-up. Das klingt hip, aber in Wirklichkeit rechnet seine Firma nur Wettquoten aus und lädt sie auf verschiedenen Internetseiten hoch, auf denen Sportwetten angeboten werden.

Ihm wurde eine glänzende Zukunft als Fußballer vorhergesagt, aber er entschied sich gegen den Sport und für ein Informatikstudium an der Universität in Lund. Nicht ganz unerwartet brach er sein Studium kurz vor dem Examen ab. Umso überraschender war dann allerdings der Erfolg des von ihm gegründeten Unternehmens.

Mein zukünftiger Schwager wurde zu einem Idol für junge Unternehmer, die von einer Karriere in der Techbranche träumen. Er ist ein gefragter Speaker und oft im Fernsehen zu sehen. Meistens wird er eingeladen, um seine Erfolgsgeschichte zu erzählen, von den zaghaften Anfängen in seiner Studentenbude bis zum bevorstehenden Börsengang. Für gewöhnlich macht er eine große Sache daraus, dass er es aus eigener Kraft an die Spitze geschafft hat, betont immer, wie schwierig seine Ausgangslage war. »Verlier nie den Glauben an dich selbst« und »wo ein Wille ist, ist auch ein Weg« sind nur zwei der vielen Floskeln, mit denen er um sich wirft.

Das stört mich. William Nihlzéns Ausgangslage war nämlich nicht schwierig. Nicht im eigentlichen Sinn. Klar, das Jahr nach dem Schulabschluss war vielleicht nicht so toll, aber sein Vater Krister hat ihm stets den Rücken freigehalten. Er hat seinem Sohn den Boden bereitet und jeden Stein aus dem Weg geräumt. Krister hat für drei Millionen Kronen Williams Studentenwohnung im Zentrum von Lund gekauft und sein Unternehmen während der Anfangszeit finanziell unterstützt.

Außerdem vergessen die meisten Leute, dass Williams Geschäftspartner Ibbe das Gehirn hinter ihrem gemeinsamen Erfolg ist. William ist lediglich der Geschäftsführer und das Gesicht, das die Firma nach außen repräsentiert. Für die stetig wachsende Fangemeinde scheint das allerdings keine Rolle zu spielen. William Nihlzén hat ein gewinnendes Wesen. Er weiß sich im Fernsehen zu verkaufen, und er schafft es, Wettanbieter auf der ganzen Welt davon zu überzeugen, irrsinnige Summen für die Nutzung seiner WibNet-Plattformen zu bezahlen.

Ich weiß nicht, wie oft ich schon kurz davor war, ihn anzurufen und ihm alles zu erzählen. Nicht, weil ich ihm etwas Böses wünsche. Nicht mehr. Eigentlich geht es mir vor allem darum, die Last zu teilen.

4

MATS

»Wie geht es dir, Liebling?«

Isobel steht hinter mir. Sie legt ihre Hände auf meine Schultern, massiert sie vorsichtig.

»Gut.« Ich wedele mit dem vollgekritzelten Schmierzettel. »Aber ich muss den ganzen Mist hier noch mal ins Reine schreiben, ich kann selbst kaum entziffern, was da steht.«

Sie beugt sich vor und gibt mir einen Kuss auf die Wange.

»Tu das.« Sie lässt mich los. »Aber beeil dich ein bisschen. Wir haben nicht den ganzen Tag Zeit.«

Ich reiße ein neues Blatt vom Block ab und fange an zu schreiben, bleibe aber schon an der ersten Zeile hängen. Der Entwurf ist voll von Streichungen und Pfeilen hierhin und dorthin. Ich schwitze, öffne die Snus-Dose, die auf dem Tisch liegt, und stopfe mir ein Tabakpäckchen unter die Lippe. Was stimmt nicht mit mir? Warum habe ich das bis zur letzten Minute vor mir hergeschoben?

Es gab eine Zeit, da habe ich gern vor Publikum gesprochen. Meistens habe ich improvisiert, und das mit Erfolg. Aber das ist inzwischen viele Jahre her. Der heutige Anlass ist zudem ein ganz besonderes Ereignis und verlangt zusätzliche Denkarbeit. Wenn der Vater der Braut eine Rede hält, darf nichts schiefgehen. Seine Worte müssen gefühlvoll sein, aber nicht zu sentimental, amüsant, aber nicht platt. Emily soll sich auf keinen Fall vor ihren Freunden schämen müssen.

Ehrlich gesagt wäre es mir lieber gewesen, die Hochzeit wäre etwas weniger pompös ausgefallen. Auf so extravaganten Veranstaltungen fühle ich mich nicht wohl, und ich freue mich tatsächlich schon auf nächstes Wochenende, wenn das Spektakel überstanden ist. Es gibt kaum etwas Schöneres als einen ganz normalen Samstag. Ein paar Stunden arbeiten, vielleicht ein bisschen im Garten herumbuddeln und zum Abschluss ein Bier vor dem Fernseher.

Als Emily nach Hause kam und erzählte, sie sei mit William Nihlzén zusammen, hoffte ich auf einen Flirt und redete mir ein, es würde sicher bald vorbeigehen. Sie waren so jung, und es schien unwahrscheinlich, dass die Beziehung länger als ein paar Monate halten würde. Jung sind die beiden immer noch, aber die Liebe hat gehalten. Dagegen bin ich machtlos. Wie soll ich meine Tochter davon abhalten, ihn zu heiraten, wenn sie den Kerl liebt und er sie auch?

Wie es aussieht, werden wir das Band zwischen uns und der Familie Nihlzén also niemals kappen können. Ich habe mich mit dem Gedanken abgefunden, während Emilys Mutter einfach nicht darüber hinwegkommt. In diesem Punkt lässt Annika auch nicht mit sich reden.

»Was machst du, Mats? Schläfst du?«

Isobels Frage reißt mich aus meinen Gedanken. Ich falte das Blatt zusammen und setze meine Lesebrille ab.

»Was soll ich denn deiner Meinung nach machen?«

Sie lächelt und schlägt mich scherzhaft mit dem Kleiderbügel, den sie in der Hand hält.

»Du könntest anfangen, das Auto zu beladen.«

Ich trage unsere Taschen nach draußen. Gehe wieder hinein, um meinen Frack zu holen, und höre, wie Isobel ein Lied mitsummt, das im Radio läuft. Der Duft von gebratenem Speck zieht durchs Haus. Wir haben beschlossen, noch ein kleines zweites Frühstück zu essen, bevor wir losfahren. Ich werfe einen Blick in die Küche, betrachte meine Lebensgefährtin, die tanzend am

Herd steht. Ihre Bluse reicht fast bis über die Radlerhose. Die langen schwarzen Haare hat sie in ein geblümtes Tuch gewickelt, damit sich der Essensgeruch nicht festsetzen kann.

»Also, eine Runde müssen wir heute Abend unter den Kronleuchtern auf jeden Fall drehen.« Ich halte den Kleidersack hoch. »Man feiert schließlich nicht jeden Tag eine Schlosshochzeit.«

»Vergiss das Geschenk nicht.« Isobel schaut von der Bratpfanne hoch. »Es liegt im Schlafzimmer im Schrank.«

Ich gehe wieder hinaus zum Auto, hänge den Kleidersack an die Kopfstütze des Beifahrersitzes und schaue sicherheitshalber nach, ob der Frack auch wirklich darin ist. Mein Hemd und die Hose liegen oben auf dem Bett bereit. Es wäre nicht sehr schlau, mich umzuziehen, bevor wir gegessen haben. Ich höre die Haustür des Nachbarn hinter der Hecke und gehe hastig die Treppe hoch. Habe keine Zeit, mir jetzt einen Monolog von Tommy anzuhören.

Das Päckchen liegt wie angekündigt im Kleiderschrank, auf einem Stapel Pullover. Es ist nach allen Regeln der Kunst eingepackt. Das richtige Hochzeitsgeschenk zu finden, war eine harte Nuss gewesen. Was schenkt man einem jungen Paar, das alles hat, was es braucht, und noch dazu in Geld schwimmt? Nach stundenlangem Hin und Her und der einen oder anderen Streiterei beschlossen wir, den beiden etwas aus unserem Familienbesitz zu überreichen. Eine antike Holzschatulle mit wunderschönen Intarsien, ein Erbstück aus Isobels Heimat Kolumbien. Jedes Mal, wenn Emily bei uns zu Besuch ist, fingert sie an dieser Schatulle herum.

Was meine Exfrau dem Brautpaar schenken wird, weiß ich nicht. Annika und ich sind fertig miteinander. Wir haben nur noch im äußersten Notfall Kontakt.

Mein Handy liegt auf dem Nachttisch. Ich lege das Päckchen ab und sehe nach, ob jemand angerufen hat. Gott sei Dank habe ich nichts von Erik gehört. Das bedeutet hoffentlich, dass es ihm gutgeht.

Gerade als ich das Handy zurück in die Tasche schiebe, ertönt das Signal, dass eine Nachricht eingegangen ist, und ich ziehe es wieder heraus. Ich bete, dass es nicht die Hundepension ist. Die Frau, die Zorro und Zita in Empfang genommen hat, wirkte, als würde sie sich wegen jeder Kleinigkeit melden. Wie eine von denen, die erwarten, dass man die Hunde direkt wieder abholt, nur weil mal ein Furz quer sitzt.

Aber es ist nicht die Frau von der Hundepension. Beim hastigen Blick auf den Absender überkommt mich ein flaues Gefühl.

ACHT JAHRE ZUVOR

5

ERIK

»Erik!« William streckt einen Arm in die Luft. »Hier!«

Er steht zusammen mit Hampus, Ibbe und Robin auf der Terrasse. Alle vier tragen Anzughosen und weiße Hemden und halten Bierdosen in den Händen. Sie sehen erwachsen aus. Wir sind ja auch erwachsen, sind letztes Jahr achtzehn geworden. Aber jetzt geht es richtig los. Das Erwachsenenleben.

Die Studentenmütze kratzt. Ich schiebe sie nach hinten und würde sie am liebsten absetzen. Hampus ist der Letzte in der Reihe, wir anderen sind am Dienstag von der Rektorin verabschiedet worden, und seitdem gab es jeden Abend mindestens zwei Partys. Der Rasen unter meinen Füßen schwankt. Ich sollte vielleicht lieber langsam machen, wir haben morgen ein Spiel, und dafür muss ich einigermaßen in Form sein. Andererseits ist man nur einmal im Leben mit der Schule fertig, und wann soll man feiern, wenn nicht dann? Und dass William und Ibbe am Sonntag für die 1. Mannschaft spielen dürfen, tut auch weh. Also warum soll ich einen Partyabend für ein simples Juniorenmatch opfern?

Ich gehe auf die Terrasse, schiebe ein Bündel blaue und gelbe Luftballons beiseite, das mir direkt vors Gesicht baumelt. Meine Kumpels diskutieren gerade, in welchen Club es heute Abend noch gehen soll.

»Étage«, sagt Robin. »Im Privé sind nur Schwuchteln und Schlipsträger.«

Es folgt allgemeines Gejohle.

»Hast du dich da draufgesetzt, oder was?«

Ich klatsche William auf seine schmutzige Studentenmütze, die ihm daraufhin vom Kopf rutscht und auf dem Terrassenboden landet.

»Lass das, du Arsch.« Er hebt die Mütze auf, grinst. »Nee, die ist gestern mitten auf der Straße gelandet. War echt Glück, dass niemand drübergefahren ist.«

Ich versuche, die Biertische im Partyzelt zu scannen. Ein paar Mädels singen »Save the World« von Swedish House Mafia mit, Gelächter hallt zwischen den weißen Plastikplanen wider.

»Wollte Sanja nicht kommen?«

Die Worte kommen leichter, wenn man angetrunken ist.

»Sag bloß.« Ibbe boxt mir gegen den Oberarm. »Bist du etwa scharf auf sie, oder was?«

»Hallo?«, sagt William. »Wer ist denn nicht scharf auf Sanja?«

Ich grinse pflichtschuldig, während die anderen lachen und anstoßen. Sie wissen noch nicht, was zwischen Sanja und mir läuft.

Robin beugt sich zu mir.

»Ich hab deine Schwester und ihre Freundin gesehen … wie heißt sie noch mal … Cilla?«

»Cissi«, sage ich.

»Genau.« Ich spüre Robins warmen Atem am Ohr. »Die ist verdammt heiß.«

Es fällt mir schwer nachzuvollziehen, was an der Freundin meiner Schwester heiß sein soll. In meinen Augen sind Cissi und Emily Kleinkinder, und ich bin ehrlich gesagt sauer auf Hampus, dass er sie eingeladen hat. William wühlt in der Wanne, die neben dem Haus steht, findet noch eine Dose Bier und öffnet sie. Schaum sprudelt über den Rand, er leckt ihn ab und legt mir dann den Arm um die Schulter.

»Wie geht's, Alter?«

Im selben Moment entdecke ich sie. Sie kommt direkt auf uns zu. Superkurzes hellgelbes Kleid, offene Haare.

»Ging mir noch nie besser«, sage ich und kann nichts gegen das Grinsen im Gesicht tun.

William lässt mich los, und ich springe runter auf den Rasen.

»Hej!« Jede Zelle meines Körpers vibriert. »Willst du was trinken? Ich kann dir was holen.«

»Gern. Ist Cider da?« Sanja lächelt. »Bringst du Yasmin auch eine mit?«

Erst jetzt bemerke ich, dass ihre Freundin auch dabei ist.

Als ich den Cider geholt habe und zurückkomme, sind die beiden verschwunden. Ich schaue mich um. Spielen die etwa Verstecken? Ich komme mir albern vor, mit zwei Flaschen durch die Gegend zu laufen, die keiner haben will.

Im Zelt ist es stickig und laut. Ich stelle mich in den Eingang, schaue zu den Tischen und entdecke Cissi. Es ist ihr eindeutig unangenehm, als ich auf sie zugehe. Das liegt wahrscheinlich an dem halb getrunkenen Starkbier. Als ob mich das juckt. Emily und sie gehen in die Neunte, und von mir aus können sie gern was trinken, solange sie sich nicht komplett abschießen.

»Ist meine Schwester schon nach Hause?«

Ich muss schreien, um mich verständlich zu machen.

»Nein, sie …« Cissi lehnt sich zur Seite, versucht, die Flasche zu verstecken. »S… sie ist nur aufs Klo.«

»Und Sanja und ihre Freundin? Hast du sie gesehen?«

Cissi runzelt die Stirn.

»Wen?«

»Vergiss es.«

Ich stelle eine Ciderflasche auf dem Tisch mit dem kalten Buffet ab und gehe mit der anderen Flasche in der Hand zurück in den Garten. Trinke einen Schluck, werfe einen Blick auf die Terrasse. Da oben stehen ziemlich viele Leute rum, aber William und die anderen sind nicht mehr da. Sanja ist auch nirgends zu sehen. Wo ist sie hin? Sie ist doch wohl nicht gegangen? Mir wird heiß bei dem Gedanken, dass sie in einem Taxi sitzen könnte, auf dem Weg in die Stadt. Ohne mich.

6

ANNIKA

»Willst du nicht lieber mit nach Hause kommen?«

Ich schaue meinen Mann an, der mir auf dem Bürgersteig entgegenstolpert. Das Halbdunkel der Sommernacht hat sich über das Wohngebiet gelegt, und nur bei Nihlzéns brennt noch Licht. Durch das Küchenfenster sehe ich Gittan, die sicher noch schnell das gröbste Chaos beseitigen will.

»Geh du schon vor, ich komme gleich nach.« Mats lächelt betrunken. »Wir wollen nur noch die Wetten besprechen.«

Krister nickt.

»Wichtige Sache, Annika.« Er geht ein paar Schritte mit Lucifer. Der schwarze Terrier zerrt an der Leine, will endlich los. »Mach dir keine Sorgen. Ich passe auf deinen Mann auf.«

Es wäre sinnlos, jetzt herumzumeckern. Aber natürlich hat Mats mal wieder keinen Schlüssel dabei, und ich verspreche ihm, den Ersatzschlüssel rauszulegen. Und dann werde ich auf direktem Weg schlafen gehen, denn ich habe mich selten so sehr nach meinem Bett gesehnt. Wir verabschieden uns, und ich mache mich auf den kurzen Heimweg. Bei den Nihlzéns zum Abendessen eingeladen zu sein bedeutet immer, spät nach Hause zu kommen. Gittan ist eine phantastische Köchin, und Krister sorgt dafür, dass die Gläser immer gut gefüllt sind. Fariba und Massoud waren heute Abend auch dabei, und die Zeit ist wie im Flug vergangen. Die Gespräche kreisten um unsere gleichaltrigen Söhne. Wir unterhielten uns ganz allgemein über ihr Leben, aber vor allem über Fußball. Wir enden oft bei diesem Thema.

Der Gedanke an Massouds Nachricht versetzt mir immer noch einen Stich. Unsere Jungs haben das Frühjahr über öfter mit der 1. Mannschaft des Vereins trainiert, sie waren sogar bei ein paar Spielen eingesetzt worden. Heute Abend kam die Rede auf das Match am Sonntag. Man munkelt, dass ein Jugendtrainer des Malmö FF auf der Tribüne sitzen wird, und selbstverständlich hätte jeder gern die Chance, sich vor ihm zu präsentieren.

Die ganze Woche habe ich die Daumen gedrückt, dass Erik zu den Auserwählten gehört, auch wenn es natürlich unglücklich ist, dass der Besuch des Erstligisten ausgerechnet mit den Partys zum Schulabschluss zusammenfällt. Als Erik heute losgezogen ist, habe ich ihn noch einmal daran erinnert, dass er es mit dem Alkohol nicht übertreiben soll. Aber ich bin mir nicht sicher, ob die Botschaft bei ihm angekommen ist.

Als Mannschaftsleiter der 1. Mannschaft hat Massoud Zugang zu den neuesten Informationen, und man konnte ihm den Stolz anmerken, als er uns die Aufstellung vorlas, die gerade an die Spieler rausgeschickt worden war. Es standen nämlich sowohl William als auch Ibbe auf der Liste. Eriks Name glänzte dagegen durch Abwesenheit, was wahrscheinlich bedeutet, dass er für das morgige Spiel der Jugendmannschaft eingeteilt wurde.

Ich verstehe es einfach nicht! Was geht bloß in den Köpfen der Trainer vor? Ibbe ist der Sohn des Mannschaftsleiters, das verschafft ihm natürlich einen Vorteil, aber Erik ist schneller und dynamischer als William – und trotzdem haben sie sich gegen ihn entschieden.

Natürlich konnte ich nicht bei den Nihlzéns zu Hause sitzen und die Mannschaftsaufstellung in Frage stellen. Ich war gezwungen, all die Gedanken, die mir durch den Kopf gingen, für mich zu behalten. Als Eltern muss man einen Schritt zurücktreten, wenn die Kinder achtzehn werden, kann sich nicht mehr überall einmischen. Trotzdem blutet mein Mutterherz, wenn ich mir vorstelle, wie enttäuscht Erik sein muss. Da ist es ganz egal, dass er inzwischen volljährig ist.

Mein Sohn ist gut. Er ist sogar einer der Besten. Das Problem ist nur, dass es ihm schwerfällt, sich durchzusetzen. Für die 1. Mannschaft konkurrieren Erik und William um dieselbe Position, doch während William ein soziales Genie ist, war Erik schon immer ein bisschen zurückhaltend. Und Trainer haben seit jeher die vorlauten Typen vor den stillen Individualisten bevorzugt.

Meine Gereiztheit ist im Begriff in Wut umzuschlagen, aber mich weiter reinzusteigern führt ja zu nichts. »Gib mir den inneren Frieden, das zu akzeptieren, was ich nicht ändern kann.« Sagt man das nicht so? Ich bin felsenfest davon überzeugt, dass Eriks Zeit kommen wird. Es geht nur darum, Geduld zu haben und nicht aufzugeben.

Unsere Garageneinfahrt ist in Dunkelheit gehüllt. Vielleicht kann sich Mats am Wochenende endlich einmal aufraffen, die Außenbeleuchtung zu reparieren. Er hat versprochen, am Samstag und Sonntag zu Hause zu bleiben und nicht ins Geschäft zu gehen. Mal sehen, was daraus wird. Ein kleines Lebensmittelgeschäft wirtschaftlich erfolgreich zu betreiben ist nicht einfach, und ich verstehe ja, dass er auch am Wochenende und abends arbeiten muss – trotz einer angestellten Kassiererin. Aber manchmal habe fast ich den Eindruck, dass er sich im Laden wohler fühlt als zu Hause. Im Geschäft gibt es immer irgendetwas zu tun, aber ich habe nicht den Eindruck, als würde ihn das großartig stören.

Ich schließe die Haustür auf, hole den Zweitschlüssel und lege ihn unter den Blumentopf mit Geranien, der auf der Treppe steht. Das ist kein besonders originelles Versteck, aber keiner von uns hielt es bislang für nötig, eine bessere Stelle zu suchen.

Das Deckenlicht in der Diele begleitet mich bis in die Küche. Ich gehe zum Kühlschrank und schenke mir ein großes Glas Milch ein. Die Mischung aus verschiedenen Drinks – und auch die Menge – macht sich langsam bemerkbar. Der Digitaluhr an der Mikrowelle entnehme ich, dass es auf halb eins zugeht, und ich gähne so herzhaft, dass mein Kiefer knackt.

Das leere Glas landet in der Spüle. Ich prüfe, ob die Haustür abgeschlossen ist, gehe nach oben und werfe einen Blick in Emilys Zimmer. Dann fällt mir ein, dass sie ja bei Cissi übernachtet. Sie wollten Gruselfilme schauen oder so was in der Art, glaube ich. Nachdem ich mir eher flüchtig die Zähne geputzt habe, kann ich endlich unter die Decke kriechen. Der Schlaf übermannt mich, bevor ich mir noch weitere Gedanken über dieses verdammte Spiel der Juniorenmannschaft machen kann.

Ein penetrantes Geräusch drängt sich in meinen Traum. Es dauert eine Weile, ehe ich begreife, dass es von außen kommt, aus der wirklichen Welt. Mein Handy. Ich blinzle, bekomme die Augen kaum auf. Wie spät ist es? Meine rechte Hand tastet über den Nachttisch, während das Klingeln immer lauter wird. Schließlich bekomme ich mein Telefon zu fassen, registriere die Uhrzeit – 01:17 Uhr – und stelle gleichzeitig fest, dass Mats nicht neben mir liegt. Schlagartig bin ich hellwach und setze mich auf.

»Ja, hallo?« Am anderen Ende höre ich heftiges Atmen, und mir wird eiskalt. »Hallo?« Meine Stimme klingt fremd. »Ist da jemand?«

»Hej, hier ist Patrik …« Ein Keuchen und dann. »Patrik Svensson.«

Patrik Svensson? Mein Herz klopft wie wild, während mein Hirn versucht, eine Erklärung zu finden, einen Zusammenhang herzustellen.

»Patrik, aus der Nummer sechzehn«, fährt der Mann fort. »Uns gehört der Schäferhund, Rocky. Hörst du mich?«

Rocky. Diese sabbernde Bestie, die quasi sofort zum Angriff übergeht, sobald man sich auf dem Bürgersteig blicken lässt. Ich sehe sein Herrchen vor mir. Ein großer, sportlicher Mann mit so einem neumodischen Haarknoten, wie Zlatan ihn trägt. Er scheint irgendwo draußen unterwegs zu sein und klingt, als würde er sehr schnell gehen. Oder rennen.

»Was ist denn los?« In meinem Kopf dreht sich alles, und für einen kurzen Moment habe ich Angst, mich zu übergeben. »Was … Ist etwas passiert?«

Großer Gott.

Nicht die Kinder.

Sag, dass alles gut ist.

»Ich wollte nur … Bin mit Rocky draußen, und …« Es raschelt im Hörer. Patriks Stimme verschwindet, und ich meine, im Hintergrund verschiedene Stimmen auszumachen, Leute die rufen. »Es ist Erik.« Jetzt ist er wieder deutlich zu verstehen. »Ein Autounfall… Er …«

Nein. Nicht Erik.

Nicht mein Erik.

Mit wachsendem Entsetzen wird mir bewusst, dass es in diesem Moment passiert, dass er tatsächlich gekommen ist: der Anruf. Der Anruf, vor dem ich mich in jeder wachen Sekunde seit seiner Geburt gefürchtet habe. Meine Fingerspitzen werden taub, und das Telefon rutscht mir fast aus der Hand.

»W… was ist passiert? Ist er verletzt?«

»Ich …« Patrik zögert. »Ich glaube ja«, sagt er dann. »Wir stehen ein Stück weg, ich will nicht zu nah hingehen. Sie heben ihn gerade in den Krankenwagen.«

7

MATS

Ich renne das letzte Stück, halte nicht an, obwohl jeder Atemzug wie Feuer in meiner Lunge brennt. Das Hemd klebt an meinem Rücken, Schweißtropfen rinnen mir in die Augen, und die Welt um mich herum verschwimmt. Endlich zu Hause, bleibe ich hinter der Hecke stehen, beuge mich nach vorn, die Hände auf die Knie gestützt, bis mein galoppierender Puls sich beruhigt hat. Ich richte mich auf, schaue zum Haus und sehe, dass sämtliche Fenster hell erleuchtet sind.

Als die akute Atemnot nachgelassen hat, kehrt die Wirklichkeit zurück. Sie überfällt mich ohne Vorwarnung, trifft mich wie ein harter Stoß in die Seite. Ich suche taumelnd nach Halt, und im nächsten Moment liege ich halb in der Ligusterhecke. Es erfordert eine immense Kraftanstrengung, um den Körper wieder ins Gleichgewicht zu bringen. Der Gedanke, abzunehmen und mit Sport anzufangen, schießt mir kurz durch den Kopf und ist genauso schnell wieder verschwunden.

Ich schleppe mich zur Treppe, finde den Schlüssel unter dem Blumentopf und stecke ihn ins Schloss. Kaum ist die Tür auf, kommt Annika mir entgegengestürzt. Sie hat ihr Handy in der Hand. Sie ist angezogen, aber sie hat ihren Pullover auf links gedreht, ihre Haare sind zerzaust, und sie sieht völlig verheult aus.

»Warum gehst du nicht ans Telefon?« Ihre Stimme ist schrill. »Ich weiß nicht, wie oft ich versucht habe, dich zu erreichen. Erik ist verletzt! Er ist im Krankenhaus!«

»Was?« Ich wische mir mit dem Ärmel den Schweiß von der Stirn. »Was ist passiert?«

»Erik!« Annika klammert sich an mit beiden Händen an meinen Arm. »Erik …«

Ich gehe in die Diele, schüttele mir die Schuhe von den Füßen und winde mich aus ihrem Griff.

»Beruhig dich erst einmal.« In dem Versuch, Augenkontakt herzustellen, fasse ich sie an den Schultern. »Atme kurz durch, und dann erzählst du mir, was los ist.«

Sie holt ein paarmal hektisch Luft.

»Patrik Svensson hat angerufen, unser Nachbar. Er hat gesagt, dass Erik … Es war ein Autounfall … Unten bei der Kirche … oder irgendwo da in der Nähe, ich weiß es nicht genau … O Gott!« Sie muss eine Pause machen, um zu atmen. »Patrik hat gesagt … er hat gesagt, dass Erik verletzt ist.«

Annika fällt mir in den Arm, presst ihr Gesicht an meine Brust und stößt ein klagendes Wimmern aus.

»Komm.« Ich bringe meine Frau in die Küche, setze sie auf einen Stuhl. »Bist du sicher, dass er im Krankenhaus ist?«

»Patrik hat von einem Krankenwagen gesprochen.« Sie schluchzt und ist im Begriff, schon wieder aufzustehen. »Wir müssen sofort hinfahren.«

Ich bremse sie.

»Lass mich erst anrufen und nachfragen. Nicht, dass sie ihn nach Lund gebracht haben oder so.«

Ich ziehe mein Handy aus der Tasche, google nach *Universitätskrankenhaus Malmö* und tippe mit zitterndem Zeigefinger auf das Wort *Kontakt*. Ich lande bei der Krankenhauszentrale, die laut Internetseite rund um die Uhr besetzt ist.

Das Freizeichen tutet in meinem Ohr. Nach einer halben Ewigkeit meldet sich eine Stimme, die mit großer Ruhe meine wirren Fragen entgegennimmt. Die freundliche Stimme sorgt dafür, dass die ganze Situation alltäglicher wirkt. Wie etwas, das jede Nacht passiert. Und so ist es natürlich auch, wenn man in einem Krankenhaus arbeitet. Ich kann hören, dass die Frau etwas in einen Computer eingibt, sie bittet mich, einen Moment zu warten.

»Was sagen sie?«

Annika sitzt nicht mehr auf dem Stuhl, sondern wandert rastlos im Kreis um mich und das Telefon herum. Ich schüttele den Kopf und zeige auf das Handy, um ihr zu signalisieren, dass ich noch auf Antwort warte.

Dann ist die Frau zurück. Ich höre zu, bedanke mich für die Informationen und beende das Gespräch.

»Erik ist dort. Aber viel mehr als das konnte sie mir nicht sagen.«

8

ERIK

Das Bett fliegt durch menschenleere Korridore, schmutzig weiße Wände und Deckenplatten ziehen vorbei. Schräg über mir hängen Beutel und Schläuche an einem Tropfständer. Wenn wir bremsen, um die Richtung zu wechseln, schaukeln sie hin und her. Ich erahne eine weiß gekleidete Person hinter mir, höre eine beruhigende Männerstimme, verstehe aber kein Wort.

Vor meinem inneren Auge wiederholt sich ein Ereignis – jedes Mal ein bisschen anders. Wie war es beim ersten Mal? Vor den Variationen? Ich versuche, den Anfang zu finden, gehe die Bilder durch, aber sie entgleiten mir.

Ich renne. Die Stollen geben mir auf dem weichen Rasen Halt, und ich fliege über den Platz, keiner kann mich stoppen. Der Ball ist eins mit meinen Füßen, und ich nähere mich dem gegnerischen Tor.

Jemand streckt ein Bein aus, und ich stürze, aber ich schaffe es noch, den Schwerpunkt zu korrigieren, und lande auf der richtigen Seite der Linie. Ein glasklarer Elfmeter.

Dann verwandelt sich der Rasen in Asphalt. Die weißen Spielfeldlinien werden zu kurzen Strichen, die in rasender Geschwindigkeit unter der Motorhaube verschwinden. Ich höre einen dumpfen Schlag, dann ein ohrenbetäubendes Krachen. Mein Schreien mischt sich mit dem Geräusch von splitterndem Glas. Die Welt dreht sich, und ein grelles Licht explodiert vor meinen Augen.

Als der Krankenwagen kam, lag ich im Gras. Der Himmel

war lilablau und erinnerte an den Rest auf dem Teller, wenn man Blaubeeren mit Milch gegessen hat. Eine Sanitäterin fragte mich, wie es mir ging. Ich erzählte ihr von den Schmerzen in meiner Schulter, und sie tastete den Bereich vorsichtig ab. Es tat höllisch weh.

Zwei warme Hände legten sich um meinen Kopf und wanderten meinen Nacken hinunter. Ich hörte, wie sie mit einem Mann sprach. Sie redeten darüber, mir ein Schmerzmittel zu verabreichen.

Dann schlugen Autotüren, und von fern näherten sich neue Stimmen. Ich begriff, dass die Polizei gekommen war.

Jemand legte mir eine Halskrause an. Sie schnallten mich auf einer Trage fest und hoben mich in den Krankenwagen. Ich schloss die Augen. Hatte das Gefühl, dass einer der Polizisten mich anstarrte, dass er sich sofort auf mich stürzen würde, falls ich mir anmerken ließ, dass ich bei Bewusstsein war.

»Ist alles okay?«

Das Bett stoppt, und die Stimme hinter mir bekommt ein Gesicht, als die weiß gekleidete Person ihren Platz am Kopfende verlässt. Der Pfleger ist ein Muskelpaket, stemmt beim Bankdrücken mit Sicherheit locker das Doppelte seines eigenen Gewichts.

Nein, es ist gar nichts okay. Aber ich nehme an, die Frage bezieht sich auf meinen Körper. Und der fühlt sich gerade tatsächlich halbwegs in Ordnung an. Ich lebe noch, und die Schmerzen in der Schulter haben nachgelassen. Das Einzige, was mich wahnsinnig macht, sind die Schläuche in der Nase.

Das Bett fliegt in einem Affenzahn weiter. Ich mache die Augen wieder zu, höre das leise Surren der Rollen unter mir. Warum haben die es so verdammt eilig? Dann stehen die Rollen plötzlich wieder still. Ich öffne die Augen und starre direkt in eine Leuchtstoffröhre.

»Wir müssen deinen Rücken röntgen«, sagt das Muskelpaket.

Er legt seine riesige Pranke auf meinen Arm. »Keine Angst. Wir haben hier eine Menge netter Schwestern, die sich um dich kümmern werden.«

Und genau in diesem Moment wird mir klar, dass mein Körper überhaupt nicht okay ist. Ein lauter Ton schrillt in meinen Ohren.

»Meine Beine!« Ich schreie es laut heraus. »Ich kann meine Beine nicht spüren!«

9

EMILY

Weiße Kacheln und grüne Handtücher. Warum liege ich auf dem Fußboden in Cissis Badezimmer?

»Na, ausgeschlafen?«

Meine beste Freundin beugt sich über mich, während sie am Waschbecken steht und den Wasserhahn zudreht. Sie hat Jeans an. Unter der offenen Kapuzenjacke blitzt ihr grauer Winnie-Puh-Schlafanzug heraus.

Ich stöhne.

»Wie lange liege ich schon hier?«

»Zwei Stunden vielleicht. Fühlst du dich besser?«

Ich horche in mich hinein. Mein Kopf dröhnt, und mein Mund ist ganz trocken. Bin ich verkatert oder immer noch voll? Kann man beides gleichzeitig sein?

»Ich gehe jetzt ins Bett.« Cissi trocknet sich die Hände ab. »Du kommst allein klar, oder?«

»Warst du noch mal weg?«, frage ich.

Sie antwortet nicht sofort, und für einen kurzen Moment denke ich, dass sie mich nicht gehört hat.

»Das erzähle ich dir morgen«, sagt sie und verlässt das Bad.

Ich stütze mich auf dem Klo ab und stehe auf. Ist sie sauer auf mich? Ich bin viel zu fertig, um ihr nachzugehen und sie zu fragen, also drehe ich mich stattdessen um und schaue in den Spiegel. Shit! Ein Clown. Meine Augen sind knallrot, die Wimperntusche ist total verschmiert, meine Foundation fleckig. Ich wasche mir das Gesicht und trockne es mit einem Gästehandtuch ab. Finde meine Zahnbürste nicht, aber wenigstens eine Zahnpastatube. Ich drücke mir einen Klecks auf den Zeigefinger und putze mir damit die Zähne. Spüle nach, spucke aus. Ich will nur noch ein weiches Bett und hundert Jahre schlafen.

Auf dem Weg aus dem Badezimmer danke ich Gott dafür, dass Cissis Mama Diana bei einer Freundin übernachtet. Aber vor allem bin ich froh, dass wir uns entschieden haben, hier zu pennen und nicht bei mir zu Hause. Mama würde ausflippen, wenn sie mich in diesem Zustand erwischen würde.

Ich tappe in Cissis Zimmer. Hole mir die Besucherdecke aus dem Schrank und krieche neben meiner besten Freundin ins Bett. Sie schläft noch nicht. Ich höre an ihrem Atmen, dass sie noch wach ist.

10

ANNIKA

»Krankenhaus«, sage ich, als das Taxi endlich vor unsere Auffahrt hält. »Notaufnahme.«

Mats setzt sich normalerweise immer neben den Fahrer, um sich ein bisschen zu unterhalten, aber jetzt ist er still und sinkt einfach nur neben mir auf den Rücksitz. Ich sage auch nichts, habe genug mit meinen eigenen Gedanken zu tun. Die Informationen, die wir bekommen haben, sind äußerst dürftig, was der Phantasie viel zu viel Spielraum lässt. Die Worte unseres Nachbarn hallen in meinem Kopf wieder.

Sie heben ihn gerade in den Krankenwagen.

Dass sie Erik ins Krankenhaus gebracht haben, besagt genau genommen gar nichts. Er kann innere Blutungen haben, mehrfach gebrochene Beine und eine schwere Kopfverletzung. Aber vielleicht hat er sich auch einfach nur den Arm gebrochen. Um die Ruhe zu bewahren, rufe ich mir in Erinnerung, wie phantastisch die medizinische Versorgung in Schweden ist und dass die meisten Verletzungen geheilt werden können. Unter Umständen ist eine lange Reha nötig, aber wenn man wirklich gesund werden will, dann schafft man das auch.

Ich krame in meiner Handtasche, finde mein Handy und rufe den Internetbrowser auf. Tippe *Mattias Melin* in das Suchfeld ein.

»Hast du Emily erreicht?«

Mats Frage lässt mich zusammenzucken, und ich schaue hoch.

»Sie geht nicht ran, aber ich habe ihr eine SMS geschickt. Ich wollte nur eben Mattias Bescheid sagen. Erik fällt ja für das Spiel heute Nachmittag aus, deshalb …«

Mats versteht zuerst gar nicht, wovon ich rede, aber im nächsten Moment wird sein Blick finster.

»Annika – was zur Hölle?!«, faucht er mich an. »Es ist mitten in der Nacht. Kannst du nicht wenigstens dieses eine Mal diesen scheiß Fußball vergessen?«

Ich stecke mein Handy sofort zurück in die Tasche. Ich sehe ein, dass es jetzt Wichtigeres gibt als das nächste Match. Aber darüber nachzudenken, ob ich Erik je wieder auf einem Fußballplatz sehen werde, hält mich von anderen Grübeleien ab, verdrängt das Unvorstellbare.

Mats starrt auf seiner Seite nach draußen in die Dunkelheit. Ich lehne mich auf dem schwarzen Ledersitz zurück und sehe Malmö vorbeiziehen. Nahezu lautlos gleiten der Rosengård-Bahnhof vorbei, Annelund und der Nobeltorg. An den vielen Bushaltestellen entlang der Amiralsgata sind ein paar Menschen unterwegs, die anderen Straßen sind wie leergefegt.

Plötzlich kommt mir ein Gedanke.

»Wohin wollte er?«, sage ich zum Rücken meines Ehemanns.

Als die Reaktion ausbleibt, werde ich lauter.

»Warum war Erik mitten in der Nacht mit einem Auto unterwegs? Er ist doch mit dem Fahrrad zu Hampus gefahren.«

»Keine Ahnung«, sagt Mats. Er dreht sich immer noch nicht um. »Vielleicht wollte er noch irgendwo anders weiterfeiern.«

»War er denn allein im Auto? Und wessen Auto war das überhaupt?«

»Ich weiß es nicht, Annika.« Er dreht wenigstens den Kopf und sieht mich mit müden Augen an. »Ich weiß genauso viel wie du.«

Als wir ein paar Minuten später in die Jan Waldenströms Gata einbiegen und ich die Frauenklinik sehe, füllen sich meine Augen mit Tränen. Ich muss mir den Mund zuhalten, um nicht laut zu schreien.

Dort ist er auf die Welt gekommen, mein geliebter Sohn.

Ich taumle aus dem Taxi in die laue Sommernacht. Ein paar Jugendliche, alle mit Studentenmützen, nehmen gerade die Abkürzung über das Krankenhausgelände. Als ich ihre fröhlichen Stimmen höre, kommen mir schon wieder die Tränen. Vor ein paar Tagen haben wir zu Hause im Garten Eriks Schulabschluss gefeiert. Den ganzen Abend lief er mit einem breiten Grinsen im Gesicht herum, unterhielt sich mit den Gästen und beantwortete bereitwillig ihre Fragen nach seinen Zukunftsplänen. Ein dicker Kloß aus Verzweiflung wächst in meinem Hals.

Mats bezahlt den Taxifahrer und holt mich am Eingang wieder ein. Ich grabe in meiner Handtasche nach einem Taschentuch und hole tief Luft. Wir müssen jetzt stark sein. Für Erik.

Eine Frau in weißem Kittel und weißen Clogs führt uns einen langen Korridor hinunter. Schon seit dem Anruf erfüllt mich ein Gefühl von Unwirklichkeit, das mit jeder Minute stärker wird. Es kommt mir vor, als würde ich alles von außen betrachten, als wären die beiden entsetzten Eltern in diesem Krankenhausflur nicht Mats und Annika Brandt, sondern zwei Schauspieler in einem Hollywooddrama. Ich bete stumm um ein Happy End. Ein Ende mit wehenden Fahnen, rührseligen Streichern und Freudentränen. Aber als wir endlich mit einem bärtigen Arzt in einem kalten Sprechzimmer sitzen, sind weder Fahnen noch Geigen dabei.

»Ich verstehe, dass Sie besorgt sind.« Er bewegt die Maus über die Tischplatte, um den Computer zu wecken. »Und ich kann Ihnen leider nicht viel zu dem eigentlichen Unfallhergang sagen. Ich weiß nur, dass das Auto gegen einen Laternenmast geprallt ist. Erik lag im Gras, als die Rettungssanitäter an die Unfallstelle kamen. Seine linke Schulter war ausgekugelt, und er hatte eine tiefe Schnittwunde über dem Auge. Man befürchtete ziemlich schnell, dass es sich darüber hinaus um eine Rückenmarksverletzung handeln könnte. Er ist bereits auf dem Weg in den OP.«

Tausend Fragen drängen sich mir auf, aber ich schaffe es nicht, auch nur eine davon zu formulieren.

»Wir haben Erik sorgfältig geröntgt«, fährt der Arzt fort und zeigt auf den Bildschirm. »Hier ist eine deutliche Fraktur zu erkennen. Und hier …«, er klickt ein weiteres verschwommenes Bild an, »… haben wir eine Blutung.«

Es fällt mir schwer zu verstehen, was ich da sehe. Ist das Eriks Wirbelsäule? Auf beiden Bildern? Der Raum um mich herum beginnt sich zu drehen, und ich klammere mich an der Armlehne fest.

»W … was bedeutet das?«, stottert Mats.

»Das lässt sich zum jetzigen Zeitpunkt noch nicht sagen.« Der Arzt kratzt sich den gepflegten Bart. »Aber die Chirurgin, die Erik operieren wird, ist sehr erfahren auf dem Gebiet. Sie wird alles Menschenmögliche tun, um die Folgen der Verletzungen so gering wie möglich zu halten.« Er lächelt. »Positiv ist auf jeden Fall, dass Eriks Kopf das Ganze recht gut überstanden zu haben scheint. Er war bei Bewusstsein und voll ansprechbar, als er eingeliefert wurde.«

»Gott sei Dank«, murmelt Mats.

»Und seine Beine?« Ich lese das Namensschild des Manns: *Younis Abdul-Zarah.* »Er kann doch noch gehen, oder? Und rennen?«

In der Tasche des Arztes vibriert ein Handy. Er entschuldigt sich und steht hastig auf.

»Sie können gern hier warten, wenn Sie möchten. Den Gang hinunter ist ein Kaffeeautomat.«

Er zeigt durch die Tür und nach rechts.

Mats will keinen Kaffee. Und ich eigentlich auch nicht. Mein Körper zittert, ich friere und schwitze abwechselnd, als wäre eine

Grippe im Anmarsch. Aber ich muss irgendetwas tun, muss meine Hände und Füße irgendwie beschäftigen.

Das Gefühl von Unwirklichkeit ist immer noch da. Vor ein paar Stunden ist Erik noch mit dem Fahrrad von zu Hause weggefahren, hatte sich für die Party schick gemacht und sich auf den Abend gefreut. Er war für das Spiel gegen Löddeköpinge aufgestellt. Es ist Pfingsten, die schönste Zeit des Jahres.

Ich biege um die Ecke, wo der eine Krankenhausflur in den anderen mündet, und bleibe wie angewurzelt stehen. Neben dem Kaffeeautomaten ist ein niedriger Tisch mit Pappbechern und kleinen grünen Milchpäckchen. Und vor dem Tisch stehen Gittan und Krister.

11

MATS

Mein Blick wandert rastlos über die Wände des Raums, sucht verzweifelt nach Halt. Aber es gibt keine Bilder, nicht einmal anatomische Tafeln, nur ein unendliches Meer aus weißer Farbe. Ein monotones tickendes Geräusch treibt mich fast in den Wahnsinn. Ich bemerke, dass mein wackelnder rechter Fuß die Ursache ist, und zwinge ihn zur Ruhe, indem ich die Hand auf mein Knie presse.

Kaum ist mein Fuß verstummt, kommen stattdessen draußen auf dem Flur schnelle Schritte näher, die direkt vor dem Zimmer stehen bleiben. Zwei leise Männerstimmen dringen durch die angelehnte Tür. Die Männer begrüßen sich und wechseln dann ein paar Worte über ein Ereignis, bei dem es sich nur um Eriks Unfall handeln kann. Mir wird bewusst, dass eine der Stimmen dem Arzt gehört, der gerade noch hier vor uns saß.

»Trotzdem ein Glück, dass jemand die Jungs gefunden hat«, sagt er. »Keiner der beiden wäre in der Lage gewesen, Hilfe zu rufen.«

»Sie müssen ziemlich lange dort gelegen haben«, sagt der andere. »Die Prognose sähe vermutlich besser aus, wenn er früher eingeliefert worden wäre.«

Mir wird schlecht, ich schaue mich nach einem Behälter um, falls ich mich übergeben muss, und entdecke einen Papierkorb in der Ecke des Zimmers. Im Gang werden noch mehr Stimmen laut. Sie kommen aus einer anderen Richtung, weiter weg. Und sie sind mir sehr vertraut. Ich schlucke die Übelkeit runter, bewaffne mich mit einem Snuspäckchen und stehe auf.

Der Linoleumboden schwankt, als hätte er ein Eigenleben. Ich bewege mich langsam vorwärts und hebe den Kopf erst, als ein Paar glänzende Schuhe aus braunem Leder in meinem Blickfeld sichtbar werden. Da stehen sie, alle drei, in ein intensives Gespräch vertieft, das sofort verstummt, als sie mich bemerken.

»Was mach *ihr* denn hier?« Ich schaue Gittan an. »Ist William auch verletzt?«

Sie nickt und schluchzt.

»O nein.« Meine Wortwahl ist richtig, aber der Tonfall ist völlig daneben. »Wie geht es ihm?«

»Sie … sie wissen es nicht.« Gittan weint so heftig, dass sie kaum ein Wort herausbekommt. »Sie wissen es nicht!«, ruft sie.

Krister führt seine Frau zu einer Bank an der Wand. Er setzt sich, legt beschützend den Arm um ihre Schulter und durchbohrt mich mit seinen stahlgrauen Augen.

»William wird gerade geröntgt. Er war wohl bewusstlos, als die Sanitäter am Unfallort eingetroffen sind, aber auf dem Weg hierher ist er wieder zu sich gekommen.«

»Schön …« Ich räuspere mich und fange noch mal von vorn an. »Das freut mich zu hören.«

Annika wandert rastlos vor dem Tisch auf und ab.

»Habt *ihr* irgendwelche Informationen über den Unfallhergang?« Sie sieht Gittan und Krister an. »Wie es passiert ist?«

Krister schüttelt den Kopf.

»Hier weiß anscheinend niemand irgendwas. Das ist ein Skandal. Wir sind von A nach B geschickt worden, aber keiner konnte uns eine vernünftige Antwort geben.«

Ich setze mich auf einen Stuhl. Annika folgt meinem Beispiel und lässt sich auf einen anderen Stuhl sinken.

»Vielleicht steht etwas im Internet.« Sie zieht ihr Handy aus der Handtasche, aber dann kommt ihr ein neuer Gedanke. »Wisst ihr, mit wessen Auto sie gefahren sind?«

»Keine Ahnung«, sagt Krister. »Das Ganze ist wirklich mehr als merkwürdig. William ist mit dem Fahrrad bei Hampus gewesen.« Er dreht sich zu mir um. »Erik doch auch, oder?«

Ich öffne den Mund, aber Annika ist schneller.

»Exakt! Genau das habe ich vorhin im Taxi auch schon zu Mats gesagt.« Ihre Stimme ist energisch. »Was hatte Erik in einem Auto zu suchen?«

DIE HOCHZEIT

12

EMILY

»Du siehst *so* schön aus.« Cissi läuft einmal im Kreis um mich herum und bewundert ihr Werk. »William wird dich auffressen wollen.«

Sie macht einen großen Schritt, um nicht auf die Schleppe zu treten, stellt sich dann vor mich, um etwas an meiner Hochsteckfrisur zu richten.

»Danke.« Wir haben den Standspiegel aus dem Schlafzimmer geholt, und es fällt mir schwer, mich von meinem eigenen Anblick loszureißen. »Das ist ganz allein dein Verdienst.«

Make-up und Frisur wurden mehrfach getestet, aber Cissi hat sich heute wirklich selbst übertroffen. Sie hat eine unfassbar schöne Version von Emily Brandt – *soon to be* Emily Nihlzén – gezaubert.

»Was redest du da für einen Unsinn?« Amanda sitzt auf dem Sofa und stillt Milo. Das altrosa Brautjungfernkleid ist am Rücken aufgeknöpft und auf einer Seite über die Schulter gerutscht. »Wahre Schönheit kommt von innen. Du strahlst heute einfach, Emily.«

»Wie süß von dir«, sage ich. »Aber du musst schon zugeben, dass es ein Vorteil ist, eine Stylistin und Visagistin zur Freundin zu haben. Ich meine, das macht die Sache zumindest nicht schlechter.«

»Stimmt.« Sie wirft einen Blick auf die Uhr am Herd. »Wann müssen wir eigentlich los? Wird es nicht langsam Zeit?«

»Kein Grund zur Hektik.« Cissi geht zum Kühlschrank und

zieht die Tür auf. »Die Braut kommt immer als Letzte.« Sie nimmt die Champagnerflasche heraus, die im obersten Fach bereitliegt, und dreht sich zu Amanda um. »Trinkst du einen Schluck mit?«

Amanda schneidet eine Grimasse.

»Die stillende Chauffeurin nimmt lieber ein großes Glas Leitungswasser.«

Ich hole ein Bierglas aus dem Buffetschrank, fülle es mit kaltem Wasser und stelle es vor Amanda auf den Tisch. Im Vorbeigehen kann ich nicht widerstehen und muss kurz die Nase auf Milos flaumigen Kopf drücken, weil er so gut nach Baby duftet. Mein Herz läuft über, und für einen kurzen Moment fühlt es sich an, als würde das zarte Spitzenoberteil meines Brautkleids platzen.

»Seid ihr bereit?«

Cissi hat die Folie abgezogen und den Draht gelöst. Der Korken schießt aus dem Flaschenhals und landet auf dem Fransenteppich unter dem Glastisch. Sie geht zur Kücheninsel und füllt zwei der drei langstieligen Gläser.

»Natürlich soll die Braut als Letzte ankommen.« Amanda versucht erst erfolglos, Milos Mahlzeit zu beenden, und legt ihn dann doch an die andere Brust. »Aber es wäre vielleicht nicht so geschickt, wenn sie zu spät kommen würde.«

»Da hast du auch wieder recht.« Cissi lacht. »Wir fahren los, aber zuerst stoßen wir an.« Sie reicht mir ein Glas und hebt ihr eigenes. »Auf dich, Emily! Auf eine großartige Freundin, die heute eine großartige Hochzeit feiern wird.«

Ich hebe mein Glas und schaue meine Brautjungfern an.

»Auf euch und darauf, dass ihr bei mir seid und diesen Tag so besonders für mich macht.«

»Ach, Mensch.« Amanda schluchzt. »Warum muss ich bei sowas immer heulen?«

»Hör auf zu flennen«, sagt Cissi streng. »Du ruinierst das Make-up.«

»Tut mir leid.« Amanda fängt eine Träne mit dem Zeigefinger auf und lächelt. »Ich werde mich zusammenreißen.«

Cissi trinkt einen großen Schluck.

»Wir dürfen den Schmuck nicht vergessen.« Sie stellt ihr Glas ab und klappt das Samtetui auf, das auf der Küchenanrichte liegt. »William wäre sicher enttäuscht, wenn du seine Morgengabe nicht tragen würdest.«

Cissi hilft mir, die Kette und das Armband anzulegen, dann setzt sie mir behutsam die Ohrringe ein.

»Sie sind wunderschön«, seufzt Amanda.

Ich fahre mit den Fingern über die perfekte Rundung der Perlen, nippe vorsichtig am Champagner. Versuche, mir vorzustellen, was mein Zukünftiger gerade macht, zusammen mit seinem Trauzeugen und den Brautführern. Ist er genauso kribbelig wie ich? Genauso glücklich? Ich glaube schon.

William ist die einzige Person, die neben meiner eigenen Familie im Grunde seit meiner Geburt zu meinem Leben gehört hat. Insofern liegt es in der Natur der Sache, dass ich mich nicht an unsere erste Begegnung erinnern kann. William muss etwa angefangen haben, bei uns zu Hause ein- und auszugehen, als ich gerade den Windeln entwachsen war.

Erik und William waren von der ersten Klasse bis zum Ende der Schulzeit beste Freunde. Als sie auf dem Gymnasium waren, fand ich William nicht besonders spannend. Er war für mich wie ein zusätzlicher großer Bruder, eine etwas nettere Variante, und ich kann mich erinnern, dass ich ihn vermisste, als der Kontakt abbrach. Eigentlich vermisste ich alle Freunde von Erik: Ibbe, Robin, Hampus und die anderen aus der Fußballmannschaft. Sie waren ein Teil meiner Kindheit gewesen, und als Erik nach Göteborg zog, verschwanden sie alle auf einen Rutsch.

Drei Jahre später waren William und ich zufällig auf derselben Party in Lund eingeladen. Ich hatte gerade mein Studium angefangen, Medien und Kommunikation, er studierte Informatik. Zwischen uns funkte es sofort, und die alte Clique nahm mich mit offenen Armen auf. Es fühlte sich an wie nach Hause kommen. Mit Amanda, die mit Ibbe zusammen ist, verstehe ich mich unheimlich gut. In ihr habe ich eine Freundin und große Schwester gefunden. Eine Schulter zum Anlehnen.

Mamas Meinung über William hat für mich nie eine Rolle gespielt. Vielleicht hat mich das Wissen, vermintes Terrain zu betreten, eher zusätzlich gereizt. Und sie hat, wie erwartet, kräftig ausgekeilt. Genau wie Erik.

Auch Papa hat anfangs protestiert, aber ziemlich schnell aufgegeben. Ich bin froh, dass wir zumindest zu ihm und Isobel so guten Kontakt haben.

Ein paar meiner Freunde haben angedeutet, dass sie uns zu jung für diesen Schritt halten, dass es zu früh ist, sich in unserem Alter zu binden. Mir ist bewusst, dass es ungewöhnlich ist, mit vierundzwanzig zu heiraten, aber William ist siebenundzwanzig, und wir sind jetzt seit fünf Jahren zusammen. Ich will eine schöne Braut sein. Warum warten, bis wir alt und grau sind?

»Oh, das wird so cool.« Milo ist eingeschlafen. Amanda legt ihn neben sich aufs Sofa und steckt eine gefaltete Decke unter das Sitzpolster, damit er nicht runterrollen kann. »Ich habe mich so auf diesen Tag gefreut. Es ist wirklich viel zu lange her, dass wir uns alle zusammen getroffen haben, die ganze Truppe. Die Leute sind inzwischen einfach zu beschäftigt.«

Cissi trinkt ihren Champagner aus und guckt mich an.

»He, hallo? Was ist mit dir?« Sie zeigt auf mein Glas. »Du hast ja kaum genippt.«

»Nein, es …« Ich schaue auf die winzigen Bläschen, die an die Oberfläche aufsteigen, merke, wie meine Wangen rot werden. »Es wäre vielleicht nicht so gut, denke ich…«

Cissi macht einen Schritt auf mich zu, mustert mich, als wäre ich ein Kleid in einer Boutique. Es dauert nur ein paar Sekunden, bis sie kapiert hat, was los ist.

»Emily!«, quietscht sie. »Du bist schwanger!«

Amanda springt auf.

»Was?« Sie sieht Cissi an und dann mich. »Ist das wahr? Du bekommst ein Baby?«

Ihre Gesichter sind unbezahlbar. Cissi ist buchstäblich die Kinnlade runtergeklappt, ihr Mund steht halb offen. Amanda strahlt über das ganze Gesicht.

»Süße!« Sie stürzt auf mich zu und fällt mir um den Hals. »Das ist ja wundervoll!« Diesmal kann sie die Tränen nicht zurückhalten. »Tut mir leid«, schnieft sie mit einem schuldbewussten Blick zu Cissi. »Aber ich fürchte, du musst mein Make-up auffrischen, bevor wir fahren können.«

Cissi löst Amanda ab.

»Glückwunsch.« Sie umarmt mich fest und lange, dann macht sie einen Schritt zurück und sieht mich an. »William ist bestimmt überglücklich.«

Ich stelle mein nahezu unberührtes Glas auf die Anrichte.

»Er weiß es noch nicht.« Ich kehre zu meinem Spiegelbild zurück. »Ich dachte mir, es wäre eine schöne Überraschung. Mein ganz persönliches kleines Hochzeitsgeschenk.«

13

ANNIKA

»Sei nicht sauer.« Ich schaue meinen Kater an. »Es ist ja nur ein Tag.«

Kafkas vorwurfsvoller Blick verfolgt mich zur Haustür und weiter in den Hof. Es ist drückend heiß, schon auf halbem Weg zum Auto bleibt mein Kleid am Rücken kleben. Es ist ein richtiger Spätsommertag, die Sonnenblumen recken sich zum Himmel, und der sanfte Wind duftet nach Äpfeln. Nach dieser frühen, hellgrünen Sorte, bei der ich immer an Schulanfang denken muss.

Der kleine Trolley landet mit einem Rums im Kofferraum, die Handtasche auf dem Beifahrersitz. Ich setze mich, stecke den Schlüssel ins Schloss und drehe ihn um. Das Auto hustet. Ein heiseres, hohles Husten, das sich kurz darauf in totale Stille verwandelt.

Verdammt. Der Schweiß fließt jetzt in Strömen. Der Bund meines BHs ist schon klitschnass, und kleine Rinnsale kitzeln mich im Nacken. Ich hole tief Luft und starte einen neuen Versuch mit dem Schlüssel, aber diesmal tut sich gar nichts. Nicht mal ein kleines trockenes Hüsteln. Die Instrumentenanzeige bleibt dunkel. Was ist denn los? Der Tank ist fast voll, daran kann es nicht liegen. Die Batterie? Vielleicht. Ich krame mein Handy aus der Handtasche. Die weißen Ziffern auf dem Display schreien mich geradezu an: Es ist 12:49 Uhr.

Verdammte Scheiße.

Wer kann mir helfen? Ich kenne meine Nachbarn nicht. Sie sind namenlose Gesichter, konturlose Gestalten, die sich zwischen den Häusern bewegen. Pirkko muss heute arbeiten, sie ist, mit anderen Worten, nicht in der Nähe. Und meine Kollegin besitzt zwar ein Auto, aber sie fährt nicht gern im Stadtverkehr und ist deshalb vermutlich mit dem Bus unterwegs. Aber selbst wenn sie wider Erwarten doch das Auto genommen haben sollte, hat sie wahrscheinlich kein Überbrückungskabel dabei. Ich meine, wer hat denn so was einfach im Kofferraum liegen?

Meine Kopfschmerzen melden sich zurück, und langsam macht sich Panik breit. Was soll ich tun? Und warum zur Hölle, habe ich nicht auf mein Bauchgefühl gehört und die Einladung abgesagt?

Vor vielen Jahren war ich auf einem Jahrgangstreffen meines alten Gymnasiums in Örebro. Ich war zuerst unschlüssig, was diese Veranstaltung betraf, aber letztlich siegte meine Neugier über den Widerwillen, und ich überstand den Abend ohne größere Probleme. Niemand schien besonders erstaunt darüber zu sein, dass die fleißige Annika Bibliothekarin geworden war. Dass ich inzwischen geheiratet hatte, überraschte dagegen einige. Und auch, dass ich ein Kind von diesem Mann erwartete, der mich offenbar wirklich haben wollte.

Viele meiner alten Klassenkameraden waren damals schon lange Eltern. Ein paar von ihnen hatten siebenjährige, achtjährige Kinder. Ich aß mein Kassler und lachte über ihre drolligen Anekdoten aus Babytagen, aber ich erzählte niemandem, dass ich eine von ihnen hätte sein können.

Kurz nach meinem einundzwanzigsten Geburtstag fühlte ich mich auf einmal ungewöhnlich müde. Dann kam die Übelkeit. Mats und ich kannten uns damals seit drei Monaten, und ich dachte darüber nach, unser Verhältnis zu beenden. Wir waren so verschieden. In meinen Augen war er nicht ehrgeizig genug – als ob mein Studium zur Bibliothekarin der sichere Weg zum Erfolg gewesen wäre. Na ja, die ungeplante Schwangerschaft hielt mich jedenfalls davon ab, mich von Mats zu trennen, aber das Herz des

Jungen hörte in der siebenunddreißigsten Woche plötzlich auf zu schlagen. Wir warteten lange, bis wir einen neuen Versuch wagten.

Emilys Hochzeit wird für mich wie ein Klassentreffen hoch zehn werden. Auf dem Fest wird es nur so von Menschen aus meinem früheren Leben wimmeln. Aus dem Leben vor dem Unfall.

Damals waren wir eine große Clique, zwischen fünfzehn und zwanzig Personen, die sich häufig sahen. Unsere einzige Gemeinsamkeit war, dass unsere Söhne in derselben Fußballmannschaft spielten. Trotzdem hatten wir viel Spaß zusammen. Es ist nicht nur ein Klischee, dass Sport die Menschen verbindet.

Werktags wie am Wochenende, im Guten wie im Schlechten, Sommer wie Winter waren wir füreinander und für unsere Kinder da. Wir fuhren gemeinsam zu Fußballplätzen in gottverlassenen Gegenden, tranken unter großen Regenschirmen Kaffee aus Thermoskannen oder lehnten uns in unseren Klappstühlen zurück. Wir beschwerten uns, wenn die gegnerischen Eltern sich danebenbenahmen, aber fanden immer einen Weg, unser eigenes schlechtes Benehmen zu rechtfertigen.

Trotz einiger kleiner Auseinandersetzungen war es eine herrliche Zeit. Hohe Erwartungen und Freudentaumel kompensierten die Niederlagen und Enttäuschungen. Das Leben war damals lebendiger, und ich dachte wirklich, dass die Freundschaften Bestand haben würden, dass wir Eltern in Kontakt bleiben würden, wenn unsere Söhne irgendwann erwachsen waren. Und vielleicht war es auch so. Für die anderen.

Seitdem sind erst acht Jahre vergangen, aber nichts ist mehr, wie es war. Viele dieser Menschen haben mir – direkt oder indirekt – alles genommen, was mir etwas bedeutet hat. Ich hasse sie. Und das beruht sicher auf Gegenseitigkeit. Nicht, dass irgendjemand von ihnen einen Grund hätte, wütend auf mich zu sein. Ich habe nichts falsch gemacht. Ich habe lediglich Wiedergutmachung gefordert.

Ein hastiger Blick in den Rückspiegel lässt mich nach Luft schnappen. Die Frau, die ich sehe, hat eine tiefe Sorgenfalte zwischen den Augenbrauen, ihre Stirn glänzt vor Schweiß, und die Haare sind strähnig und platt. Eigentlich will ich mich nur noch auf das Lenkrad legen und weinen. Der Gedanke, einfach aufzugeben, ist unglaublich verlockend. Aber das geht nicht. Ich darf nicht. Meine Tochter heiratet heute. Ich muss dabei sein. Und ich darf nicht zu spät kommen.

Seufzend rufe ich das Telefonbuch im Handy auf, tippe M ins Suchfeld ein und wähle seine Nummer.

»Mats«.

Er klingt genervt.

»Hej … Ich bin's.«

»Das höre ich. Was willst du? Wir sind ein bisschen in Eile …«

»Mein Auto streikt.«

»Was heißt, es streikt? Ausgerechnet jetzt?«

Mein Exmann ist außer Atem, als würde er gerade eine Treppe hochsteigen.

»Ja, jetzt. Es springt nicht an.«

»Und warum rufst du dann mich an?«

Ich schlucke meinen letzten Rest Stolz herunter.

»Kann ich bei euch mitfahren?«

»Annika, was zur Höl…« Er verstummt, aber dann setzt er wieder an. »Hast du getrunken?«

»Nein. Natürlich nicht.« Ich mache die Augen zu und zähle bis fünf. »Mein Auto ist kaputt«, sage ich dann. »Und ich weiß nicht, wen ich sonst fragen soll. Erik kommt ja aus Göteborg und …«

»Okay, okay.« Mats seufzt tief. »Wir sind in einer Viertelstunde bei dir, spätestens in zwanzig Minuten. Bist du dann fertig?«

»Natürlich bin ich dann fertig. Ich sitze schließlich schon im Auto.«

Wütend zerre ich meine Sachen aus dem Wagen, knalle die

Türen und die Kofferraumklappe zu, dass es durchs ganze Viertel hallt.

»Verdammte Dreckskarre!«

Mein Schuh trifft den Vorderreifen im selben Moment, in dem ein etwa zehnjähriges Mädchen an mir vorbeiradelt. Sie wird langsamer und schaut mich mit großen Augen an. Ihr Gesicht kommt mir vage bekannt vor. Wahrscheinlich geht sie hier in der Nähe zur Schule und kommt regelmäßig mit ihrer Klasse zu uns in die Bibliothek.

Ich starre giftig zurück. Das Mädchen dreht sich sofort weg und fährt weiter.

14

ERIK

»Was willst du trinken?«

Wir stehen an der Tankstelle außerhalb von Glumslöv, nur ein paar Kilometer von Schloss Örenäs entfernt. Nike hat seit Helsingborg nach einem Stopp bei Burger King gequengelt, und ich habe mich bereit erklärt, dafür einen kleinen Umweg Richtung Norden zu machen, um an diesem Rastplatz vorbeizukommen. Wenn es ums Autofahren geht, braucht es normalerweise nicht viel, um mich zu überreden. Ich mache es einfach unheimlich gern, es gibt mir ein enormes Freiheitsgefühl. Die Anpassungen sind von außen nicht zu sehen. Hinter dem Steuer bin ich einer von vielen, ein Autofahrer wie alle anderen.

»Wasser«, sage ich. »Mit Kohlensäure.«

»Und Zitrone?«, fragt sie, und ich nicke.

Während Nike zum Burgerrestaurant geht, beobachte ich die Leute auf dem Parkplatz. Fast alle Stellplätze sind belegt. Es ist Samstag, und die Sonne scheint, das lockt offenbar viele Menschen auf die Straßen. Die einen wollen weg. Die anderen nach Hause.

Drei junge Leute steigen aus einem alten Golf und sichten als Erstes die Sonderangebote im Wühltisch vor dem Tankshop. Ein kleines Mädchen rennt über den Parkplatz, versucht, mit ihrer Mama Schritt zu halten. Hinter den beiden kommt ein grauhaariger Mann in einem weißen Hemd. Er geht rasch und gestikuliert wild, während er aufgebracht in sein kabelloses Headset spricht. Er ist vielleicht Mitte fünfzig Jahre und athletisch gebaut, und erst als er direkt an meinem Auto vorbeigeht, wird mir klar, wer das ist.

Krister Nihlzén.

Mein Herz beschleunigt von null auf hundert in einer Sekunde, und ich brauche meine gesamte Kraft, um den Impuls zu unterdrücken, mich hinter das Steuer zu ducken und zu verstecken. Zum Glück ist Krister so mit seinem Telefonat beschäftigt, dass er seine Umgebung gar nicht weiter beachtet. Er reißt die Tür auf und verschwindet im Tankshop.

Ich seufze fürs Erste erleichtert auf, aber das Unbehagen bleibt, wie ein Wollpullover, der auf der Haut kratzt. Natürlich war mir bewusst, dass Krister zur Hochzeit meiner Schwester kommen würde, er ist schließlich ihr zukünftiger Schwiegervater. Ich war nur nicht darauf vorbereitet, ihn hier und jetzt schon zu sehen.

Verdammt. Ich hätte absagen sollen. Warum habe ich auf Nike gehört? Warum habe ich mich bequatschen lassen?

Die Antwort ist einfach: Nike arbeitet für ein paar Stunden pro Woche als meine persönliche Assistentin. Aber sie ist auch eine gute Freundin, einer der wenigen Menschen, denen ich vertraue. Es kommt vor, dass wir uns außerhalb der Betreuungszeiten treffen, und ich bin wirklich dankbar, dass gerade sie mich heute begleitet. Das Problem ist, dass Nike weder meine Familie noch meine früheren Freunde kennt. Sie weiß nur so viel, wie ich ihr erzählt habe. Zum Beispiel, dass ich nicht darüber sprechen will, was vor acht Jahren passiert ist. Dass Mama trinkt. Und dass ich kaum ein Wort mit Emily gewechselt habe, seit sie mit William zusammen ist.

Vermutlich glaubt Nike, dass sie den vollen Überblick hat, weil wir uns schon kennen, seit ich damals nach Göteborg gezogen bin. Aber es gibt so viel, was sie nicht über mich weiß, so viel, was ich ihr nicht sagen kann.

Eine schleichende Unruhe überkommt mich, und mir wird

bewusst, was passiert. Mit zitternden Händen taste ich nach dem Telefon und zwinge mich, gleichzeitig weiterzuatmen. Ich finde mein Handy. Rufe das Telefonbuch auf und tippe auf *Papa*, das Freizeichen tutet aggressiv in mein Ohr, während mein Blickfeld langsam kleiner wird.

Papa meldet sich nicht. Natürlich nicht. Er sitzt bestimmt auch schon im Auto, auf dem Weg zum selben Ziel wie ich. Ich drücke die Mailbox weg und versuche es noch einmal. Mein Herz klopft wie verrückt.

»Erik?«

Die Stimme ist ganz nah, und ich unterdrücke das Schluchzen, das im Begriff ist, aus der Brust aufzusteigen.

»Erik, ist alles okay?«

»Nein.« Mein Blick wandert zur Tür des Tankshops. »Scheiße, Papa. Ich schaffe das nicht. Ich …«

»Hör mir zu«, unterbricht er mich. »Mir gefällt das alles auch nicht, das weißt du. Aber da müssen wir jetzt durch. Das sind wir Emily schuldig. Sie wäre so enttäuscht, wenn wir nicht kommen würden.« Er macht eine Pause, scheint auf eine Reaktion zu warten, fährt aber fort, als sie nicht kommt. »Das verstehst du doch, nicht wahr?«

»Ja.«

Meine Stimme ist nur ein Flüstern.

»Ich werde da sein«, sagt Papa sanft. »Du bist nicht allein.«

Die Stille, die folgt, geht in Vogelgezwitscher über, und ich schließe daraus, dass er irgendwo im Freien ist. Höre ich Mamas Stimme im Hintergrund? Seltsam. Wir beenden das Telefonat im selben Moment, in dem die Beifahrertür aufgerissen wird und Nike sich auf den Sitz fallen lässt.

»Hier.« Sie reicht mir ein Ramlösa naturell. »Es gab keins mit Zitrone.«

Ich fummele am Verschluss herum, die Dose rutscht mir aus

der Hand und rollt zwischen meinen Beinen unter den Sitz. Nike steigt aus und macht die hintere Tür auf meiner Seite auf.

»Ist bei dir alles in Ordnung?« Sie geht in die Hocke, tastet mit der flachen Hand die Gummimatte im Fußraum ab. »Du wirkst ein bisschen fahrig.«

Im selben Moment kommt ein Mann mit zwei Pappbechern aus dem Tankshop. Es ist Krister. Ich gehe in Deckung, versuche, mein Gesicht zu verstecken, indem ich die Arme nach oben strecke und die Sonnenblende herunterklappe.

»Bitte sehr.« Nike landet wieder neben mir. »Hältst du sie jetzt fest?«

Ich ziehe die Lasche auf, und das Sprudelwasser schäumt über meine Hände. Ein paar Schluck später hat Krister in einem schwarzen SUV den Parkplatz verlassen. Ich stelle die Ramlösadose in den Becherhalter und öffne die Tüte, die Nike mir auf den Schoß gestellt hat. Mit wird übel, als ich das Frittierfett rieche. Ich atme durch die Nase ein, atme wieder aus und sehe die Abdrücke, die meine nassgeschwitzten Hände auf der braunen Papiertüte hinterlassen haben.

15

MATS

»Ich hoffe wirklich, dass wir es pünktlich schaffen.«

Annikas Fingernägel trommeln auf ihre Handtasche. Wir haben gerade die Autobahn erreicht, und sie treibt mich langsam, aber sicher zur Weißglut. Annika sollte einfach dankbar sein, dass sie nicht den ganzen Weg nach Örenäs mit dem Taxi fahren muss. Noch dazu sitzt sie bequem vorn, weil Isobel freiwillig auf die Rückbank gegangen ist. Trotzdem ist meine Ex nur am Jammern. Und tut so, als wäre ich schuld an unserer Verspätung – ein Verhalten, das ich noch sehr gut von früher kenne.

Annika sieht nie ein, dass sie mitunter auch dafür verantwortlich ist, wenn etwas schiefgeht. Wie zum Beispiel, dass sie mich ja in letzter Minute gebeten hat, quer durch Malmö zu fahren, um sie abzuholen. Und sie kann mir wirklich keinen Vorwurf daraus machen, dass Erik mich angerufen hat. Oder hätte ich ihn vielleicht ignorieren sollen? Hätte ich ihrer Meinung nach einfach auflegen und ihn mit seiner Angst alleinlassen sollen?

Meine Hände schließen sich fester um das Steuer, und ich beiße die Zähne aufeinander. Man muss kein Psychologe sein, um zu erkennen, dass es unserem Sohn nicht gutgeht. Um genau zu sein, ist sein Zustand zurzeit miserabel. Ich hoffe, dass Nike ihn durch diesen Tag und den Abend lotsen kann. Es ist ja zum Glück ein überschaubarer Zeitraum.

»Wir kommen pünktlich.« Ich bemühe mich, die Ruhe zu bewahren. »Gar kein Problem.«

Annika kneift die Lippen zusammen.

»Es sei denn, auf der Strecke sind überall Baustellen.«

Sie sagt es leise, aber gerade laut genug, dass ich es auch ganz bestimmt höre. Und in diesem Moment platzt mir der Kragen.

»Verdammt nochmal!« Ich schlage mit beiden Händen aufs Lenkrad. »Kannst du jetzt endlich mit deinem ewigen Gemecker aufhören? Wir kommen pünktlich, habe ich gesagt.«

Eine drückende Stille macht sich im Wagen breit. Isobel, die anfangs versucht hat, ein Gespräch in Gang zu bringen, an dem wir alle drei beteiligt sind, starrt stur geradeaus. Ihr Mund ist nur noch ein schmaler Strich. Annika schaut aus dem Seitenfenster und ist wahrscheinlich zutiefst beleidigt. Vielleicht brütet sie darüber, wie sie am besten kontern kann. Meine Exfrau wollte schon immer das letzte Wort haben.

Ich habe meine Entscheidung, Annika zu verlassen, nie bereut, aber manchmal ist es gar nicht schlecht, wieder vor Augen geführt zu bekommen, wie gut ich es inzwischen habe. Annika und Isobel können beide ziemlich launisch sein. Der Unterschied ist nur, dass Isobel kurz hochkocht und alles auf einen Schlag raushaut, während Annika tagelang schmollen kann. Ich bevorzuge einen Wutanfall, der schnell verraucht ist.

Nachdem wir uns eine Weile eisig angeschwiegen haben, schalte ich das Radio ein und suche einen Musiksender für die mittlere Altersklasse heraus. Für die nächsten Minuten untermalt Roxettes »Joyride« unsere Fahrt.

ACHT JAHRE ZUVOR

16

ERIK

»Wie geht es dir, mein Großer?«

Als ich Mamas Stimme höre, schnürt sich mir der Hals zu. Ich will nicht weinen, aber es ist unmöglich, nicht loszuheulen. Die Ärztin, die mich operiert hat, war gerade bei mir. Sie meinte, alles sei gutgegangen, die OP erfolgreich verlaufen. Im selben Atemzug erklärte sie mir, dass mein Rückenmark bei dem Unfall beschädigt wurde und ich im schlimmsten Fall für den Rest meines Lebens behindert sein werde. Wie zur Hölle kann die Operation dann erfolgreich gewesen sein?

Mein Leben ist vorbei. Am Ende. Ich wünschte, ich wäre gestorben.

»Oh, Erik.« Mama nimmt meine Hand und drückt sie. »Wein nicht«, sagt sie, während ihr selbst die Tränen hinunterlaufen. »Ich weiß, dass das heute alles sehr hart für dich ist, aber es besteht immer noch Hoffnung, vergiss das nicht. Es gibt Leute mit schwereren Schäden, die wieder ganz gesund geworden sind.«

Das Licht blendet mich, und ich blinzle. Blinzle, schlucke, schluchze.

Papas Gesicht taucht neben Mamas auf. Er sieht erschöpft aus. Dunkle Ringe zeichnen sich unter seinen Augen ab, die Bartstoppeln bilden einen grauen Schatten auf der blassen Haut.

»Hej, mein Junge.« Er zieht eine Grimasse, die vielleicht ein Lächeln darstellen soll. »Du musst müde sein. Tut es sehr weh?«

»Es geht. Mir ist nur ein bisschen übel.«

Papa nickt, und ich suche nach einem Zeichen, einer Antwort, doch ich entdecke nichts. Sein Blick ist leer. Höchstens ein bisschen traurig.

»Das klingt gut«, sagt er. »Aber du bekommst sicher auch eine Menge Schmerzmittel.«

Lieber würde ich mich vor Schmerzen krümmen. Das Gefühl, nichts zu spüren, ist schlimmer als alles, was ich je erlebt habe. Tausendmal schlimmer als der Muskelkater nach dem Intervalltraining. Millionen Mal schlimmer als der Ball, den Ibbe mir damals direkt ins Gesicht geschossen hat.

Emily steht ein paar Meter vom Bett entfernt und sieht völlig verstört aus. Mama geht zum Papierspender, der über dem Waschbecken an der Wand hängt. Sie reißt ein Papierhandtuch ab, kommt ans Bett zurück und wischt mir die Tränen weg. Meinen Armen und Händen geht es gut, aber ich lasse sie machen. Ich habe keine Kraft, mich mit ihr zu streiten, bin so furchtbar müde.

»Was ist denn eigentlich passiert?« Sie fährt mir über den Kopf, streicht mir die Haare aus der Stirn. »Warum seid ihr denn mitten in der Nacht mit dem Auto losgefahren?«

»Annika.« Papas Stimme klingt hart wie Metall. »Erik ist gerade erst von einer schweren Operation aufgewacht. Wir sollten noch ein bisschen warten mit den Fragen.«

»Entschuldige.« Rote Flecken flammen an Mamas Hals auf. »Entschuldige, mein Schatz. Natürlich. Du musst dich jetzt ausruhen und wieder zu Kräften kommen.«

Es klopft an der Tür, und eine Krankenschwester steckt den Kopf ins Zimmer.

»Erik, die Polizei ist hier und würde dir gern ein paar Fragen stellen. Schaffst du das, oder soll ich sie bitten, später wiederzukommen?«

17

MATS

»Warum hat er uns vor der Polizeivernehmung rausgeschickt?« Annika schaut von ihrem Laptop hoch. »Gerade so, als hätte er etwas zu verbergen.«

»Vielleicht hat er das ja auch«, sage ich.

»Wie meinst du das?« Meine Frau starrt mich an. »Wir sind seine Eltern.«

»Genau deshalb.« Ich nehme einen Joghurt aus dem Kühlschrank und stelle es auf die Anrichte. »Wahrscheinlich schämt er sich für das, was er getan hat. Besoffen mit Leifs BMW durch die Gegend zu rasen ist jetzt nichts, worauf man unbedingt stolz sein kann.«

Annika sieht verletzt aus.

»Sprich nicht so.«

»Ich sage es, wie es ist. Alle, mit denen ich geredet habe, sagen, dass Erik und William beide ziemlich betrunken waren. Außerdem ist Erik neunzehn. Wir hätten bei der Vernehmung nicht einmal dabei sein dürfen, wenn er es gewollt hätte.«

»O Gott!« Sie fährt sich mit den Fingern durch die Haare. »Ich ertrage es einfach nicht, ihn so mutlos zu sehen, so …«

Annika wirkt schon fast manisch. Sobald wir wieder zu Hause waren, hat sie sich an den Computer gesetzt und war nicht mehr ansprechbar.

»Was machst du da eigentlich?«, wollte ich nach einer halben Stunde wissen.

»Es muss Alternativen geben.« Sie hämmerte wie besessen auf

der Tastatur herum. »Kannst du dich noch erinnern, wie diese Klinik in Deutschland hieß, in der Kristers Bruder damals war?«

Als ich sie darauf aufmerksam machte, dass Erik die beste medizinische Versorgung bekommt, die man sich nur wünschen kann, und dass Kristers Bruder seinerzeit wegen eines ganz anderen Leidens behandelt worden war – noch dazu in einer Privatklinik, die wir uns niemals leisten könnten –, wurde sie sauer.

»Dafür findet sich schon eine Lösung, wenn es sein muss«, fauchte sie. »Hier geht es nicht um Geld. Erik muss wieder gesund werden.«

Zwischen ihren Googlerecherchen hat meine Frau außerdem Eriks Trainer kontaktiert. Mattias Melin ist offenbar wichtiger als Verwandte und Freunde, denn soweit ich weiß, hat sie sich sonst bei niemandem gemeldet.

Es sollte mich eigentlich nicht wundern. Fußball stand bei Annika immer an erster Stelle. Sie hat Himmel und Hölle in Bewegung gesetzt, damit Erik für Spiele zur Verfügung stand, hat unsere Urlaube und Familientreffen so gelegt, dass sie weder mit seinem Training noch möglichen Matches kollidierten. Um des lieben Friedens willen habe ich sie machen lassen. Ich dachte, dass sie früher oder später schon zur Besinnung kommen und einsehen würde, dass Erik kein Kandidat für die Nationalmannschaft ist.

Jetzt scheint die Fußballkarriere unseres Sohns beendet zu sein, und wenn ich könnte, würde ich jede Verwünschung zurücknehmen, die ich je ausgestoßen habe, weil sein Sport unser gesamtes Familienleben bestimmt hat. Genau wie Annika wünsche ich mir nichts mehr, als Erik wieder auf dem Fußballplatz zu sehen. Oder wenigstens auf den Beinen, gesund und kräftig.

»Mats, hörst du, was ich sage?« Annikas Stimme holt mich in die Gegenwart zurück. »Schau mal hier.« Sie zeigt auf den Computerbildschirm. »Ich habe eine gute Seite über Wirbelsäulenverletzungen gefunden. Vor allem für Erik könnte das hilfreich sein … Er kann ja den ganzen medizinischen Kram überspringen. Aber da gibt es eine Menge Erfolgsgeschichten von Leuten, die gelähmt waren und wieder laufen gelernt haben. Wir müssen ihn davon überzeugen, dass es möglich ist. Sonst wird es niemals funktionieren.«

Hat sie den Ärzten überhaupt zugehört? Erik falsche Hoffnungen zu machen wäre nicht richtig. Denn es sieht tatsächlich nicht besonders gut für ihn aus. »Eine sehr geringe Chance, dass er wieder gehen können wird«, sagte die Chirurgin. Aber mir fehlt die Kraft, mich mit Annika herumzustreiten. Mein Kopf dröhnt, und ich will einfach nur, dass sie aufhört zu reden. Ich bin froh, wenn sie sich auf Eriks Genesung konzentriert und nicht auf den Unfall.

»Das ist bestimmt eine super Sache.« Ich gehe zum Schrank und hole eine Müslischüssel heraus. »Sobald Erik dazu bereit ist.«

Der Joghurt steht noch auf der Anrichte, und ich will ihn gerade nehmen, als mein Handy in der Hosentasche vibriert. Ich ziehe es heraus und mir wird flau.

»Ist es das Krankenhaus?«

Annika beugt sich zu mir, und ich drehe das Display weg.

»Nein, alles gut. Nur die Arbeit.«

18

ERIK

»Hej, Erik, wir sind von der Polizei. Dürfen wir reinkommen?«

Eine Frau in Mamas Alter steht in der Tür. Ich würde am liebsten schreien, dass sie mich alle verdammt nochmal in Ruhe lassen sollen, aber ich sage, dass es okay ist, und frage mich gleichzeitig, ob das dieselbe Polizistin ist, die schon früher hätte kommen sollen, dann aber doch nicht aufgetaucht ist. Oder war sie vielleicht schon hier? Waren Mama und Papa hier? Alles verschwimmt.

Die Frau betritt das Zimmer, begleitet von einem Kollegen, der bedeutend jünger aussieht. Beide tragen Uniform, aber trotzdem halten sie mir ihre Dienstausweise vor die Nase.

»Es tut mir leid, dass du warten musstest. Wir wurden kurzfristig zu einem Einsatz gerufen. Ich heiße Vibeke.« Sie wendet sich an ihren Kollegen. »Und das ist Timo.«

Bei der Begrüßung bleibt meine verschwitzte Handfläche an ihrer kleben.

»Wie geht es dir?«, fragt Polizei-Vibeke.

»Könnte besser sein.«

»Du weißt ja, dass wir hier sind, um dich zu dem Unfall zu befragen«, fährt sie fort. »Kannst du uns schildern, was passiert ist?«

»Klar.«

Meine Ohren rauschen. Kann man ohnmächtig werden, obwohl man schon liegt? Ich schaue zu, wie die beiden sich Stühle ans Bett schieben. Timo zieht ein Aufnahmegerät aus der Jackentasche.

»Bist du einverstanden, dass wir die Befragung aufnehmen?«

Ich nicke, beschließe, dass das alles hier gar nicht wirklich passiert. Ich spiele in einem Film mit, und jetzt drehen wir eine Szene, in der zwei Polizisten einen unschuldigen Jungen verhören. Ich spiele die Hauptrolle.

»Am besten fängst du von vorn an«, sagt Vibeke. »Wie kam es dazu, dass ihr mit dem Auto unterwegs wart?«

»Also …«

Ich schließe die Augen, suche nach einem guten Einstiegssatz, aber meine Gedanken bewegen sich quälend langsam.

»Lass dir Zeit«, sagt Vibeke. »Wir haben keine Eile.«

Ich habe die Frage vergessen und öffne die Augen.

»Willst du noch einen Schluck Wasser?«, fragt Timo.

Er steht auf, bevor ich ihm antworten kann, und kurz darauf halte ich ein volles Glas in der Hand. Ich trinke ein paar Schlucke, stelle das Glas auf dem Nachttisch ab.

»Das Auto«, wiederholt die Polizistin. »Wieso wart ihr in dem Auto?«

»Wir …« Das Wasser kommt mir wieder hoch, und ich schlucke hart. »Wir waren ziemlich betrunken … Ich kann mich nicht mehr so genau an alles erinnern … Aber wir waren jedenfalls auf dieser Party bei Hampus. Und dann kamen wir auf die Idee, das Auto seines Vaters zu testen.« Ich studiere einen länglichen Fleck auf der hellgelben Decke. »Das war total dämlich. Vor allem weil wir ja Alkohol getrunken hatten.«

»Wessen Idee war das?«, fragt Timo. »Also, die Spritztour mit dem Wagen.«

Der Fleck bewegt sich. Er fließt auseinander und zieht sich wieder zusammen.

»Keine Ahnung. Wahrscheinlich haben wir uns das zusammen ausgedacht.«

»Und wer von euch ist gefahren?«

Ich schaue hoch, bemerke, dass Vibeke ein grünes und ein braunes Auge hat.

»William.«

»Okay.« Sie runzelt die Stirn. »Wie seid ihr an den Schlüssel gekommen?«

»Der …« Ich krame in meinen verschwommenen Erinnerungen an den Abend, sehe Sanjas Lächeln, die Lichterketten im Partyzelt, Ibbe und Robin in der Küche, die Bierdosen auf der Anrichte. »Ich glaube, der Schlüssel hat gesteckt. Leif, Hampus' Papa, hatte den Wagen kurz vorher noch jemandem gezeigt.«

Die Polizistin nickt.

»Und dann? Ihr seid eingestiegen, William hat den Motor angelassen …«

»Ja, er hat von Anfang an ordentlich Gas gegeben. Ich habe ihm gesagt, er soll langsamer machen, aber er … er wollte nicht auf mich hören.«

»Wie lange wart ihr unterwegs?«, fragt Timo.

»Nicht lange. Hampus wohnt in der Nähe vom Lottapark, und wir waren erst ein paar Straßen weiter, als William die Kontrolle verloren hat.«

Es wird still im Raum. Außer dem leisen Surren der Belüftungsanlage ist nichts zu hören.

»Du bist ganz sicher, dass es so abgelaufen ist?«, fragt Vibeke schließlich.

»Ja.«

Sie legt den Kopf schief.

»Und es gibt nichts, was du noch ergänzen möchtest?«

»Nee.«

Das heißt, doch: *William, du Wichser. Ich hasse dich.*

Aber das sage ich natürlich nicht.

19

ANNIKA

Das ist der längste Samstag meines Lebens. Ich bin zurück auf dem Krankenhausgelände und kann nicht fassen, dass es erst ein paar Stunden her ist, seit wir Erik frisch operiert im Krankenbett alleingelassen haben. Das Auto steht ordentlich geparkt im Parkhaus nahe der Orthopädieabteilung, aber ich habe keine Ahnung, wie es dorthin gekommen ist. Ich erinnere mich im Grunde überhaupt nicht an die Herfahrt. Meine Gedanken gehen kreuz und quer durcheinander. Wird Erik je wieder laufen können? Und wenn nicht – was dann? Und warum – *warum?!* – sind die beiden mit Leifs Auto losgefahren? Was haben sie sich dabei gedacht? Haben sie überhaupt etwas gedacht?

Ich lege den Kopf an die Nackenstütze, versuche, mich zu sammeln. Kann in diesem Zustand nicht zu meinem Sohn. Das Personal hat versprochen, heute Nacht ein Extrabett in Eriks Zimmer zu stellen. Er wirkte nicht übermäßig begeistert, als der Vorschlag heute Vormittag aufkam, und Mats fand den Aufwand auch unnötig.

»Erik schläft doch nur. Und er hat ja gesagt, dass er klarkommt.«

»Natürlich kommt er klar«, sagte ich. »Aber wir können ihn doch nicht so alleinlassen, nach allem, was er durchgemacht hat. Stell dir nur mal vor, er wacht mitten in der Nacht panisch auf und hätte einfach gern jemanden zum Reden.«

Ich verstehe meinen Mann nicht. Er glaubt offenbar, dass Erik uns nicht mehr braucht, und versucht die ganze Zeit herunterzuspielen, was passiert ist. Als wäre dieser Unfall keine Katastrophe.

Als wäre Eriks Zustand eine Bagatelle. Alles, was ich vorschlage, wird abgelehnt. Interessiert es ihn gar nicht, dass Erik die bestmögliche Behandlung bekommt? Ist es wirklich so falsch, einen verzweifelten Menschen aufzumuntern? Ja, Mats ist oft mit seinen Gedanken woanders, aber dieses Verhalten ist neu, kalt. Wahrscheinlich befindet er sich in einer Art Schockzustand.

Als ich es schließlich geschafft habe, aus dem Auto zu steigen, und aus dem Parkhaus komme, blendet mich die grelle Nachmittagssonne. Auf der gegenüberliegenden Straßenseite steuern Gittan und Krister gerade auf den Zebrastreifen zu. Ich gehe ihnen entgegen.

»Seid ihr auf dem Heimweg?« Gittan nickt, und ich erkundige mich nach ihrem Sohn: »Wie geht es William?«

»Er hat eine schwere Gehirnerschütterung und ein paar gebrochene Rippen«, sagt Krister. »Kommt hoffentlich um bleibende Schäden herum.«

»Er hat fast den ganzen Tag geschlafen.« Gittan hakt sich bei ihrem Mann unter. »Und jetzt schläft er schon wieder. Aber eigentlich ist das ja gut. Nach der akuten Phase ist viel Ruhe das Beste, um sich von einer Gehirnerschütterung zu erholen.«

Die beiden sehen müde aus. Sogar Gittans sonst so braungebranntes Gesicht wirkt grau, und man merkt ihr an, dass sie geweint hat. Ihre Augen sind geschwollen und rot.

»Hat er etwas erzählt?«, frage ich. »Ich meine, über den Unfall?«

»Wir haben ihn natürlich danach gefragt«, sagt Krister. »Aber er sagt, da ist alles schwarz.«

»Gedächtnisverlust«, wirft Gittan ein. »Das ist wohl sehr häufig bei dieser Art von Kopfverletzung. Zum Glück scheinen nur die Erinnerungen rund um den Unfall selbst verloren zu sein. Sie haben ihn getestet, und sein Langzeitgedächtnis ist völlig in Ordnung.«

»Und wie geht es Erik?« Krister beugt sich vor, legt mir eine Hand auf die Schulter. »Was sagen die Ärzte?«

Ich berichte in wenigen Worten von der Prognose der Chirurgin.

»Das klingt doch vielversprechend.« Gittan lächelt. »Dann werden sie ihn mit etwas Zeit bestimmt wieder hinbekommen.«

Tränen schießen mir in die Augen, und ich beiße die Zähne zusammen. Wenn ich jetzt anfange zu weinen, werde ich nie wieder damit aufhören können.

»Was das Finanzielle betrifft …« Die Hand auf meiner Schulter drückt zu, ehe Krister mich wieder loslässt. »Erik ist doch bestimmt versichert?«

Ich will schreien, dass es nicht immer nur um Geld geht, dass Eriks Gesundheit an erster Stelle steht. Aber dann wird mir bewusst, dass Geld in dieser Situation eine ganz entscheidende Rolle spielt. Mats hat recht damit, dass wir teure Spezialisten nicht aus eigener Tasche bezahlen können. Mit einem ordentlichen Schadenersatz ließe sich wenigstens ein Teil finanzieren.

»Aber ja«, sage ich und erinnere mich an ein Gespräch, das wir vor vielen Jahren geführt haben. Während einer Abendeinladung bei den Nihlzéns kam die Frage nach einer Zusatzversicherung für die Kinder auf. Weder Mats noch ich waren als Kinder extra versichert gewesen und fanden so etwas unnötig und teuer. Krister hielt uns damals einen langen Vortrag, und es endete damit, dass wir nach Hause gingen und die Angebote verschiedener Versicherungen verglichen.

Ich sehe den Krister von heute an, der für den Moment etwas weniger besserwisserisch ist, und füge hinzu: »Dank dir.«

Familie Nihlzén geht es finanziell gut, und Krister hat schon immer begeistert Ratschläge in Geldangelegenheiten verteilt. Ich würde gern glauben, dass er das aus Nächstenliebe tut, aber manchmal habe ich den Verdacht, dass es ihm viel mehr darum geht, seine Überlegenheit zu demonstrieren. Seine guten Tipps betreffen manchmal Versicherungen, aber meistens empfiehlt er Aktienfonds, die er mit Hilfe von Freunden aus der Finanzwelt aufspürt. Das Problem ist nur, dass wir gar nicht genug Geld haben, um zu investieren. Wir konnten uns kaum die neue Spülmaschine leisten, als die alte eine Woche vor der Schulabschlussfeier den Geist aufgegeben hatte.

»Wir telefonieren, Annika«, sagt Gittan. »Und richte Erik ganz liebe Grüße von uns aus. Von William natürlich auch. Mit ein bisschen Glück wird er in ein paar Tagen entlassen, vielleicht sogar schon morgen.«

»Wie schön.« Ich versuche, meinen Mund zu einem Lächeln zu zwingen. »Das klingt ja super.«

Wir umarmen und verabschieden uns. *Wie schön*. Die Worte hängen in der Luft wie ein verzerrtes Echo. Ich weiß, dass ein Schwerverletzter und ein Leichtverletzter viel besser sind als zwei Schwerverletzte. Es fühlt sich nur so furchtbar ungerecht an, dass es Erik ist, der im Krankenhaus bleiben muss.

Und dann fällt mir das Spiel der 1. Mannschaft morgen ein. Das Spiel, bei dem Erik unerwünscht war. Jetzt wird auch William nicht antreten, und ich kann nicht behaupten, dass mir das für ihn leidtut. Wenn ich ganz ehrlich sein soll, dann freut es mich sogar ein bisschen.

Heute Vormittag im Taxi, auf dem Weg nach Hause, habe ich eine SMS an Eriks Trainer geschickt.

Hej Mattias, entschuldige die späte Absage. Erik kann heute nicht spielen. Er hatte einen Autounfall. Wir melden uns, sobald wir mehr über seinen Zustand wissen. LG Annika Brandt

Seinem Trainer zu schreiben, dass mein Sohn womöglich sein letztes Fußballmatch gespielt hat, konnte ich nicht. Meine Finger waren nicht in der Lage, diesen Satz zu formulieren.

20

EMILY

»Wie war er?« Cissi reißt sich ein Stück von der Pizza ab und lässt den Rest zurück in den Karton fallen. »Ich meine, war er traurig oder …«

»Gruselig«, sage ich. »Er war gruselig.«

Denn das ist die Wahrheit. Eriks Blick war leer und tot. Als hätte ihm jemand die Seele ausgesaugt und eine leere Hülle im Bett zurückgelassen.

»Wie meinst du das?«

Cissi wischt sich die Finger im Gras ab, und mir wird bewusst, dass ich es nicht erklären kann. Sie würde es nicht verstehen.

»Ach, es war einfach komisch, ihn da so im Krankenhaus zu sehen. Und sie wissen ja nicht, ob er je wieder gehen können wird.«

Wir haben den Tag über Textnachrichten hin- und hergeschickt, aber ich habe das Bedürfnis, es zu wiederholen. Diesen letzten Satz laut auszusprechen, um zu begreifen, dass der Unfall wirklich passiert ist, dass ich das alles nicht nur geträumt oder mir ausgedacht habe.

Der Videdalspark ist ungewöhnlich leer. Wir haben uns im Schneidersitz auf unsere Jeansjacken gesetzt, der Pizzakarton liegt zwischen uns. Durch die Bäume sieht man die gelben Ziegel der Schule. Am Donnerstag ist unser letzter Schultag, danach wechseln wir alle auf verschiedene Gymnasien. Ich hatte geplant, dasselbe Kleid anzuziehen wie bei Eriks Abschlussfeier, aber jetzt weiß ich nicht einmal mehr, ob ich überhaupt dabei sein werde. Darf man feiern, wenn der eigene Bruder im Krankenhaus liegt?

Als Erik mit der Mittelschule fertig war, sind wir in der Stadt mit Oma und Papas Tante Ulla essen gegangen. Aber das wird jetzt wohl kaum passieren.

»Gott, es ist so schrecklich.« Cissi trinkt einen großen Schluck Cola, räuspert sich zweimal und sieht mich an. »Ich kann mir das gar nicht richtig vorstellen. Ein Leben im Rollstuhl. Scheiße, was müssen die beiden diese Spritztour bereuen.«

Wenn man doch nur zurückspulen und noch mal von vorn anfangen könnte. Ich würde alles dafür geben, Erik wieder tanzen und Fußball spielen zu sehen. Sobald ich die Augen zumache, sehe ich den gruseligen Erik vor mir. Den Jungen mit dem blassen Gesicht und dem leeren Blick. Ich habe immer noch das Piepen der Geräte neben seinem Bett in den Ohren.

Cissi stellt ihren Becher neben sich ins Gras.

»Warum sind die beiden überhaupt losgefahren?« Sie schnappt nach Luft. »Shit, Emily – stell dir mal vor, sie kommen in den Knast!«

Ist ihr der Gedanke wirklich erst jetzt gekommen? Die Frage, ob Erik vielleicht ins Gefängnis muss, geht mir schon seit dem Besuch im Krankenhaus nicht mehr aus dem Kopf.

Das Handy vibriert in meiner Hosentasche. Ich kann mich nicht überwinden draufzuschauen. Den ganzen Tag werde ich schon mit Nachrichten bombardiert, die ersten kamen heute Nacht, aber da habe ich es noch nicht mitbekommen. Eine Menge fremder Leute stellen mir kranke Fragen über den Unfall. Woher haben die überhaupt meine Nummer?

Ich lasse mich nach hinten kippen, lege mich auf den Rücken. Grashalme kitzeln meine nackten Arme. Eine fluffige Wolke segelt am Himmel vorbei, gleitet über die Sporthalle und die Häuser auf der anderen Straßenseite davon. Nach einer Weile wird mir bewusst, dass Cissi ungewöhnlich lange still war, und ich drehe den Kopf in ihre Richtung. Sie sitzt noch unverändert da, wischt sich ein paar unsichtbare Krümel von der Jeans. Dann schaut sie hoch, scheint Anlauf zu nehmen.

»Ich habe sie gesehen«, sagt sie dann.

Ich setze mich auf.

»Wie – du hast sie gesehen?«

»Ich habe gesehen, wie sie mit dem Auto weggefahren sind.« Cissi weicht meinem Blick aus. »Erik und William.«

»A... aber warum hast du nichts gesagt?«

»Ich sage es doch gerade.«

»Aber heute früh? Du hättest heute früh was sagen können, nachdem ich mit Papa gesprochen habe. Oder ... Wenn du sie gesehen hast, hättest du sie doch aufhalten können, du hättest sie daran hindern kö...«

»Du und ich sind gerade aus der Tür gekommen, als sie losgefahren sind«, fällt sie mir ins Wort. »In dem Moment habe ich gar nicht darüber nachgedacht, dass sie getrunken hatten und so. Und heute Morgen warst du total verstört, du warst ja kaum ansprechbar.«

»Hast du gesehen, wer gefahren ist?«

Ich versuche zu klingen, als wäre es keine große Sache, aber mein Herz klopft schnell und hart.

»Also ...« Endlich schaut sie mich an. »Ich *glaube*, dass es William war. Aber es war dunkel. Und du hingst an meinem Hals.«

Die Erleichterung breitet sich wie eine warme Welle in meinem Körper aus.

»Wenn William gefahren ist ...« Ich klappe den Deckel des Pizzakartons über den Resten zu. »Dann heißt das doch, dass Erik aus dem Schneider ist, oder?«

»Ich denke schon.« Meine beste Freundin sieht aus, als würde sie über irgendetwas nachdenken. »Versprich mir, dass du nicht sauer wirst«, fährt sie dann zögernd fort. »Aber ich bin noch mal auf die Party zurückgegangen.«

»Was? Warum denn?«

»Mein Handy.« Cissi breitet die Arme aus. »Ich hatte es bei Hampus vergessen. Was, wenn Mama angerufen hätte?«

»Und mich hast du einfach im Bad auf dem Boden liegen lassen?«

»Entspann dich.« Sie steht auf, nimmt ihre Jacke und schüttelt sie, dass das Gras nur so fliegt. »Wenn du nicht okay gewesen wärst, wäre ich bei dir geblieben. Ich habe mich total beeilt, die Party war zu Ende, und es war kein Schwein mehr da. Zum Glück war die Tür noch offen, und da habe ich mich einfach schnell ins Haus geschlichen. Aber ich muss dir das einfach erzählen ...« Sie setzt sich wieder, scheint sich nicht länger darum zu kümmern, dass die weiße Jeans dreckig werden könnten. »Es ist nämlich was *total* Krankes passiert.« Sie senkt die Stimme. »Ich habe also mein Handy geholt, war nur kurz drinnen bei Hampus und dann, auf dem Heimweg, bin ich Williams Papa begegnet. Er war mit diesem kleinen schwarzen Hund, den sie haben, unterwegs und ist *gerannt* ... Wie heißt der Hund noch mal?«

»Lucifer«, sage ich. »Er war mit dem Hund Gassi und ist gerannt? Es war doch mitten in der Nacht.«

Cissi nickt.

»Lucifer ist auf mich zugekommen, und ich habe ihm die Ohren gekrault. Du weißt schon, wie man das eben macht. Aber Krister war total sauer. Er hat an der Leine gezerrt und den Hund angeschrien. Ich habe gar nichts mehr kapiert. Der Hund wollte doch nur hallo sagen. Und dann ...« Cissi macht eine Pause, um Luft zu holen. »Als ich wieder zu Hause war, habe ich gemerkt, dass meine Hand ganz klebrig und eklig war.«

»Hundesabber?«, frage ich.

»Nein.« Cissi schüttelt ernst den Kopf. »Es war Blut.«

21

ANNIKA

Ich betrachte den Nachthimmel durch das Krankenhausfenster und beschließe, nie wieder einen Fuß in eine Kirche zu setzen. Nicht, wenn das hier der Dank dafür ist, dass man versucht hat, ein guter Mensch zu sein.

Mein ganzes Leben lang habe ich mich bemüht, gut zu sein. Eine gute Tochter, eine gute Freundin, eine fleißige Studentin, eine gute Ehefrau, eine gute Mutter und eine loyale Kollegin. Ich habe meine Rechnungen pünktlich bezahlt, alle Pfandflaschen weggebracht und war auf jedem verdammten Elternabend. Was bringt es mir, ein guter Mensch zu sein, wenn ich am Ende leer ausgehe?

Das Handy auf der Fensterbank blinkt. Ich schaue nach. Mattias, Eriks Trainer, hat auf meine Nachricht geantwortet.

Kein Problem. Grüße an Erik. M

Ein Außenstehender würde vermutlich nicht verstehen, dass dieser kurze Text ein Zeichen tiefer Anteilnahme ist. Nach jahrelanger Kommunikation mit Mannschaftsleitern und Trainern weiß ich, dass sie allgemein sehr kurze Nachrichten schreiben. Das kann den Eindruck erwecken, als wären sie genervt, aber es ist kein Zeichen von schlechter Laune, sie sind einfach sehr eingebunden. Warum viel Zeit auf lange Sätze verschwenden, wenn auch ein paar einzelne Worte reichen?

Dieselben Personen haben gewöhnlich kein Problem damit, sich während eines Spiels lang und breit zu äußern. Vor allem nicht, wenn sie mit ihren Schützlingen unzufrieden sind. Als Erik klein war, hatte ich oft Kontakt mit seinen Trainern. Viele Gespräche drehten sich darum, ihnen zu vermitteln, dass man mit ermutigenden Worten wahrscheinlich mehr erreicht, wenn man möchte, dass sich Zehnjährige in einer Mannschaft wohlfühlen. Sie stimmten mir in der Sache zu, aber beim nächsten Spiel standen sie wieder genauso wütend und fluchend am Spielfeldrand.

Aber bei Mattias' SMS bleibt mir trotzdem die Luft weg. Sind diese fünf Worte der Preis für dreizehn Jahre Aufopferung? Habe ich mich dafür so angestrengt?

Den letzten Gedanken nehme ich schnell zurück. Nicht *ich* habe mich angestrengt. Das war Erik. Mein Sohn ist Tausende von Kilometern über matschige Plätze gerannt. Er hat Freistöße, Finten und Zweikämpfe trainiert. Hat eiskaltem Regen getrotzt, Sturmwind und Schmähungen ausgehalten. Erik hat zwei Drittel seines Lebens einen Ball über den Rasen des Husiegårds-Sportplatz gejagt, bis zu fünfmal in der Woche. *Meine* Anstrengungen bestanden darin, ihn Tausende von Kilometern über südschwedische Straßen zu kutschieren. Ich habe Strümpfe gewaschen und dafür gesorgt, dass er nicht hungrig beim Training oder einem Spiel aufgetaucht ist. Das ist alles.

Warum also habe ich das Gefühl, total bedeutungslos zu sein?

22

MATS

Die Lampen sind aus. Ich stehe am Küchenfenster und kann nach draußen schauen, bin aber zugleich unsichtbar für jeden, der entgegen aller Wahrscheinlichkeit um diese Zeit draußen vorbeigehen könnte. Ein kräftiger Regen ist über Malmö aufgezogen. Mit jedem Tropfen, der auf den Blättern landet, neigen sich die Zweige der Fliederbüsche am Haus tiefer nach unten. Im oberen Stock ist alles still. Emily schläft hoffentlich, aber man weiß natürlich nie. Vielleicht schaut sie auch einen Film an oder starrt auf ihr Handy. Ich muss sauer aufstoßen, und das Brennen im Hals verrät mir, dass das alte Magengeschwür wieder da ist.

Die Pfützen blitzen auf, als ein gelb-weißes Licht den Bürgersteig streift. Ich haste in die Diele, ziehe meine schwarze Windjacke über und hänge mir den Rucksack über die Schulter. Vielleicht fühlt sich so ein Soldat, der in den Krieg ziehen muss. Wenn die Pflicht dich ruft, während du dich am liebsten verkriechen würdest, um erst wieder aus deinem Versteck zu kommen, wenn alles vorbei ist.

Meine rechte Hand landet auf der Türklinke und bleibt dort liegen wie ein toter Fisch. Der Widerwille ist stark, fast körperlich. Ich kann die Klinke nicht herunterdrücken. Es geht nicht. Wenn ich jetzt durch diese Tür gehe, gibt es kein Zurück mehr und auch nichts, was diese Entscheidung entschuldigt.

Aber irgendwo tief in mir drinnen weiß ich, dass das hier meine letzte Chance ist, das Ruder herumzureißen. Hierzubleiben ist keine Option.

Der Regen prasselt auf die Betonplatten in der Auffahrt, und ich renne geduckt zum Auto. Das verschwommene Gesicht hinter der Windschutzscheibe zeigt keine Regung. Ich mache die Beifahrertür auf, werfe den Rucksack nach hinten und lasse mich auf den Sitz fallen. Obwohl ich vorsichtig bin, ist es im ganzen Viertel zu hören, als ich die Autotür zuschlage. Manchmal kann die Nachbarschaftswache dein schlimmster Feind sein.

»Ist alles geregelt?« Krister wirft einen Blick in den Rückspiegel und setzt den Wagen zurück. »Schläft Annika?«

»Sie ist bei Erik«, sage ich. »Im Krankenhaus.«

»Perfekt.« Er legt den Vorwärtsgang ein, und mir fällt seine neue Jacke auf, eine olivgrüne Wachsjacke, die eine Aura von Fasanenjagd und zweiflügligem Gutshaus verströmt. »Das ist ja perfektes Timing.«

»Ja, vielleicht.«

Wir fahren an dunklen Villen hinter gepflegten Hecken vorbei. Ich ertappe mich dabei, dass ich all die Männer beneide, die jetzt gerade in diesen Häusern liegen und schlafen. Kann sein, dass sie langweilige Jobs haben. Oder langweilige Frauen. Aber keiner von ihnen hat sich in eine derart beschissene Lage hineinmanövriert wie ich. Keiner.

»Wieso ›vielleicht‹?« Kristers Stimme reißt mich aus meinen Gedanken. »Es ist doch gut, dass sie nicht zu Hause ist. Wie hättest du sonst diesen Ausflug hier erklären wollen?«

Der Blinker tickt, und wir biegen in die Amiralsgata ab.

»Wie hast *du* denn *deinen* Ausflug erklärt?« Ich sehe ihn an. »Ist Gittan nicht zu Hause?«

»Doch, klar.« Er erhöht das Tempo der Scheibenwischer, die hektisch über die Windschutzscheibe fegen. »Aber sie nimmt irgendwelche Tabletten, die sie müde machen. In der ersten Nachthälfte schläft sie wie ein Stein.«

»Bist du sicher?«

Krister lacht.

»Todsicher. Ich teile mir jetzt seit fast dreißig Jahren ein Zimmer mit ihr.«

Wir sind da. Ich spüre einen Druck auf der Brust, und das Atmen fällt mir schwer. Würde Krister den Notarzt rufen, sollte ich einen Herzinfarkt bekommen? Wahrscheinlich nicht. Er bremst ab und fährt auf den schmalen Grünstreifen zwischen Straße und Fahrradweg. Hier stehen öfter Autos. Faule Fußballeltern, deren Kinder das Pech haben, auf den provisorischen Plätzen zu trainieren, missbrauchen den Grünstreifen als Parkplatz. Aber auch die Polizei kommt manchmal mit ihren Hunden zum Training hierher. Tagsüber natürlich. Falls ausgerechnet heute ein Hundeführer hier geparkt haben sollte, hätten wir maximales Pech.

Ich schaue aus dem Fenster. Der wolkenverhangene Himmel macht die Sommernacht ungewöhnlich dunkel. Drei Fußballtore stehen verteilt auf dem Platz und erinnern an Skelette von ausgestorbenen Urzeittieren.

»Was ich meinte, ist …« Ich sehe Krister an. »Dass ich einfach nicht weiß, ob es so geschickt ist, dass Annika im selben Zimmer wie Erik schläft. Was ist, wenn er anfängt, im Schlaf zu reden … Du kannst dir ja denken, dass er im Moment eine Menge starker Medikamente bekommt.«

Krister dreht sich zu mir um.

»Ich habe mit Erik gesprochen. Er wird ganz bestimmt den Mund halten.«

DIE HOCHZEIT

23

ERIK

Das Auto rollt über schmale, kurvige Sträßchen und bringt uns zwischen Feldern und gut gepflegten Pferdekoppeln näher ans Ziel. Wir haben eine schier endlose Aussicht auf den Öresund, und inmitten all dem Blau liegt die Insel Ven wie ein grünes, horizontales Ausrufezeichen.

»Schön ist es hier«, sagt Nike und dreht sich nach einem Vierseithof um, der von knorrigen Obstbäumen umgeben ist. »Ich hätte nicht gedacht, dass dieser Teil von Schonen so viel zu bieten hat.«

Ich kann nicht antworten und habe Probleme, meine Lunge mit ausreichend Luft zu füllen. Je näher wir dem Schloss kommen, desto schwerer wird es.

»Du bist nervös«, stellt sie fest.

Ich schaue auf die Straße, aber ich merke trotzdem, dass Nike mich mustert, dass sie versucht, meine Mimik und meine Bewegungen zu interpretieren. Nach all den Jahren an meiner Seite beherrscht sie das ziemlich gut.

Ich würde gern etwas sagen, würde zum Beispiel gern ihre Behauptung dementieren. Aber jetzt gerade kann ich nur atmen und gleichzeitig versuchen, das Auto in der Spur zu halten. Das Blut rauscht in meinen Ohren.

Auf der linken Straßenseite taucht ein Schild auf. Ich bremse zu heftig ab, und der Wagen schlingert. Nike ist still, aber ich kann ihre Gedanken hören. Sie fragt sich, warum ich ihr keine Antwort gebe. Sie fragt sich, warum ich fahre wie ein Idiot. Sie überlegt, ob ich ihr irgendwann mal etwas über meine Familie oder Freunde erzählt habe, Details, die mein Verhalten erklären würden.

Auf dem Weg die Allee hinunter überkommt mich das Gefühl, meinem eigenen Tod entgegenzufahren. Ich habe dieses Gefühl nicht zum ersten Mal. Vor acht Jahren habe ich exakt dasselbe erlebt. Damals wäre es fast ins Auge gegangen. Aber ich habe überlebt. Ob man alles, was danach kam, wirklich ein Leben nennen kann, ist eine ganz andere Frage. Ich habe mir sehr oft gewünscht, dass ich in jener Nacht gestorben wäre.

Die Allee schrumpft, die Bäume strecken ihre Äste aus wie lange, krumme Klauen. Sie greifen in die Luft, und ich gebe Gas. Nike klammert sich am Türgriff fest.

Als das Auto endlich auf dem Parkplatz steht, lehne ich den Kopf nach hinten und schließe die Augen.

»Willst du darüber reden?«

Ich schüttele den Kopf. Ich kann nicht darüber reden. Ich kann nur versuchen, das alles hier irgendwie zu überstehen. Aus irgendeinem Grund muss ich an ein Selbsthilfebuch denken, das Mama mir ein paar Jahre nach dem Unfall zu Weihnachten geschenkt hat: »Sich für die Freude entscheiden«. Der Autor vertritt die Ansicht, dass jeder Mensch die Wahl hat, ob er ein Opfer sein will oder das Kommando über sein Leben übernimmt. Was für ein Witz.

Als ich eine Minute später die Augen wieder aufmache, überquert gerade eine festlich gekleidete Frau den Parkplatz. Sie trägt ein großes Instrument.

»Wow.« Nike hat dieselbe Entdeckung gemacht. »Eine Harfe! Hast du eine Ahnung, was es kostet, eine Harfenistin zu engagieren? Wie viele gibt es in Schweden, was denkst du?«

Als meine Antwort ausbleibt, dreht sich Nike wieder zu mir um.

»Komm schon, Erik. Rede mit mir.« Sie hat eine Sorgenfalte

auf der Stirn. »Du bist schon so komisch, seit wir getankt haben. Ist etwas passiert?«

Ich nehme die Mineralwasserdose aus dem Getränkehalter und drehe sie um, lasse den letzten abgestandenen Tropfen auf meine Zunge fallen, während mein Hirn nach einer Erklärung sucht, die in Nikes Ohren glaubwürdig klingt. Aber es gibt keine glaubwürdige Antwort, und ich hasse Lügen.

»Quatsch.« Ich stelle die Dose zurück und ringe mir ein Lächeln ab. »Es ist nichts passiert. Ich bin wahrscheinlich einfach nur ein bisschen überwältigt vom Ernst der Stunde.«

Sie schnaubt.

»Und das soll ich dir glauben? Vor kurzem wolltest du nicht mal herkommen. Du hast dich darüber ausgelassen, wie sehr du William hasst und wie bescheuert Emily ist, dass sie auf so einen Idioten reingefallen ist.«

»Glaub, was du willst«, sage ich. »William *ist* ein Idiot. Aber das heißt ja nicht, dass ich nicht trotzdem ein bisschen sentimental werden kann. Mein Gott, meine kleine Schwester heiratet heute.«

Nike wechselt das Thema.

»Ihr seid in dieselbe Klasse gegangen?« Sie schnallt sich ab, macht aber keine Anstalten aus dem Auto auszusteigen. »William und du?«

Ich nicke.

»Von der ersten Klasse bis zum Gymnasium.«

»Fandst du ihn immer schon doof?«

Ich denke kurz nach.

»Nein«, sage ich.

»Was hat sich geändert?«

»Nichts Besonderes.« Ich winke ab. »Wir haben uns auseinanderentwickelt.«

24

EMILY

»Ich freue mich *so* unglaublich für euch.« Amanda sucht über den Rückspiegel Blickkontakt zu mir. »Und wie toll das für Milo wird. In ein paar Jahren können sie miteinander spielen, unsere Mäuse.«

Sie fährt wie immer zu schnell. Es ist ungewohnt, sie am Steuer eines kinderfreundlichen Kombis zu sehen. Amanda hat eine Schwäche für Sportwagen.

»Genau das habe ich auch schon gedacht.« Ich fahre sacht mit den Fingern über den weißen Seidenstoff, streiche eine Falte glatt. »Es wird Zeit, dass Milo einen Kumpel bekommt.«

Was für ein merkwürdiges Gefühl, laut über das kleine Würmchen in meinem Bauch zu reden. Über mein Kind. Unser Baby.

Als die beiden Streifen auf dem Schwangerschaftstest Realität wurden, stand ich allein zu Hause im Badezimmer. Es war früh am Morgen, aber William war schon ins Büro gefahren. Mein erster Impuls war, ihn anzurufen und die Neuigkeit sofort herauszuschreien. Aber dann beherrschte ich mich und kam zu dem Schluss, dass es viel schöner ist, eine solche Nachricht persönlich zu überbringen. Und da kam mir die Idee, ihn an unserem Hochzeitstag damit zu überraschen. Alkoholfreier Sekt und rote Rosen sind für unsere Suite bestellt – nach Mitternacht, damit das Eis im Sektkühler nicht schon geschmolzen ist. Ich kann es kaum noch erwarten!

William scheint noch keinen Verdacht geschöpft zu haben. Bisher geht es mir gut, aber jetzt, um die siebte Woche herum, setzt wohl normalerweise die Übelkeit ein. Zumindest steht das überall so im Internet.

Amanda fährt von der E6 ab. Wir sind fast da. Ich will gerade etwas darüber sagen, aber ich beiße mir auf die Zunge, als ich mich zu Cissi umdrehe. Sie war schon die ganze Fahrt über ungewöhnlich still, und ich kann mir vorstellen, in welche Richtung ihre Gedanken gehen. Cissi ist erst seit kurzem Single, und auch wenn ihr Typ eine echte Schlaftablette war, weiß ich, dass sie wirklich verliebt in ihn war. Bestimmt freut sie sich für mich, aber natürlich tut es weh, dass sie jetzt wieder bei null anfangen muss. Und ich bin nicht so dumm, ihr jetzt einen Vortrag darüber zu halten, dass sie doch noch jung ist und alle Zeit der Welt hat. So etwas will man als frisch Verlassene nicht hören.

»Es kommen übrigens auch ein paar Singles heute Abend.« Ich stupse Cissi mit dem Finger in den Oberarm. »Williams jüngster Cousin wäre ein richtig guter Fang.«

Sie lächelt, aber sie wirkt abwesend.

Es heißt ja immer: Pech in der Liebe, Glück im Spiel, also reichlich Geld. Bei Cissi trifft das absolut zu. Ihr Salon läuft blendend, aber bei Männern hat sie deutlich weniger Erfolg. Manchmal, aber nur manchmal, kommt mir mein eigenes Glück unverdient vor. Cissi hat so hart für ihren Traum gearbeitet, sich selbständig zu machen. Ich dagegen hatte nie große Träume, was meine berufliche Laufbahn betrifft. Ich wusste nur, dass ich eine vernünftige Ausbildung haben will. Trotzdem sitze ich heute hier und habe alles, was man sich nur wünschen kann. Dank William.

Amanda biegt ab, und wir fahren zwischen den Bäumen die schattige Allee hinunter.

»Ich setze dich direkt vor dem Eingang ab«, sagt sie. »Wir sind spät dran.«

Der Parkplatz ist fast voll. Ich sehe Ibbes Mercedes und atme auf – wenn Ibbe da ist, dann ist William auch da. Papas Toyota parkt neben Kristers und Gittans SUV, aber Mamas Auto kann ich nirgends entdecken. Ist sie noch nicht gekommen?

Ich schaue mich um. Nein, es steht wirklich kein silberner kleiner Renault zwischen den anderen Autos. Ein Stich von Enttäuschung. Hat sie sich im Datum geirrt? Ist etwas passiert? Oder hat sie ein neues Auto? Nein, Letzteres ist völlig abwegig. Mama ist geizig, und Autos interessieren sie nicht. Sie würde sich niemals ein neues kaufen, solange das alte noch fährt.

Ich ziehe mein Handy aus der Tasche und sehe sofort, dass sie sich nicht bei mir gemeldet hat. Mein Herz sinkt wie ein Stein. Ich hätte sie niemals einladen sollen. Das ist mal wieder so typisch Annika Brandt. Im letzten Moment zu kneifen, ohne ein Wort zu sagen. So feige. So unglaublich feige.

Hätte Erik heute geheiratet, dann wäre Mama schon vor Stunden angereist, davon bin ich hundertprozentig überzeugt. Sie hätte sich mit Leib und Seele engagiert und ihr ganzes Herzblut in die Vorbereitungen gesteckt, um alles perfekt zu machen.

Eine Träne kriecht aus meinem Augenwinkel, und ich wende hastig den Kopf ab, tue so, als würde ich das Schloss bewundern. Es ist wirklich schön. Die Fassade ist zur Hälfte mit Kletterpflanzen bewachsen. Sie schlängeln sich neben den prächtigen Sprossenfenstern und an den Säulen der Balkonbalustraden nach oben. Rechts vom Eichenholzportal an der Längsseite des Gebäudes steht ein riesiger Blumenkübel. Er ist gefüllt mit weißen Blumen, die in Kaskaden über den Rand quellen. Die patinierten Kupferdetails auf dem Dach schimmern in der Sonne.

Ich tupfe die nervige Träne weg und beschließe, keinen weiteren Gedanken an Mama zu verschwenden. Sie ist es nicht wert, dass ich mir Sorgen mache. Ich will den heutigen Tag einfach nur genießen und Spaß haben.

»Voilà, Mademoiselle!« Amanda hält an. »Und jetzt beeil dich.«

Cissi dreht sich zu mir um, nimmt meine Hand und drückt sie ganz fest.

»Entschuldige.« Sie lächelt ein bisschen verlegen. »Ich sitze hier neben dir und denke an diesen Vollidioten. Aber ich lasse mir von so einem doch nicht den Tag kaputt machen. Heute feiern wir die Liebe!«

Das Kleid raschelt, als ich aus dem Auto steige, und es ist gar nicht so einfach, den vielen Stoff zusammenzuhalten. Wir hätten uns natürlich auch im Schloss treffen können, aber ich fand die Idee schöner, dass die beiden zu mir nach Hause kommen. Ich wollte diesen besonderen Moment mit meinen Brautjungfern ganz vertraut und familiär gestalten. Und das war er ja auch.

Ich richte mich auf und bemerke, dass ich nicht allein auf dem Vorplatz bin. Ein Stück abseits unter den Bäumen auf der anderen Seite steht mein Schwiegervater und unterhält sich mit meinem Bruder. Ein unerwarteter Anblick. Soweit ich weiß, hat Erik, genau wie Mama, nach dem Unfall jeden Kontakt zur Familie Nihlzén abgebrochen. Aber jetzt gerade sprechen sie miteinander. Vielleicht ist das ein gutes Zeichen? Ihre Körpersprache verrät nichts. Krister rudert mit den Armen, aber das ist nicht ungewöhnlich. Das tut er immer, wenn er erst mal in Fahrt gekommen ist. Die beiden könnten ebenso gut über die Architektur des Schlosses diskutieren wie einen Mord planen.

Ich kichere bei dem Gedanken und rufe ihnen winkend eine Begrüßung zu, obwohl die Braut sich vor der Trauung nicht zeigen soll. Aber ist das nicht eigentlich egal?

25

MATS

Ich bewundere Leute, die einen gepflegten Rasen haben. Also einen richtigen Rasen. Ohne Unkraut, ohne Moos. Nur Gras. Wer sich auch nur ein bisschen auskennt, weiß, was für einen enormen Aufwand das erfordert und dass man ein halbes Vermögen für Dünger ausgeben muss, um ein brauchbares Ergebnis zu erzielen. Der Gärtner hier am Schloss versteht jedenfalls sein Handwerk.

Die große Rasenfläche fällt sanft zum Meer hin ab, das weiter unten in der Nachmittagssonne funkelt. Die Stühle sind mitten im Gras aufgestellt worden, damit jeder die Aussicht genießen kann. Mama und Tante Ulla haben sich schon neben meiner Schwester auf der einen Seite des Mittelgangs niedergelassen. Am Ende des Gangs steht ein großer Bogen, der mit grünen Blättern und Rosen in verschiedenen Rosatönen verkleidet ist. Wahnsinnig schön sieht das aus.

»Komm jetzt.« Isobel schiebt mich in Richtung der Menschentraube, die sich vor den Stühlen gebildet hat. »Wir müssen die anderen Gäste begrüßen.«

»Willst du mir sagen, wir müssen hundertfünfzig Leuten die Hand schütteln?«

»Natürlich nicht.« Sie lächelt. »Aber ein paar werden ja wir wohl schaffen?«

Schon nach wenigen Schritten merke ich, wie mir der Schweiß auf die Stirn tritt, und das liegt nicht nur an der Hitze. Vor uns stehen Emilys und Williams Freunde, schick zurechtgemacht, mit gesunder Sommerbräune und glänzenden Haaren. Wie ist es möglich, dass sie alle so gut aussehen? Ich muss unvermittelt an die Barbiepuppen denken, mit denen Emily so gern gespielt hat, als sie klein war.

»Mensch, ist das lange her!«

Jemand klopft mir mit Schwung auf den Rücken, und ich drehe mich um.

»Hampus?«

Der junge Mann nickt.

»Schön, dich zu sehen, Mats. Wie geht's?«

Ich suche nach etwas Feindseligem in seinen Augen oder einem Anflug von Ironie in seiner Stimme, aber er wirkt aufrichtig erfreut. Das überrascht mich. Das heißt, eigentlich weiß ich gar nicht, was ich erwartet habe. Irgendwann nach dem Unfall haben Freunde und Bekannte aufgehört, sich zu melden. Annikas Verhalten hat viel dazu beigetragen, und die Scheidung war natürlich auch ein Grund.

Es war traurig, mit anzusehen, wie der Bekanntenkreis schrumpfte, aber angesichts der Umstände war das vermutlich besser so. Kurz darauf wurde ich in Isobels Clique aufgenommen. Wir haben uns nach der Katastrophe kennengelernt, und sie wussten nicht – wissen bis heute nicht – wer ich früher war. Das gilt auch für Isobel.

»Alles bestens«, lüge ich. »Die Sonne scheint, ich kann nicht klagen.«

»Das hier ist Benjamin.« Hampus dreht sich zu einem Mann um, der dem Aussehen nach ungefähr im selben Alter ist wie er. »Mein Partner«, fügt er hinzu.

»Mats«, sage ich und strecke ihm die Hand hin. »Der Brautvater. Und das hier ist Isobel, meine Lebensgefährtin.«

»Freut mich.« Der junge Mann namens Benjamin setzt ein strahlendes Lächeln auf und nickt in Richtung Schloss. »Wirklich schöne Location. Verdammt *nice.*«

Dann verlangt jemand anderes seine Aufmerksamkeit, und Isobel führt mich weiter. Ich schaue mich in der Menge von Gästen um und versuche, einen Rollstuhl zwischen den ganzen Pinguinen auszumachen.

»Hast du Erik schon irgendwo entdeckt?«

»Nein.« Isobel sieht sich um. »Ich habe auch gerade an ihn gedacht. Er müsste doch längst hier sein, oder?«

»Er taucht bestimmt gleich auf«, sage ich und spüre im selben Moment eine schwere Hand auf meiner Schulter.

»Mats.« Krister beugt sich vor, und mir wird bewusst, dass ich ihm seit vielen Jahren nicht mehr so nah gewesen bin. Die wenigen Male, bei denen Emily darauf bestanden hatte, dass wir uns im selben Raum blicken ließen, habe ich immer darauf geachtet, ausreichend Abstand zu halten. »Du kommst mal kurz mit.« Er klingt wie ein grimmiger Parkaufseher, aber er sieht Isobel dabei mit breitem Lächeln an. »Ich entführe ihn nur eine Minute. Das ist doch in Ordnung, oder?«

Sie protestiert nicht, und ich gehe mit. Wie ein willenloser Jasager.

»Alles okay?« Krister schaut sich um, scheint sichergehen zu wollen, dass uns niemand gefolgt ist. Er wartet nicht auf Antwort, sondern fährt direkt fort: »Du, ich habe vorhin mit Erik geredet, dein Sohn macht einen wahnsinnig labilen Eindruck. Ich erwarte von dir, dass du heute Abend auf ihn aufpasst. Wir wollen doch nicht, dass er uns hier eine Szene macht, nicht wahr?«

26

ANNIKA

Ein kleines Orchester nimmt schräg hinter dem Rosenbogen Platz. Den Instrumenten nach zu urteilen, handelt es sich um ein Streichorchester, das um eine Harfenistin erweitert wurde. Herrgott nochmal. Es würde mich nicht wundern, wenn Emily auch noch kleine Engel bestellt hat, die zum Hochzeitsmarsch vom Himmel heruntersteigen.

Die Hitze ist unerträglich, und ich sehe mich um. Ich könnte jetzt wirklich etwas zu trinken gebrauchen. Und ich würde mich auch ganz gern hinsetzen. Bin total erschöpft von der Autofahrt.

Wir waren schon spät dran, als Mats in die Småfolksgata geschlingert kam, und ausgerechnet als wir loswollten, klingelte sein Telefon. Statt den Anruf auf Lautsprecher zu stellen und einfach zu fahren, stieg er wieder aus und stand dann eine Ewigkeit draußen, um zu quatschen. Ich wäre fast geplatzt. Was kann wichtiger sein, als pünktlich zur Hochzeit der eigenen Tochter zu erscheinen?

Wie üblich war Mats pampig und unfreundlich. Er glaubt wahrscheinlich wirklich, ich hätte mein Auto absichtlich kaputt gemacht. Oder ich würde lügen. Aber warum sollte ich freiwillig bei meinem Exmann und seiner neuen Frau mitfahren wollen? Ich wäre froh, wenn ich die beiden gar nicht sehen müsste.

Mein Magen rumort. Ich hoffe, dass die Zeremonie bald anfängt, damit es uns erspart bleibt, hier noch lange herumzustehen und belangloses Zeug zu reden. Es unterhält sich zwar niemand mit mir, aber einsam hier herumzustehen ist fast noch schlimmer. Ich gebe mir Mühe, mich immer wieder daran zu erinnern, die

Mundwinkel hochzuziehen. Man hat mir schon öfter gesagt, ich würde grimmig aussehen, wenn ich nicht lächle.

Hampus Olsson, einer der Jungs aus Eriks alter Clique, hält ganz in meiner Nähe Hof. Er ist Finanzmann und Investor, lebt in Stockholm und ist mittlerweile genau wie William fast schon ein Promi in der Geschäftswelt. Sobald es um Jungunternehmer in der Wirtschaft geht, erscheinen entweder Hampus oder William auf dem Fernsehbildschirm.

Der Mann neben ihm ist sein Lebensgefährte, Benjamin Åland Hadid. Hampus hat ein öffentliches Instagramprofil, deshalb konnte ich ihre Romanze mehr oder weniger in Echtzeit mitverfolgen. Im Stillen, natürlich. Es würde mir niemals einfallen, einen Beitrag von ihm zu liken. Ich habe mir die App ausschließlich heruntergeladen, um informiert zu bleiben, und habe noch nie selbst etwas gepostet. Mein Leben passt da nicht hin.

Unterhalb der Schlossterrasse posieren Robin und Sanja Landin vor einer Fotografin. Robin war der einzige von Eriks Freunden, der weiter Fußball gespielt hat. Er hat sich im Ligasystem nach oben gekämpft und durfte sogar ein paarmal für die Jugendnationalmannschaft spielen. Jetzt betreibt er zusammen mit seiner Frau eine Eventagentur in Malmö.

Angesichts der zahlreichen Prominenz auf der Gästeliste wird sicher jeder verstehen, dass eine Annika Brandt nicht direkt im Schloss übernachten kann. Man kann deutlich sehen, dass William mit denen Kontakt gehalten hat, die Karriere gemacht und einen gewissen Status erreicht haben. Dass sich zufällig auch ein paar Normalsterbliche wie ich hier befinden, hat ausschließlich verwandtschaftliche Gründe. Und da kommt schon einer von denen, die nur gnadenhalber eingeladen wurden.

»Hej, Mama.«

Erik rollt langsam den Kiesweg hinunter. Er ist ein bisschen blass um die Nase, aber er sieht unheimlich schick aus in seinem

Frack. Hinter ihm geht eine übergewichtige junge Frau mit schwarzen Haaren und Piercings. Sie trägt ein dunkellila Kleid und sieht aus, als wäre sie auf dem Weg zum Roskilde-Festival.

Ich eile ihm entgegen, beuge mich nach unten und umarme meinen Sohn. Es fällt mir schwer. Aber das liegt nicht am Rollstuhl. Erik zu umarmen fühlt sich an, als würde man einen Stock umarmen.

»Endlich. Ich hatte schon Sorge, du würdest es nicht rechtzeitig schaffen. Hattet ihr eine gute Fahrt?« Ich wende mich an die Schwarzhaarige. »Annika, Eriks Mama. Du musst Nike sein.«

»Genau.« Sie lächelt und streckt mir ihre tätowierte Hand entgegen. »Super, dass wir uns endlich mal kennenlernen.«

Robin und Sanja kommen zu uns.

»Hallo!« Robin hebt die rechte Hand zum High Five, in das Erik nach kurzem Zögern einschlägt. »Ist ja ewig her«, fährt Robin enthusiastisch fort. »Echt schade, dass wir uns irgendwie aus den Augen verloren haben.«

Er setzt zu einem regelrechten Verhör an. Wohnt Erik noch in Göteborg? Was arbeitet er? Und so weiter. Ich kann Erik ansehen, wie unwohl er sich fühlt, aber er antwortet freundlich auf alle Fragen. Ich vermute, dass mein Sohn und ich ähnlich über das Ereignis denken, wegen dem wir uns heute hier versammelt haben.

Sanja und Nike scheinen sich gesucht und gefunden zu haben. Sie versuchen, mich ins Gespräch einzubeziehen, aber es fällt mir schwer, mich auf das Gesagte zu konzentrieren. Ich bin völlig in der Szene gefangen, die sich vor meinen Augen abspielt.

Robin Landin ist immer noch durchtrainiert, und mit seinem Lächeln könnte er für Zahnbleaching Werbung machen. Seine ganze Erscheinung strahlt die Art von Selbstsicherheit aus, die mit dem Erfolg kommt. Jedes Mal wenn Robin lacht, sinkt Erik weiter in sich zusammen. Mir blutet das Herz. Meinen Sohn so zu sehen … so vernichtend geschlagen. Ich ertrage das nicht. Nach einer gemurmelten Entschuldigung, dass ich mir die Nase pudern muss, haste ich in Richtung Schloss.

»Wohin willst du?« Mats hält meinen Arm fest, als ich an ihm vorbeieile. »Es geht jeden Moment los.«

Mit einem Ruck befreie ich mich aus seinem Griff und laufe weiter. Ich muss hier weg.

Auf der Terrasse ist das Servicepersonal vollauf damit beschäftigt, alles für den Sektempfang nach der Trauung vorzubereiten. Ich bleibe wie angewurzelt stehen, ordne kurz meine Haare und wische mir mit dem Zeigefinger den Schweiß von der Oberlippe.

»Hej. Ist es okay, wenn ich …« Ich nicke diskret zu den Flaschen, die in großen Eiskübeln im Schatten hinter den Tischen stehen. »Ich könnte einen kleinen Schluck zur Stärkung gebrauchen.«

Die zwei Servicekräfte, adrett gekleidet in schwarzen Hosen und weißen Hemden, schauen sich an.

»Na ja …« Der junge Mann sieht unsicher aus. »Wir haben die Anweisung, erst auszuschenken, wenn sie dort unten so weit sind.«

Er wirft einen Blick Richtung Rasen, und ich drehe mich um. Alle haben sich hingesetzt.

»Aber für mich können Sie doch eine Ausnahme machen?« Ich versuche, charmant auszusehen. »Ich verrate es auch niemandem.« Als nichts passiert, lege ich nach: »Kommen Sie schon. Ich bin die Brautmutter und kippe gleich um, weil ich so nervös bin.«

Die jungen Leute schauen sich wieder an. Schließlich bückt sich die Frau nach einer Flasche. Sie tut es mit einem vernehmlichen Seufzen. Ich schnappe mir ein Glas vom Tisch und strecke es ihr entgegen.

»Wenn Sie sich bitte ein bisschen beeilen könnten …«

Der Korken fliegt weg und landet jenseits des Geländers, das die Terrasse einrahmt. Die Servicekraft sieht sich unruhig um, während sie einschenkt. Ich halte das Glas schräg, damit es weniger schäumt.

In meinem Hinterkopf schrillt eine Alarmglocke, aber der Ton ist nur ganz leise. Der Champagner funkelt in der Sonne wie Gold, und ich trinke das ganze Glas auf ex. Niemand protestiert, als ich mich selbst mit einem Nachschlag versorge.

ACHT JAHRE ZUVOR

27

EMILY

Das Nachthemd klebt an meinem Körper, und mein Kopf ist schwer, die Sonne strahlt wie ein Scheinwerfer direkt in mein Bett. Wie konnte ich vergessen, die Jalousie herunterzulassen? Ich bleibe lange unter meinem Laken liegen und schwitze, lausche auf Lebenszeichen. Aber das Haus ist ungewohnt still, das Einzige, was ich höre, ist eintöniges Vogelgezwitscher, das durch das halboffene Fenster dringt. Wo sind alle?

Dann fällt mir ein, dass Mama ja nicht zu Hause ist. Sie hat im Krankenhaus übernachtet. Und Papa fährt sonntagvormittags oft ins Geschäft, aber heute doch nicht, oder? Das hätte er gestern Abend bestimmt erwähnt.

Ich schwinge die Beine aus dem Bett und gehe raus in den Flur. Die Tür zu Eriks Zimmer ist nur angelehnt, ein leichter Stoß genügt, und sie gleitet auf. Ich fühle mich wie ein Einbrecher, aber ich kann nicht anders. Ich gehe ein paar Schritte in den Raum. Das Bett ist nicht gemacht. Auf dem Boden liegen Socken, Unterhosen und seine Trainingsklamotten. Über der Rückenlehne des Sessels hängt das Sakko von der Zeugnisübergabe. Die Hose nicht, die hatte er auf der Party bei Hampus an. Auf dem Schreibtisch liegen ein paar Schulbücher, irgendwelche Zettel und ein alter Bleistiftstummel. Der Computerbildschirm ist schwarz, unter dem Headset ragt die Hülle von Fifa 11 heraus.

Man könnte denken, er wäre nur kurz drüben bei William. Oder beim Training. Nichts hier drinnen verrät, dass alles anders ist, dass nichts mehr so sein wird, wie es war.

Ich kann das Wort Unfall jetzt schon nicht mehr hören. Alle reden davon, ununterbrochen. Ständig bekomme ich Nachrichten, die Leute fragen, wie es Erik geht, ob er wieder gesund werden wird. Und ich weiß nicht, was ich antworten soll. Er ist gelähmt, aber natürlich hätte es noch schlimmer kommen können. Ich bin froh, dass er lebt.

Mama dagegen wirkt nicht besonders froh. Sie redet nur noch von Schadenersatz und wie wichtig es ist, dass Erik so schnell wie möglich mit der Reha anfängt. Sie will sich sogar Urlaub nehmen, damit sie bei ihm im Krankenhaus bleiben kann.

Mama hat Erik schon immer verwöhnt, er brauchte nur mit dem Finger zu zucken, und sie hat alles stehen- und liegenlassen. Selbstverständlich hat sie ihn auch zum Training gefahren, wenn er sie darum gebeten hat – obwohl man den Fußballplatz von unserem Haus aus sehen kann. Und er musste so gut wie nie im Haushalt helfen, weil er entweder »vor einem wichtigen Spiel seine Ruhe brauchte« oder weil er »so erschöpft vom Training« war. Als ob Erik ein schlechterer Fußballer gewesen wäre, wenn er ab und zu den Tisch gedeckt oder die Wäsche aufgehängt hätte. Bei mir dagegen wird nie eine Ausnahme gemacht.

In der Küche ist niemand, aber die Kaffeemaschine läuft, und die Milch steht auf der Anrichte. Ich werfe einen Blick durch die offene Terrassentür. Obwohl die Luft kühl ist, ist die Markise fast ganz ausgefahren. Papa sitzt am Tisch und hält eine Kaffeetasse in der Hand. Vor ihm liegen eine Snusdose und eine aufgeschlagene Zeitung, aber er liest nicht, sondern starrt in den Garten.

»Hej, Papa.«

Er dreht langsam den Kopf.

»Guten Morgen, mein Schatz. Wie hast du geschlafen?«

»Ganz okay.«

In Wahrheit lag ich bis vier Uhr wach. Diese Sache, die Cissi erzählt hat, dass sie gesehen hat, wie William und Erik von der

Party weggefahren sind, ist mir die ganze Zeit im Kopf herumgespukt. Warum hat sie das nicht schon viel früher gesagt? Und soll ich meinen Eltern davon erzählen? Wenn sie erfahren, dass ich auf Hampus' Party war, werden sie ausflippen. Andererseits ist es sicher gut für Erik, dass jemand beobachtet hat, dass nicht er, sondern William am Steuer saß.

Ich setze mich und strecke die Beine unter den Tisch.

»Hat Mama sich gemeldet?« Die Steinfliesen unter meinen nackten Füßen fühlen sich kalt an, und das Stuhlkissen ist ein bisschen klamm. Wahrscheinlich hat es über Nacht draußen gelegen. »Gibt es was Neues von Erik?«

»Heute noch nicht.«

Papa hat offensichtlich auch nicht besonders gut geschlafen. Er ist blass und hat dunkle Ringe unter den Augen.

»Du, Papa …«

Er reagiert nicht.

Ich beuge mich über den Tisch, wedle mit der Hand vor seinem Gesicht herum, und schließlich schaut er mich an.

»Ja?«

Er wirkt total abwesend, als wüsste er gar nicht so richtig, wer ich bin.

»Cissi hat die beiden wegfahren sehen«, sage ich.

Papa steht auf.

»Was möchtest du frühstücken?«, fragt er.

28

MATS

»Ist das wirklich eine gute Idee?« Ich ziehe die Autotür auf und setze mich ans Steuer. »Wird dir das nicht zu viel, heute Abend noch wegzugehen?«

Annika sitzt schon auf dem Beifahrersitz.

»Wir gehen ja nicht auf eine Party«, sagt sie.

»Ich weiß. Aber ich bin müde. Ich habe keine Lust auf die ganzen Leute.«

Den ganzen Nachmittag haben wir in Eriks Zimmer gesessen und ihm beim Schlafen zugesehen. Wenn er wach war, haben wir uns abgewechselt und ihn mit Saft und Hagebuttensuppe versorgt. Keiner von uns hat auch nur ein Wort über den Unfall verloren.

Weder die Chirurgin noch einer der anderen Ärzte war heute auf Station, vermutlich weil Sonntag ist. Das Personal, das da war, rannte nur hektisch von Zimmer zu Zimmer und hatte keine Zeit, Fragen zu beantworten. Mein Wunsch, einfach zu Hause zu bleiben, hat also nichts damit zu tun, dass wir heute schon übermäßig viele soziale Kontakte gehabt hätten. Ich will einfach nur meine Ruhe haben und mit meinen Gedanken allein sein.

Der Motor springt an, überraschenderweise gleich beim ersten Versuch, und ich lege den Rückwärtsgang ein. Auf die Betonwand vor uns hat jemand mit roter Farbe ALLES IST SCHEISSE gesprayt. Ich bin geneigt, dem zuzustimmen.

»Auf die ganzen Leute?« Annika klingt gereizt. »Das sind unsere Freunde. Und wir sind zum Essen eingeladen …« Sie verstummt, seufzt und fährt fort. »Ich finde ja auch, dass es sich nicht richtig anfühlt. Am liebsten wäre ich rund um die Uhr bei Erik. Aber ich glaube, eine Pause wird uns guttun.«

Als wir ins Parkhaus kamen, standen dort Gittan und Krister zusammen mit Familie Jafari. Sie hatten William besucht, waren aber klug genug gewesen, nicht auch noch bei Erik vorbeizuschauen. Fariba und Massoud boten sofort ihre Unterstützung an.

»Ihr müsst ja fix und fertig sein«, sagte Fariba. »Was haltet ihr davon, heute zu uns zu kommen? Wir kochen was Leckeres, und ihr könnt euch einfach an den Tisch setzen und mal abschalten.«

»Ich weiß nicht …« Annika sah erst mich an, dann die Nihlzéns. »Das Ganze macht einen ja schon ziemlich mürbe … Aber andererseits wäre es auch schön, heute nicht kochen zu müssen.«

»Wir können auf dem Heimweg beim Thai-Imbiss vorbeifahren«, schlug ich vor. »Oder bei dem Chinesen im Sallerupsväg.«

»Was ist das denn für ein Unsinn?« Massoud sah mich an. »Ihr kommt mit, es gibt ein kleines persisches Buffet. Und noch dazu gratis.«

Und damit war es beschlossene Sache.

Das Auto rollt aus dem Parkhaus. Ich suche fieberhaft nach einer Ausrede, um mich vor dem Abend zu drücken, aber es fällt mir nichts ein.

»Wir bleiben nicht lang«, sagt Annika, und es klingt wie ein Versuch, die Entscheidung auch vor sich selbst zu rechtfertigen. »Und natürlich lassen wir unsere Handys an. Damit wir hören, wenn jemand anruft.«

»Willkommen. Tretet ein.«

Wir haben das Auto zu Hause abgestellt und sind das kurze Stück zu den Jafaris gelaufen. Massoud führt uns durchs Wohnzimmer auf die Terrasse, wo Gittan und Krister sich schon niedergelassen haben. Auf dem Tisch stehen Getränke und Snacks. Ich setze mich neben Annika und nehme das kalte Bier entgegen, das Massoud mir reicht. Ich brauche etwas, das die Nerven beruhigt.

Schon nach wenigen Minuten ist das Gespräch in vollem Gang. Annika, Gittan und Krister schildern abwechselnd, was passiert ist, sie erzählen umständlich und fallen sich dabei gegenseitig ins Wort. Ich selbst halte mich bedeckt.

»Entschuldigt«, sagt Annika plötzlich. »Ich hoffe, ihr versteht mich jetzt nicht falsch, aber wir kennen uns ja lange genug, und ich muss einfach … Ich habe so viel über diesen Autounfall nachgedacht und … also …« Sie schaut Gittan und Krister an. »Wisst ihr, wer am Steuer saß?«

Es wird still am Tisch. Die Stille dauert lange genug an, dass Gittan anfängt, sich zu winden. Fariba beugt sich vor und nimmt sich ein paar Nüsse. Annika schaut sich in der Runde um, lächelt unsicher.

»Na ja, das ist natürlich nicht so wichtig«, sagt sie dann. »Wobei, ich meine, auf gewisse Weise ist es das ja schon.« Sie hebt die Arme, und ihr Lächeln wird breiter. »Aber viel wichtiger ist, dass die Jungs wieder gesund werden.«

»Da hast du recht«, sagt Krister. »Und alles andere, wer und wie, das finden wir schon noch heraus. Früh genug.«

Das ganze Essen über habe ich das Gefühl, dass Krister mich beobachtet. Schließlich halte ich es nicht mehr aus. Ich murmle eine Entschuldigung, die wahrscheinlich nur Annika hört, verlasse den Tisch und verschwinde auf die Toilette. Ich schließe die Tür hinter mir ab, sinke auf den Klodeckel und lege meine Stirn in die Hände.

Scheiße.

Scheiße, Scheiße, Scheiße.

Meine Faust donnert auf den Rand des Waschbeckens, und der

Schmerz schießt wie eine Stoßwelle durch meinen Arm. Was zur Hölle habe ich getan? Wiegen die möglichen Vorteile den Preis, den wir dafür bezahlen müssen, wirklich auf?

Ich weiß nicht, wie lange ich sitzen bleibe, aber irgendwann zwinge ich mich, wieder aufzustehen. Ich spritze mir kaltes Wasser ins Gesicht, trinke einen Schluck aus dem Wasserhahn und schiebe mir ein Snuspäckchen unter die Lippe. Gehe langsam zurück auf die Terrasse und hoffe, dass man mir das innere Chaos von außen nicht ansieht.

Alle fünf sitzen jetzt zurückgelehnt in den überdimensionierten Gartenmöbeln, vor ihnen auf dem Tisch stehen Kaffeebecher und Teetassen. Der Abend ist warm und windstill, die Kerzenflammen bewegen sich keinen Millimeter. Ich setze mich, beobachte einen einsamen Nachtfalter, der um die Außenbeleuchtung flattert.

»Wann darf William nach Hause?«

Fariba schaut Gittan und Krister an.

»Vielleicht schon morgen«, sagt Krister.

»Großartig.« Massoud nimmt seine Tasse. »Er wird sich freuen, aus dem Krankenhaus rauszukommen.«

Ich sehe Erik in seinem Bett vor mir, genauso blass wie das Laken und mit Tränen in den Augen. Ich werfe Krister einen verstohlenen Blick zu. Er empfiehlt Massoud gerade einen Golfshop, in dem Sommerschlussverkauf ist. Wie bringt dieser Mann es fertig, sich mit derart belanglosen Dingen abzugeben? Wie schafft er es, so entspannt auszusehen?

Ich stehe auf.

»Bitte entschuldigt mich.« Die lebhaften Gespräche am Tisch verstummen. »Danke für das phantastische Essen.« Ich wende mich an Massoud und Fariba. »Es war wirklich sehr lecker. Aber jetzt muss ich nach Hause und schlafen. Ich bin so müde, dass ich kaum noch weiß, wie ich heiße.«

Annika steht ebenfalls auf.

»Ja, es ist langsam Zeit für den Aufbruch.« Sie sieht die anderen an. »Es waren harte Tage.«

»Natürlich.« Fariba springt auf. »Nein, nein, lass einfach stehen.« Sie winkt abwehrend mit der Hand, als Annika Anstalten macht, ihre Kaffeetasse in die Küche zu tragen. »Wir räumen später ab.«

Annika geht zu Gittan.

»Sag William, er soll schnell wieder gesund werden. Er wird für die letzten Spiele gebraucht.«

»Danke, Annika.« Gittan steht auf, und sie umarmen sich. »Grüß Erik ganz herzlich von uns. Sag ihm, dass wir ihm alle Daumen drücken.«

Wir spazieren an diesem stillen Sommerabend nach Hause, ein schwerer Duft von Jasmin liegt in der Luft. In einem Garten wird gefeiert, unter bunten Lampions wird gelacht. In einem anderen Garten steht eine Frau und gießt ihre Gemüsebeete.

Annikas Gesicht ist verschlossen. Woran denkt sie? Ich weiß, dass ich ihr sagen sollte, dass alles gut werden wird.

Aber das kann ich nicht.

29

ERIK

»Hier, bitte. Ich soll von der ganzen Mannschaft grüßen.«

Mattias überreicht mir einen Blumenstrauß und eine Schachtel Marabou-Knusperschokolade. Der Strauß ist in durchsichtige Plastikfolie eingewickelt, und an der Seite klebt noch das knallrote Preisschild von der Tankstelle. Ich bedanke mich und lege Blumen und Schokolade auf der Bettdecke ab.

»Gibt es hier keine Vasen?«

Er sieht sich im Zimmer um.

»Nee.« Ich nicke zur Tür. »Vielleicht draußen irgendwo …«

Er verschwindet im Flur, und ich versuche, mich von dem Schock zu erholen. Ich war nicht darauf vorbereitet, ihn hier zu sehen. Meinen Trainer. *Meinen ehemaligen Trainer.* Mein Magen verkrampft sich.

Mattias Melin ist eindeutig der beste Fußballtrainer, den ich je hatte. Er redet nicht viel, aber er ist gut darin, alle zu motivieren, auf dasselbe Ziel hinzuarbeiten. Seine Ruhe überträgt sich auf die Mannschaft. Obwohl er nicht brüllt und schreit, hören die Leute auf ihn. Weil das, was er sagt, schlau ist. Man lernt etwas bei ihm. Dagegen ist Benny, der die 1. Mannschaft trainiert, der reinste Neandertaler. Rülpst nur Klischees raus, wie dass der Ball laufen soll und nicht wir, schreit uns an, wir würden spielen wie Weiber, pöbelt die Schiedsrichter an und wird nicht selten auf die Tribüne verwiesen. Ein absoluter Volltrottel.

Die Tür fliegt auf, und Mattias kommt mit einer Vase zurück. Er füllt sie mit Wasser, stellt den Strauß auf meinen Nachttisch und bleibt stehen. Die Haut über seinem Hemdkragen ist rot und fleckig, genauso sieht es aus, wenn er findet, dass wir in einem wichtigen Spiel nicht unser Bestes geben.

»Wie geht es dir?«

Ich ringe mir etwas ab, das ein Lächeln darstellen soll.

»Spitze.«

Er schüttelt den Kopf.

»Es tut mir leid, Erik. Ich weiß wirklich nicht, was ich sagen soll.«

»Kein ...« Ich muss eine Pause machen, um Luft zu holen, bin irgendwie aus dem Takt geraten. »Kein Problem«, sage ich dann. »Was soll man dazu auch sagen.«

»Aber ...« Mattias wirft einen Blick auf meine Beine, die reglos unter der Decke liegen. »Es ist doch noch nicht alles verloren, oder? Deine Mama meinte, dass es eine Chance gibt? Ich meine, dass dein Körper sich regeneriert?«

»Auf jeden Fall.« Ich ertappe mich dabei, dass ich manisch an der Plastikfolie der Schokoladenpackung herumzupfe, und höre sofort damit auf. »Aber die Aussichten sind nicht unbedingt berauschend.«

Er nickt, verlagert das Gewicht von einem Fuß auf den anderen. Gerade als das Schweigen richtig quälend wird, klopft jemand dreimal leise an. Als die Tür aufgeht, setzt mein Herz kurz aus, ehe es wieder in Gang kommt.

»Hej, hallo!« Mattias klingt erleichtert. »Wie geht es dir?«

William kommt ins Zimmer. Die dunklen Haare sehen nass aus, als hätte er gerade erst geduscht. Ich traue mich kaum, ihn anzusehen.

Papa sagt, dass William sein Gedächtnis verloren hat, und behauptet, das sei normal bei einer schweren Gehirnerschütterung. Aber das Gedächtnis kann natürlich zurückkommen. Ist er deshalb hier?

»Mir geht's gut. Nur ein bisschen Kopfweh. Und Schmerzen hier.« William zeigt auf seinen Brustkorb. »Aber das ist alles.«

»Das freut mich.«

Mattias klopft ihm ein bisschen zu fest auf den Rücken und entschuldigt sich, als William das Gesicht verzieht.

»Ja, ich wollte sowieso gerade gehen …« Unser Trainer schaut uns an. »Aber ihr habt sicher viel zu bereden.«

Williams Lächeln verblasst. Er schiebt beide Hände in die Hosentaschen seiner Jeans, starrt auf seine Schuhe hinunter und hebt dann den Blick.

»Ich hab gehört … Mama hat gesagt, dass sie dich operiert haben … Wie fühlst du dich?«

Ich mustere ihn einen Augenblick und stelle fest, dass er ängstlich aussieht. Das beruhigt mich für den Moment. Wenn William ängstlich ist, dann hat er ein schlechtes Gewissen.

30

ANNIKA

Erik schläft, als wir ins Zimmer kommen. Ich gehe an sein Bett, stelle mich ans Fußende und sehe ihn an. Nehme Details in mir auf, wie die leicht gebogene Nase und die dichten Wimpern. Verharre bei den glatten Wangen und den blonden Haaren, frisch geschnitten vor der Abschlussfeier.

Mein hübscher Junge. Mein geliebtes Kind.

Warum um alles in der Welt ist er in dieses Auto eingestiegen? Mats hat recht, Erik und William müssen beide ordentlich betrunken gewesen sein. Trotzdem ergibt es für mich keinen Sinn. Mein Sohn ist vorsichtig. Und er hatte solche Angst um seinen Führerschein. Niemals hätte Erik sich alkoholisiert ans Steuer gesetzt. Nicht freiwillig. Wenn doch, dann muss er irgendeiner Form von Gruppenzwang ausgesetzt gewesen sein, wurde unter Druck gesetzt und konnte sich in betrunkenem Zustand nicht dagegen wehren. Vielleicht ging es um eine Mutprobe, eine Wette oder eine andere Dummheit, die Jungs in seinem Alter sich einfallen lassen.

Je länger ich über die ganze Sache nachdenke, desto überzeugter bin ich, dass William gefahren sein muss. Der Unfall kann unmöglich Eriks Schuld sein. Ich drehe mich um und gehe zu Mats. Er hat sich auf einen Stuhl gesetzt, schaut aus dem Fenster.

»Wir müssen ihn fragen, was passiert ist«, flüstere ich. »Wie es dazu gekommen ist. Wer am Steuer saß.«

Mats sieht mich an.

»Warum hast du es so eilig?«

»Eilig?«, zische ich. »Wir haben jetzt drei Tage gewartet. Und er ist ja voll ansprechbar. Willst du es denn nicht wissen? Fragst du dich nicht, w…«

»Er wird es schon erzählen«, fällt Mats mir ins Wort. »Aber wir müssen ihm Zeit geben. Er braucht jetzt Ruhe und kein Verhör. Es genügt ja wohl, dass die Polizei ihn ausfragt.«

Ich brodele innerlich. Normalerweise sind Mats und ich in den meisten Dingen einer Meinung. Oder nein, eigentlich habe *ich* eine Meinung, und Mats ist alles mehr oder weniger egal. Aber auf einmal hat er zu allem einen Standpunkt. Und zwar grundsätzlich das Gegenteil von dem, was ich denke. Ich muss hier raus.

»Willst du etwas aus der Cafeteria?«

Mats schüttelt den Kopf.

»Nein, danke. Ich brauche nichts.«

Ich verlasse das Zimmer und haste den Gang hinunter. Ich will gerade die Doppeltür aufstoßen, als mir das Toilettenschild ins Auge fällt und ich mich stattdessen dafür entscheide. Kaum klickt das Schloss, fließen auch schon die Tränen. Seit ich neulich nachts aus dem Schlaf gerissen wurde, läuft mein Kopf auf Hochtouren – und jetzt drehe ich langsam durch. Ich fühle mich alleingelassen und hilflos. Mats befindet sich offenbar auf einem anderen Planeten, und unsere engsten Freunde sind viel zu sehr in die Sache verwickelt. Es ist schwierig, in ihrer Gegenwart offen zu reden.

Ich zerre ein Papiertuch aus dem Wandhalter und trockne mir die Augen, schnäuze mich. Begegne meinem Spiegelbild und zwinge mich zu einem angestrengten Lächeln. Drücke die Schultern nach unten, in der Hoffnung, dass mein ganzer Körper sich dann entspannt.

Es ist jetzt wichtig, positiv zu denken. Wir müssen froh sein, dass Erik den Unfall überlebt hat, und nicht darüber weinen, dass er vielleicht für immer im Rollstuhl sitzen wird. Es gibt eine Menge Möglichkeiten, als Rollstuhlfahrer ein schönes Leben zu führen. Das wird ihn nicht daran hindern, eine gute Ausbildung zu machen, Freunde zu finden, eine Familie zu gründen – es hindert ihn nicht einmal daran, Sport zu treiben.

Aber der Gedanke, Erik nie wieder rennen zu sehen, ist … unerträglich. Nie wieder dieses besondere Leuchten in seinen Augen zu erleben, wenn er für ein Spiel aufgestellt wird. Die Entschlossenheit in seinem Blick, wenn er in einen Zweikampf geht.

Auf dem Weg zurück in Eriks Zimmer stoße ich beinahe mit einer Krankenschwester zusammen und realisiere trotzdem erst, als ich fast vor der Tür stehe, dass Erik und Mats bis in den Gang zu hören sind.

»Warum kapierst du es nicht?«, schreit Erik. »Es geht nicht um ihn, es geht um mich!«

Mein erster Impuls ist, ins Zimmer zu stürzen und meinen Sohn zu beschützen, ganz egal wovor. Aber irgendetwas hält mich davon ab. Stattdessen bleibe ich mit klopfendem Herz stehen und versuche zu verstehen, worüber sie streiten.

»Warum hast du nichts gesagt, verdammt?« Mats klingt verzweifelt. »Das ändert doch absolut alles.«

»Ich weiß.« Erik weint jetzt. »Aber … ich habe mich nicht getraut, ich …«

»Es tut mir leid.« Mats Stimme klingt sanfter. »Es tut mir leid, Erik. Ich wollte nicht …«

Er verstummt. Nur noch Eriks Schluchzen ist zu hören. Ich schiebe die Tür auf, mache ein paar Schritte aufs Bett zu und drehe mich zu meinem Mann um.

»Hast du nicht gerade selbst gesagt, dass Erik Ruhe braucht?«

Er öffnet den Mund, um etwas zu sagen, aber Erik ist schneller.

»Ist schon okay«, murmelt er. »Ich habe angefangen.«

Ich betrachte seine rotgeweinten Augen, ehe ich wieder Mats ansehe.

»Habe ich irgendetwas verpasst? Kann es sein, dass ihr vielleicht vergessen habt, mir etwas zu erzählen?«

Die Luft im Zimmer ist zum Schneiden, das Atmen fällt mir schwer.

»Nein«, sagt Erik schließlich. »Aber da ich weiß, dass sich alle fragen ...« Er schaut zur Decke. »William ist gefahren.«

Die Erleichterung kann den Schrecken, der mir eben noch durch Mark und Bein gegangen ist, nicht ganz verdrängen.

»War sonst noch jemand im Auto?«

»Nein«, sagt Erik tonlos. »Nur William und ich.«

Ich sehe William Nihlzén vor mir, spüre ein komisches Rumoren im Bauch. Ist es möglich, dass er absichtlich von der Straße abgekommen ist? Um Erik zu schaden und seinen Konkurrenten auf dem Fußballplatz ein für alle Mal aus dem Weg zu räumen? Wusste William nicht, dass *er* – aber Erik nicht – für das Spiel der 1. Mannschaft aufgestellt worden war? Das Spiel, das ein Sprungbrett in die Welt des Profifußballs hätte werden können?

Ich versuche, den Gedanken abzuschütteln, merke selbst, dass er sehr weit hergeholt ist und dass William ja nicht wissen konnte, ob er selbst ohne schwere Verletzungen davonkommen würde. Trotzdem setzt sich die Vorstellung fest, lässt mich nicht so ganz los.

Ich schaue Erik an.

»Und du hast der Polizei gesagt, wie es war?«

»Natürlich habe ich das«, faucht er.

31

MATS

Ich versuche, die Ergebnisse der heutigen Trabrennen zu lesen, aber es fällt mir schwer, mich zu konzentrieren. Ziffern und Buchstaben schwirren vor meinen Augen herum wie Fruchtfliegen. Meine Ohren rauschen. Das Geräusch ist nicht laut, aber furchtbar nervig. Seit dem Unfall habe ich nicht mehr richtig geschlafen, und das ist mittlerweile eine Woche her.

»Ich werde verrückt!« Annika kommt die Treppe heruntergepoltert. Sie ist frisch geduscht, hat ihren Morgenmantel an und knallt ihren Laptop vor mir und Emily auf den Küchentisch. »Ich habe mir die Versicherungsbedingungen ganz genau durchgelesen und mit zwei verschiedenen Sachbearbeiterinnen gesprochen, und trotzdem habe ich keine eindeutige Auskunft erhalten.«

Annikas tropfnasse Haare hinterlassen dunklen Flecken auf dem dünnen Zeitungspapier, die langsam größer werden. Ich schaue hoch. »Auskunft worüber?«

»Alles!« Sie fuchtelt so aufgebracht mit den Armen, dass ihr Morgenmantel aufgeht. »Womöglich läuft es darauf hinaus, dass Erik überhaupt keinen Schadenersatz bekommt.«

»Warum sollte das passieren?« Ich schenke mir mehr Saft ein, in der Hoffnung, dass der Zucker mich wach macht und das Rauschen in den Ohren aufhört. »Möchtest du auch was trinken, Emily?«

Sie schüttelt den Kopf, widmet sich wieder ihrem Handy. Annika richtet ihren Morgenmantel und zieht den Gürtel zu, fängt danach an, auf dem Laptop zu scrollen.

»Der Grund ist die polizeiliche Ermittlung.« Sie beugt sich über den Tisch und liest laut vor, was auf dem Bildschirm steht. »Wenn der Schaden entstanden ist, weil der Versicherte vorsätzlich eine kriminelle Handlung begangen hat oder an einer kriminellen Handlung beteiligt war, die nach schwedischem Recht mit einer Haftstrafe belegt werden kann …« Sie sieht mich an. »Ja, dann greift die Versicherung nicht.«

Ich gebe auf, falte die Zeitung zusammen und schiebe sie weg.

»Aber die polizeilichen Ermittlungen sind überhaupt noch nicht abgeschlossen. Und ganz egal, was dabei herauskommt, es sieht zumindest nicht danach aus, dass Erik eine Straftat zur Last gelegt wird, die zu einer Gefängnisstrafe führen könnte. Soweit ich es verstanden habe, wurde er auf der rechten Seite des demolierten Wagens gefunden. Jeder Idiot wird wohl kapieren, dass er sich nach dem Aufprall nicht mehr von der Stelle bewegen konnte. William sagt ja nur, dass er sich an nichts erinnern kann, und wird vielleicht mit einer Geldstrafe davonkommen. Keiner von beiden ist vorbestraft, und das Einzige, was sie verbrochen haben, ist, betrunken Auto zu fahren.«

»William ist betrunken Auto gefahren.« Annikas Stimme ist scharf. »Aber er wird sicher versuchen, Erik die Schuld in die Schuhe zu schieben, man weiß ja w…«

»Was?« Ich schlucke. »Was hast du gesagt?«

»Ich sagte, dass William Nihlzén die Schuld am Unglück unseres Sohns trägt und dass er Erik auf gar keinen Fall um den Schadenersatz bringen darf, der ihm faktisch zusteht.«

»Hast du mit William geredet?«, frage ich. »Bestreitet er, dass es so war, wie Erik gesagt hat?«

»Nein.« Annika reckt die Nase hoch. »Ich habe nicht mit William gesprochen. Aber ich weiß, dass Krister jede Menge Kontakte hat. Er wird garantiert alles tun, um irgendein Schlupfloch für seinen Sohn zu finden. Denn – wie sähe das aus? Wenn sich herausstellen sollte, dass sein eigener Sprössling womöglich Gefahr läuft, verurteilt zu werden?«

»Tja.« Ich schenke mir den letzten Rest Saft ein. »Sollte es so kommen, dann wird er es wohl akzeptieren und sich damit abfinden müssen. Aber es gefällt mir nicht, dass du William und Krister grundlos irgendetwas unterstellst.«

Annika klappt den Laptop zu und funkelt mich böse an.

»Und mir gefällt nicht, dass du deinem eigenen Sohn misstraust!« Ihre Stimme überschlägt sich fast. »Wie kannst du nur William in Schutz nehmen?«

»Annika, bitte!« Ich muss mich wirklich zwingen, einen normalen Ton zu bewahren. »Ich nehme niemanden in Schutz. Aber ich werde auch niemanden vorschnell verurteilen. Erik sagt, dass William gefahren ist. Uns bleibt nichts anderes übrig, als ihm zu glauben und zu hoffen, dass die Polizei und das Gericht zu demselben Schluss kommen. Eigentlich spielt es ja auch keine große Rolle, wer von beiden am Steuer saß. Es ist genauso dämlich, sich neben einen betrunkenen Fahrer zu setzen, wie selbst besoffen zu fahren. Oder siehst du das anders?«

»Es spielt eine riesengroße Rolle!« Wütend schnappt Annika sich den Rechner. »Davon hängt ab, ob die Versicherung zahlt oder nicht. Und ob ihm Schmerzensgeld zusteht oder nicht.«

»Natürlich.« Ich stehe auf und schlage mir dabei versehentlich das Knie am Tischbein an. »Aua, verdammt.« Fluchend massiere ich mir das schmerzende Knie. »Aber darauf haben wir im Moment keinen Einfluss. Mach dich nicht verrückt, und lass der Gerechtigkeit ihren Lauf.«

»Gerechtigkeit?« Annika spuckt das Wort aus, als würde sie sich davor ekeln. »Wie kannst du von Gerechtigkeit reden, wenn unser Sohn querschnittsgelähmt im Krankenhaus liegt, während sein sogenannter Freund schon wieder auf den Beinen ist? Was, wenn das Ganze Absicht war? Was, wenn William seine Chance gesehen hat, Erik ein für alle Mal loszuwerden?«

Ich wollte zur Spülmaschine, aber ich erstarre und drehe mich auf halbem Weg um.

»Was redest du da?«

»Sie haben das ganze Frühjahr über um einen Platz im Mittelfeld konkurriert.« Sie stemmt die Hände in die Hüften. »William weiß, dass Erik besser ist, es war nur eine Frage der Zeit, bis die Trainer der 1. Mannschaft das auch erkannt hätten.«

Ist das ihr Ernst? Es sieht ganz danach aus. Sie hat die Lippen fest aufeinandergepresst, ihre Augen glühen.

»Also jetzt reicht es. Das …« Ich schaffe es gerade noch, den Rest des Satzes herunterzuschlucken, will nicht noch mehr Schaden anrichten, aber gleichzeitig kann ich nicht fassen, dass wir diese Diskussion überhaupt führen. Es ist absurd. »Wenn«, sage ich und kann mich nur noch mühsam beherrschen. »*Wenn* William mit Absicht gegen diesen Laternenmast gefahren wäre, dann hätte er dabei auch sein eigenes Leben aufs Spiel gesetzt. Dann könnte er jetzt genauso gelähmt sein.«

Sie zuckt nur die Schultern.

»Ich sage ja auch nicht, dass es ein durchdachter Plan war. Er war bekanntlich betrunken.«

»Annika!« Meine Ohren rauschen so laut, dass ich fast schreien muss, um mich selbst noch zu hören. »Untersteh dich, irgendwelche Verschwörungstheorien zu verbreiten. Nicht alles auf dieser Welt dreht sich um Fußball. Ich weiß, dass es dir schwerfällt, das zu verstehen, schließlich hast du in den letzten zehn Jahren an nichts anderes mehr gedacht. Aber William und Erik sind keine Rivalen. Das waren sie auch nie. Diese Rivalität existiert nur in deinem Kopf. Nirgendwo sonst.«

Meine Frau starrt mich an, aber sie bleibt stumm. Es scheint ihr zumindest dieses eine Mal die Sprache verschlagen zu haben.

Emily, die während des Frühstücks kaum einen Ton gesagt hat, steht auf und räumt ihr Glas in die Spülmaschine. Sie will gerade die Küche verlassen, als Annika reagiert.

»Hast du heute später Schule?« Sie mustert unsere Tochter von Kopf bis Fuß, und ehe Emily antworten kann, fährt sie fort: »Bist du sicher, dass du das Kleid anziehen willst? Es soll heute noch Regen geben.«

Es ist ein schrecklicher Moment, und ich wünschte, ich hätte sie alle beide retten können, aber es ist schon zu spät.

»Hallo?« Emily wirft ihrer Mutter einen vernichtenden Blick zu. »Heute ist meine Zeugnisfeier.«

Annika stockt, blinzelt verwirrt. Dann wird ihr Gesicht weich.

»Oh, Süße, es tut mir so leid. Es war einfach alles so viel … Mit dem Unfall und allem.« Sie stellt den Laptop wieder auf den Tisch, zieht Emily an sich und nimmt sie fest in den Arm. »Du siehst wunderschön aus.«

Emily windet sich aus der Umarmung.

»Wir können doch heute Abend was richtig Leckeres essen«, schlägt Annika vor. »Um deinen großen Tag zu feiern. Worauf hast du Lust? Pizza?«

»Mal sehen.« Emily verschwindet im Flur. »Vielleicht gehe ich auch zu Cissi.«

32

ANNIKA

»Tut mir leid«, sagt die Frau am anderen Ende. »Ich kann Ihnen keine Auskunft geben. Es handelt sich um eine laufende Ermittlung.«

Ich möchte sie am liebsten anschreien, ihr sagen, dass Erik immer noch mein Kind ist, will dieser verstockten Person klarmachen, dass es um seine Zukunft geht. Aber das ist sinnlos. Schreien bringt genauso wenig, wie ihr meine Rechte als Mutter zu erklären. Denn irgendwo muss nun mal eine Grenze verlaufen, und diese hier wurde unerbittlich am achtzehnten Geburtstag gezogen. Erik ist im Mai neunzehn geworden. Daran gibt es nichts zu rütteln.

Außerdem wäre es dumm, sich mit den Ermittlern anzulegen, die für den Unfall zuständig sind. Natürlich sollte das keine Rolle spielen, aber Polizisten sind auch nur Menschen. Selbstverständlich sind sie netter zu den Leuten, die sie sympathisch finden.

»Das verstehe ich.« Meine Stimme ist zuckersüß. »Danke für Ihre Hilfe.«

Ich sehe mich in der Küche um und bemerke, dass die Tischdekoration von Eriks Abschlussfest noch auf der Anrichte steht. Kornblumen und gelbe Gerbera in kleinen Gläsern, die wir auf den Tischen verteilt hatten. Die niedlichen Sträußchen sahen so hübsch aus zusammen mit den blau-gelben Girlanden und Fahnen. Jetzt lassen die Gerbera traurig die Köpfe hängen, und die verblichenen Blütenblätter der Kornblumen liegen verstreut auf der Küchenarbeitsplatte.

Warum ist es so schwer, Informationen über den Unfall zu erhalten? Weder von der Versicherungsgesellschaft noch von der Polizei bekomme ich klare Antworten auf meine Fragen. Ich habe sogar versucht, die Rettungssanitäter zu kontaktieren, aber ohne Erfolg. Wahrscheinlich geht es um Datenschutz, aber diese Ungewissheit macht mich noch wahnsinnig.

Ich halte das Handy noch in der Hand, zögere einen Augenblick, aber dann rufe ich Gittans Nummer auf. Mit etwas Glück erwische ich sie gerade zwischen zwei Kunden.

»Hej, Annika. Wie geht es dir?«

»Gut«, antworte ich ganz automatisch. »Das heißt, gut ist vielleicht ein bisschen hoch gegriffen, aber … Na ja, ganz okay, denke ich. Und selbst?«

Bei Gittan ist alles prima. Und ich darf mir auch anhören, dass William schon wieder fast ganz fit ist. Er muss nur leider noch ein paar Tage warten, bis er wieder trainieren darf. Sie redet ohne Punkt und Komma, und mich beschleicht der Verdacht, dass sie das nur tut, damit ich sie nicht auf den Unfall ansprechen kann. Es geht die ganze Zeit nur um William hier und William da.

»Ich habe die Versicherung kontaktiert«, werfe ich ein, um ihren Wortschwall zu stoppen. »Es ist so ärgerlich, dass sie einem keine vernünftige Auskunft geben können.«

»Ach, das habe ich ganz vergessen, dir zu sagen«, zwitschert Gittan. »Krister kennt sich aus mit solchen Sachen, wie Selbstbeteiligung und Erstattung von Schäden am Auto un…«

»Ich meinte nicht das Auto«, unterbreche ich sie.

»Okay.« Gittan klingt jetzt anders, wachsam. »Woran dachtest du denn?«

»An Erik«, sage ich. »Die Höhe des Schadenersatzes hängt bei ihm ja davon ab …« Es gelingt mir im letzten Moment, mich zu bremsen, und ich entscheide mich, es anders anzugehen. »Williams Gedächtnis. Hat sich etwas getan? Ich meine …«

»Ist das der Grund für deinen Anruf?« Ihre Tonlage hat sich eindeutig verändert. »Um an Informationen zu kommen, mit denen Erik sich aus der Affäre ziehen kann?«

Ich weiß nicht mehr, warum ich angerufen habe. Was Mats mir heute Morgen an den Kopf geworfen hat, seine Behauptung, es gäbe keine Rivalität zwischen unseren Söhnen, fällt mir wieder ein, und plötzlich wird mir schwindelig. Alles dreht sich.

Als das Gespräch beendet ist, lasse ich mich auf den Küchenhocker sinken und schließe die Augen.

Was habe ich denn jetzt schon wieder getan? Irgendetwas sagt mir, dass Gittan noch in diesem Moment wieder zum Hörer greifen wird, um sich bei Fariba auszuheulen. Die natürlich für Gittan Partei ergreifen wird. Was ich selbstverständlich nicht beweisen kann, aber ich ahne es.

Es ist inzwischen kurz vor halb drei. Ich habe noch ein paar Sachen in der Stadt zu erledigen, dann will ich ins Krankenhaus fahren. Mats hat bereits angekündigt, dass er es heute nicht schaffen wird mitzukommen. Dafür habe ich volles Verständnis – für mich als Bibliothekarin ist es leichter, mir freizunehmen. Er kann das Geschäft nicht einfach alleinlassen. Aber er hat auch angedeutet, dass Erik vielleicht mal eine Pause von uns braucht.

»Wenn Erik uns nicht sehen will, dann muss er es nur sagen«, habe ich geantwortet.

»Bist du ganz sicher, dass er das tun würde?«, erwiderte Mats.

Ich verstehe einfach nicht, was mit meinem Mann los ist. Steht er immer noch unter Schock? Erst wirft er mir vor, ich würde Verschwörungstheorien verbreiten, und dann behauptet er, unser Sohn wolle nichts von uns wissen. Außerdem weigert er sich, mir zu erzählen, worum es in dem Streit zwischen ihm und Erik ging. Er sagt nur, es sei nicht wichtig gewesen. Das nagt an mir. Nicht wichtig für wen? Für Mats? Oder für Erik? In meinen Ohren klang es dramatisch wichtig.

Ich *weiß*, dass Erik sich über Gesellschaft freut. Auf dem Papier mag er erwachsen sein, aber er ist immer noch mein Kind, und in dieser schlimmen Zeit braucht er seine Mama mehr als je zuvor.

Als ich gerade gehen will, höre ich Geräusche an der Tür und drehe mich um. Emily steht in der Diele.

»Was machst du denn schon zu Hause?«

»Äh, hallo?« Das Gesicht meiner Tochter verdunkelt sich. »Heute war mein letzter Schultag. Wie oft muss ich das noch sagen, bis du es kapierst?« Sie bemerkt den Autoschlüssel in meiner Hand. »Wohin willst du?«

»Ich muss ein paar Sachen in der Stadt erledigen. Und danach fahre ich ins Krankenhaus.«

»Okay.« Emily rauscht an mir vorbei in die Küche. »Ihr braucht keine Pizza für mich zu bestellen. Cissis Mama hat mich zum Essen eingeladen.«

Ich habe ein schlechtes Gewissen, aber gleichzeitig bin ich erleichtert. Ich hatte die versprochene Pizza tatsächlich schon wieder vergessen. Aber wir holen die ausgefallene Feier ein anderes Mal nach.

33

EMILY

Wir haben zu Abend gegessen und Cissis Mama mit dem Abwasch in der Küche alleingelassen. Sie meinte, das wäre okay, weil heute unsere Zeugnisfeier war. Cissi kriecht ins Bett. Sie schaut mich an, und ich kenne diesen Gesichtsausdruck. Wenn sie so guckt, dann hat sie immer etwas Wichtiges zu erzählen. Wie üblich zieht sie es in die Länge und lässt mich zappeln, bis ich vor Neugier fast platze.

»Weißt du, was ich gehört habe?«, fragt sie schließlich.

Ich schüttele den Kopf, und Cissi beugt sich vor, senkt die Stimme.

»Angeblich ist dein Bruder mit einem Messer auf William losgegangen.«

»Wann soll das denn gewesen sein?« Mein Mund ist ganz trocken, und ich wünschte, wir hätten etwas zu trinken mit ins Zimmer genommen. »Auf der Party bei Hampus?«

»Ja.« Sie grinst, wie um das eben Gesagte ins Lächerliche zu ziehen. »Aber das ist ja nur ein Gerücht, das ist garantiert nicht wirklich so passiert.«

»Nein. Das … klingt total bescheuert.« Ich versuche, meine Stimme ruhig zu halten, aber ihre Worte haben sich schon wie Stacheln in mein Herz gebohrt. Wie diese dünnen, die man kaum sieht, die aber trotzdem richtig weh tun. Kann es sein, dass Erik und William sich gestritten haben? War William wütend auf Erik und ist absichtlich von der Straße abgekommen? Es ergibt alles keinen Sinn. Warum sollte William sich mit jemandem in ein

Auto setzen, der gerade noch mit einem Messer hinter ihm her war?

Cissi will noch mehr sagen, aber da klingelt draußen im Flur das Telefon. Dem Geräusch nach lässt Diana etwas in die Spüle fallen, dann sind Schritte vor der Tür zu hören, und sie meldet sich. Man merkt ihrer Stimme an, dass sie den Anrufer nicht kennt, sie redet steif und komisch. Aus irgendeinem Grund sitze ich schon wie auf glühenden Kohlen, bevor sie ins Zimmer kommt.

»Die Polizei hat angerufen.« Diana bemüht sich, ruhig zu wirken, aber sie wirkt alles andere als gelassen. »Sie wollen mit dir reden, Cissi.«

»Warum denn?« Meine beste Freundin ist blass geworden. »Und worüber?«

»Ich weiß es nicht. Sie wollten mir nicht sagen, worum es geht, aber wir sollen morgen Vormittag aufs Revier kommen.«

Cissi und ich schauen uns an, und Diana sieht noch besorgter aus.

»Cecilia Björling«, sagt sie streng und lässt ihre Tochter nicht eine Sekunde aus den Augen. »Wenn du mir etwas zu erzählen hast, dann ist der Zeitpunkt dafür jetzt gekommen.«

Seufzend rutscht Cissi vom Bett und verlässt das Zimmer. Ich bleibe auf ihrem Drehstuhl sitzen, starre das große Rihanna-Plakat an, das über dem Schreibtisch hängt. Es fühlt sich an, als hätte sich ein Tier in meinem Brustkorb eingenistet. Es scharrt und kratzt dort drinnen herum. Will die Polizei mit Cissi über den Unfall reden? Etwas anderes kann es ja nicht sein. Aber warum ausgerechnet mit ihr? Es waren doch so viele andere auf der Party? Weiß die Polizei, dass sie William und Erik im Auto gesehen hat?

Im nächsten Moment fallen mir unsere gefälschten Ausweise ein. Hat sie ihren irgendwo verloren? Oder geht es um das Lipgloss, das wir bei H&M geklaut haben? Vielleicht ist der Unfall ja doch nicht der Grund.

Scheiße! Will die Polizei auch mit mir sprechen? Wenn ja, dann hoffe ich wirklich, dass es um Erik geht. Meine Eltern können bestimmt damit leben, dass ich auf der Party bei Hampus war und Alkohol getrunken habe. Und von dem Unfall habe ich ja wirklich nichts mitgekriegt. Aber den gefälschten Ausweis und den Ladendiebstahl würden sie mir nie verzeihen. Die Strafe wäre Ausgangsverbot bis in alle Ewigkeit. Amen.

Ich spitze die Ohren und versuche zu verstehen, was in der Küche geredet wird, aber ich höre nur dumpfes Gemurmel. Als Cissi endlich zurückkommt, hat sich das Tier aus dem Brustkorb in meiner Kehle breitgemacht.

»Was hast du ihr erzählt?«, kann ich gerade noch so herausquetschen. »Du hast ihr doch nichts von dem Lipgloss und unseren Ausweisen verraten, oder?«

»Bist du verrückt?« Cissi reißt die Augen auf. »Nein, ich habe ihr nur gesagt, dass ich auf Hampus' Party war. Vermutlich will die Polizei deshalb mit mir reden.«

»Woher wissen die, dass du da warst?«

»Keine Ahnung.« Sie hebt die Hände. »Wahrscheinlich haben sie herausgefunden, wer eingeladen war und wer gekommen ist.«

Das Tier kratzt in meinem Rachen.

»Dann wollen sie bestimmt auch mit mir sprechen.«

»Kann gut sein.«

Ich schlucke.

»Aber du sagst ihnen doch nichts, falls sie nach mir fragen, oder?«

»Natürlich nicht.« Cissi setzt sich wieder aufs Bett. »Aber die wollen garantiert wissen, mit wem ich da war.«

Allein bei dem Gedanken, dass die Polizei meine Eltern anruft, bekomme ich Gänsehaut.

»Okay, aber was hast du deiner Mama erzählt?«

»Die Wahrheit. Dass wir da waren. Dass ich gesehen habe, wie

William weggefahren ist, und dass ich später noch mal zurückgegangen bin, um mein Handy zu holen. Sie war nicht gerade begeistert, aber zumindest erleichtert, dass ich nicht sinnlos besoffen war.« Cissi grinst. »Du hättest da schon mehr zu beichten gehabt, voll wie du warst.«

Sie wird plötzlich ernst.

»Und ich habe das mit dem Messer erwähnt.«

»Was? Warum denn? Das ist doch nur ein Gerücht.«

»Eben.« Sie zuckt mit den Schultern. »Das habe ich auch gleich gesagt.«

»Und was meinte deine Mama dazu?«

»Sie findet, dass ich es der Polizei sagen soll. So nach dem Motto, wo Rauch ist, ist auch Feuer.«

34

MATS

Es vibriert in meiner Hosentasche. Zweimal habe ich den Rasenmäher ausgemacht und das Handy herausgezerrt, nur um dann auf ein schwarzes Display zu starren. Wieder lasse ich den Griff los und fische das Telefon aus der Tasche. Diesmal ist es keine Einbildung, es ruft wirklich jemand an. Als ich den Namen auf dem Bildschirm lese, würde ich mein Handy am liebsten ins Gebüsch pfeffern.

Annika.

Nach der Diskussion heute Morgen frage ich mich langsam, ob meine Frau vollständig den Verstand verloren hat. Niemand außer Annika ist imstande, den Autounfall zu einem Fußballding zu machen. Erik hat noch nie ein Wort über eine Rivalität zwischen ihm und William verloren. Er hat auch nie erwähnt, dass er sich von seinen Trainern ungerecht behandelt fühlt. Nur seine Mutter hat ihn ständig mit seinen Mannschaftskameraden verglichen, hat in Frage gestellt, warum er für dieses oder jenes Spiel nicht aufgestellt wurde, hat sich in ihrem Kopf irgendwelche Allianzen und Vetternwirtschaft im Trainerstab zurechtgesponnen.

Erik hat sich nie in dieses Gerede hineinziehen lassen. Er hat den Konkurrenzkampf akzeptiert, hat höchstens mal die Faust in der Tasche geballt und dann noch härter trainiert. So wie normale Menschen das machen. Aber ich will jetzt am liebsten überhaupt nicht mehr an Fußball denken. Dieses Kapitel in Eriks Leben ist abgeschlossen.

Ich nehme den Anruf an, halte das Handy ans Ohr und bereite mich auf das Schlimmste vor.

»Er … er …« Annika schluchzt. »Er … o Gott, Mats … du musst …«

Die Wörter kommen abgehackt, und ich bringe keinen Zusammenhang in das, was sie mir zu sagen versucht.

»Was ist passiert?« Mein Magen verkrampft sich, und ich beuge mich automatisch nach vorn. »Ist etwas mit Erik? Wo bist du?«

Annika ist völlig außer sich. Sind bei Erik schwere Komplikationen durch die Operationen aufgetreten? Oder hat er womöglich versucht, sich das Leben zu nehmen?

»Er …« Annika hustet. »Ich stehe auf dem Parkplatz …«

»Welcher Parkplatz? Am Krankenhaus?«

»Ja…« Sie schnappt nach Luft. »Du musst Erik anrufen.«

Meine Erleichterung ist gewaltig. Wenn er telefonieren kann, dann lebt er zumindest und liegt weder im Koma noch auf dem OP-Tisch.

»Erik anrufen? Warum denn? Jetzt beruhig dich erst mal, und erzähl mir, was los ist.«

Ich richte mich auf, massiere mir mit der freien Hand die Magengrube.

Am anderen Ende höre ich meine Frau zitternd schluchzen.

»Er lässt mich nicht rein.«

Ich lasse mich auf die Terrassentreppe sinken.

»Das ist alles?«

»Was verstehst du daran nicht?«, schreit Annika in den Hörer. »Ich darf nicht zu ihm. Eine der Schwestern hat mir ausgerichtet, dass Erik sie darum gebeten hat, heute niemanden zu ihm zu lassen.«

»Und weiter?« Ich wische ein paar Grashalme von meinen Schuhen. »Wo ist das Problem? Wahrscheinlich ist er einfach nur müde und möchte seine Ruhe. Herrgott nochmal, Annika. Ich dachte, es wäre etwas passiert. Etwas Schlimmes.«

»Das *ist* schlimm!«, brüllt sie. »Kannst du dir vorstellen, wie es sich anfühlt, vor der verschlossenen Tür des eigenen Sohns zu stehen und nicht zu ihm zu dürfen?«

»Ja«, sage ich. »Das ist doch nicht das erste Mal. Ich stand schon wer weiß wie oft vor seinem Zimmer.«

»Aber das ist nicht dasselbe.« Annikas Stimme bebt vor Wut. »Ich wurde von einer Fremden weggeschickt. Und vielleicht geht es Erik furchtbar schlecht. Vielleicht braucht er Hilfe. Woher soll ich das wissen, wenn ich ihn nicht sehen darf?«

Eine Elster fliegt aus dem Apfelbaum auf und landet in der Hoffnung auf Regenwürmer auf dem frisch gemähten Rasen.

»Er befindet sich in einem Krankenhaus«, rufe ich ihr ins Gedächtnis. »Wenn er Hilfe braucht, wird er sie dort mit Sicherheit bekommen.«

Annika seufzt. »Mats, ich bitte dich«, sagt sie flehend. »Kannst du nicht wenigstens versuchen, ihn anzurufen?«

»Nein.« Ich stehe auf, und die Elster flüchtet sich in die Birke. »Ich rufe ihn nicht an. Wenn Erik heute seine Ruhe will, dann müssen wir das respektieren.«

Annika schnappt nach Luft.

»Was ist denn los mit dir?!« Sie schreit direkt ins Mikrophon, und ich reiße das Handy vom Ohr weg, um keinen Hörschaden davonzutragen. »Irgendetwas stimmt doch nicht mit dir! Seit wann bist du so ein gefühlloser Klotz? Ist dir dein eigener Sohn wirklich so egal?«

Alles hat eine Grenze, und irgendwann erträgt man es einfach nicht mehr. Und hier – genau hier – verläuft meine Grenze. Mir platzt der Kragen.

»Komm mir jetzt nicht mit dem Vorwurf, mir wäre alles egal. Du hast überhaupt keine Ahnung, was ich gerade durchma…«

Es klickt in der Leitung.

»Hallo? Annika?«

Ich starre auf das Display. Sie hat aufgelegt.

Eine ganze Weile stehe ich reglos da, höre nur das Rauschen in meinen Ohren. Dann rufe ich die Liste mit den letzten Telefonaten auf und tippe auf einen der Namen.

Erik.

35

ANNIKA

Ich parke am Straßenrand, ziehe den Schlüssel ab und bleibe sitzen. Meine Schläfen pochen, und ein dicker Kloß wächst in meinem Hals. Vielleicht sollte ich einfach nach Hause fahren. Aber dann fällt mir das Gespräch ein, das ich gerade geführt habe. Das Gespräch, das mich dazu gebracht hat, so laut zu schreien, dass sich die Leute auf dem Krankenhausparkplatz nach mir umgedreht haben.

Ich will nicht nach Hause. Ich muss mit jemandem reden, der nicht unmittelbar in die ganze Geschichte verwickelt ist, der zuhören kann, ohne mir die ganze Zeit ins Wort zu fallen, und der in der Lage ist, die ganze Sache nüchtern zu betrachten. Normalerweise wäre Gittan meine erste Anlaufstelle. Ich hoffe, ich habe mich getäuscht, als ich dachte, dass sie Fariba schon auf ihre Seite gezogen hat.

Familie Jafari wohnt, genau wie wir, in einem weißen Einfamilienhaus, das irgendwann in den sechziger Jahren erbaut worden ist. In unserer Gegend gibt es viele dieser Häuser mit Kalksandsteinmauerwerk, und es gibt bestimmt schickere Arten zu wohnen, aber wir fühlen uns hier wohl. Die Gärten mit ihrem alten Baumbestand haben eine perfekte Größe, hier gibt es keinen lärmenden Straßenverkehr wie in der Innenstadt, und trotzdem sind wir in einer Viertelstunde im Zentrum. Und es gibt eine Menge guter Schulen in der Nähe.

Ich gehe die Treppe hoch und drücke die Klingel.

Die Tür geht auf.

»Annika.« Massoud umarmt mich. »Wie geht es dir? Kann ich etwas für dich tun?«

Seine Fürsorglichkeit bringt den Kloß in meinem Hals zum Platzen, und im nächsten Moment stehe ich zitternd und schluchzend vor ihm.

»Entschuldige.« Ich mach einen Schritt zurück, um nicht in Massouds Umarmung hängenzubleiben. »Ich …«

»Du musst dich nicht entschuldigen, Annika.« Er lächelt. »Möchtest du hereinkommen? Ich koche uns einen Tee. Oder möchtest du lieber einen Kaffee?«

»Tee wäre schön.« Ich suche in meiner Handtasche nach einem Taschentuch, finde aber keins. »Ist Fariba gar nicht zu Hause?«

»Sie ist noch in einer Sitzung.« Massoud schiebt mich sanft in die Diele. »Komm einfach rein.«

Fariba engagiert sich politisch in der Frauenvereinigung der Moderaten. Ich bewundere sie wirklich dafür, aber ich verstehe nicht, woher sie die Zeit und die Energie nimmt. Fariba Jafaris Tage scheinen deutlich mehr als vierundzwanzig Stunden zu haben.

»Jetzt erzähl mal.« Massoud bringt mich in die Küche. »Wie geht es Erik?«

Die Frage genügt, um mir gleich wieder die Tränen in die Augen zu treiben.

»Ach, Mensch.« Ich schluchze. »Es ist alles so belastend.«

Massoud drückt mich sanft, aber entschieden auf einen Stuhl.

»Setz dich.« Er reißt ein Stück Küchenpapier ab und reicht es mir. »Ich kümmere mich um den Tee, und du erzählst. Wir haben Zeit. Diese Sitzungen dauern gewöhnlich mehrere Stunden. Und Ibbe ist heute Abend beim Training.«

Der letzte Satz versetzt mir einen Stich in der Brust.

»Danke.« Ich schnäuze mich. »Es war nicht meine Absicht, hier aufzutauchen und zusammenzubrechen.«

Massoud zieht den Samowar vor und befüllt den unteren Wasserkocher.

»Ich kenne dich, Annika. Du versuchst immer, stark zu sein.« Er stellt zwei Glastassen auf die Spüle. »Aber irgendwann muss man auch mal alles rauslassen.«

Seine Worte sind Balsam. Massoud und ich haben uns schon immer gut verstanden. Er ist unkompliziert, fröhlich und positiv. In Massouds Welt ist nichts unmöglich. Und er kommt mit jedem gut aus. Ich nehme an, dass er deshalb so ein beliebter Mannschaftsleiter ist. Massoud Jafari kann andere Menschen lesen und weiß, was sie brauchen. Auch jetzt hat er den Nagel wieder auf den Kopf getroffen: Ich habe *wirklich* versucht, stark zu bleiben. Seit dem Unfall versuche ich nichts anderes. Vor den Ärzten, der Versicherung, Freunden und Erik – vor allem vor Erik – habe ich die ganze Zeit die Fassung bewahrt. Innerlich habe ich mich nach Trost gesehnt.

Wir trinken Tee, und Massoud stellt ein paar Fragen, aber davon abgesehen rede nur ich. Als unsere Tassen leer sind, schenkt er nach, und ich bin gerade bei den Ereignissen des Tages angelangt.

»Erik hat mich nicht zu sich gelassen, als ich ins Krankenhaus gekommen bin«, sage ich.

Massoud, der lange auf seinen Löffel hinuntergeschaut hat, hebt den Blick.

»Was? Warum nicht?«

Ich schüttele den Kopf, meine Augen füllen sich wieder mit Tränen.

»Keine Ahnung. Die Schwester hat mich im Flur aufgehalten. Und jetzt …« Ich schluchze laut. »Jetzt geht er nicht ans Telefon und ignoriert meine Nachrichten.«

»Vielleicht ist es nur der Schock«, versucht Massoud mich zu beruhigen. »Oder er ist müde. Erik ist gerade erst operiert worden, er braucht Ruhe.«

»Kann sein.« Ich putze mir die Nase. »Ich komme mir nur so dumm vor. Auf diese Weise weggeschickt zu werden. Vom eigenen Kind. Verstehst du das?«

Er nickt.

»Mats kann das überhaupt nicht nachvollziehen«, fahre ich fort. »Ich habe ihn angerufen und ihn gebeten, mit Erik zu reden und zu versuchen, ihn zur Vernunft zu bringen. Aber er hat sich geweigert.«

»Es muss schwer für euch sein im Moment«, sagt Massoud.

Er legt seine Hand auf meine. Sie ist warm und groß. Massouds Zeigefinger streichelt ganz zart meinen Handrücken. Ich schaue hoch und sehe das Funkeln in seinen Augen mit den langen, dunklen Wimpern. Mir läuft ein Schauer über den Rücken. Aus irgendeinem seltsamen Grund spüre ich gleichzeitig ein leichtes Kribbeln zwischen den Beinen.

Ich sollte meine Hand wegziehen und gehen. Auf der Stelle. Trotzdem sitze ich noch hier.

»Du bist eine schöne Frau, Annika«, sagt Massoud mit weicher Stimme. »Weißt du das?«

Mich hat noch nie jemand schön genannt. Mats fand mich vielleicht süß, als wir uns kennengelernt haben. Aber das ist fast dreißig Jahre her.

Ich schüttele den Kopf. »Jetzt lügst du aber.«

Ohne seine Hand wegzunehmen, steht er auf. Dann zieht er mich auf die Füße. Wie sehen uns in die Augen, und zum ersten Mal in meinem Leben spüre ich dieses Knistern in der Luft. Diese vibrierende Spannung, wie sie in Romanen immer beschrieben wird.

»Hör zu.« Massouds Blick ist ernst. »Ich fand dich schon immer schön. Deine Augen. Dein Haar.«

Er streicht mir sanft eine Haarsträhne hinter das Ohr. Mein Herz klopft wie wild. Ich sehe Fariba vor mir. Ihre weiblichen

Kurven, ihre glänzenden schwarzen Haare, die großen braunen Augen. Wie kann er mir sagen, *ich* sei schön, wenn er eine Frau wie sie hat?

»Und deine Seele«, fährt Massoud fort. »Du hast eine schöne Seele. Ich wünschte …«

Er verstummt und zieht mich an sich. Ich weiß, dass ich gehen sollte. Meine Vernunft sagt mir, dass das hier eine furchtbar schlechte Idee ist.

Aber es hilft nichts. Mein Körper bleibt stehen.

Massouds Hand schiebt sich unter mein Oberteil, ich drücke mich an ihn und spüre seine Erektion an meinem Oberschenkel.

Im selben Moment öffnet jemand die Haustür.

DIE HOCHZEIT

36

ERIK

»Wann kommt Emily denn endlich? Wie spät ist es?«

Nike hält ihr Telefon in der Hand und hebt den Kopf.

»Noch fünf Minuten«, verkündet sie.

Ich drehe den Oberkörper, scanne den Mittelgang, die Wiese und die Terrasse. Im selben Moment verschwindet die Sonne hinter einer Wolke, und schlagartig verändert sich die Szenerie. Das Schloss wirkt plötzlich dunkel und bedrohlich und ragt hinter uns auf wie ein lauernder Riese. Ich schließe kurz die Augen und mache sie wieder auf. Woher kommen nur immer diese kranken Gedanken?

Nike setzt ihre Sonnenbrille ab und packt sie in ihre Handtasche.

»Genieß doch einfach so lange die Aussicht.«

Ich bin viel zu angespannt, um die Aussicht zu genießen, will einfach nur, dass es endlich vorbei ist. Mit jeder Minute, die ich hier bin, wird deutlicher, warum ich besser abgesagt hätte. All die Gesichter, die ich versucht habe zu vergessen. All die Erinnerungen, die ich in die dunkelste Ecke meines Gedächtnisses verbannt hatte.

William steht schon vor dem Rosenbogen bereit und wartet auf seine Braut. Er hat sich kaum verändert, vielleicht ist sein Kreuz ein bisschen breiter geworden. Die dunklen Locken hat er nach hinten gekämmt. Er sieht glücklich und erwartungsvoll aus. Wenn ich die Augen ein bisschen zusammenkneife, hat er tatsächlich noch ziemlich viel Ähnlichkeit mit dem Jungen, mit dem ich zur Schule gegangen bin. Dem Fußballfreak, der Barcelona liebte und alles über die spanische Liga wusste. Dem Mädchenschwarm, den schon in der Mittelstufe nicht nur die Mädchen aus unserem Jahrgang süß fanden, sondern auch die vierzigjährigen Lehrerinnen.

William Nihlzén. Gutaussehend, reich und berühmt. Eigentlich war es so gedacht, dass wir beide von dem Deal profitieren sollten. William *und* ich. Und was ist daraus geworden? Es ist ja wohl ziemlich eindeutig, wer von uns beiden das große Los gezogen hat.

Ibbe steht auch dort vorn, er ist Williams Trauzeuge. Ibrahim Jafari war der Klassenclown, aber auch der Schlauste von uns allen. Mir wird bewusst, dass genauso gut ich an seiner Stelle sein könnte. Dort, an Williams Seite. Natürlich haben wir damals vor acht Jahren noch nicht über Hochzeiten gesprochen, wir waren Teenager. Aber *hätten* wir es getan, wäre *ich* seine erste Wahl gewesen.

Erik und William.

Beste Freunde.

Unzertrennlich.

Mir wird schlecht. Ich richte mich auf, drehe die Wasserflasche auf, die Nike mir besorgt hat, und leere sie bis auf den letzten Tropfen. Es hilft nicht. Das Unwohlsein steckt ganz oben in der Kehle fest. Ich schiebe einen Finger in den Hemdkragen, die Fliege hat sich in ein Würgehalsband verwandelt.

Meine Mutter ist nirgends zu sehen. Ich drehe mich um und muss tief Luft holen. Dort, zwei Reihen hinter uns auf der anderen Seite des Mittelgangs, sitzt sie: Sanja. Ein ganzer Schwarm Schmetterlinge flattert gleichzeitig in meiner Brust auf. Ich will sie wirklich nicht anstarren, aber ich kann meinen Blick nicht von ihr losreißen. Sanja wiederzusehen ist wie ein Traum. Sie trägt die Haare offen, ihre roten Locken fallen weich über ihre nackten Schultern, genau wie an jenem Abend damals. Es ist schwer zu sagen, in welche Richtung sie schaut, ihre Augen sind hinter einer dunklen Sonnenbrille versteckt.

Am Ende des Gangs steht Papa, schick herausgeputzt und bereit, seine Tochter dem Bräutigam zu übergeben. Unsere Blicke begegnen sich, und er lässt seinen Posten kurz im Stich und huscht zu mir herüber.

»Hallo, mein Lieber.« Er umarmt mich und gibt Nike die Hand. »Ich habe euch vorhin gesucht. Wo wart ihr denn?«

»Wir waren auf dem Zimmer und haben uns umgezogen.« Nike streicht ihr Kleid glatt. »Zu so einem Anlass will man schließlich nicht zerknittert erscheinen.«

»Das stimmt natürlich.« Papa zieht ein Taschentuch aus seiner Hosentasche und wischt sich den Schweiß von der Stirn. »So langsam werde ich doch ein bisschen nervös.«

Nike lächelt ihm aufmunternd zu.

»Ach, das klappt schon.«

»Und sonst? Alles gut?« Papa schaut mich an. Er klingt munter, aber ich sehe die Sorge in seinen Augen. Das ist nichts Neues, aber vermutlich hat ihn unser Telefonat heute Vormittag zusätzlich beunruhigt. »Neue Sensationsmeldungen in Arbeit?«

»Immer«, sage ich. »Nur Sensationen.«

Papa lacht und klopft mir auf den Rücken, sagt noch irgendetwas, das ich nicht mehr höre.

Merkt Nike, dass wir Theater spielen? Ich glaube nicht. Sie lacht und scherzt, erzählt, dass sie lange nach Zimmer Nr. 91 gesucht hat, bis sie ihre Schlüsselkarte umgedreht und begriffen hat, dass sie in Zimmer Nr. 16 wohnt. In Nikes Gesellschaft entspannt sich jeder, das kann sie wirklich gut. Papa war früher genauso, aber inzwischen wirkt er nervös und unsicher, wenn er neue Menschen trifft, besonders in großer Runde. Er hat sich wirklich verändert seit dem Unfall.

Mein Blick fällt auf William, der lächelnd im Hintergrund

steht, und mit einem Mal sehe ich es noch klarer vor mir: Wir können nicht so weitermachen.

»Ich glaube, es ist an der Zeit«, sage ich.

Papa schaut hoch zum Schloss und nickt.

»Ja. Emily wird jeden Moment hier sein. Ich gehe besser zurück.«

»Nein.« Ich greife nach seinem Arm, zwinge ihn, mir in die Augen zu sehen. »Ich meine, es ist an der Zeit für die Wahrheit.«

37

EMILY

Die Augustsonne ist warm, und der Duft von frisch gemähtem Gras steigt vom Boden auf. Mein Kleid sitzt perfekt, genau wie die Frisur. Hinter mir gehen Cissi und Amanda, zusammen mit den Brautführern, Williams gleichaltrigen Cousins. Und dort unten steht er – mein geliebter William. In wenigen Minuten gehört er mir und niemandem sonst.

Dennoch kommen mir die Tränen. Sie brennen wie Feuer hinter meinen Lidern, und ich muss kämpfen, um mein Gesicht unter Kontrolle zu halten.

Der Stuhl, auf dem Mama sitzen sollte, ist leer.

Sie ist nicht gekommen.

Und das tut weh.

Ich hatte mir so fest vorgenommen, keinen Gedanken an sie zu verschwenden, aber ich schaffe es nicht. Wie kann sie mir das antun? Sie weiß doch, wie viel mir dieser Tag bedeutet, und trotzdem – oder vielleicht gerade deshalb – tritt sie meine Gefühle mit Füßen. Meine Finger umklammern den Brautstrauß so fest, dass die Knöchel sich weiß färben.

Ich habe ihr eine Chance gegeben. Sie hat sie nicht genutzt. Dass sie mich so im Stich lässt, werde ich ihr niemals verzeihen. Das war der letzte Versuch. Für sie wird es kein Enkelkind geben. So eine Oma braucht mein Baby nicht.

Ich sehe meinem Vater an, wie leid es ihm tut. Er drückt mich unauffällig, als ich mich bei ihm unterhake. Während wir das kurze Stück auf William zugehen, bemühe ich mich, nur auf die vielen strahlenden Gesichter zu achten, auf die Musik und den wunderschönen Rosenbogen. Dieser Moment kommt nie wieder zurück.

»Sei lieb zu ihr.« Mit einem Augenzwinkern an William lässt Papa mich los. »Sonst bekommst du es mit mir zu tun.«

William und alle, die in der Nähe sitzen, grinsen. Papa wirft mir noch einen Luftkuss zu und setzt sich dann auf den Stuhl neben Isobel. Sie lächelt, tupft sich mit einem Taschentuch eine Träne aus dem Augenwinkel und schüttelt hilflos den Kopf. Süße Isobel, die ihre Gefühle nie verbergen kann.

William nimmt meine Hand, und wir sehen uns an. Unsere Blicke begegnen sich nur für einen kurzen Moment, aber das genügt. Alles um uns herum verschwimmt. Meine Enttäuschung verwandelt sich in kleine glänzende Seifenblasen. Sie fliegen über die Wiese davon und zerplatzen über den Bäumen.

William neigt sich hastig zu mir.

»Du siehst *so* schön aus.«

Sein Flüstern kitzelt warm in meinem Ohr.

William und ich. Jetzt gehören wir zusammen. Ganz richtig. Heute beginnt unser neues Leben, und schon bald werden wir eine kleine Familie sein. Eine Familie, in der ich wichtig bin, in der alle wichtig sind. Meine Finger bewegen sich in seiner Hand, und ich hoffe, dass er meine Liebe spüren kann, dass er spürt, wie stark sie ist. Als die Pfarrerin das Wort ergreift, kann ich mich kaum konzentrieren. Mein Kopf ist voller glücklich wirbelnder Gedanken an unsere Zukunft.

Die Pfarrerin verstummt, sieht mich an. Sie lächelt freundlich, und meine Ohrläppchen fangen an zu glühen. Ich habe keine Ahnung, an welcher Stelle der Zeremonie wir uns befinden. Wir können doch unmöglich schon beim Ehegelübde angelangt sein? William dreht sich leicht nach rechts, und ich mache es ihm nach. Das Orchester stimmt die ersten Töne des Intros von »I Will Always Love You« an. Wir sind also beim ersten Lied. Die Solistin, eine junge Sängerin aus Kristianstad, der nach ihrer Teilnahme bei der Castingshow *Idol* eine glänzende Karriere vorausgesagt wird, macht einen Schritt nach vorn.

Sie schließt die Augen, um das richtige Gefühl zu treffen, und ich schaue über die Stuhlreihen. Meine Oma hält sich am Arm ihrer Schwester fest. Die beiden sind so unglaublich niedlich in ihren neuen Kleidern und mit den rot geweinten Augen. Krister fingert an seiner Fliege herum, dann an seinem Einstecktuch und wieder an der Fliege. Ich finde es richtig süß, dass er so nervös ist, aber man feiert natürlich auch nicht jeden Tag die Hochzeit des einzigen Kindes.

Gittan hat feuchte Augen, aber sie sieht trotzdem gefasst aus. Wie immer perfekt gestylt, dem Anlass angemessen mit einer eleganten Hochsteckfrisur. Sie fügt sich nahtlos in das Schlossambiente ein.

Erik wurde außen am Rand platziert. Das hat rein praktische Gründe. Wir konnten den Rollstuhl ja schlecht zwischen die anderen Stühle oder an den Mittelgang stellen. Mein großer Bruder verzieht keine Miene. Oder schaut er vielleicht sogar gelangweilt? Kann er nicht wenigstens so tun, als würde er sich für mich freuen?

Neben Erik sitzt eine Frau, die vermutlich seine Assistentin ist. Sie fällt mit ihren rabenschwarzen Haaren und dem blassen Gesicht unter unseren anderen Gästen auf. Ich fand es schon immer faszinierend, dass es wirklich Mädchen gibt, die auch nach der Schulzeit Emos geblieben sind.

Als mein Blick auf den Platz neben der Schwarzhaarigen wandert, macht mein Herz einen Satz. Auf dem Stuhl, der vor ein paar Minuten noch leer war, sitzt jetzt jemand.

Mama.

38

MATS

»Wir sind gleich wieder da.« Emilys Augen glitzern wie der Fjord hinter ihr. »Du beschäftigst die Leute so lange, ja?«

Ich habe eigentlich keine Zeit, denn ich muss Erik suchen, aber ich verbeuge mich und sehe zu, wie das frisch verheiratete Paar mit den Brautjungfern, Trauzeugen und Brautführern im Schlepptau verschwindet. Es ist Zeit für die Fotos, und Emily hat sich dafür zwei Plätze ausgesucht, einen im Schlosspark und einen unten am Wasser.

Sie weiß, was sie will, die junge Dame. Eine gute Eigenschaft – meistens. Erik war nie so selbständig wie sie, und manchmal frage ich mich, ob das nicht auch Annikas Schuld ist. Drei Jahre lang saß unser Sohn allein auf dem Thron und war, nach dem totgeborenen Jungen, Annikas kleiner Prinz. Sie verwöhnte und verhätschelte ihn, wo es nur ging, und ließ ihn keine einzige Entscheidung allein treffen. Als Erik nach Göteborg zog, verlor sie die Kontrolle über ihn, was in vielerlei Hinsicht positiv war. Aber er hat es nie geschafft, ein richtiges Selbstbewusstsein zu entwickeln. Doch das liegt natürlich mehr an den Folgen des Autounfalls als an Annika.

Ich lasse den Blick über das Meer aus Abendkleidern und schwarzen Fräcken wandern, aber ich kann weder Erik noch seine Assistentin entdecken. Es hat mich gefreut, Nike kennenzulernen, sie scheint ein anständiges Mädel zu sein. Ich habe den Eindruck, sie ist ein bisschen verknallt in Erik. Soweit ich weiß, waren die beiden nie fest zusammen, vielleicht ist tatsächlich auch gar nichts zwischen ihnen gelaufen. Erik war ein schüchternes Kind und ein ziemlich zurückhaltender Teenager. Ich könnte mir vorstellen, dass er sich einredet, für ihn als Rollstuhlfahrer sei es sowieso aussichtslos, eine Partnerin zu finden. Was an sich schon traurig genug wäre. Oder es liegt auch wieder an dem ganzen Rest, den er mit sich herumschleppt. An dem großen Päckchen, das mit jedem Jahr schwerer zu werden scheint. In den letzten Monaten konnte er es kaum noch tragen. Und ich kann ihn verstehen.

Die anderen Gäste um mich herum lachen und unterhalten sich, sie kommen offensichtlich hervorragend ohne mich zurecht.

»Isobel.« Ich flüstere meiner Lebensgefährtin zu. »Ist es in Ordnung, wenn ich kurz weg bin? Ich würde gern mit Erik reden.«

Sie nickt nur, ist gerade in ein Gespräch mit einer Frau vertieft, die mir vage bekannt vorkommt. Vielleicht habe ich sie schon einmal im Fernsehen gesehen. Ich bahne mir einen Weg durch die laute Menschenmenge und bleibe ein Stück abseits stehen, um einen besseren Überblick zu haben. Ich entdecke Erik und Nike unter den Bäumen auf der anderen Seite der Wiese.

»Hier habt ihr euch versteckt.« Ich gehe zu ihnen in den Schatten. »Wahnsinn, wie heiß es heute ist.«

»Ja, nicht wahr?« Nike lächelt. »Aber für Emily und William ist es natürlich toll. Die Fotos werden bombastisch aussehen.«

Sie nickt in Richtung des jungen Glücks, das eng umschlungen posiert, während der Fotograf die beiden aus unterschiedlichen Winkeln ablichtet. Ich wende mich an Erik. Er sitzt aufrecht, beobachtet die Fotosession mit zusammengepressten Lippen. Seine Kiefer mahlen unter der dünnen Haut.

»Erik?«

Er dreht den Kopf.

»Können wir kurz reden? Unter vier Augen?« Ich schaue seine Assistentin an. »Ich hoffe, du verstehst das jetzt nicht falsch. Wir … es geht um eine Sache, die …«

Sie erspart mir jede weitere Erklärung.

»Klar, kein Problem.« Sie hebt ihre Tasche vom Boden auf. »Ich muss sowieso mal aufs Klo.«

»Nettes Mädchen«, sage ich, als sie weg ist.

Erik schweigt und richtet seine Aufmerksamkeit auf das Brautpaar, das jetzt Hand in Hand zum Wasser hinuntergeht. Ein Windstoß erfasst Emilys Schleier. Sie fängt ihn ein und dreht sich strahlend zu William um. Ibbe sagt etwas zu Cissi, die lachend aufs Meer hinaus zeigt.

Ich hole tief Luft.

»Erik, ich verstehe, dass es dir schlechtgeht. Ich hatte selbst auch schon bessere Tage. Aber das, was du da über die Wahrheit gesagt hast … Du weißt doch selbst, dass das keine gute Idee ist.«

»Verdammt nochmal, Papa.« Er schlägt mit der flachen Hand auf die Armstütze. »Wir können so nicht weitermachen, wir müssen zur Polizei gehen.« Seine Stimme bricht. Er sieht mich an. »Ich will frei sein. Kapierst du das nicht?« Tränen laufen ihm über die Wange. »Das ist alles, was ich will. Endlich frei sein.«

39

ANNIKA

Emily und William sind vom Fotografieren zurück. Sie stehen auf der Terrasse, den Park und das Meer im Rücken. Mats und Isobel haben sich direkt vor ihnen aufgestellt, die Gläser zum Anstoßen bereit, und präsentieren sich wie Gastgeber, obwohl garantiert William den ganzen Rummel hier bezahlt.

»Liebe Gäste!« Mats bittet um Ruhe und winkt mich gleichzeitig zu sich, so dass mir gar nichts anderes übrigbleibt, als mich neben ihn und seine neue Partnerin zu stellen. »Heute ist ein großer Tag für Annika, Isobel und mich, aber keine Angst, ich fasse mich kurz, ich weiß, dass ihr alle durstig seid. Diese Hitze haut ja selbst den Härtesten um.« Mit breitem Lachen hebt er sein Glas. »Deshalb erhebt bitte mit mir die Gläser auf das Brautpaar – auf Emily und William! Auf eine lange und glückliche Ehe! Skål!«

Die Frau mit der großen Kamera knipst, was das Zeug hält. Ihre Kollegin mit Block und Stift folgt ihr auf dem Fuß, unterhält sich mit allen, die gerade abgelichtet wurden, und macht sich eifrig Notizen. Die beiden sind offensichtlich von der Presse. Sicher irgendein schwedisches Klatschmagazin.

Ich stimme in die Glückwünsche ein und setze das Glas an den Mund. Eigenartigerweise ist es schon leer. Zeit für ein neues Date mit den beiden mürrischen jungen Leuten an der Champagnerbar. In meinem Eifer vergesse ich zu kontrollieren, ob die Bahn frei ist, und muss für diesen Fehler sofort büßen.

»Annika, wie schön dich zu sehen.« Das sagt sie natürlich nur so. In Wahrheit findet Fariba Jafari unsere Begegnung genauso unangenehm wie ich. Trotzdem begrüßen wir uns mit einer flüchtigen Umarmung. »Geht es dir gut?«

Fariba sieht keinen Tag älter als fünfzig aus. Ich dachte ja, ihr Profilbild auf Facebook hätte genau wie mein eigenes schon ein paar Jahre mehr auf dem Buckel, aber es könnte sogar tatsächlich neu sein. Sie trägt ihr glänzendes Haar zur Banane eingeschlagen und mit bunten Blumen geschmückt. Ihr Kleid ist eine purpurrote Kreation mit viel zu vielen Volants.

»Ja, doch. Danke.« Ich halte mein leeres Glas hoch. »Und bald noch besser.«

»Glückwunsch.« Massoud scheint nicht so richtig zu wissen, wie er mich begrüßen soll, und entscheidet sich schließlich, mir die Hand zu geben. »Wie fühlt man sich als Mutter der Braut?«

Massoud ist weder bei Facebook noch Instagram, entsprechend lange habe ich ihn schon nicht mehr gesehen. Er ist grau geworden und hat inzwischen eine Brille, aber er sieht immer noch gut aus. Ibbes Eltern sind ein attraktives Paar und augenscheinlich nach wie vor glücklich verheiratet. Oder zumindest verheiratet. Ich schaue mich um und fürchte, noch mehr Fußballeltern unter den Gästen zu entdecken, aber zu meiner großen Erleichterung sehe ich sonst niemanden.

»Na so was, schau mal, wer da kommt!«

Ich spare mir eine Antwort auf Massouds Frage, drehe mich stattdessen um und sehe eine dunkelhaarige Schönheit mit Baby auf dem Arm.

»Milo, mein Süßer!« Fariba kneift das Kind in die Wange. »Komm zu Oma.«

Ibbe ist mittlerweile Vater, und diese umwerfende Frau, Amanda, ist die Mutter des Kindes. Ich habe sie schon mal gesehen. Vor ein paar Jahren hat Emily unzählige Fotos von der Hochzeit der beiden hochgeladen. Sogar das Baby taucht regelmäßig in den sozialen Medien meiner Tochter auf, sie ist wohl seine Patentante.

Ich verabschiede mich aus der Runde und nehme zunächst die Sektbar ins Visier, verspüre dann aber doch das dringende Bedürfnis nach einem Abstecher auf die Damentoilette und ändere die Richtung.

Das Rauschen der Spülung wird leiser, als die Klotür hinter mir zufällt. Eine junge Frau in einem grünen Kleid steht schwankend vor dem Waschbecken. Sie ist sichtlich betrunken, hält einen Lippenstift in der Hand und hat, obwohl ihre Lippen unnatürlich groß und füllig sind, einige Probleme mit der Treffsicherheit.

»Unglaublich diese Hochzeit, oder?« Wir haben Blickkontakt über den Spiegel. »Richtig magisch. Und diese Location … Das muss ein Vermögen gekostet haben.«

Ich ringe mir ein Lächeln ab.

»Ich glaube nicht, dass die beiden sich über Geld Gedanken machen müssen.«

Die vergoldete Armatur quietscht ein bisschen, dann kommt das Wasser. Ich hoffe, dass sich die Unterhaltung damit erledigt hat, aber die Frau scheint in Plauderlaune zu sein.

»Aber irgendwie ist es ja auch krass.« Sie redet jetzt leiser, flüstert fast. »Also das mit William und Emilys Bruder.«

Meine Hände erstarren unter dem Wasserstrahl, verharren in derselben Position, als ich den Kopf drehe und die Frau ansehe.

»Wie bitte?«

»Na ja …« Sie schaut kurz über die Schulter. »Ich habe gehört, dass William schuld daran ist, dass Erik, also der Bruder, im Rollstuhl sitzt. William hat wohl das Auto gefahren, als es passiert ist.«

Die Frau weiß offensichtlich nicht, wer ich bin, sie muss eine oberflächliche Bekannte des Brautpaars sein.

»Da haben Sie ganz richtig gehört.« Ich drehe das Wasser ab

und schaue mich nach einer Möglichkeit um, die Hände abzutrocknen. »William saß am Steuer.«

»Aber ist das nicht komisch?« Die Frau steckt den Deckel auf ihren Lippenstift. »Ich meine, dass Emily ihn trotzdem heiratet?«

Wer ist diese Person überhaupt? Haben die Nihlzéns sie womöglich geschickt, damit sie mich in eine Falle lockt? Oder ist sie eine Journalistin auf der Jagd nach saftigem Klatsch und Tratsch?

»Das Ganze ist ja schon viele Jahre her«, sage ich.

»Das stimmt schon.« Sie beugt sich vor. »Aber richtig heftig finde ich ja, dass er es mit Absicht gemacht hat …«

»Er hat was?«

Mein Herz rast, aber die Frau lässt sich Zeit. Sie öffnet ihre Clutch und packt den Lippenstift ein, ehe sie mich mit glasigen Augen ansieht.

»Ich habe gehört, dass die beiden gestritten haben und dass William absichtlich gegen einen Laternenmast gefahren ist, um Erik zum Schweigen zu bringen.«

»Also …« Ich entdecke einen Korb mit kleinen cremeweißen Frotteehandtüchern in der Fensternische und schnappe mir eins. »Das ist doch nur dummes Gerede.«

Sie schüttelt den Kopf.

»Ich bin mir da nicht so sicher. Jedenfalls fragen sich viele, was Emily sich dabei gedacht hat, als sie sich William ausgesucht hat. Er hat das Leben ihres Bruders zerstört, und außerdem ist er unberechenbar. Ich kenne ein Mädchen, die in der Oberstufe mit ihm zusammen war, und sie hat total irre Geschichten über ihn erzählt. Also ich könnte niemals mit so einem Typen zusammen sein. Ich hätte Todesangst, einen Fehler zu machen oder ihn zu provozieren. Ich meine, wer weiß, auf welche Ideen dieser Typ kommt, wenn er sich in die Enge getrieben fühlt?« Die Frau geht ein paar Schritte in Richtung Tür. »Aber das geht mich natürlich alles gar nichts an …« Ihr Gesicht hellt sich auf. »Und jetzt ist es eindeutig Zeit für mehr Champagner!«

Kurz darauf verhallt das Geräusch von Absätzen auf Klinkerboden, und auf der Damentoilette ist es totenstill.

40

ERIK

»Kannst du dir vorstellen, dich ein bisschen unter die Leute zu mischen?«

Nike steht vor mir und sieht mich hoffnungsvoll an. Sie sehnt sich danach, mit den vornehmen Gästen auf Tuchfühlung zu gehen. Nike Jankovic ist bestimmt nicht die Art Frau, die man mit Geld und allem, was damit einhergeht, beeindrucken kann – eher im Gegenteil. Aber sie ist neugierig. Und gesellig. Sie liebt es, neue Menschen kennenzulernen.

Mir wird plötzlich bewusst, dass die Gästeliste extrem kurz wäre, wenn das hier *meine* Hochzeit wäre. Unsere Familie ist klein, wenn ich die Familie meiner Tante Susanne noch mitzähle, komme ich vielleicht auf fünfzehn Personen. Wahrscheinlich wäre ich gezwungen, William mit einzuladen, weil Emily und er ein Paar sind. Was Freunde angeht, na ja … Nike natürlich. Und vielleicht Saga, die einspringt, wenn Nike frei hat. Kindheitsfreundschaften fallen schon mal weg, bleiben nur noch die aus dem Journalistikstudium. Obwohl … Ein dicker grauer Nebel macht sich in meinem Brustkorb breit. Ich versuche, auf eine einzige Person zu kommen, wenigstens einen Namen, aber schließlich gebe ich auf.

Wir waren eine Gruppe von Jungs, die während des Studiums viel zusammen herumhingen. Wir lernten zusammen, waren abends im Pub oder auf Konzerten. Es war unkompliziert. Jemand schrieb »Wer kommt mit?« in den Gruppenchat, und dann haben wir uns am vereinbarten Ort getroffen. Die anderen haben sich damit abgewechselt, mir falls nötig mit dem Rollstuhl zu helfen.

Nach dem Examen verteilten wir uns über das ganze Land. Einer der Jungs bekam eine befristete Stelle beim Norbottens-Kurier, ein anderer landete bei einem der großen Blätter in Stockholm. Ein dritter wanderte nach Österreich aus und wurde Skilehrer. Der Gruppenchat schlief ein, und ich bin schlecht darin, Kontakt zu halten. Um nicht zu sagen, hundsmiserabel.

»Erde an Erik Brandt.« Nike fuchtelt mit einer Hand vor meinem Gesicht herum. »Kommst du mit, oder willst du die ganze Zeit hier herumsitzen und schlechte Laune verbreiten?«

Ich habe absolut keine Lust, mich unter die Gäste zu mischen. Andererseits kann ich mich ja nicht ewig verstecken. Mama und Isobel müssen auch irgendwo in dem Gewühl sein, mit den beiden können wir notfalls immer ein paar Worte wechseln.

»Ich komme mit.« Ich deute auf den Getränkehalter, in dem mein Glas steht. »Kann sowieso Nachschub gebrauchen.«

»Gute Idee.« Nike geht hinter den Rolli und schiebt mich auf den Kiesweg, ab da kann ich mich aus eigener Kraft fortbewegen. »Schau mal.« Sie beugt sich über meine Schulter und flüstert. »Ist das nicht diese … na, du weißt schon, diese eine …«

Ich mustere die Menschentraube in unserer Nähe und weiß sofort, wen Nike meint. In der Mitte steht eine brünette Frau in einem knallgelben Kleid. Sie redet auffallend laut und scheint ihr Publikum völlig in den Bann zu ziehen. Eine Bienenkönigin, umschwärmt von Drohnen.

»Sie spielt in dieser Netflix-Serie mit.«

»Ja, genau. Wie kommt es eigentlich, dass sich Promis immer mit anderen Promis umgeben?«

»Gleich und gleich gesellt sich eben gern«, sage ich schulterzuckend.

»Sollen wir die Rampe auf der anderen Seite nehmen?« Nike schaut zu der schmalen Terrassentreppe. »Oder willst du hier warten, und ich besorge uns mehr Sekt.«

»Ich warte hier«, sage ich. »Aber versprich mir, nicht an irgendeinem Promi klebenzubleiben.«

Nike lacht.

»Das verspreche ich dir auf gar keinen Fall.«

Sie nimmt mein Glas mit, geht die Treppe hoch und drängelt sich zur Bar durch. Kurz darauf ist sie außer Sicht.

Ich sinke in mich zusammen, verwandele mich in ein Vogelküken, das zu früh aus dem Nest geschubst wurde. Eine schutzlose Beute. Der Puls dröhnt in meinen Ohren, und ich weiß nicht, in welche Richtung ich schauen soll. Scheiße. Sobald sich die Gelegenheit bietet, werde ich Nike sagen, dass ich heute Nacht noch nach Hause will. Wenn ich jetzt auf den Sekt verzichte und zum Abendessen Wasser trinke, kann ich problemlos fahren. Nike kann mich nicht davon abhalten. Sie ist meine Assistentin, ich treffe die Entscheidungen.

Das Brautpaar steht oben auf der Schlossterrasse, umringt von Verwandten und Freunden. Emily hat meine Glückwünsche schon entgegengenommen, ich habe einen Moment abgepasst, als William gerade nicht bei ihr war. Jetzt verlässt er die Runde, schiebt sich durch das Gedränge, bewegt sich auf die Treppe zu. Ich versuche, mich unsichtbar zu machen, tue so, als wäre ich wahnsinnig beschäftigt damit, etwas am anderen Ende der Wiese zu beobachten.

»Erik.«

Widerwillig drehe ich den Oberkörper wieder zurück und schaue einem lächelnden William entgegen. Wir reichen uns die Hände.

»Schön, dass du gekommen bist.«

Er weiß also, dass es keine Selbstverständlichkeit für mich war. Natürlich weiß er das. Emily hat ihm ja sicher alles erzählt. Ich wüsste zu gern, wie ihre Version klingt.

»Gratisessen ist immer gut.« Ich zwinge mich, sein Lächeln zu erwidern. »Nein, Spaß beiseite. Emily ist meine Schwester, da muss man sich ja blicken lassen.«

»Wahnsinn, wie die Zeit vergeht. Wie lange haben wir beide uns jetzt schon nicht mehr gesehen?« Mein Schwager zögert, dann fährt er fort: »Du bist Journalist, habe ich gehört. Wo arbeitest du?«

Ich gebe ihm ein frisiertes Bild der Wirklichkeit. Sage, ich sei Freelancer, was auch stimmt. Erwähne namhafte Magazine wie *Offsite* und *Filter*, obwohl es schon Jahre her ist, dass ich Aufträge von denen bekommen habe. Zuletzt habe ich vor allem für ein paar langweilige Mitarbeiterzeitschriften geschrieben. Ich hatte keine Kraft mehr, um die spannenden, prestigeträchtigen Jobs zu kämpfen.

William nickt, setzt seine Befragung fort.

»Und fühlst du dich wohl in Göteborg?«

Ich sehe meinen ehemaligen besten Freund und das, was um uns herum geschieht. Hinter ihm feiern weit über hundert Personen. Sie saufen Champagner und stopfen sich auf seine Kosten mit Kaviarhäppchen voll. Sie lachen, stoßen miteinander an und unterhalten sich. Alle scheinen das Leben in vollen Zügen zu genießen.

»Absolut.« Ich konzentriere mich wieder auf Williams Gesicht. »Aber ich würde mich noch wohler fühlen, wenn ich genauso ahnungslos wäre wie du.«

Habe ich das gerade laut gesagt? Oder habe ich es nur gedacht?

Er runzelt die Stirn, was bedeutet, dass ich es wohl wirklich laut ausgesprochen haben muss.

»Was meinst du?«

Jetzt ist es auch schon egal.

»Weißt du was?« Ich rolle ein Stück vor, senke die Stimme, so dass er sich zu mir herunterbeugen muss, um mich zu verstehen. »Ich denke, du solltest deinen Vater einfach mal fragen, was in dieser Nacht eigentlich wirklich passiert ist.«

»In welcher Nacht?« Die Furchen in Williams Stirn werden tiefer. »Wovon sprichst du?«

Er scheint zu denken, dass ich verrückt geworden bin. Und das überzeugt mich nur noch mehr davon, dass mein unbewusster Entschluss richtig war. Ich bin nicht verrückt. Noch nicht. Aber das werde ich irgendwann, wenn ich noch länger schweigen muss.

»Von der Unfallnacht«, sage ich. »Als wir beide verunglückt sind.«

»Ach so.« William richtet sich auf. »Aber …« Er macht ein paar Schritte auf die Wiese. »Ich kapiere nicht so ganz, was du damit meinst – mit *eigentlich wirklich*.«

»Frag deinen Vater«, wiederhole ich.

»Okay.« Er zieht seine Fliege gerade. »Ich muss dann mal weiter. Bis später, Erik.«

»Bis dann.« Ich hebe die Stimme. »Und, du …«

Er bleibt stehen, dreht sich um.

»Ja?«

»Viel Glück. Also, für eure Ehe, meine ich.«

41

EMILY

Als ich gerade mit der Jakobsmuschel fertig bin und mich auf die Scampi freue, erhebt sich Hampus von seinem Stuhl. Er ist der perfekte Toastmaster, findet immer genau das richtige Timing. Jetzt schlägt er mit der Gabel gegen das Weinglas.

»Liebes Brautpaar, meine Damen und Herren … Ich habe nun die Ehre, dem Brautvater das Wort zu überlassen. Bitte sehr, Mats.«

Papa kommt etwas umständlich auf die Beine, setzt seine Lesebrille auf und kramt einen kleinen Zettel aus der vorderen Tasche seiner Frackhose. Ich hatte fast mit einer improvisierten Rede gerechnet, aber unsere Hochzeit ist natürlich etwas ganz anderes als ein Grillfest mit der alten Fußballclique.

»Liebes Brautpaar, liebe Gäste.« Er schaut über die Tische und wendet sich dann an mich. »Liebe Emily, meine geliebte Tochter. Es gibt Tage im Leben, die bleiben einem ganz besonders im Gedächtnis. Einer davon war der Tag, an dem du geboren wurdest. Ein anderer, als du die Schule beendet hast. Und auch dieser Tag heute wird einmal eine von diesen ganz besonders wertvollen Erinnerungen sein. Ein Tag, an den wir alle mit Wärme zurückdenken werden.«

Seine Stimme bricht. Papa verstummt und wirft einen Blick auf seinen Spickzettel. Ich lächle ihm aufmunternd zu, und er antwortet mit einer angestrengten Grimasse. Mein liebster Paps, ich glaube, er ist richtig nervös.

Wir waren immer ein gutes Team, Papa und ich. Ja, er hat viel gearbeitet, als ich klein war, aber wenn er zu Hause war, dann hat er sich immer Zeit für mich genommen. Hat nie nein gesagt, wenn ich spielen wollte, hat alles stehen- und liegenlassen, um mir ein Märchen vorzulesen. Mama und Erik hatten ihren Fußball und waren ständig unterwegs zu irgendwelchen Spielen oder zum Training, aber Papa war sooft er konnte für mich da. Jedenfalls vor dem Unfall. Danach war niemand in der Familie mehr so wirklich anwesend, zumindest mental. Ich war ziemlich lange wütend auf Papa, fühlte mich von ihm im Stich gelassen. Heute kann ich ihn zumindest zum Teil verstehen. Er hat sich ja nicht von mir getrennt, es ging um Mama, die er einfach nicht mehr ertragen hat.

Aufbrandender Applaus holt mich in den Festsaal zurück. Ich greife schnell nach meinem Glas und schäme mich ein bisschen, dass ich das Ende der Rede verpasst habe. Zum Glück wird alles mitgefilmt. Gläser klirren, und ich umarme meinen Vater, atme den vertrauten Geruch ein. Aftershave und Snus.

Die Vorspeisenteller verschwinden, und der Hauptgang wird serviert. Bis jetzt hat alles ganz nach Plan funktioniert. Papa schneidet ein Stück Lammfilet ab, kaut genießerisch und wendet sich dann an William.

»Wie läuft der globale Eroberungsfeldzug?« Er lächelt. »Also für WibNet. Ihr werdet euch doch sicher nicht zufriedengeben, ehe ihr nicht die Größten auf dem Markt seid, oder?«

William tupft sich den Mundwinkel mit der weißen Stoffserviette ab und räuspert sich, bevor er antwortet.

»Hm, nun, das kann man sich natürlich nicht einfach so aussuchen.«

»Ja, klar.« Papa nickt. »Aber man kann einen Plan haben.«

»Absolut.« William greift nach der Wasserkaraffe. »Und den gibt es selbstverständlich auch.«

»Erzähl ihm von den USA.« Ich drehe mich zu ihm um. »Ich bin noch nicht dazu gekommen, Papa davon zu erzählen.«

»Na ja.« William hebt die Hände. »Eigentlich gibt es da gar

nicht viel zu sagen. Wir verhandeln mit einem großen amerikanischen Wettanbieter, der Interesse an unserer Plattform hat.«

Normalerweise hätte William jetzt einen langen Monolog über die großartigen Zukunftspläne des Unternehmens gehalten. Niemand kann so viel reden wie mein Mann. Jedenfalls nicht, wenn es um Marketing und Geschäftsstrategien geht. Ich komme oft in seinen Visionen vor, als ein wichtiges Zahnrad im Team der Marketingabteilung.

Aber William sagt nichts mehr. Stattdessen sieht er sich nervös um, als würde er nach einem Fluchtweg Ausschau halten. Ist etwas vorgefallen? Ich musste ihn regelrecht aus einer hitzigen Diskussion mit Krister wegzerren, weil er sonst zu spät zum Essen gekommen wäre. Seitdem ist er so seltsam abwesend. Ich versuche, ihm in die Augen zu schauen, brauche ein Zeichen von ihm – ein Lächeln oder irgendetwas anders, das mir die Gewissheit gibt, dass alles gut ist. Sein Blick flackert.

»Nicht viel zu sagen?« Papa lacht herzlich. »Für mich klingt das nach eine Riesensache. Nicht, dass ihr vor lauter Erfolg noch die Bodenhaftung verliert.«

William antwortet nicht. Ich gebe ihm einen leichten Schubs und wiederhole die Frage. Er zuckt zusammen, scheint sich zu fassen.

»Nein, gar nicht. Aber es ist immer besser, nicht zu viel über Dinge zu reden, die noch nicht spruchreif sind.«

»Ist es das nicht?« Ich schaue ihn an. »Letzte Woche warst du doch ganz aus dem Häuschen.«

William lächelt.

»Wir haben uns auf die Voraussetzungen für eine Zusammenarbeit geeinigt. Jetzt müssen die Juristen die Verträge prüfen, dann sehen wir weiter. Es kann noch viel passieren.«

»Du hast ganz recht, William.« Papa nickt wohlwollend. »Man sollte nie voreilig sein.«

Er hebt sein Glas, um anzustoßen, dreht sich dann zu Gittan um und sagt etwas, woraufhin sie laut auflachen.

»Ich muss kurz weg«, flüstert William. »Das ist doch okay, oder? Keine Rede oder irgendwas anderes auf der Liste?«

»Nein, geh ruhig«, sage ich. »Jetzt wird erst mal gegessen.« Ich lehne mich zu ihm. »Ist alles in Ordnung?«

Er steht auf, beugt sich zu mir herunter und küsst mich auf die Wange. »Alles ist perfekt, Liebling. Muss nur auf die Toilette.«

Im Vorbeigehen bleibt William kurz bei Krister stehen und zeigt zur Treppe. Sein Vater springt hastig auf, und sie verlassen gemeinsam den Raum. Sind die beiden nicht ein bisschen zu alt für ein Wettpinkeln?

Ich schaue mich im Saal um und entdecke Erik. Er scheint Amanda zuzuhören, die offensichtlich gerade eine dramatische Geschichte erzählt. Sie redet immer genauso viel mit den Händen wie mit dem Mund. Ein paar Stühle weiter sitzt Nike, seine Assistentin. Irgendetwas sagt mir, dass Erik und sie ein Verhältnis haben. Ich sehe die beiden heute zum ersten Mal zusammen, deshalb weiß ich gar nicht so genau, wie ich auf diesen Gedanken komme. Vielleicht ist es die Art, wie sie Erik anschaut. Oder wie sie ihn berührt. Mein Bruder ist schwer zu lesen, aber nachdem er sie nicht abblitzen lässt, mag er sie wohl. Zumindest ein bisschen.

Mein Bruder hat sich schon in der Pubertät schwergetan, Gefühle zu zeigen. Seit dem Unfall ist er noch verschlossener geworden. Anfangs dachte ich, er wäre depressiv, aber inzwischen kann ich es gar nicht mehr einschätzen. Manchmal denke ich, er ist einfach verbittert.

Als wir klein waren, hatten wir eigentlich ein ganz normales Geschwisterverhältnis, aber als Teenager standen wir uns nicht besonders nahe. Als Erik ein Jahr nach dem Unfall nach Göteborg zog, haben wir uns noch weiter voneinander entfernt. Er hat damals auch jeden Kontakt zu seinen alten Freunden abgebrochen. Ich konnte verstehen, dass er nichts mehr mit William zu tun haben wollte. William saß am Steuer des Unfallwagens, und so etwas ist natürlich gerade am Anfang schwer zu verzeihen. Aber die anderen aus der Clique hatten ihm ja nichts getan – und wir, seine Familie, waren ja auch nicht schuld an dem, was ihm passiert war. Trotzdem verhielt er sich so, als würde er am liebsten alles vergessen, was mit Malmö zu tun hatte.

Seit William und ich zusammen sind, hat Erik sich nicht mehr bei mir gemeldet, und es macht mich unglaublich wütend, dass er sich so kindisch benimmt. William ist doch nicht mit Absicht gegen diese Laterne gefahren! Und meines Wissens hat niemand Erik gezwungen, in dieses Auto einzusteigen. Er ist ganz freiwillig mitgefahren.

Trotzdem freue ich mich, dass er heute hier ist. Erik ist schließlich mein Bruder, und wenn wir je wieder ein Verhältnis zueinander aufbauen wollen, müssen wir uns ja sehen.

Ich werfe einen verstohlenen Blick zu Mama hinüber, die von zwei leeren Stühlen eingerahmt ist, denen von William und Krister. Sie sitzt aufrecht da, wirkt immer noch einigermaßen nüchtern. Vielleicht war es gemein von mir, sie ausgerechnet dort zu platzieren. Andererseits ist das genau der Platz, an den sie als Brautmutter gehört – zwischen den Bräutigam und seinen Vater.

Sie dreht den Kopf in meine Richtung, und ich schaue schnell weg. Ich weiß, dass ich erwachsen sein und auf sie zugehen sollte, aber mein inneres Kind will sie bestrafen, wenigstens noch ein bisschen. Mama hatte eine einzige Aufgabe im Zusammenhang mit unserer Hochzeit: pünktlich zu sein. Und nicht einmal das hat sie geschafft. Ich hatte ein schlechtes Gewissen, dass ich sie im Nebengebäude einquartiert habe, während Papa, Oma und meine Schwiegereltern im Schloss schlafen. Aber alle wollten die begehrten Zimmer, und ich konnte meine Entscheidung ja auch damit begründen, dass es ihr bestimmt wichtig wäre, in Eriks Nähe zu sein.

Im Nachhinein war es eindeutig die richtige Entscheidung, ihr eines der billigeren Zimmer zu geben.

42

ANNIKA

Deshalb wollte sie also, dass ich komme. Um mich zu demütigen. Um mich zu zwingen, stundenlang zwischen Vater und Sohn Nihlzén zu sitzen. Natürlich hatte ich mich auf eine traditionelle Hochzeit eingestellt – mit Frackpflicht und langen Abendkleidern. Aber das?! Man kann ruhig auch von der Etikette abweichen, wenn die Gäste sich damit unwohl fühlen. Krister und William haben mich erst den ganzen Abend wie Luft behandelt, und jetzt sind die beiden komplett verschwunden. Während des Hauptgangs haben sie gemeinsam den Saal verlassen und sich seitdem nicht mehr blicken lassen. Ich weiß nicht, was schlimmer ist. Ihre Nähe ertragen zu müssen oder hier allein herumzusitzen. Der Ehrentisch ist wie ein Podium – alle können mich sehen, das einsame Mauerblümchen.

Ich nehme Blickkontakt zu einem jungen Mann vom Servicepersonal auf und bitte ihn, mir Rotwein nachzuschenken. Ich bin gut im Training und vertrage mehr als die meisten. Und es ist mir ganz ehrlich scheißegal, dass Mats mich vorwurfsvoll anstarrt. Ich frage mich nur, wie er es schafft, sich wirklich jedes Mal nach mir umzudrehen, wenn ich nach meinem Weinglas greife. Wir sitzen in einer langen Reihe, verdammt.

Emily strahlt alle an, außer mich. Tatsächlich hat sie mich keines Blickes gewürdigt, seit ich angekommen bin. Ich hätte es wissen müssen. Was hatte ich denn erwartet? Dass sich die Leute auf mich stürzen und mich um Verzeihung bitten würden? Dass Massoud mir ins Ohr hauchen würde, ich sei schöner denn je?

Dass Emily mich umarmen und beteuern würde, dass ich die beste Mama der Welt sei, und sich dafür entschuldigen, dass sie sich ausgerechnet für William entschieden hat?

Wenigstens scheint Erik sich wohlzufühlen. Ibbes Frau ist seine Tischdame, und er unterhält sich auch ziemlich viel mit Benjamin, dem Lebensgefährten von Hampus. Seine Assistentin sitzt am selben Tisch, ein paar Plätze weiter. Sie scheint wahnsinnig viel Spaß zu haben. So wie alle hier im Saal.

Eine heisere Lachsalve hallt durch den Raum. Gittan Nihlzén zu lokalisieren war noch nie schwer. Diese Frau hat eine Stimme, als hätte sie ihr Leben damit zugebracht, eine filterlose Marlboro nach der anderen zu rauchen. Und wer weiß, vielleicht tut sie mittlerweile ja genau das. Man sieht Williams Mutter so langsam an, dass sie nicht mehr die Jüngste ist. Sie ist immer noch schlank und hat für ihr Alter eine gute Figur, aber sie hatte nie Angst vor zu viel Sonne. Gittan ist braungebrannt wie ein Pfefferkuchen und runzelig wie eine Rosine. Ihre Haare, die früher immer glänzten, sehen jetzt strohig und kaputt blondiert aus. Das wundert mich umso mehr, wenn man bedenkt, dass sie ja gelernte Friseurin ist.

Wir waren gut befreundet, Gittan und ich. Bis vor acht Jahren teilten wir fast alles miteinander. Wir gingen zusammen zum Sport, fuhren am Wochenende zusammen zum Shoppen in die Stadt, machten lange Spaziergänge und gingen danach Kaffee trinken. Natürlich redeten wir viel darüber, wie sich die Trainer der Jungs verhielten, diskutierten über Mannschaftsaufstellungen und tratschten über die anderen Fußballeltern. Aber Fußball war nicht alles. Als meine Eltern kurz nacheinander starben, war Gittan meine große Stütze. Und als Gittans Schwester schwer erkrankte, war ich für sie da. Ich dachte, unsere Freundschaft wäre echt, aber in Wirklichkeit hatte das alles keine Bedeutung.

Zumindest nicht für sie.

Es ist nur ein leerer Stuhl zwischen Emily und mir. Sie sitzt von mir abgewandt und unterhält sich mit Mats. Die beiden lachen. Ich hebe mein Glas, trinke in großen Schlucken. Merke, wie sich die Wärme des Weins in meinem Körper ausbreitet, und warte auf die wohlige Betäubung. Sie bleibt aus.

»Sind Sie fertig?«

Das Mädchen von der Sektbar steht mit einem Stapel Teller im Arm hinter mir. Ich lehne mich zur Seite, damit sie meinen Teller auch abdecken kann. Das Fleisch war zäh und das Gemüse fad, ich habe mehr als die Hälfte übrig gelassen. Wahrscheinlich liegt es nicht am Essen, sondern daran, dass mir der Appetit vergangen ist. Was hier für uns angerichtet wurde, ist schließlich nicht von irgendeinem Kantinenkoch zusammengerührt worden.

Weiter hinten im Saal, am anderen Ende der langen Tafel, die an den Ehrentisch anschließt, sitzt die Frau im grünen Kleid. Die auf der Damentoilette über William getratscht hat. Ich nehme an, dass heute Abend ziemlich viel getuschelt wird, und die Gäste werden sicher einige Gerüchte zu neuem Leben erweckt haben, die seinerzeit im Zusammenhang mit dem Unfall aufgekommen waren. Das Gerede ging damals noch in derselben Nacht los, und Emily hatte von uns allen am meisten darunter zu leiden. Wochenlang wurde sie von allen Seiten mit Fragen bombardiert, weil der eine dies und der andere das gehört hatte. Waren Drogen im Spiel gewesen? War Erik bei dem Unfall skalpiert worden? War William wirklich hirntot? So ging es in einem fort. Als wäre das, was tatsächlich passiert war, nicht schon schlimm genug.

Jemand sollte der Dame in Grün vielleicht sagen, dass sie nicht alles glauben darf, was so erzählt wird. Wobei in diesem Fall vielleicht sogar ein Fünkchen Wahrheit an der Geschichte war. Der Autounfall könnte sehr wohl durch eine Kurzschlusshandlung des wütenden William verursacht worden sein. Und auch wenn niemand das wahrhaben will, könnte es sich genauso gut um einen geplanten Versuch gehandelt haben, Erik aus dem Weg zu räumen. William kann sich schließlich an nichts erinnern, und Erik hat nur gesagt, dass William die Kontrolle über das Fahrzeug verloren hat.

Mir ist William ja schon immer irgendwie unheimlich gewesen, sogar als die Jungs noch klein waren, hatten seine ungewöhnlich blauen Augen manchmal so etwas Düsteres, Abgründiges. Er hat diese Seite nur selten gezeigt, aber ich wusste, dass sie in ihm schlummert. Und bei einer Sache kann ich dieser reichlich beschwipsten Dame vom Waschbecken vorhin nur zustimmen: Emilys Partnerwahl ist wirklich nicht nachzuvollziehen.

Zeit für eine Luftveränderung. Ich verlasse den Festsaal, und auf der Treppe nach unten begegne ich Massoud. Als er mich sieht, schiebt er sofort den Ärmel seines Hemds zurück und tut so, als würde er sehr intensiv seine Armbanduhr studieren. Unsere frühere Freundschaft fühlt sich unwirklich an, fast so, als hätte ich sie mir eingebildet. Familie Jafari ist im Jahr nach dem Unfall aus Malmö weggezogen. Im Internet habe ich herausgefunden, dass sie in einem großen Einfamilienhaus in Södra Sandby wohnen, einem Vorort von Lund. Zeitgleich haben damals auch Gittan und Krister unser Viertel verlassen. Sie leben jetzt im Stadtteil Ribersborg, in einem der großen weißen Häuser mit Blick auf den Sund. Ich habe weder die einen noch die anderen seitdem gesehen.

In der Lobby angekommen, nehme ich Kurs auf den Ausgang, aber dann bemerke ich, dass die Bar geöffnet ist. Das trifft sich natürlich hervorragend. Die moosgrüne Tapete und die dunklen Holzmöbel erinnern an einen englischen Pub.

»Ein Glas Weißwein, bitte.« Ich beuge mich vor. »Schreiben Sie es auf meine Zimmerrechnung, das geht doch, oder?«

Die Frau hinter dem Tresen dreht sich um, öffnet einen Kühlschrank und holt eine Flasche heraus.

»Welche Nummer?«, fragt sie.

»Äh … Die ist mir gerade entfallen. Und meine Handtasche liegt noch oben. Aber … reicht vielleicht auch mein Name?«

Mit dem gut gefüllten Glas in der Hand verziehe ich mich nach draußen auf den Vorplatz. Es ist dämmrig geworden und die Temperatur richtig angenehm. Ich halte nach einer Sitzgelegenheit Ausschau, aber ich finde keine geeignete Stelle und beschließe deshalb, zur Terrasse auf die andere Seite des Schlosses zu gehen.

Gerade als ich auf den Kiesweg abbiegen will, höre ich aufgebrachte Stimmen. Die zwei Personen befinden sich offenbar direkt um die Ecke. Angespannt lauschend bleibe ich stehen. Es sind zwei Männer, beide klingen sehr wütend. Und jetzt erkenne ich auch, wer die beiden sind.

»Aber was zur Hölle habt ihr euch dabei gedacht?«, faucht William. »Habt ihr überhaupt nachgedacht? Wenn das jemals rauskommt, ist alles vorbei.«

43

MATS

Ich winke eine Servicekraft zu mir, die mir Rotwein nachschenkt, schiele zu Annikas leerem Platz und seufze erleichtert. Bislang hat sie sich zwar einigermaßen gut benommen, aber es ist schon ein bisschen lästig, die ganze Zeit auf sie aufpassen zu müssen. Natürlich möchte ich Emily helfen, darum geht es nicht. Annika ist nur so wahnsinnig unberechenbar. Man muss eigentlich immer auf alles vorbereitet sein.

Es ist seltsam, wie sehr sich ein Mensch verändern kann. Die Annika, in die ich mich damals verliebt hatte, war viel sanfter, fast schüchtern. Ich glaube, ich war ihr erster fester Freund.

Wir lernten uns in einer lauen Frühlingsnacht in Lund kennen. Ich hatte gerade mein BWL-Studium abgebrochen, um meinen Vater im Geschäft zu unterstützen, und Annika studierte Bibliothekswesen in Borås. Sie war zu Besuch, um mit ein paar Kommilitoninnen feiern zu gehen, die in Lund aufgewachsen waren, und bei einer Studentenparty landeten wir zufällig am selben Tisch.

Ich kann mich erinnern, dass ich sie lustig und interessant fand. Und sie war süß. Sie war kein Püppchen, aber sie hatte ein feingeschnittenes Gesicht, und bei ihrem Lächeln bekam ich weiche Knie. Wir unterhielten uns den ganzen Abend, verließen irgendwann die stickige Kellerkneipe und redeten weiter. Liefen ziellos durch die mittelalterlichen Gassen, legten uns vor der Unibibliothek zwischen blühenden Blumen ins nasse Gras. Die Nacht war sternenklar und der Duft der Blüten betörend.

In den beiden ersten Monaten trafen wir uns häufig. Annika

kam mit dem Zug nach Malmö und besuchte mich in meinem Einzimmerapartment in Värnhem. Ich fuhr mit dem Auto nach Borås und übernachtete bei ihr im Studentenwohnheim. Nach einer Weile merkte ich, dass sie das Interesse verlor. Ich hatte den Eindruck, dass sie unzufrieden mit meiner Entscheidung war, das Studium abzubrechen, um eine Ausbildung im Einzelhandel zu machen. Sie konnte nicht verstehen, warum ich in die Fußstapfen meines Vaters treten wollte. Und vielleicht hätte unsere Geschichte an dieser Stelle geendet – wäre Annika nicht schwanger geworden.

Nachdem sich die anfängliche Panik gelegt hatte, beschlossen wir, unserer Beziehung doch noch eine Chance zu geben. Ich hatte schließlich schon einen Job, und wenn unser Kind da war, könnte Annika im Studium pausieren. Aber es kam anders als geplant. Der Junge, dem wir schon während der Schwangerschaft den Namen Oscar gegeben hatten, starb wenige Wochen vor dem errechneten Geburtstermin. Wir hatten nur sieben Monate von ihm gewusst, und trotzdem brach eine ganze Welt für uns zusammen.

In den Jahren danach trauerten wir um Oscar und nutzten die Zeit, um uns richtig kennenzulernen. Annika machte ihr Examen, ich arbeitete im Geschäft, und wir reisten viel. Schließlich kauften wir das Haus in Stenkällan, heirateten in der Husie-Kirche und wagten eine neue Schwangerschaft. Mein Vater starb im selben Jahr, in dem Erik geboren wurde. Ich übernahm den Laden, und drei Jahre später kam Emily zur Welt.

»Was sitzt du denn so gedankenverloren hier herum?«

Gittan boxt mich in den Arm, und ich hebe mein Glas, um Zeit zu gewinnen und den Kloß herunterzuschlucken, der in meinem Hals immer größer wird.

»Ach, ich denke nur an die alten Zeiten.« Ich räuspere mich. »Bei solchen Anlässen kann man schon mal ein bisschen sentimental werden. Da wird einem wieder bewusst, wie schnell die Jahre vergehen.«

Ich bin kurz davor, auch noch anzumerken, dass man außerdem erkennt, wie viel man bereut, aber stattdessen entschuldige ich mich und verlasse den Tisch.

ACHT JAHRE ZUVOR

44

ANNIKA

Die Zeit bleibt stehen, aber der Samowar zischt. Massoud sieht mich mit großen Augen an. Seine Hand liegt immer noch auf meiner linken Brust und mein Unterleib pocht.

Dann kommen wir beide in Bewegung. Ich werfe mich auf den nächsten Stuhl, streiche meine Bluse glatt und ziehe mir die Teetasse heran.

Herrgott nochmal. Was war das denn gerade? Was habe ich mir nur dabei gedacht?

»Wir sind in der Küche!«

Massouds Stimme klingt übertrieben fröhlich. Er hastet zur Spüle, ordnet seine Jeans und fährt sich mit den Fingern durch die Haare. Ich habe die Tasse gerade hochgenommen, als Fariba in der Tür erscheint. Sie bleibt auf der Schwelle stehen und mustert mich.

»Annika«, sagt sie.

Nicht »Hej, wie schön dich zu sehen« oder »was für eine Überraschung«.

Ich ahne, dass mein Verdacht, Gittan und Fariba könnten sich verbündet haben, nicht nur Einbildung ist. Oder spürt sie die knisternde Spannung, die bis eben noch in diesem Raum herrschte?

»Hej, Fariba.« Die Scham brennt auf meinen Wangen. »Ich bin eigentlich vorbeigekommen, um mit dir zu reden. Aber da du nicht zu Hause warst, musste eben dein Mann herhalten.«

Der blöde Spruch läuft ins Leere. Sie betrachtet uns schweigend, ihr Blick hat einen wachsamen Ausdruck angenommen.

Massoud räuspert sich.

»Das war eine kurze Sitzung heute.« Er sieht seine Frau an. »Habt ihr euch etwa gestritten?«

Auch diese scherzhafte Bemerkung zündet nicht.

»Der Hausmeister hatte vergessen, den Raum aufzuschließen.« Fariba lässt ihre Tasche auf den Boden fallen. »Wir haben versucht, ihn zu erreichen, aber ohne Erfolg.«

»Typisch.« Massoud konzentriert sich auf den Samowar. »Möchtest du auch einen Tee?«

Sie nickt und lässt sich auf den Stuhl mir gegenüber sinken. Massoud holt eine Tasse für seine Frau aus dem Schrank und stellt sie auf die Arbeitsplatte. Er schenkt Tee aus der kleinen Kanne ein, füllt ihn mit heißem Wasser aus dem Samowar auf und bringt ihr die Tasse an den Tisch. Bei den Jafaris zu Hause gibt es keine Teebeutel. Hier ist das Zubereiten und Trinken von Tee ein geradezu heiliges Ritual. Ich habe aufgehört, nach Milch zu fragen, ich ertrage den gequälten Gesichtsausdruck nicht, den allein die Vorstellung bei ihnen hervorruft.

»Wie geht es Erik?«

Fariba unterbricht die Stille, die schon viel zu lange angedauert hat, um sich noch natürlich anzufühlen. Ich traue mich nicht, sie anzusehen, tue so, als würde ich die Teeblätter auf dem Boden meiner Tasse studieren. Wie viel will ich sagen? Wie ehrlich soll ich sein? Eriks Verhalten ist eine Niederlage – ich habe als Mutter völlig versagt. Die Wahrheit zuzugeben widerstrebt mir.

Zehn Minuten später habe ich trotzdem das meiste erzählt. Ich fühle mich wie ein Dampfkochtopf, ich muss das Ventil öffnen, um nicht zu explodieren. Aber aus irgendeinem Grund, verschweige ich ihr meine Enttäuschung über Mats und sein Verhalten.

»Wie sollen wir Erik denn helfen, wenn er sich weigert, mit uns zu reden?«, seufze ich zum Schluss. »Es ist schrecklich, in dieser Situation so ausgeschlossen zu werden. Wir sind seine *Eltern*!«

Der Schock über Faribas unerwartetes Erscheinen hat sich zum Glück inzwischen gelegt. Ich hoffe sehr, dass auch meine Wangen nicht mehr so rot sind. Fariba zupft lange an den Fransen der Tischdecke herum, ehe sie antwortet.

»Er schämt sich wahrscheinlich für das, was er getan hat.« Ich schaue von den Teeblättern hoch.

»Wie meinst du das?«

Ich weiß ganz genau, wie sie das meint. Mats hat fast aufs Wort dasselbe gesagt, aber es klingt noch schlimmer, wenn es von jemandem kommt, der nicht zur Familie gehört.

»Das ist doch eigentlich nur verständlich.« Fariba sieht mich an. »Er ist betrunken Auto gefahren oder hat sich zu einem betrunkenen Fahrer ins Auto gesetzt. Und die beiden haben Leifs wertvollen Wagen demoliert.«

»Erik saß nicht am Steuer.«

Sie zieht die Augenbrauen hoch.

»Woher weißt du das? Ich dachte, er redet nicht mit euch?«

»*Eine* Sache hat Erik uns erzählt.« Ich schaue sie durchdringend an. »Und zwar, dass William gefahren ist.«

Fariba greift nach dem Honigglas.

»Und«, lege ich nach, »ist es nicht ungeheuer praktisch, dass William sich rotzbesoffen ans Steuer setzt und sich danach an nichts mehr erinnern kann? Es würde mich nicht überraschen, wenn einer von Kristers Anwaltsfreunden ihm zu diesem Trick geraten hat.«

»Ich finde, jetzt wirst du ein bisschen unfair«, sagt Fariba.

»Unfair?« Ungläubig starre ich meine Freundin an. »William kommt mit einer Gehirnerschütterung davon, während Erik womöglich für immer im Rollstuhl sitzen wird. *Das* ist unfair.«

»Ja, das ist wirklich tragisch. Furchtbar.« Faribas Hand auf meiner, genau da, wo immer noch die Wärme von Massouds Fingern glüht. »Aber es ist ja nicht gesagt, dass William daran schuld ist.«

Ich ziehe meine Hand weg.

»Denkst du etwa, dass Erik lügt?«

Fariba zuckt mit den Schultern.

»Würdest du nicht dasselbe behaupten, wenn du wüsstest, dass dein einziger Zeuge das Gedächtnis verloren hat?«

Jetzt besteht überhaupt kein Zweifel mehr, dass Fariba und Gittan sich gegen mich verschworen haben. Vielleicht sogar zusammen mit Mats. Und was ist mit Massoud passiert? Gerade eben war er noch so verständnisvoll. Jetzt schleicht er wie ein verschreckter Hausgeist durch die Küche.

»Na ja, wie auch immer.« Meine Freundin rührt langsam einen Löffel goldgelben Honig in ihren Tee. »Die Polizei untersucht ja den Unfallhergang. Da heißt es wohl einfach abwarten, was bei den Ermittlungen herauskommt.«

Ich sollte jetzt nichts mehr sagen, aber das Blut kocht in meinen Adern, und ich kann mich nicht beherrschen.

»Ich habe keine Ahnung, welchen Floh Gittan dir ins Ohr gesetzt hat, aber eins ist sicher: Erik ist unschuldig. Und William wird für das, was er ihm angetan hat, bezahlen.«

45

EMILY

»Wieso will die Polizei nur mit Cissi und mir reden? Warum befragen sie nicht alle, die auf der Party waren?«

Wir sind auf dem Weg zum Polizeirevier, und der Sallerupsväg ist mir noch nie so lang vorgekommen. Ich will es einfach nur endlich hinter mich bringen.

»Sie haben bestimmt noch mit anderen gesprochen.« Mama umklammert das Lenkrad. »Aber du kennst eben auch nicht jeden.«

»Vielleicht nicht jeden, aber viele.«

Zwei Jungs, die letztes Jahr noch auf meiner Schule waren, tauchen auf dem Bürgersteig vor dem Supermarkt auf, und ich rutsche im Sitz nach unten. Der Unfall hat mich menschenscheu gemacht. Die Leute sind völlig verrückt geworden, sie hören nicht damit auf, mich mit Fragen nach Erik und William zu bombardieren. Gestern wurde ich sogar von einem Mädchen auf der Straße angehalten. »Bist du nicht die Schwester von dem Typen, der fast gestorben ist?«, schrie sie. Es ist schrecklich.

»Aber ich habe doch gar nicht gesehen, was passiert ist«, sage ich aus meinem Versteck. »Und warum befragen sie mich erst jetzt? Bei Cissi haben sie sich schon vor Tagen gemeldet.«

»Du hast gesagt, dass Cissi am Freitag bei der Polizei war. Heute ist Montag, dazwischen liegt also nur ein Wochenende.« Mama legt eine Vollbremsung hin. »Verdammt nochmal!«, brüllt sie. »Nimm gefälligst den Fahrradweg, Idiot!«

Mein Bauch rumort, ganz ohne Grund. Ich habe nichts falsch

gemacht. Mama und Papa wissen, dass ich auf der Party bei Hampus war, dieser Teil ist also überstanden. Sie waren ein bisschen sauer und wollten wissen, warum ich ihnen nicht früher davon erzählt hatte – vor allem im Gedanken an den Unfall. Aber Mama ist zum Glück viel zu beschäftigt mit anderen Dingen. Und Papa kam nur mit einem Spruch, von wegen dass Ehrlichkeit am längsten währt.

Ich hoffe nur, dass mich niemand fragt, wie betrunken ich wirklich war. Aber Cissi musste gar nicht angeben, was sie getrunken hatte, warum also sollten sie das von mir wissen wollen?

Wir finden einen Parkplatz. Ich warte im Auto und schaue zu, wie Mama mit ihrer Geldkarte am Parkautomaten herumhantiert. Sie hat sich heute extra schick gemacht, trägt ihr neues olivgrünes Kleid und die Kette mit Holzperlen. Wahrscheinlich will sie sich bei der Polizei einschleimen und einen guten Eindruck machen, damit Erik bessere Chancen hat.

In der Polizeidienststelle ist es schweinekalt, und ich wünschte, ich hätte ein Shirt mit langen Ärmeln angezogen. Mama spricht mit einer Frau hinter einer Glasscheibe, und ich schaue mich um. Was machen all diese Menschen hier? Werden sie verdächtigt, etwas verbrochen zu haben? Oder sind sie Zeugen, genau wie ich? Wobei – ist man überhaupt ein Zeuge, wenn man gar nichts gesehen hat?

»Hej.« Ein Mann mit ganz normalen Alltagsklamotten und grauen Haaren reicht mir die Hand. »Ich heiße Hasse Aronsson, ich ermittle in dem Unfall.«

Er nimmt uns mit in einen kleinen Raum. Dort sitzt schon eine Frau, die auch keine Uniform trägt. Vor ihr auf dem Tisch liegt ein flaches, silbernes Kästchen, sicher ein Aufnahmegerät.

»Ich bin Sofia Paviç«, sagt die Frau. Sie steht auf und begrüßt uns, erst Mama, dann mich. »Ich untersuche gemeinsam mit meinem Kollegen hier den Unfall in der Amiralsgata.« Sie schaut

Mama an. »Wir beide haben neulich schon miteinander telefoniert.«

Mama wird rot, es ist ihr sichtlich unangenehm. Wir setzen uns an den Tisch in der Mitte des Zimmers. Die beiden Polizisten auf die eine, Mama und ich auf die andere Seite.

»Na dann.« Sofia Paviç schaltet das Aufnahmegerät an. Sie sagt, wie spät es ist, und nennt unsere Namen, ehe sie sich an mich wendet. »Emily, du weißt ja, warum du hier bist. Es geht um die Nacht auf den elften Juni und den Autounfall, bei dem dein Bruder schwer verletzt worden ist. Wir möchten uns gern ein genaueres Bild von der Party machen, auf der er sich unmittelbar vor dem Unfall aufhielt. Soweit wir wissen, warst du ebenfalls dort.«

Ich nicke nur. Das war doch keine Frage, oder?

»Um welche Uhrzeit bist du dort angekommen? So ungefähr.« Die Polizistin lächelt.

»Gegen neun.«

»Und wie lange bist du geblieben?«

»Bis halb eins. Vielleicht war es auch ein bisschen früher.«

Ob man mir anmerkt, dass ich mich an nichts erinnern kann? Das wenige, was ich weiß, hat Cissi mir erzählt, aber ich versuche, es mit meinen eigenen Worten wiederzugeben und nicht allzu überzeugt zu klingen.

»Hast du an dem Abend irgendetwas Besonderes gehört oder beobachtet?«, fragt die Polizistin. »Etwas, das erklären könnte, warum dein Bruder und sein Freund mit dem Auto losgefahren sind?«

Ich schüttele den Kopf.

»Es ist nichts Besonderes passiert. Die Leute haben getanzt, hatten Spaß … Ich war allerdings nicht in Eriks Nähe.«

»Uns liegen Aussagen über eine Messerstecherei vor«, sagt Sofia Paviç, ohne eine Miene zu verziehen. »Weißt du etwas darüber?«

Meine Lippen kleben zusammen, und ich muss sie mit der Zunge auseinanderdrücken.

»Nein«, bringe ich schließlich heraus.

»Hast du gesehen, wie dein Bruder und sein Freund weggefahren sind?«

»Nein.«

Hasse Aronsson, der die ganze Zeit auf den Computerbildschirm gestarrt hat, schaut plötzlich hoch.

»Cecilia Björling sagt, dass sie gesehen hat, wie Erik und William die Party verlassen haben. Bist du nicht zusammen mit deiner Freundin nach Hause gegangen?«

Es fühlt sich an, als könnte er direkt in meinen Kopf gucken, und ich konzentriere mich auf einen Punkt direkt hinter ihm.

»Doch, aber ich war vorher noch auf dem Klo. Wahrscheinlich waren sie gerade weg, als ich aus dem Haus gekommen bin.«

Er nickt, zieht sich die Tastatur heran und tippt etwas.

Mama greift nach meinem Handgelenk.

»Habe ich das gerade richtig verstanden?«, platzt sie heraus. »Cissi hat die beiden im Auto gesehen?«

»Aua!«

Ich zerre meinen Arm weg.

»Frau Brandt.« Hasse Aronsson sieht streng aus. »Wir stellen hier die Fragen.«

»Entschuldigung.« An Mamas Hals bilden sich kleine rote Flecken. »Es tut mir leid. Ich war gerade nur so … überrascht.«

Als die Vernehmung zu Ende ist, ist Mama ganz aufgekratzt.

»Ich hoffe wirklich, dass William Nihlzén für das, was er getan hat, geradestehen muss.« Sie lächelt die beiden Polizisten einschmeichelnd an. »Sie werden Cecilia Björling doch sicher als Zeugin benennen?«

»Wie Sie sicher verstehen, können wir dazu nichts sagen.« Sofia Paviç steht auf und gibt mir die Hand. »Danke für deine Hilfe, Emily.«

46

ERIK

Der Typ aus dem Nebenzimmer rollt an den Tisch. Wir haben feste Plätze, begegnen uns also nicht zum ersten Mal, aber bis jetzt haben wir noch nicht viel miteinander geredet, nur kurz Hallo gesagt.

»Und, wie ist die Lage?« Er zieht sich die verschiedenen Schüsseln heran und nimmt sich eine große Portion.

Ich zucke mit den Schultern und starre auf meinen Teller.

Kann nicht antworten. Will nicht antworten.

Der Typ auf der anderen Seite des Tischs ist in derselben Situation wie ich. Er ist hier, in einer Reha-Klinik in Schonen, weil er einen Unfall hatte und jetzt im Rollstuhl sitzt. Die Lage ist für uns beide beschissen.

Aber wie soll ich jemandem die Ohren vollheulen, der trotz dieser beschissenen Lage so gutgelaunt aussieht? Wenn ich ihm alles an den Kopf werfe, was in mir brodelt … dann muss er sich ja komplett verarscht vorkommen.

»Ich weiß, wie du dich fühlst«, sagt er. »Ich war auch mega wütend. Und traurig. Aber …« Er trinkt einen Schluck Wasser und stellt das Glas wieder ab. »Es wird besser. Im Moment wirst du mir das wahrscheinlich noch nicht glauben. Aber versprochen, das Leben ist nicht zu Ende. Echt nicht.«

Das Besteck liegt wie Blei in meinen Händen. Ich hebe den Kopf und sehe zu, wie er eine Kartoffel in der Mitte teilt, sie durch die Soße zieht und in den Mund steckt. Er kaut eine Weile und dann grinst er mich breit an.

»Das Essen ist gut hier, was? Ich heiße übrigens Mustafa. Aber nenn mich Musse.«

Ich frage mich, ob das Personal uns an einen Tisch gesetzt hat, weil sie hoffen, dass er mich aufmuntert. Musse ist in meinem Alter und wohl schon länger hier. Wie es aussieht, mit Erfolg.

Ich sollte Bescheid sagen, dass sie es lieber mit jemand anderem versuchen sollen. Mit jemandem, der ihren Erwartungen gerecht werden kann. Denn mich wird garantiert niemand aufmuntern. Niemand. Ich hasse es, hier zu sein. Jedes Mal wenn ich mein Zimmer verlasse und die ganzen Krüppel hier sehe, wird mir mein eigenes Handicap bewusst. Das hier, das bin ich nicht.

Ich bin durchtrainiert, war immer einer der Schnellsten. In der Schule und in der Mannschaft. Meine Ausdauer war auch nicht schlecht, aber meine größte Stärke war die Schnelligkeit. Die Explosivität. Und vielleicht meine Spielauffassung.

Der Unfall ist nach wie vor ständig in meinem Bewusstsein. In jeder wachen Minute lauert er wie eine dunkle Gewitterwolke in meinem Hinterkopf. Ich will wirklich nicht daran denken, will mich nicht erinnern. Aber es kommt mir so vor, als würde mein Gehirn mich zwingen, mir alles ins Gedächtnis zu rufen. Als müsste ich den ganzen Ablauf unbedingt immer wieder bis ins kleinste Detail durchleben. In einem ewigen Kreislauf.

Ich versuche, mich aufs Essen zu konzentrieren. Schneiden, kauen, schlucken. Schneiden, kauen, schlucken.

Musse isst mit gutem Appetit weiter, aber er schweigt jetzt. Ein Teil von mir wünscht sich, er würde weiterreden, damit ich einen Grund habe, ihm zu sagen, dass er die Schnauze halten soll. Aber nicht einmal den Gefallen tut er mir.

Es nervt mich, dass alle so nett sind, dass alles so schön und so gut ist. Ich kann mich eigentlich wirklich nicht beklagen. Und dauernd erzählt mir jemand, was für ein Glück ich hatte, hier einen Platz zu bekommen. »Orup ist phantastisch«, sagen sie.

Aber ich hatte kein Glück. Ich hatte VERDAMMTES SCHEISS UNGLÜCK. Ich bin ein Invalide ohne Zukunft. Ein Loser, einer, mit dem man Mitleid hat. Ein Typ, der sein Leben einsam verbringen wird. Ohne Freunde, ohne Partys, Fußball und Reisen.

Ohne Mädchen.

Ich sehe Sanjas Gesicht vor mir. Die leuchtend blauen Augen, die Sommersprossen und die weichen Lippen. Ihre Haare, die nach Sonne und Vanille duften.

Zur Hölle mit dir, William. Du hast mein Leben zerstört.

Musse und ich verlassen den Tisch ungefähr gleichzeitig, stoßen auf dem Weg zur Geschirrabgabe fast zusammen.

»Erik?« Lotta, eine der Ergotherapeutinnen, steht in der Tür zum Speisesaal. »Du hast Besuch. Er wartet vor deinem Zimmer auf dich.«

Ich schaue mich um, obwohl mein Zimmer nicht mal ansatzweise in der Nähe ist. Wer ist den weiten Weg hierhergefahren, ohne mir vorher Bescheid zu sagen? Meine Eltern haben sich fürs Wochenende angekündigt, die können es also schon mal nicht sein. Obwohl, es wäre durchaus möglich, dass Papa unter vier Augen mit mir reden will. Wahrscheinlich hat er nur vergessen, vorher anzurufen.

Ich rolle aus dem Speisesaal. Ich werde immer geschickter im Umgang mit dem Rollstuhl und begebe mich schnell in den Flur, in dem mein Zimmer ist. Hinter jeder Tür wohnt eine Person, deren Leben seit kurzem in Trümmern liegt. Die Namen auf den weißen Schildern gleiten an mir vorbei. *Monika O, Jonny, Monika B, Mustafa …*

»Hallo, mein Freund.«

Ich drehe den Kopf. Gegenüber von meinem Zimmer lehnt ein Mann an der Wand.

Krister.

Was zur Hölle macht Krister hier?

Es gibt vieles an meinem Körper, das nicht mehr funktioniert, aber ich kann deutlich spüren, wie sich meine Nackenhaare aufstellen.

47

MATS

»Ich hoffe wirklich, dass sie William drankriegen.« Annika gibt einen Klacks saure Sahne auf ihren Taco. »Am besten wäre es natürlich, wenn es ihnen gelingen würde, noch mehr Zeugen aufzutreiben. Aber das müsste doch möglich sein, oder? Jemand, der zunächst lieber nichts sagen wollte, könnte vielleicht ein schlechtes Gewissen bekommen und es sich anders überlegen.« Sie wartet nicht auf eine Reaktion, sondern fährt im selben schnellen Tempo fort. »Ich verstehe nur nicht, was mit Erik los ist. Wieso hat er nicht sofort erzählt, wie es gewesen ist?« Das Bratfett läuft ihr an den Fingern hinunter, und sie wischt es mit einem Stück Küchenpapier ab. »Er wusste doch die ganze Zeit, dass es für William schlecht aussieht.«

»Sie sind beste Freunde«, sage ich. »Vielleicht wollte er nicht schuld daran sein, dass William womöglich ins Gefängnis muss.«

Sie schnaubt.

»Wieso sollte Erik seinen Freund schützen wollen und damit Schadenersatz und Schmerzensgeld für seine Unfallschäden aufs Spiel setzen? William war ihm nicht gerade eine Stütze in dieser schweren Zeit. Meines Wissens hat er ihn genau einmal besucht, in all den Wochen, die Erik auf der Orthopädie verbracht hat. Ein einziges Mal.«

Ich zucke mit den Schultern und hoffe, dass diese Diskussion bald ein Ende hat. Aber genauso gut hätte ich mir den Weltfrieden wünschen können. Annika wird keine Ruhe geben. Seit sie erfahren hat, dass Cissi die Jungs in der Unfallnacht im Auto gesehen hat, redet sie über nichts anderes mehr. Sie ist wie besessen. Und alles, was in ihrem Kopf passiert, muss offenbar auch ihrer Umwelt mitgeteilt werden. Also mir. Ich bin nämlich der Einzige, der ihr überhaupt noch zuhört.

Zum Glück habe ich nichts mehr von ihrer Fußballtheorie gehört, dass William versucht haben könnte, seinen Mittelfeldrivalen auszuschalten. Ich nehme an, dass sie selbst gemerkt hat, wie absurd das klingt.

»Ich finde das jedenfalls ziemlich merkwürdig.« Annika beißt krachend in den Taco, kaut, schluckt und fährt dann fort. »Aber okay, das Wichtigste ist natürlich, dass er wenigstens jetzt gesagt hat, wie es wirklich war.«

Sie schenkt sich Wein nach, und ich denke, dass sie das erste Glas ziemlich schnell runtergekippt hat. Das ist mir früher nie aufgefallen. Ich hatte nie einen Grund, darauf zu achten, wie viel oder wie schnell meine Frau trinkt. Aber in letzter Zeit habe ich sie oft mit einem Glas Wein angetroffen. Vor dem Fernseher. Am Küchentisch. Draußen auf der Terrasse. Ja, sie arbeitet im Moment nicht. Anfangs hatte sie sich aufgrund des Unfalls freistellen lassen, und jetzt hat sie ganz regulär Urlaub. Aber trotzdem. Annika trinkt nie allein. Hat *bisher* nie allein getrunken.

»Du.« Ich sehe sie an. »Wir haben das Thema bis zum Erbrechen durchgekaut. Das Einzige, was wir tun können, ist abwarten und sehen, was die Zeit bringt. Können wir nicht über etwas anderes reden?« Ich drehe mich zu Emily um. »Schmeckt's dir, Süße?«

Sie nickt, nimmt ihre Gabel und sammelt ein paar Maiskörner auf, die auf den Teller gefallen sind.

Arme Emily. Freitags steht unser sogenanntes Familienessen auf dem Plan, und Annika ist fast ausgeflippt, als sie erfahren hat, dass unsere Tochter lieber bei Cissi essen wollte. Emily wurde sofort nach Hause zitiert. »Wir müssen an unseren Familientraditionen festhalten« war Annikas Begründung. Jetzt ist Emily hier, aber niemand unterhält sich mit ihr. Und ich habe den Verdacht, dass meine Bemerkung, das Gesprächsthema zu wechseln, den Abend endgültig ruiniert hat.

Annika lehnt sich zurück und schaut mich an. »Okay. Und worüber sollen wir deiner Meinung nach reden?«

»Keine Ahnung. Ich finde nur, dass diese ewigen Spekulationen uns nicht weiterbringen.«

»Zweifellos. Aber du wirst mir doch zustimmen, dass mehr Zeugen gut für Erik wären. Ich meine, eine einzelne minderjährige Zeugin reicht vielleicht nicht für eine Verurteilung.«

»Da hast du recht«, sage ich. »Andererseits ist es ganz egal, wie viele Zeugen sie zusammenkratzen können. William wird trotzdem alle Vorwürfe abstreiten.«

Annika starrt mich böse an.

»Musst du immer so pessimistisch sein?«

Ich bin selbst nicht auf meine eigene Reaktion vorbereitet und sehe, wie Annika und Emily zusammenzucken, als meine Faust auf die Tischplatte knallt.

»Ich bin nicht pessimistisch.« Der Schmerz pocht in meiner Hand. »Sondern realistisch. Kein Mensch, der halbwegs klar bei Verstand ist, gibt einfach so ein Verbrechen zu. Es ist Aufgabe der Staatsanwaltschaft zu beweisen, was passiert ist. Und ich habe es satt, nur noch über den Unfall zu reden. Und über William. Über die Nihlzéns. Um Gottes willen, Annika. Hör endlich damit auf und überlass den Rest unserem Rechtssystem.«

Für einen Augenblick bleibt es still, wie wenn das Meer sich zurückzieht, bevor die nächste gewaltige Welle über das Ufer hereinbricht.

»Und weißt du, was ich satthabe?« Annikas Blick ist düster. »Ich habe es unglaublich satt, die Einzige zu sein, die es wenigstens versucht. Die Einzige, die darum kämpft, dass unser Sohn eine Wiedergutmachung und ein erträgliches Leben bekommt.«

48

ANNIKA

Ich stehe vor den Gemüsekonserven und greife gerade nach einer Dose weißer Bohnen, als ich im Gang nebenan eine vertraute Stimme höre. Vorsichtig gehe ich näher.

»Wie kann man nur so sein?« Fariba spricht leise, aber trotzdem dringt jede Silbe zu mir herüber. »Annika scheint es nur noch darum zu gehen, William ins Gefängnis zu bringen. Ein paar Tage nach dem Unfall war sie bei uns zu Hause, und du hättest ihren Blick sehen sollen. Das war richtig beängstigend.«

»Ich weiß.« Gittans Stimme. »Sie hat im Grunde vom ersten Tag an nur noch von Versicherungsleistungen und Schadenersatz geredet.«

Mein Herz klopft so heftig, dass es schon weh tut. Oder vielleicht sind es auch ihre Worte, die schmerzen. Eigentlich will ich gar nichts mehr hören, aber ich kann mich nicht von der Stelle rühren.

»Am Anfang dachte ich noch, es wäre der Schock«, sagt Fariba. »Ich meine, jeder wäre in ihrer Situation verzweifelt gewesen.«

»Absolut.« Gittan hustet. »Aber es hat ja gar nicht mehr aufgehört. Im Gegenteil, es wird immer schlimmer. Sie hat sich total in diese Sache verrannt.«

»Unter uns gesagt.« Fariba senkt die Stimme weiter, aber sie spricht trotzdem noch laut genug, dass ich sie verstehen kann. »Ist das nicht irgendwie typisch für Annika? Sie hatte doch schon immer diese manische Art …«

»Ja«, sagt Gittan, aber sie klingt ein bisschen verhalten.

»Erinnere dich nur, wie es mit dem Fußball war«, sagt Fariba. »Annika hat ja immer behauptet, der Sport sei Eriks Hobby, aber ich weiß, dass sie davon geträumt hat, ihn im Trikot der Nationalmannschaft spielen zu sehen. Und die Trainer der Jungs hassen sie. Jeder Einzelne von ihnen.«

»Was? Wie kommst du denn darauf? Woher weißt du das?«

Gittan klingt erschrocken.

»Massoud kennt doch die meisten im Verein.« Ich sehe Faribas giftiges Gesicht genau vor mir. »Und nach allem, was ich gehört habe, hat Annika die Trainer zu den unmöglichsten Zeiten angerufen. Hat sich wegen Erik beschwert und versucht, Sonderwünsche anzumelden. Wusstest du, dass sie Conny kontaktiert und ihn mehr oder weniger gezwungen hat, Erik für das erste Sichtungslager auszuwählen?« Ich höre ein Geräusch, wie wenn zwei Einkaufswagen zusammenstoßen. »Jetzt hat sie keinen Fußball mehr, also braucht sie etwas anderes, womit sie sich die ganze Zeit beschäftigen kann.«

Mir ist schlecht. Haben die Trainer mich wirklich so wahrgenommen? Als nörgelige, kriecherische Fußballmutter? Als eine, die alles getan hat, um ihr eigenes Kind in den Vordergrund zu schieben?

Ich finde mich in dieser Beschreibung nicht wieder. Es stimmt schon, dass ich ab und zu mit den Trainern telefoniert habe, als die Kinder noch klein waren. Entweder um sie daran zu erinnern, doch bitte nicht immer so schrecklich herumzuschreien, oder um bei verschiedenen Anlässen meine Hilfe anzubieten. Und es kann schon sein, dass ich bei diesen Gesprächen ab und zu auch ein paar Worte über Erik habe fallen lassen. Aber ist das wirklich so ungewöhnlich? Ich habe mich schließlich auch als Eriks Mutter für den Verein engagiert. Nicht weil ich Mutter Theresa bin, verdammt nochmal.

»Vielleicht wäre es klüger«, höre ich Gittan sagen, »wenn sie mehr Zeit darauf verwenden würde, sich um ihren Sohn zu kümmern, statt parallel zur Polizei den Unfall zu untersuchen.«

Man kann ja viel ertragen, aber jetzt ist Schluss. Ich biege um eine Palette mit eingelegter Roter Bete und mache einen großen Schritt in den Gang, in dem die beiden stehen.

»Annika.« Gittan schluckt. »L… lange nicht gesehen. Wie geht es dir?«

»Ach, danke«, sage ich. »Ganz ausgezeichnet. Und selbst?«

»Gut«, murmelt Gittan. »Alles gut.«

Fariba nickt zustimmend. Beide sind rot angelaufen, und ich kann förmlich sehen, wie ihnen unter den frischen Sommerblusen der Schweiß ausbricht.

»So so…« Ich mache ganz bewusst eine Pause, um sie noch ein bisschen länger schwitzen zu lassen. »Hier steht ihr also herum und quatscht ein bisschen.«

»Genau.« Gittan lächelt angespannt. »Aber ich wollte gerade weiter. Ich habe es ein bisschen eilig, wir bekommen heute Abend noch Besuch.«

Fariba tut so, als wäre sie wahnsinnig damit beschäftigt, eine Tüte mit Tomaten zuzuknoten.

»Wie geht es Erik?«, fragt sie, ohne mich anzusehen. »Ich habe gehört, er ist inzwischen in Orup?«

»Tja«, sage ich. »Es geht ihm wohl so, wie man es von einem jungen Menschen erwarten würde, dessen Zukunft gerade zerstört wurde.«

Gittan reißt die Augen auf.

»Aber das kannst du doch nicht … Ich meine, es besteht doch immer noch Hoffnung, dass er wieder ganz gesund wird?«

»Die Aussichten sind alles andere als glänzend«, sage ich.

Das ist nicht das Bild, das ich meinem Umfeld normalerweise vermittele, aber ich will die beiden leiden sehen. Will, dass sie begreifen, was für schreckliche Folgen Williams Spritztour hatte.

»Das tut mir sehr leid.« Fariba sieht aufrichtig betroffen aus. »Aber«, sagt sie dann, »hat man nicht auch im Rollstuhl eine Zukunft vor sich?«

»Eine Zukunft hat er ganz bestimmt.« Ich sehe sie durchdringend an. »Nur wie die aussehen wird – das hängt natürlich stark davon ab, ob die Versicherung ihm den Schadenersatz zahlen wird, der ihm rechtmäßig zusteht, oder nicht.«

Gittan atmet hörbar ein.

»Ist das alles, worum es geht?«, faucht sie. »Geld? Das kann doch nicht das Einzige sein, woran man in so einer Situation denkt!«

»Nein«, sage ich ganz sanft. »Es geht nicht nur um Geld. Man möchte auch irgendwann mit allem abschließen können. Man will, dass der Schuldige seine Strafe bekommt.«

Die beiden starren mich schockiert an, weichen buchstäblich einen Schritt zurück, aber Gittan gewinnt schnell wieder die Fassung.

»Was ist nur los mit dir, Annika?« Sie redet jetzt so laut, dass die anderen Kunden in unserer Nähe sich umdrehen. »Du betreibst eine regelrechte Hexenjagd gegen meinen Sohn! Und ich verstehe einfach nicht, warum. Du weißt doch selbst, dass es nicht ausreicht, wenn jemand *behauptet*, wie es angeblich war. Man muss es auch beweisen können.«

»So ist es«, sage ich. »Wir sehen uns vor Gericht.«

49

EMILY

»Erik ist wieder zu Hause.«

Ich setze mich auf die Schaukel, ziehe ein Päckchen Kaugummis aus der Tasche und halte es Cissi hin. Sie fummelt sich ein Dragee aus der Packung und macht es sich auf der Schaukel neben mir bequem.

»Dann ist er fertig mit der Reha in Orup?«

»Nee.« Ich stecke mir zwei Kaugummis in den Mund. »Er hat nur Freigang bekommen. Übers Wochenende.«

Wir sitzen eine Weile da und kauen schweigend vor uns hin. Als Cissi nach den Ketten greift, sich nach hinten lehnt und mit den Beinen Schwung holt, mache ich mit. Das Schaukelgestell im Lottapark knarrt unheilvoll.

»Er wurde in einem weißen Minibus gebracht.« Ich versuche, ihren Blick aufzufangen, aber wir schaukeln nicht im selben Takt, deshalb klappt es nicht so richtig. »In einem von denen, die hinten so große Türen haben.« Meine Stimme verschwindet im Wind, und ich rufe. »Kannst du dir das vorstellen? Erik ist nicht mal zwanzig und wird durch die Gegend kutschiert wie ein Rentner. Er scheißt sich auch ein, kann nicht kontrollieren, wann es kommt.«

»Echt?« Cissi schaukelt langsamer, schaut mich an. »Das muss schrecklich sein. So. Unglaublich. Schrecklich.«

Sie hat recht. Es *ist* schrecklich. Es ist so schrecklich, dass ich es kaum ertrage, darüber nachzudenken. Anfangs bin ich noch mitgefahren, wenn Mama und Papa Erik besucht haben, stand neben seinem Bett und kam mir dumm vor. Aber ich habe aufgehört, sie zu begleiten. Weil ich nicht weiß, was ich sagen soll. Wie soll ich ihm von meinen Sommerferien erzählen, ohne ihn noch wütender und trauriger zu machen? Seine Augen sind immer noch so leer. Tot.

»Mama sagt, es wird irgendwann besser. Dass er es lernen wird.« Mein Fuß gräbt sich in den Kies, als ich ihn über den Boden schleifen lasse, um die Schaukel anzuhalten. Ich drehe mich zu Cissi um. »Glaubst du, dass Ehrlichkeit am längsten währt? Also, immer und in jeder Situation?«

»Nein.« Sie zieht ihren Pferdeschwanz fest. »Es gibt Situationen, da ist es eindeutig besser, zu lügen.«

Manchmal nervt mich Cissi, wenn sie so felsenfest von etwas überzeugt ist. Ich versuche zu verstehen, wie sie das gemeint hat.

»Aber das heißt nicht, dass du vorhast, bei der Gerichtsverhandlung zu lügen, oder? Wenn du deine Zeugenaussage machst.«

»Nein!« Sie reißt die Augen auf. »Um Himmels willen, nein. Niemals. Vor Gericht doch nicht. Aber wenn jemand eine grottenhässliche Jacke gekauft hat, muss man ja nicht unbedingt sagen, was man wirklich denkt. Nicht mal, wenn es die hässlichste Jacke *ever* ist. Davon hätte die Person, die einen gefragt hat, ja nichts.« Sie verstummt. »Warum willst du das wissen? Hast du jemanden angelogen? Mich?«

Ich schüttele den Kopf, mache eine Kaugummiblase und zerdrücke sie mit der Zunge.

»Nein, das hat nur mein Papa neulich zu mir gesagt. Ich glaube nämlich auch nicht, dass man immer ehrlich sein muss. Und wenn ich so überlege, lüge ich eigentlich ziemlich oft, jedenfalls gegenüber meinen Eltern.«

Cissi kichert.

»Das ist nur zu ihrem Besten. Eltern würden sich viel zu viele Sorgen machen, wenn sie alles wüssten. Außerdem ist das gar kein richtiges Lügen. Man erzählt ihnen ja nur einfach nicht die ganze Wahrheit.«

Die Schaukeln stehen jetzt still. Eine große grau-lila Wolke türmt sich hinter dem Haus von Hampus Olsson auf. Von hier aus können wir direkt in die Küche schauen. *The Haunted House.* Man könnte einen Film drehen, alles fängt mit der Party an und endet in einer totalen Katastrophe.

»Ich kann gar nicht glauben, dass es erst zwei Monate her ist«, sagt Cissi, als hätte sie meine Gedanken gelesen.

Mein Blick wandert über die weiße Fassade, sucht nach Zeichen von Leben im Geisterhaus, aber es scheint niemand da zu sein. Vielleicht sind sie in den Urlaub geflogen, irgendwohin, wo es cool ist. Hampus' Familie hat Kohle ohne Ende. Ich kapiere nicht, warum sie ausgerechnet hier wohnen, in einem popeligen Stadtteil wie Stenkällan. Sie könnten sich ohne Probleme ein Haus in Västra Hamnen oder jeder anderen Nobelgegend leisten.

»Zwei Monate?« Ich drehe mich wieder zu meiner Freundin um. »Mir kommt es vor wie eine Ewigkeit. Als wäre ich in diesem Sommer tausend Jahre älter geworden.«

Cissi lächelt.

»Auf jeden Fall alt genug, um aufs Gymnasium zu wechseln.« Sie kaut nachdenklich auf ihrem Kaugummi herum. »Ich freue mich drauf. Es wird super, endlich ein paar neue Leute kennenzulernen.«

Wenn alles wie früher wäre, würde ich mich auch freuen. Aber im Moment macht gar nichts Spaß. Ich habe versucht, Cissi zu erklären, wie es mir geht, aber ich glaube, sie hat langsam echt genug davon, dass ich ständig über den Unfall, Erik und die ewigen Streitereien meiner Eltern rede.

Ich fühle mich so hohl wie ein morscher Baumstamm. Und ich traue mich nicht, das laut zu sagen. Zu niemandem. Mir ist schließlich nichts Schlimmes passiert.

50

ANNIKA

»Bin ich ein schlechter Mensch?«

Die Frage ist eigentlich nicht an Mats gerichtet. Sie geht vielmehr direkt hinaus ins Universum, an die Weltordnung, die durcheinandergeraten ist. Es ist spät, und ich bin müde, vollkommen erschöpft. Trotzdem kann ich nicht schlafen. Das Gespräch zwischen Gittan und Fariba im Supermarkt hat sich in mir festgefressen. Ich höre ihre Lästereien in Dauerschleife in meinem Kopf.

Mats antwortet mit einem Grunzen, und ich fahre fort. »Denkst du, dass Eriks Trainer mich gehasst haben? Und immer noch hassen?«

Mats macht die Augen auf.

»Warum …« Er gähnt. »Warum sollten sie das tun?«

»Ich weiß es nicht. Weil ich zu oft angerufen habe, weil ich zu oft meine Meinung gesagt habe …«

»Unsinn, du hast so viel für diesen Verein getan. Bist zu Spielen gefahren, hast Würstchen verkauft, Pokalspiele organisiert …« Er klingt verschlafen. »Wahrscheinlich finden sie dich ganz phantastisch.«

In meinem Hinterkopf, ganz weit hinten, gibt es Fragen, die sich nicht richtig in Worte fassen lassen. Sie betreffen meine Rolle als Elternteil eines Leistungssportlers, als Fußballmama. Vielleicht sogar meine Elternrolle im Ganzen. Ich wage mich nicht an dieses trübe Gewässer heran.

Mats rutscht ein bisschen näher zu mir und schiebt eine Hand unter meine Decke, fährt über meinen linken Oberschenkel.

»Phantastisch«, wiederholt er.

Die unerwartete Berührung lässt mich erstarren. Er kann doch nicht ernsthaft Lust auf Sex haben? Jetzt? Ich überlege fieberhaft, was ich noch sagen könnte, um das Gespräch zu verlängern und ihn von seinem Vorhaben abzubringen. Ich bin nicht in der Stimmung. Wirklich überhaupt nicht. Ich liege ganz still da und hoffe, dass er es sich anders überlegt. Oder denkt, dass ich eingeschlafen bin.

Unser Sexleben hat vermutlich eine ähnliche Frequenz wie bei den meisten Paaren in unserem Alter mit Teenagern im Haus. Normalerweise nutzen wir die Gelegenheit, wenn keins der Kinder zu Hause ist, oft freitags oder samstags nach einem guten Abendessen und ein paar Gläsern Wein. Heute ist Montag. Wir haben Wasser getrunken, es gab Bauernomelette, und unser Sohn ist seit kurzem querschnittsgelähmt. Beim Essen haben wir die ganze Zeit darüber gestritten, ob Emily am kommenden Wochenende auf eine Party gehen darf oder nicht.

Es fällt mir schwer, ihre Lügen zu verdauen. Emily behauptet, sie hätte gar nicht gelogen, sondern uns nur nicht die ganze Wahrheit gesagt, weil sie Angst gehabt hätte, wir würden wütend auf sie werden. Außerdem ist sie der Ansicht, ihre Anwesenheit auf der Feier bei Hampus habe keinerlei Bedeutung für das, was passiert ist.

Zu allem Überfluss war sie an dem Abend wohl auch ziemlich betrunken. Sie schwört, das sei ein einmaliger Ausrutscher gewesen. Hätten wir es nicht merken müssen, wenn das schon öfter vorgekommen wäre? Meines Wissens ist Emily noch nie nachts betrunken nach Hause gekommen. Aber ich habe natürlich keine Ahnung, was los ist, wenn sie bei Cissi übernachtet. Diana ist in letzter Zeit immer alternativer und esoterischer geworden. Vielleicht gehört zu ihrer neuen Lebenseinstellung auch die Liberalisierung von Drogen?

Mats Finger tasten sich weiter nach oben, schieben sich unter meinen Slip. Ich habe mich oft gefragt, ob das eigentlich alle Männer können, den Sex so einfach vom Leben zu trennen, von Dingen, die man gerade gesagt hat – oder nicht gesagt hat. Ich versuche, mich zu entspannen, versuche, zwischen den Beinen etwas passieren zu lassen, aber obwohl seine Finger intensiv arbeiten, tut sich bei mir nichts. Mein Unterleib bleibt unbeeindruckt und trocken wie die Wüste Gobi. Trotzdem lasse ich zu, dass er mir den Slip herunterzieht und in mich eindringt.

Ich bin eine moderne Frau, mir ist bewusst, dass man nur miteinander schlafen sollte, wenn beide es wollen. Aber ich habe immer noch ein furchtbar schlechtes Gewissen wegen des Zwischenfalls mit Massoud. Und ich bilde mir ein, dass Mats mich womöglich nie wieder will, wenn ich ihm jetzt die kalte Schulter zeige.

Ich schließe die Augen und balle die Fäuste. Er kommt schnell und zieht ihn wieder raus.

»Liebe dich«, murmelt er und dreht sich auf die Seite.

Tränen laufen mir über die Wangen.

DIE HOCHZEIT

51

ERIK

Nike hilft mir auf der Rampe, die zur Rasenfläche hinunterführt.

»Ich will nach Hause«, sage ich. »Sobald die Hochzeitstorte aufgegessen ist, fahren wir.«

»Aber …« Sie bleibt so abrupt stehen, dass ich fast nach vorn falle. »Das können wir doch nicht machen? Du hast getrunken, wir …«

Ich unterbreche sie.

»Keine Sorge. Ich bin beim Wasser geblieben. Und ich halte es hier wirklich nicht länger aus.«

Unzählige Lampen und Laternen beleuchten die Fassade und den Parkbereich rund ums Schloss. Gartenfackeln brennen in einer langen Reihe entlang des verglasten Übergangs zum Nebengebäude. Die Dunkelheit dahinter ruft einem ins Bewusstsein, dass der Sommer langsam zu Ende geht. Verglichen mit der drückenden Hitze des Nachmittags ist der Abend angenehm kühl.

»Es wird sicher spät werden«, unternimmt Nike einen neuen Versuch. Sie hat sich wahrscheinlich schon auf das Frühstücksbuffet gefreut. »Wir sind ja noch nicht mal mit dem Abendessen fertig.«

»Macht nichts«, sage ich. »Immer noch besser, als die ganzen Leute morgen wieder ertragen zu müssen.«

»Und was ist mit deiner Schwester?« Nike kommt um den Rollstuhl herum und stellt sich vor mich. »Was wird sie dazu sagen, wenn wir einfach abhauen, obwohl sie Zimmer für uns reserviert hat und alles?«

»Nicht viel, nehme ich an. Sie werden sicher einen Pauschalpreis ausgehandelt haben. Zwei Gäste mehr oder weniger fallen da garantiert nicht ins Gewicht.«

»Okay.« Nike zuckt mit den Schultern. »Dann fahren wir wohl nach Hause.« Sie lächelt. »Aber du lässt dir eine Menge guter Drinks entgehen.«

Ich rolle auf die Wiese, atme ein paarmal tief ein und fülle meine Lunge mit der feuchten Luft.

»Wohin wollen wir?«, fragt Nike.

»Ganz egal«, antworte ich. »Ich brauche nur frischen Sauerstoff.«

»Dann drehen wir eine Runde durch den Park.«

Mit routiniertem Griff schiebt sie mich auf den Weg, der an der Schmalseite des Schlosses vorbeiführt. Ich protestiere nicht, bin einfach nur froh, den vielen Menschen zu entkommen.

»Ich habe vorhin übrigens William kennengelernt. Ehrlich gesagt, finde ich ihn eigentlich ganz nett.« Nikes Stimme reißt mich aus meinen Gedanken. »Ihr habt zusammen Fußball gespielt, oder?«

»Ja.«

Der Kies knirscht unter den Rädern, und ich warte auf die Fortsetzung.

»Er meinte, du wärst gut gewesen.«

Ich schlucke.

»Das war William auch.«

»Du hast nie erwähnt, dass du mal Fußball gespielt hast.« Nike hört auf zu schieben und bleibt stehen. Ein beeindruckendes Geflecht aus Ästen bildet ein Dach über unseren Köpfen, die dichte Baumkrone lässt nicht einmal das Mondlicht durch. »Du musst mir nichts erzählen, wenn du nicht willst …« Sie lässt den Rollstuhl los und stellt sich wieder vor mich. »Aber wenn du dir etwas von der Seele reden willst, dann bin ich immer für dich da. Es muss wahnsinnig hart gewesen sein. Eine Querschnittslähmung an sich ist ja schon für jeden traumatisch. Aber wenn man Fußball spielt und sich alles um den Sport dreht …«

Ihre Augen glänzen feucht, sie wendet den Blick ab, starrt in die Dunkelheit.

»Ja, es *war* hart. Am Anfang wollte ich einfach nur sterben, ich hatte wirklich das Gefühl, mein Leben wäre vorbei. Aber …« Ich sehe Nike an. »Das war es ja nicht. Also mein Leben. Und der Fußball … Ich habe bestimmt ganz gut gespielt. Hatte jedenfalls Potenzial. Wie viele Jungs in meinem Alter habe ich davon geträumt, Profi zu werden, und während meiner ganzen Schulzeit ging es immer nur um Fußball. Aber ein paar Monate nachdem ich in dem hier gelandet war …«, ich klopfe auf den Rollstuhl, »wurde mir klar, dass ich vielleicht gar nicht so wahnsinnig fußballverrückt war, wie alle immer dachten.«

»Wie meinst du das?« Nike runzelt die Stirn. »Es klang so, als hättest du dich nie für etwas anderes interessiert.«

»Ich weiß. Und das ist ganz schön traurig, wenn man darüber nachdenkt. Aber genau das habe ich nie getan: Ich habe nicht *nachgedacht*, ich habe einfach gemacht. Weil alle anderen Fußball gespielt haben. Weil ein paar Leute gesagt haben, ich hätte Talent. Und weil es meiner Mutter so unglaublich wichtig war. Die letzten Jahre war sie viel mehr bei der Sache als ich, hatte immer alles unter Kontrolle, hat dafür gesorgt, dass ich auch ja keine einzige Trainingseinheit verpasse. Der Unfall hat mich wachgerüttelt. Damals habe ich angefangen, darüber nachzudenken, was ich eigentlich wirklich will.«

»Ich bin froh, dass du das alles so gut verarbeitet hast. Ich könnte mir vorstellen, dass man wirklich aufpassen muss, nicht zu verbittern, wenn man als junger Mensch von so einem Schicksalsschlag getroffen wird.« Nike sieht jetzt fröhlicher aus. »Und deine Mutter?«

»Was ist mit ihr?«

»Wie hat sie es verkraftet, dass du nicht mehr Fußball spielen konntest?«

»Sie war am Boden zerstört. Aber das hatte sicher nicht nur mit dem Sport zu tun. Ihr Kind saß plötzlich gelähmt im Rollstuhl. Wer wäre daran nicht verzweifelt? Zumindest in der ersten Zeit.«

»Hast du darunter gelitten?« Nike stellt sich wieder hinter mich, wendet den Rollstuhl. »Dass deine Mutter dich so unter Druck gesetzt hat, meine ich.«

»Ach was, ich wollte es ja auch. Zumindest bis zu einem gewissen Grad. Und zu dieser Zeit habe ich mir darüber auch gar keine Gedanken gemacht. Ich habe meinen Sport geliebt. Und das viele Training hat mir zu Hause auch Vorteile verschafft. Mama hat mich ziemlich verhätschelt. Sie hat immer mit Adleraugen darauf geachtet, dass ich auch ja ausgeruht bin. Rückblickend denke ich, dass sie wahrscheinlich panische Angst davor hatte, ich könnte die Lust verlieren und alles hinwerfen, und dass sie deshalb alles getan hat, um mich bei Laune zu halten.«

»Wahnsinn.« Nike schnaubt hinter meinem Rücken. »Kein Wunder, dass ihr Geschwister ein verkorkstes Verhältnis habt. Wahrscheinlich musste Emily zu Hause dann ja auch immer allein mit anpacken, oder?«

Darüber habe ich mir noch nie Gedanken gemacht.

52

EMILY

Das Licht der großen silbernen Kerzenleuchter verbreitet einen warmen Schimmer, der sich in den Gläsern spiegelt. Mit jeder Minute wird das Stimmengewirr lauter. Alle reden und lachen. Sogar die älteren Gäste fühlen sich sichtlich wohl und machen keine Anstalten, die Feier zu verlassen. Ich habe bei der Planung der Tischordnung offenbar gute Arbeit geleistet.

Viele unserer Gäste haben mir schon gesagt, dass sie noch nie so eine romantische Hochzeit erlebt haben. Und bislang ist wirklich alles perfekt gelaufen. Das Wetter, die Location, die Musik – es gibt nichts zu meckern. Das Essen war ganz phantastisch, das Dessert ein Traum, und es wurden wunderbare Reden gehalten, lustige Lieder gesungen und Spiele gespielt. Alles ist genauso schön, wie ich es mir erhofft hatte.

Nur William benimmt sich eigenartig. Mehrmals habe ich ihn gefragt, ob etwas nicht stimmt, und er behauptet hartnäckig, dass alles in bester Ordnung sei. Aber ich merke ja, dass irgendetwas ist. Er ist abwesend, wirkt unruhig und unkonzentriert.

»Hallo, alle zusammen!«

Ein Glas klirrt, und alle Gäste in Hörweite richten ihre Aufmerksamkeit auf den Ehrentisch.

»Ich habe mir überlegt … Ich würde auch gern eine kleine Rede halten.«

Verdammt. Mama sieht aus wie eine Verrückte. Ihr Lippenstift ist verschmiert, und sie hat ein welkes Blatt in den Haaren. Ich schaue mich um. Wo ist Papa?

William steht auf und nimmt Mama am Arm.

»Annika. Setz dich.«

Er klingt, als würde er dem Hund ein Kommando geben.

Mama reißt sich los.

»Ist es jetzt schon verboten zu stehen, oder was?«

Jemand muss sie aufhalten. Ich versuche, Blickkontakt mit Erik aufzunehmen, aber er hat sich weggedreht, sieht aus, als würde er am liebsten im Erdboden versinken.

»Nein, natürlich ist es das nicht«, sagt William ruhig, aber angespannt. »Es wäre uns nur lieber gewesen, wenn du unserem Toastmaster vorher Bescheid gesagt hättest, dass du eine Rede halten willst, so wie alle anderen. Ich weiß nicht, ob wir jetzt noch einen ungeplanten Programmpunkt im Ablauf unterbringen. Es ist ja bald Zeit für den Tanz.«

Mama schnaubt.

»Was ist das denn für ein Unsinn? Ein bisschen Spontanität wird doch wohl möglich sein, selbst bei so einer scheißvornehmen Veranstaltung wie eurer?«

Die ersten Gäste rutschen schon peinlich berührt auf ihren Stühlen hin und her. Andere scheinen sich noch nicht ganz sicher zu sein, ob sie die Situation lustig oder furchtbar unangenehm finden sollen. Die meisten sehen aus, als würden sie die Luft anhalten. Ich will gerade aufstehen, als Papa wie aus dem Nichts auftaucht.

»Komm mit, Annika.« Er nimmt sie am Handgelenk und zieht sie sanft zur Seite. »Was machst du denn da?«

»Was ich mache?« Sie fuchtelt mit den Armen. »Frag das lieber mal die Familie Nihlzén.«

Papa ist gezwungen, ihre Hand loszulassen, und schiebt sie stattdessen vor sich her aus dem Saal.

»Frag sie, was sie für Geheimnisse haben!«, brüllt Mama über die Schulter.

»Annika, verdammt nochmal.«

Papas Ausbruch ist das Letzte, was zu hören ist, ehe beide Stimmen draußen verhallen.

Wieder klirrt ein Glas, und sämtliche Gäste drehen sich zu Hampus um. Er hat die Situation erfasst und bringt die Lage unter Kontrolle. Mit breitem Lächeln verkündet er, dass es Zeit ist, die Tafel aufzuheben.

Stühle scharren über den Boden, der Geräuschpegel steigt, und ich schaue verstohlen zu William. Er sagt etwas Scherzhaftes zu Ibbe, aber ich sehe die pulsierende Ader an seiner Schläfe.

Scheiße. Ich hatte ihm versprochen, dass so etwas nicht passieren würde. Und trotzdem ist es passiert. Was stimmt mit meiner Mutter nicht? Wieso kann sie sich nicht zusammenreißen? Es geht doch nur um diesen einen Abend. Einen einzigen.

»Emily.« Gittan beugt sich zu mir herunter und gibt mir einen Kuss auf die Wange. »Was für ein herrliches Abendessen! Und ich muss es einfach noch einmal sagen: Du bist *so* willkommen in unserer Familie. Das weißt du.«

Ich stehe auf und nehme meine Schwiegermutter fest in den Arm. Gittan hat so ihre Eigenheiten, aber sie ist wenigstens lieb. Sie hätte mich genauso behandeln können, wie Mama William behandelt. Doch Gittan hat sich dafür entschieden, zu verzeihen und nach vorn zu sehen. Vor allem ist sie schlau genug, zu begreifen, dass *ich* nichts mit dem Unfall zu tun habe.

Als ich klein war, habe ich Mama und Papa manchmal auf Feste im Fußballverein begleitet. Diese Feiern waren eigentlich vor allem für die Eltern gedacht, aber die Jungs, ohne die es das ganze Vereinsleben ja gar nicht gegeben hätte, und die jüngeren Geschwister durften meistens auch mitkommen. Schon damals fiel mir der starke Zusammenhalt bei den Nihlzéns auf. Gittan, Krister und William hatten immer so viel Spaß miteinander. Sie machten kleine familieninterne Scherze und umarmten sich in aller Öffentlichkeit, sogar als William schon Teenager war.

Ich erkannte früh, dass Familiengefühl etwas ist, das man behüten und um das man manchmal auch kämpfen muss. Die Nihlzéns waren seitdem immer eine Art Vorbild für mich, ein Ziel, nach dem ich strebte. Wärme, Gemeinschaft und Fürsorge. Das ist alles, was ich mir für uns wünsche. Für William, für mich und für unser Kind.

»Danke, Gittan. Und es tut mir leid, dass Mama eben …«

»Mach dir keine Gedanken«, sagt Gittan schnell. »Wir wissen ja, dass Annika Probleme hat.«

53

ANNIKA

»Jetzt lass mich endlich los!« Mats schleift mich über den Vorplatz, als wäre ich ein entlaufenes Rind. »Ich kann sehr gut allein gehen.«

»Das mag sein«, sagt er. »Aber zuerst musst du dich ein bisschen beruhigen.«

»Mich beruhigen?« Mein Schädel platzt fast vor Zorn. »Warum sollte ich?«

»Weil du betrunken bist, Annika.« Mein Exmann wirft mir einen bösen Blick zu. »Weil du dich unglaublich peinlich benimmst. Weil du deiner Tochter die Hochzeit ruinierst. Und allen anderen auch.«

Irgendwie gelingt es mir, mich aus seinem Griff zu befreien, aber ich bin nicht so ganz darauf vorbereitet, dass er wirklich loslässt, und verliere das Gleichgewicht. Mats fasst mich um die Taille, verhindert, dass ich der Länge nach auch auf den Asphalt knalle.

Ich will eigentlich über meine verfluchten Schuhe schimpfen, aber ein Schluchzen erstickt meine Stimme. Die warmen, starken Hände, die mich aufrecht halten, sind eine reine Reflexhandlung, sie bedeuten nichts. Trotzdem zittere ich. Es ist das erste Mal seit acht Jahren, dass mich jemand auf diese Weise berührt, das erste Mal seit der Scheidung, dass mir ein Mann so nahe kommt.

Natürlich habe ich seitdem ein paar Dates gehabt. Habe mich zum Abendessen in der Stadt verabredet. War im Kino, auf Ausstellungen und in Konzerten – um mir von selbstverliebten Männern erzählen zu lassen, wie toll sie sind. Und jedes Mal bin ich direkt mit dem ersten Bus nach Stenkällan zurückgefahren. Einige der Männer haben sich danach bei mir gemeldet und wollten wissen, was denn los gewesen sei. »Es war doch so ein netter Abend.«

Mats lässt mich los.

»Komm mit, Annika.«

»Ich habe nicht mehr getrunken als alle anderen.« Ich höre selbst, dass ich klinge wie ein trotziges Kleinkind. »Und jetzt gehe ich zurück zur Party.«

»Bitte, Annika«, fleht er mich an. »Bleib wenigstens noch kurz an der Luft. Und mach dich ein bisschen frisch.«

Er hakt sich fest bei mir unter und schlägt energisch die Richtung zum Nebengebäude ein.

»Mich frisch machen?« Ich folge ihm widerwillig. »Wie meinst du das?«

Mats zieht erst an der einen Tür, dann an der anderen.

»Wo ist dein Schlüssel?«, fragt er.

»Die Schlüsselkarte ist in meiner Handtasche«, antworte ich. »Und die liegt oben im Saal.«

Wir schlüpfen hinein, als jemand anderes rauskommt. Mats murmelt etwas Unverständliches und verfrachtet mich auf einen Sessel direkt neben dem Eingang. Ich lehne mich zurück, erlaube mir, die Augen zuzumachen. Zu behaupten, ich sei nüchtern, wäre gelogen, aber Mats scheint zu glauben, ich hätte völlig die Kontrolle verloren. Das stimmt nicht. Die Entscheidung, eine Rede zu halten, habe ich sehr bewusst getroffen. Ich bin die Mutter der Braut. Sollte ich nicht auch ein paar wohlgewählte Worte sagen dürfen, nachdem ihr Vater mindestens eine Viertelstunde herumgeschwafelt hat? Mag sein, dass ich durch den Alkohol ein bisschen mutiger bin als sonst, aber würde sich nicht jeder vor so einem Auftritt einen Schluck zur Stärkung genehmigen?

Jemand klopft mir auf die Schulter, und ich öffne die Augen.

Mats wedelt mit einer weißen Plastikkarte vor meiner Nase herum, und kurz darauf gehen wir den langen, beleuchteten Flur hinunter. Ich bin ein bisschen beunruhigt. Mats hat mich noch nie aufgefordert, mich »frisch zu machen«. Was habe ich eigentlich gemacht, seit ich zuletzt in den Spiegel geschaut habe?

Er begleitet mich in mein Zimmer. Ich gehe ins Bad, ziehe die Tür hinter mir zu und taste mit der Hand nach dem Lichtschalter. Der kleine Raum wird in sanftes Licht getaucht, und ich zucke erschrocken zusammen.

Die Frau im Spiegel ist wirklich kein schöner Anblick. Wie um alles in der Welt konnte das passieren? Hastig reiße ich ein Stück Toilettenpapier ab und wische mir den Lippenstift vom Kinn.

»Alles okay?«

Mats schiebt die Tür einen Spaltbreit auf, als ich mir gerade das Laub aus den Haaren zupfe. Es muss dort gelandet sein, als ich auf der Terrassentreppe saß und Wein getrunken habe.

»Ja.« Ich drehe mich nicht um, sehe ihn mehr als deutlich im Spiegel. »Du kannst jetzt gehen.«

Er lehnt sich an den Türrahmen, betrachtet mich mit einem Gesichtsausdruck, den ich nicht so richtig deuten kann.

»Annika, du kannst so nicht weitermachen. Das ist dir doch klar, oder?«

Ich quetsche etwas Zahncreme auf die abgenutzten Borsten meiner Zahnbürste.

»Was meinst du mit ›so‹?«

Er stößt einen langen, tiefen Seufzer aus.

»Ich meine damit, dich volllaufen zu lassen und dich vor allen Leuten lächerlich zu machen. Zum Beispiel.«

Die Wut kocht wieder hoch, aber ich beiße die Zähne zusammen. Das ist so typisch für Mats. Immer glaubt er, alles besser zu wissen und mir sagen zu müssen, wie ich mein Leben zu führen habe. Ich bin eine erwachsene Frau. Es ist ganz allein meine Sache, ob ich bei einem feierlichen Anlass ein Glas Wein trinke oder nicht. Und abgesehen davon habe ich es einfach satt, mich an irgendwelche ungeschriebenen Gesetze zu halten, nur weil sich das für eine Frau in meinem Alter angeblich so gehört. Vielleicht *will* ich ja ein Gläschen über den Durst trinken und meinen Schwiegersohn vor seinen illustren Gästen zur Rede stellen? Ich habe nichts zu verlieren, und es ist mir ehrlich gesagt scheißegal, wenn andere mich peinlich finden.

»Es war nett von dir, mich zu einem Spiegel zu bringen.« Ich lege die Zahnpastatube auf die Ablage über dem Waschbecken. »Aber du kannst jetzt wirklich gehen.«

Mats schaut auf die Zahnbürste in meiner Hand.

»Ich nehme an, du hast vor, schlafen zu gehen?«

Als ich den Kopf schüttele, sieht er enttäuscht aus.

»Sag nichts«, warne ich ihn. »Ich habe alles im Griff.«

Mats verdreht die Augen, aber offenbar hat er aufgegeben und wechselt das Thema.

»Worauf hast du da eigentlich angespielt, als du vorhin im Speisesaal herumgeschrien hast? Von den Nihlzéns und irgendwelchen Geheimnissen?«

»Ach das.« Ich stecke mir die Zahnbürste in den Mund. »Auf gar nichts.«

Nach ein paar weiteren mahnenden Worten verlässt er den Raum. Die Tür fällt mit leisem Klicken zu, ich spucke den Schaum aus, der einen lila Rotweinton angenommen hat, und mustere die Frau im Spiegel. Sie sieht jetzt besser aus, aber ein bisschen Lippenstift würde nicht schaden. Die Tasche mit Make-up, Handy und Portemonnaie liegt hoffentlich noch oben im Festsaal. Das ist noch ein guter Grund, auf die Party zurückzugehen.

Große Teile des Parks sehen aus, als wären sie in eine schwarze Decke gehüllt, aber rund ums Schloss werden die Wege von Laternen flankiert, und am Rand der Rasenfläche brennen Gartenfackeln. Ich beschließe, dass die Tasche gern noch ein bisschen im Saal liegen bleiben kann, und befolge Mats' Rat, ein wenig frische Luft zu schnappen. Wobei ich Wert darauf lege, dass das ganz allein meine Entscheidung ist und nichts, was ich auf Anweisung tue.

54

MATS

Es ist interessant, dass Alkoholiker immer behaupten, nicht betrunken zu sein, obwohl sie ganz offensichtlich stockbesoffen sind. Annika ist da keine Ausnahme, und es ist mir vollkommen unbegreiflich, was in ihrem Kopf vorgeht. Warum nippt sie überhaupt nur am Wein, wenn sie doch weiß, wie das Ganze endet? Das hier ist doch nicht irgendeine beliebige Party. Es ist die Hochzeit ihrer einzigen Tochter. Noch dazu sind Reporterinnen vor Ort, die vermutlich bereits die ersten Schlagzeilen formulieren. Ist es ihr wirklich so egal, wie ihre Umwelt sie wahrnimmt? Sie sollte sich wenigstens mal fragen, was Emily von ihr denkt.

Ich ziehe die Tür des Herren-WCs hinter mir zu und gehe zurück zum Ausgang des Nebengebäudes. Nach dem Debakel mit Annika brauchte ich einen Moment für mich allein, aber jetzt hat sich mein Puls wieder normalisiert. Ich schaue hinüber zum Schloss. Hinter den erleuchteten Fenstern im oberen Stock sieht man die Umrisse tanzender Menschen. Die Strahler der Lichtanlage blinken in den Prismen der Kristallleuchter, und ich hoffe, Emily hat Spaß. Trotz Annikas peinlichem Auftritt.

Was meine Ex über die Familie Nihlzén gesagt hat, beunruhigt mich tatsächlich mehr als ihr Alkoholpegel. Was meinte sie mit diesen Geheimnissen? Hat sie heute Abend ein Gespräch belauscht? Wie viel hat sie gehört?

Eriks verzweifeltes Flehen – und seine Tränen – sitzen immer noch wie ein dicker Kloß in meiner Brust. »Ich will endlich frei sein«, hat er gesagt. Die Vorstellung ist verführerisch. Die Frage ist nur, ob ein Geständnis wirklich Freiheit bedeuten würde. Alles zu offenbaren macht nichts davon ungeschehen. Und außerdem würde es viele von uns mitbetreffen, direkt oder indirekt. Auch Emily. Und sie ist unschuldig, verdient eine glückliche Zukunft.

Die Wahrheit vor Annika geheim zu halten ist mittlerweile kein Problem mehr, jetzt, wo sich die Wogen geglättet haben und wir uns so gut wie nie sehen. Wenn ich länger darüber nachdenke, ist es mir wirklich gleichgültig, wie sie reagieren würde. Mich beunruhigt höchstens, was sie mit den Informationen anstellen könnte.

Mit Isobel ist es anders. Sie zu verlieren wäre schrecklich, allein der Gedanke ist unerträglich.

Meine Armbanduhr zeigt kurz nach elf. Ich sollte versuchen, noch einmal mit Erik zu sprechen. Er machte so einen verzweifelten Eindruck, als stünde er kurz vor einem Nervenzusammenbruch. Nicht, dass er noch … Mein Magen verkrampft sich. Nein. So weit würde er doch nicht gehen, oder? Er hat trotz allem viel, für das es sich zu leben lohnt. Einen guten Job, Freunde … Ich stoppe die Gedankenflut. Hat er Freunde? Mir wird bewusst, dass ich keine Ahnung habe, mit wem Erik seine Zeit verbringt. Ich weiß, dass er Nike hat, aber die Frage ist, ob es noch andere Menschen in seinem Umfeld gibt. Menschen, die nicht für ihre Anwesenheit bezahlt werden.

Das schlechte Gewissen lässt mir keine Ruhe. Andererseits: Wie soll man jemandem helfen, der sich so abschottet? Jemand, der manchmal tagelang das Telefon ausschaltet und sich nie von sich aus meldet? Isobel und ich haben Erik ganz klar zu verstehen gegeben, dass wir immer für ihn da sind – wenn er das möchte. Und ja, er hat sicher mehr Kontakt zu uns als zu Annika. Aber woher soll man wissen, ob man genug getan hat?

55

EMILY

Ich kann nicht aufhören, an Mama zu denken. Der verschmierte Lippenstift, die zerzausten Haare und das zerknitterte Kleid. Ich müsste wütend sein, aber ich bin vor allem enttäuscht. Hat sie völlig den Verstand verloren?

Man kann nur hoffen, dass sich die Delegation der Klatschpresse direkt nach dem Aperitif auf den Heimweg gemacht hat. Diese Leute wittern einen Skandal schon von weitem. Sie brauchen ja nicht mal handfeste Fakten, um darüber zu schreiben. Sie spinnen sich einfach etwas zurecht.

Ich verlasse den Festsaal, gehe die Treppe hinunter und versuche, unterwegs nicht zu viel Aufmerksamkeit auf mich zu ziehen. Das ist nicht ganz einfach. Alle wollen mit mir reden, mir gratulieren, etwas Nettes über das Essen sagen oder über unsere phantastische Location.

»Wie geht es dir, Emily?«

Cissi steht mit Hampus Olsson und Karl Forselius an der Bar. Karl ist Schriftsteller und ein Freund von William. Sie haben sich vor ein paar Jahren auf einer Party in Stockholm kennengelernt und ziehen wohl öfter zusammen durch die Kneipen, wenn William beruflich dort zu tun hat. In meinen Augen ist Forselius ein selbstverliebter Langweiler, aber sein berühmter Name verleiht unserer Gästeliste zweifellos Glanz. Möglicherweise erklärt das auch, warum Cissi so dicht neben ihm steht und wie ein Teenager kichert.

»Du siehst gestresst aus«, flüstert sie. »Ist was passiert?«

»Hast du Mamas Rede nicht gehört?«

Cissi zieht die Stirn kraus.

»Nee, die habe ich verpasst. Was hat sie gesagt?«

»Zum Glück nicht viel«, murmele ich. »Hast du William gesehen?«

Sie schüttelt den Kopf und stupst ihren Kavalier an.

»Karl.« Ihre Stimme klingt viel heller als sonst. »Weißt du, wo William ist?«

Forselius sieht Cissi an, dann mich.

»Hast du ihn jetzt schon vergrault?«

Er bricht in dröhnendes Gelächter aus und steckt die beiden anderen an. Ich versuche, mir ein Lächeln abzuringen, und schaffe es danach, mich durch die kleine Traube von Gästen vor der Eingangstür zu drängeln, ohne noch einmal stehen bleiben zu müssen.

Der Vorplatz ist menschenleer. Im Dunkeln sieht diese Seite des Schlosses überhaupt nicht einladend aus. Von der Terrasse auf der anderen Seite dringt fröhliches Stimmengewirr herüber. Natürlich hält William sich dort auf.

Wir hatten heute kaum Gelegenheit, ein Wort miteinander zu wechseln. Und wahrscheinlich ist das gar nicht ungewöhnlich. Auf großen Feiern hat man nie die Zeit, mit allen zu reden, schon gar nicht als Gastgeberpaar. Aber das hier ist unser Tag. Williams und meiner. Dieser Tag ist der Beweis unserer Liebe, doch schon seit dem Abendessen war er nur noch auf dem Sprung, hat sich mit Krister unterhalten und besorgt ausgesehen.

Vielleicht bin ich kindisch, aber so hatte ich mir diesen Abend nicht vorgestellt. Ich hatte mehr Aufmerksamkeit von meinem frischgebackenen Ehemann erwartet. Zärtliche Blicke, einen Arm um meine Taille, ein paar süße Worte, die er mir ins Ohr flüstert. Ganz einfach mehr Liebe. Das Gefühl erinnert mich an damals, als ich mit der Mittelschule fertig war. Niemand in der Familie interessierte sich dafür. Nicht einmal Papa dachte an diesen wichtigen Einschnitt in meinem Leben, obwohl wir am Tag davor noch darüber gesprochen hatten. Ich wollte meine Eltern ganz bestimmt nicht auf dem Schulhof dabeihaben, aber alle meine Freunde feierten abends mit ihren Familien, aßen Kuchen und bekamen Geschenke. Ich bekam gar nichts.

Eine Lachsalve von der Terrasse holt mich in die Gegenwart und zu William zurück. Nach dieser Sache mit Mama hätte er alles Recht, genervt zu sein, und vielleicht ist er sogar wütend. Aber er war schon so komisch, bevor sie sich danebenbenommen hat, deshalb erscheint mir diese Erklärung nicht so ganz plausibel. Könnte er schlechte Neuigkeiten aus der Firma erhalten haben? Hat er sich deshalb mit Krister weggeschlichen? Dann könnte Mamas Entgleisung der Tropfen gewesen sein, der das Fass zum Überlaufen gebracht hat.

An der Terrassentreppe bleibe ich stehen und lasse den Blick über den dunklen Park schweifen. Ich schaue auf meinen noch flachen Bauch hinunter und merke, wie mir die Tränen in die Augen steigen.

Ach, Scheiße. Vorsichtig streiche ich mit dem Zeigefinger am unteren Wimpernrand entlang, versuche noch einmal, die Enttäuschung herunterzuschlucken, die mir den Hals zuschnürt. Es dauert ein bisschen, aber schließlich habe ich mich wieder im Griff. Das ändert nur nichts an der Tatsache, dass William eigentlich hier bei mir sein sollte.

56

ERIK

»Freut mich echt, dich wiederzusehen, Erik.«

Hampus balanciert einen Gin Tonic in der einen Hand und schlägt mir mit der anderen kräftig auf den Rücken. Das flackernde Licht der Discokugel färbt sein Gesicht erst grün, dann blau und dann lila. *Murder on the Dancefloor* dröhnt aus den Lautsprechern, und ich muss schreien, um mich verständlich zu machen.

»Gleichfalls!«

Eventuell meine ich es sogar ernst. Hampus hat mir nie etwas getan. Wir sind neun Jahre lang in dieselbe Klasse gegangen, haben in derselben Mannschaft Fußball gespielt und haben zusammen rumgehangen, wie Jungs es halt machen. Will sagen: Wir haben uns mit irgendwas beschäftigt und nicht viel geredet.

Soweit ich es mitbekommen habe, läuft es gut für Hampus. Er macht ordentlich Kohle, indem er in Unternehmen investiert, die auf nachhaltige Geschäftsideen setzen, und ist inzwischen so etwas wie ein Held für reiche Leute mit Umweltbewusstsein. Um nicht bei Greta und ihren Fans anzuecken, hat er sogar aufgehört, in den sozialen Medien mit seinen Fernreisen zu protzen.

Allgemeiner Jubel hallt durch den Saal, als der DJ den nächsten Hit von früher auflegt. Hampus stellt seinen Drink auf einem Tisch ab und verschwindet auf die Tanzfläche. Ich versuche, Nike in der tanzenden Menge ausfindig zu machen, aber ich kann sie nirgends sehen.

Emily kommt die Treppe hoch, die Schleppe überm Arm. Ich

stehe mitten in der Tür, diesmal gibt es für uns beide kein Entrinnen.

»Hast du William gesehen?«

Ihr Blick wirkt gehetzt, und ich schüttele den Kopf.

»Schon länger nicht mehr. Du …« Ich weiß plötzlich nicht, was ich sagen soll, und suche nach den richtigen Worten. »Danke für die Einladung«, bringe ich schließlich heraus. »Das war wirklich eine schöne Hochzeit.«

»Danke, dass du gekommen bist.« Sie schaut sich im Saal um. »Das hat mich wirklich gefreut.«

»Wir werden jetzt fahren«, sage ich. »Also nach Hause, nach Göteborg.«

»Aber warum denn?« Erst jetzt habe ich die volle Aufmerksamkeit meiner Schwester. »Wenn du müde bist, kannst du dich doch einfach in dein Zimmer zurückziehen und dich hinlegen.«

»Ich weiß, aber …« Meine Finger klammern sich an die Armlehnen. »Na ja, mir wird es einfach zu viel, morgen früh auch noch gesellig sein zu müssen. Du weißt doch, ich arbeite im Homeoffice und bin es nicht gewohnt, so viele Leute um mich zu haben.«

»Okay.« Sie zuckt mit den Schultern. »Mach es einfach so, wie du dich am wohlsten fühlst, ist in Ordnung.«

»Emily!« Cissi klingt, als hätten die beiden sich seit Jahren nicht mehr gesehen. »Hörst du nicht? Das ist unser Lied!«

Emily lächelt sie an, dann schaut sie wieder zu mir.

»Bis dann, Erik.«

Im nächsten Moment steht sie schon in einem Meer aus Abendkleidern, die alle ausgelassen zu einem alten Rihanna-Song tanzen.

Ich verfluche mich selbst, dass ich es nicht geschafft habe, ihr das zu sagen, was ich eigentlich loswerden wollte. Obwohl Worte mein Beruf sind, fällt es mir immer so verdammt schwer, die richtigen zu finden, wenn es wirklich darauf ankommt.

»Hast du es dir anders überlegt?«

Nike steht hinter mir, klingt hoffnungsvoll.

»Auf keinen Fall. Wir hauen jetzt ab. Ich habe mich gerade von Emily verabschiedet.«

»Okay.« Sie gibt sich wirklich Mühe, sich die Enttäuschung nicht anmerken zu lassen, aber es gelingt ihr nicht besonders gut. »Rechne nicht damit, dass ich dich unterhalte«, sagt sie dann und schiebt mich zum Aufzug. »Ich werde einschlafen, sobald wir im Auto sitzen.«

Es ist wie eine Befreiung, nach draußen in die Stille zu kommen. Auf dem Vorplatz ist die Musik nur noch ein dumpfer Geräuschteppich und die Stimmen von der Terrasse ein fernes Gemurmel. Die Befreiung rührt natürlich vor allem daher, dass ich die Menschen aus meinem alten Leben nicht mehr sehen muss.

»Kommst du mit, um das Gepäck zu holen?«

Wir befinden uns vor dem Eingang zum Nebengebäude, und Nike steht vor mir, um die Tür zu öffnen.

»Geh du rein.« Ich ziehe meine Schlüsselkarte aus der Tasche und gebe sie ihr. »Wenn es für dich in Ordnung ist, würde ich gern hier draußen warten. Vergiss die Autoschlüssel nicht. Sie liegen auf dem Schreibtisch.«

»Ist gut. Aber es wird ein paar Minuten dauern. Ich will mich noch umziehen und aufs Klo gehen, bevor wir fahren.« Sie stockt plötzlich, dreht sich noch einmal um. »Und was ist mit dir? Musst du nicht noch mal pinkeln?«

Ich schüttele den Kopf.

»Ich halte durch.«

Nike lächelt und verschwindet durch die Tür. Ich rolle ein Stück zurück, um niemandem im Weg zu stehen, und sehe durch die Glasscheibe, wie Nike in Richtung unserer Zimmer geht.

Nike ist schön. Nicht unbedingt hübsch, aber sie ist ein feiner Mensch. Wirklich. Sie glaubt an das Gute im Menschen, bis das Gegenteil bewiesen ist. Sie ist fürsorglich, aber nicht aufdringlich, und hat ein ansteckendes Lachen. Es gab ein paar Situationen, in denen ich dachte, dass sie in mich verliebt ist. Und ich hätte mich bestimmt auch in Nike verlieben können. Aber jemandem seine Liebe zu gestehen bedeutet, dieser Person das eigene Herz auf einem Silbertablett zu servieren. Hier, bitte sehr, das schenke ich dir. Und am Ende steht man allein da – mit einem blutigen, pochenden Fleischklumpen in der Hand. Das ist es nicht wert.

Ein Auto verlässt den Parkplatz, und entlang der Allee leuchten die Bäume auf, einer nach dem anderen. Vom Meer weht ein kühler Wind herüber. Ich schaue in die Nacht und hoffe, dass Mama mir verzeihen wird, dass ich nicht mehr nach ihr gesucht habe, um mich von ihr zu verabschieden. Ich nehme an, dass sie in ihrem Zimmer liegt und ihren Rausch ausschläft.

Eine Bewegung hinter dem gläsernen Windschutz des Durchgangs lässt mich zusammenzucken. Ist da jemand? Die Flammen der Gartenfackeln zucken, dünne Rauchfahnen steigen auf. Ich blinzle, aber ich sehe nichts als die Umrisse der Büsche und Bäume, dunkle Silhouetten vor einem dunklen Hintergrund.

Im nächsten Augenblick lösen sich zwei Gestalten aus dem Schatten, ein Mann und eine Frau. Es sieht aus, als würden sie sich küssen. Ich drehe den Kopf weg, komme mir vor wie ein Spanner.

Vielleicht ist es ein Pärchen, das sich heute Abend gefunden hat, zwei verirrte Seelen, die sich auf der Tanzfläche begegnet sind und jetzt einander ihre Herzen offenbaren. Oder es ist ein Ehepaar, das die Kinder zu Hause gelassen hat, um mal wieder Zeit füreinander zu haben. Wie es so schön heißt.

Ich komme nicht dazu, weiter zu spekulieren, denn genau in diesem Moment treten die beiden in das Licht der Außenbeleuchtung, und mit einem Mal ist der Wind eisig kalt.

Es sind William und Sanja.

57

ANNIKA

In hohen Schuhen an den Strand hinunterzugehen war von Anfang an eine dumme Idee. Ich kehre um, schlendere erst ein Stück den Weg entlang und biege dann nach links ab. Gehe in Richtung des rhythmischen Dröhnens, das sicher aus dem Festsaal kommt. Die Nachtluft sorgt für einen freien Kopf, und mir fällt auf, dass ich die Torte und den Hochzeitswalzer verpasst habe. Auch egal. Ich denke nicht, dass Emily mich vermisst hat, und auf William Nihlzéns Nähe kann ich gut verzichten.

Ich hasse ihn, es gibt kein anderes Wort für meine Gefühle. William ist die Wurzel allen Übels. Und das Übel scheint kein Ende zu nehmen. Es wuchert einfach immer weiter, bildet neue Ableger und erstickt alles, was ihm in die Quere kommt.

William Nihlzén ist eine invasive Art, und manchmal hätte ich ihn am liebsten umgebracht. Der Wunsch war bisweilen so stark, dass ich vor mir selbst Angst bekam. Es heißt ja, der Unterschied zwischen Verrückten und normal gestrickten Menschen sei, dass Letztere eine Sperre haben. Ein normaler Mensch weiß, wo die Grenze verläuft. Ich betrachte mich selbst als normalen Menschen. Aber sind nicht die meisten Menschen normal, bevor sie die Grenze überschreiten? *Plötzlich passiert es.*

In den ersten Jahren verging kaum eine Minute, in der ich mir nicht gewünscht habe, William wäre tot. Das Einzige, was mich davon abgehalten hat, meine detaillierten Mordpläne in die Tat umzusetzen, waren die Kinder. Sie sollten nicht mit der Schande leben müssen.

Mit der Zeit erlosch die Flamme des Hasses, aber ab und zu lodert sie doch wieder auf. So wie heute. Heute hätte ich liebend gern gesehen, wie William Nihlzén seinen letzten Atemzug macht. Natürlich wäre Emily dann unglücklich, aber ich fürchte, das wird sie auch mit einem quicklebendigen William an ihrer Seite bald sein. Die Frau im grünen Kleid hat meine Sorge in Worte gefasst: »Wer weiß, wozu dieser Typ fähig ist, wenn er sich in die Enge getrieben fühlt.«

Ich muss irgendeinen falschen Weg erwischt haben, denn die Geräusche vom Schloss werden immer leiser. Das ist mal wieder typisch, dass ich es sogar schaffe, mich in einem kleinen Park zu verlaufen. Liegt wahrscheinlich an der Dunkelheit. Vor mir taucht ein moderneres Gebäude auf, und schließlich komme ich auf der Rückseite des Konferenztrakts heraus. Alles hier sieht nach Hinterhof aus, entlang der Hauswand stehen Müllcontainer, und direkt daneben stapeln sich ausrangierte Gartenmöbel. Auch die Beleuchtung lässt zu wünschen übrig, und ich bekomme fast einen Herzinfarkt, als wie aus dem Nichts ein Mann im Frack auftaucht.

»Hilfe!« Meine Hände schießen ganz automatisch in die Luft, aber dann erkenne ich, wer es ist. »Gott, hast du mich erschreckt.«

»Tut mir leid.« Krister Nihlzén sieht genauso schockiert aus, wie ich mich fühle. »Das war keine Absicht.«

Er wirft einen Blick in Richtung Schloss, nimmt dann sein Handy aus der Tasche und schaltet es ein. Ein blauer Schimmer erhellt sein Gesicht, und ich muss ganz automatisch an mein eigenes Telefon denken, das hoffentlich immer noch im Festsaal liegt.

»Hast du dich auch verlaufen?«

Er hebt den Kopf.

»Bitte?«

»Ich dachte, du wärst vielleicht auch falsch abgebogen. Ich wollte eigentlich nur meine Tasche holen gehen, aber …«

»Äh, nein.« Er wedelt mit seinem Handy. »Ich muss einen dringenden Anruf machen und wollte ungestört reden.«

»Ach so.« Ich schaue mich in dem dunklen Hof um. »Na, da hast du ja den richtigen Ort gefunden.«

Er sieht wieder zum Schloss hinüber, und ich folge seinem Blick.

»Wartest du auf jemanden?«

»Ich? Nein …« Seine Finger fummeln weiter an dem Handy herum. »Ich muss …« Er schaut mich an. »Entschuldige, ich muss los.«

Und dann verschwindet er mit eiligen Schritten in die Richtung, aus der ich gerade gekommen bin.

»Das ist der falsche Weg!«, rufe ich. »Da geht es nur in den Park.«

DREI MONATE VOR DER HOCHZEIT

58

MATS

»Jetzt komm schon.« Ich ziehe an Zitas Leine und versuche, die braune Bulldogge von dem stinkenden Haufen wegzubekommen, der mitten auf dem Bürgersteig liegt und sie brennend interessiert. »Wir haben nicht den ganzen Tag Zeit.«

Der Hund ist nur mit Schnüffeln beschäftigt, und ich ziehe ein bisschen energischer. Aber kaum habe ich Zita endlich von dem ekligen Ding weg, klebt Zorro mit der Nase dran.

»Mistvieh.«

»Dir auch einen guten Morgen.«

Ich seufze innerlich. Tommy, mein extrem redseliger Nachbar, steht an seinem Briefkasten, um die Zeitung reinzuholen. Wenn du Tommy begegnest, kostet dich das jedes Mal mindestens eine Viertelstunde Lebenszeit, das ist eine Regel ohne Ausnahme. Meine Strategie lautet daher, ihm möglichst aus dem Weg zu gehen, besonders morgens. Aber da wir beide Frühaufsteher sind und überdies der vom Aussterben bedrohten Spezies der Zeitungsabonnenten angehören, ist es manchmal schwierig, gerade hier ein Aufeinandertreffen zu vermeiden.

»Guten Morgen.« Ich schenke ihm ein Lächeln und zupfe dabei vorsichtig an Zorros Leine. »Und, wie geht's?«

»Gut, gut, danke der Nachfrage.« Er zieht die Sydsvenskan aus dem Briefkasten und blinzelt in den strahlend blauen Himmel. »Scheint ein schöner Tag zu werden.«

Ich nicke und unternehme einen weiteren fruchtlosen Versuch, Zorro von dem Hundehaufen wegzulotsen.

Er faltet die Zeitung auf und pfeift. »Holla! Das ist heftig.«

Mein Nachbar erwartet offensichtlich, dass ich nachfrage, was er da gerade Spannendes gelesen hat, aber da ich meine eigene Zeitung habe, kann er mich damit nicht ködern. Mir schwebt eher ein ruhiger Moment mit frischem Kaffee, ein paar Käsebroten und dem Lokalteil am Küchentisch vor. Also halte ich einfach den Mund. Wobei das auch schon egal ist, denn Tommy findet immer einen Grund, um weiterzureden.

»Hast du das gesehen?« Tommy hält mir die Zeitung vor die Nase, ehe ich es verhindern kann. »Einfach schlimm«, sagt er und schlägt mit der Hand auf die Titelseite. »Da war doch mit Sicherheit wieder eine von diesen kriminellen Banden am Werk. Wenn du mich fragst, sollte man die allesamt in einen Sack stecken und aus dem Land werfen. Gar nicht lang fackeln.«

Ich will ihm gerade widersprechen, als mir eine andere Schlagzeile entgegenspringt und mir einen Hieb in die Magengrube versetzt. Tommy verschwimmt vor meinen Augen. Er redet weiter, aber ich höre nicht mehr, was er sagt, nur noch seine leiernde Stimme, die immer ferner und blecherner klingt.

Das darf nicht wahr sein. Das kann nicht wahr sein. Das hätte nicht passieren dürfen. Sag, dass es nicht passiert ist.

»Mats?« Tommys Stimme holt mich zurück auf den Bürgersteig in Kulladal. Er sieht besorgt aus. »Ist alles in Ordnung?«

»Ich …« Mir rutschen fast die Leinen aus der kaltschweißigen Hand. »Es …«

»Hier.« Tommy reicht mir einen Arm. »Setz dich auf die Treppe.«

Ich habe keine Wahl. Der Boden unter meinen Füßen schwankt, die Welt dreht sich. Ich beuge meinen Kopf zwischen die Knie, versuche, tief durchzuatmen. Irgendwann steht die Umgebung wieder still, der Boden fühlt sich wieder fest und eben an. Ich schaue hoch und sehe Tommy vor mir, in jeder Hand eine Leine. Zita winselt.

»Was war das denn eben, um Himmels willen?«, fragt mein Nachbar.

Er wirkt selbst ein bisschen erschüttert, das wettergegerbte Gesicht ist ungewöhnlich blass.

»Keine Ahnung.« Meine rechte Hand greift nach dem Treppengeländer, ich ziehe mich hoch und komme auf die Beine. »Vielleicht unterzuckert.«

»Mann, ich habe ja richtig Angst bekommen.« Tommy lächelt verunsichert. »War kurz davor, die 112 anzurufen.«

»Keine Sorge.« Ich strecke die linke Hand aus, um ihm die Leinen abzunehmen, schwanke ein bisschen, aber fange mich ziemlich schnell. »Ich sollte besser reingehen und zusehen, dass ich etwas in den Magen bekomme.«

»Klingt vernünftig.« Er zeigt zu seinem Haus. »Du weißt, wo du mich findest, falls du noch etwas brauchst.«

Ich gehe wie in Trance die Treppe hoch, schaffe es irgendwie, die Hunde zu versorgen. Kurz darauf drängeln sich Zorro und Zita um die Fressnäpfe, während ich selbst auf einem Stuhl sitze und die Zeitung anstarre, die ich gerade reingeholt habe. Sie liegt auf dem Tisch, mit der Titelseite nach oben, und die große Neuigkeit des Tages ist nicht zu übersehen. Man braucht nicht einmal eine Lesebrille dafür.

Das Ohrenrauschen ist zurück. Ich sitze wie versteinert da und kämpfe gegen die aufsteigende Übelkeit an, während mir die fette Schlagzeile ihre Nachricht ins Gesicht brüllt: *Leichenfund in Naturreservat.*

59

ERIK

Der ganze Nachttisch vibriert, das Handy tanzt auf der glatten Oberfläche. Nach ein paar stressigen Sekunden gelingt es meinen verschlafenen Fingern, das brummende Telefon zu fassen zu bekommen, und ich lasse den Kopf zurück ins Kissen sinken. Ich melde mich, ohne nachzusehen, wer der Anrufer ist.

»Erik?«

Die dunkle Stimme lässt mich erstarren.

»Hallo? Bist du da?«

Ich öffne den Mund, aber ich bringe keinen Ton heraus. Mein Herz hämmert wie wild gegen meinen Brustkorb.

»Verdammt, Erik. Hast du das Sprechen verlernt, oder was?«

Das letzte Mal ist lange her. Ich hatte fast vergessen, welche Wirkung er auf mich hat, wie klein ich mich fühle.

»Nein«, bringe ich schließlich heraus.

»Gut.« Krister räuspert sich, dann höre ich, wie er einen Schleimklumpen ausspuckt. »Hast du heute schon Zeitung gelesen?«

»Zeitung?« Ich ziehe mich ins Sitzen hoch. »Wie spät ist es?«

»Acht«, antwortet Krister. Er atmet schwer, es klingt, als wäre er irgendwo draußen unterwegs. Im Hintergrund schreit eine Möwe. »Du, ich kann jetzt gar nicht viel dazu sagen, aber es ist eine kleine Komplikation aufgetreten … Und ich dachte, es ist vielleicht besser, wenn du es von mir erfährst.«

Eine kleine Komplikation? Krister hat mich in den letzten acht Jahren kein einziges Mal angerufen, also wird es sich wohl eher um eine verdammt ernste Angelegenheit handeln.

»Was denn? Was ist passiert?«
Wieder ist die Möwe zu hören.
»Sie haben ihn gefunden.«

60

MATS

Im Kreisverkehr am Emporia-Shoppingcenter fahre ich geradeaus und dann weiter den Annetorpsväg hinunter. Es nervt mich, dass ich immer Krister die Führung überlasse. Wir hätten auch einen Treffpunkt in der Nähe des Ladens ausmachen können. Aber als er heute Morgen anrief, hatte ich keine Lust mehr, mit ihm zu diskutieren, das vorangegangene Gespräch hatte mir schon sämtliche Energie geraubt.

»Ihr habt es versprochen!« Erik war völlig hysterisch. »Ihr habt gesagt, dass ihn niemand finden würde, dass es ein sicherer Platz wäre.«

»Es war auch ein sicherer Platz«, sagte ich. »Irgendein Tier muss ihn ausgegraben haben ...«

»Ist mir scheißegal! Ich ... es ...«

Erik schnappte nach Luft, und ich nutzte den kurzen Moment, in dem er still war.

»Hör zu. Niemand wird etwas erfahren. Wie soll die Polizei ein Skelett im Naturschutzgebiet Häckeberga mit eurem Unfall in Verbindung bringen? Niemand weiß, was passiert ist. Außerdem ist euer Fall längst abgeschlossen, es gibt keine offene Akte mehr. Krister hat vollkommen recht – solange wir den Mund halten, wird niemand einen Zusammenhang herstellen.«

»Aber ...« Erik schluchzte am anderen Ende der Leitung. »Scheiße, Papa ... Warum verstehst du das nicht? Darum geht es nicht. Es geht darum, dass wir einen Menschen auf dem Gewissen haben.«

Ich verstand es sehr gut. *Verstehe* es sehr gut. Genau das habe ich in all den Jahren fast täglich gedacht. Schuld und Scham – wie kann man sich davon befreien, ohne sein Verbrechen zu gestehen? Kein Psychologe der Welt kann deine Seele wieder ins Gleichgewicht bringen, wenn du nicht ehrlich bist.

»Ich weiß«, sagte ich. »Aber wir hatten keine Wahl …«

»Keine Wahl?« Erik war sofort wieder auf hundertachtzig. »Ihr hättet nur sagen müssen, was wirklich passiert ist.«

»Du hast mich gebeten, den Mund zu halten«, rief ich ihm ins Gedächtnis. »Ich wollte zur Polizei gehen, aber du … Wir haben im Krankenhaus darüber geredet und …«

»Ich war neunzehn!« Erik brüllte wie ein angeschossenes Tier. »Neunzehn! Ich hatte gerade erfahren, dass ich querschnittsgelähmt bin, und hatte panische Angst. Du warst erwachsen. Du hättest mich zwingen müssen, das Richtige zu tun.«

Obwohl Mittagszeit ist, gibt es reichlich freie Parkplätze, und ich entscheide mich für einen direkt hinter dem Restaurant Kajuteriet. Hier unten am Wasser geht ein leichter Wind, es riecht nach Hafen und Teer. Ich überquere den Parkplatz, und als ich die Tür öffne, schlägt mir der Geruch von gebratenem Fisch entgegen. Mir wird übel. Das Restaurant ist nicht voll, aber es sind doch mehr Gäste da, als ich dachte. Die meisten haben sich einen der Tische auf der verglasten Veranda ausgesucht.

Ich bleibe einen Moment stehen, betrachte den Mann, der auf mich wartet. Krister ist wie immer gut gekleidet, er trägt eine graue Anzughose und ein weißes Hemd mit hochgekrempelten Ärmeln. Und die Sonnenbrille hat er garantiert auch nicht im Tankstellenshop gekauft. Er sitzt zurückgelehnt da, sieht aus, als würde er die Aussicht über den Yachthafen genießen. Wie schafft Krister es, das alles einfach auf die leichte Schulter zu nehmen? Ist er wirklich so unbeeindruckt, wie er sich gibt? Nein, ganz kalt lässt es ihn natürlich nicht. Sonst hätte er mich nicht um dieses

Treffen gebeten. Aber er macht auch keinen besonders gequälten Eindruck.

Verdrängte Erinnerungen flimmern vorbei, und ich werde in jene regnerische Juninacht vor acht Jahren zurückgeworfen. Die Nacht nach dem Unfall. Ich sehe eine grüne Wachsjacke im dunklen Gehölz verschwinden, spüre wieder das Gewicht des schlaffen Körpers, den wir zum Auto schleppen, und habe den Geruch der neugekauften Plane in der Nase, die damals im Kofferraum von Kristers SUV lag. Erinnere mich an die stumme Fahrt nach Häckeberga.

Ich durchlebe noch einmal die Angst und all die Gedanken, die mir durch den Kopf gingen während dieser dreißig Minuten im Auto – als ein Zurück immer noch möglich gewesen wäre. Fluchtpläne, Ausreden und Entschuldigungen. *Wir können immer noch das Richtige tun. Das hier passt nicht zu uns, zu mir. Das hier ist falsch.*

Aber ich bekam kein Wort heraus.

Stattdessen half ich Krister, die aufgerollte Plane mehrere hundert Meter durch das unebene Gelände zu schleifen. Meine Arme schmerzten vom Ziehen, und vom Graben hatte ich unzählige Blasen an den Händen. In meinem Kopf hallten Kristers mahnende Worte wider, die er mir direkt nach dem Unfall eingebläut hatte: »Denk an die Zukunft unserer Jungs!« Die Dunkelheit verbarg die Tränen, die zusammen mit dem Schweiß in das Grab des Mannes tropften.

»Mats! Hier drüben.«

Kristers Stimme ruft mich zurück ins Restaurant, und ich gehe mit zittrigen Beinen zu ihm an den Tisch.

»Setz dich.«

Er nimmt seine Brille ab und zeigt auf den Stuhl gegenüber.

Ich setze mich gehorsam hin und werfe einen Blick auf das glitzernde Meer. Die Yachten schaukeln sacht in der milden Brise, ein

Schwan watschelt den Anleger entlang. Auf dem Achterdeck des nächstgelegenen Bootes sitzt ein Rentnerpaar beim Mittagessen, beide tragen dunkelblaue Schirmmützen.

»Worauf hast du Appetit?« Krister schiebt mir die Speisekarte hin. »Das Krabbensandwich kann ich nur empfehlen, das schmeckt hier verdammt lecker.«

Meine Lesebrille ist in der Jackentasche, und es dauert eine Ewigkeit, sie herauszukramen. Ich starre auf das Papier vor mir, versuche, in dem Gewimmel von Buchstaben Wörter zu erkennen, aber es gelingt mir nicht. Ich stecke die Brille wieder ein.

»Ich glaube, ich trinke nur was. Bin nicht so hungrig.«

»Ach so.« Er zieht die Augenbrauen hoch. »Also ich nehme den Dorsch. Der steht heute auf der Tageskarte.«

Eine junge Bedienung nimmt unsere Bestellung auf. Als sie wieder weg ist, beugt Krister sich über den Tisch.

»Verflixtes Pech, das mit dem Fund …«

Ich nicke.

»Das kannst du laut sagen.«

»Aber wie ich schon am Telefon meinte«, Krister spricht mit gedämpfter Stimme weiter, »wenn wir jetzt einfach nur dichthalten, wird nichts passieren.«

»Das mag sein.« Ich sehe ihn an. »Aber warum wolltest du, dass wir uns treffen? Ist es nicht unvorsichtig, dass wir uns ausgerechnet heute zusammen blicken lassen?«

»Na ja, hier ist jetzt nicht gerade die Hölle los.« Er macht eine ausladende Geste mit dem Arm. »Und ich denke eher das Gegenteil: Es ist gut, wenn wir zusammen gesehen werden. William und Emily werden bald heiraten, da sollten wir ab und zu gemeinsam irgendwo auftauchen. Alles andere wäre noch viel auffälliger.«

»Ja, vielleicht.« Ich zucke mit den Schultern. »Andererseits sind auch nicht alle mit den Schwiegereltern ihrer Kinder befreundet.«

»Du, wo wir gerade beim Thema sind. Ich wollte mit dir noch mal über die Hochzeit sprechen …«

Krister unterbricht seinen Satz, als die Bedienung unsere Getränke bringt, eine Flasche Mineralwasser und ein Bier.

»Das Essen kommt gleich«, sagt sie.

»Super.«

Er lächelt breit und zwinkert ihr zu. Immer zu einem kleinen Flirt aufgelegt.

»Was ist mit der Hochzeit?«, frage ich und schenke mir das Mineralwasser ein.

Krister wischt sich mit dem Handrücken den Bierschaum von der Oberlippe, ehe er antwortet.

»Erik hat mir gesagt, dass er wohl nicht kommen wird. Meinte, dass er mich und William nicht sehen will.«

Ich weiß bereits, dass Eriks bisheriger Widerwille noch einmal um hundert Prozent gestiegen ist, seit er von der Nachricht des Tages erfahren hat.

»Aber«, fährt Krister fort, »du wirst dich um dieses Problem kümmern und es lösen. Erik muss auf der Hochzeit erscheinen. Wenn der Bruder der Braut nicht anwesend wäre … Das würde nur unnötige Aufmerksamkeit bei gewissen Journalisten wecken … Du weißt schon. Sie würden wissen wollen, warum.«

Manchmal hat Krister wirklich absurde Vorstellungen. Dass Journalisten anfangen könnten, in der Vergangenheit herumzuwühlen, nur weil Erik nicht zur Hochzeit kommt, erscheint mir ziemlich weit hergeholt. So wahnsinnig wichtig ist William Nihlzén nun auch wieder nicht. Aber es gibt trotzdem einen Grund, warum Erik dabei sein muss: Emily. Sie hat mich gebeten, dafür zu sorgen, dass er kommt.

»Ich denke nicht, dass du dir deswegen Sorgen machen musst«, sage ich. »Falls jemand entgegen aller Wahrscheinlichkeit nach Gründen suchen sollte, wird er schnell herausfinden, dass Erik und William vor acht Jahren einen Autounfall hatten. Das ist doch Grund genug, oder nicht? Sogar für einen Journalisten.«

»Kann sein.« Krister streicht mit dem Daumen über die Serviette, die auf dem Tisch liegt. Dann schaut er hoch. »Aber wir wollen doch kein Risiko eingehen, oder? Keiner von uns ist scharf darauf, hinter Gittern zu landen. Deshalb ist es das Beste, wenn wir weiter Theater spielen. Und es geht ja auch nur um diesen einen Abend.«

ACHT JAHRE ZUVOR

61

ERIK

»Mein Mandant bestätigt, dass er gemeinsam mit dem Kläger in dem verunfallten BMW gefahren ist. Aber nachdem beide außerhalb des Fahrzeugs aufgefunden wurden und unter Berücksichtigung der Tatsache, dass es keine Zeugen des eigentlichen Unfallgeschehens gibt, können wir nicht ausschließen, dass es der Kläger, namentlich Erik Brandt, war, der während des Unfalls am Steuer saß. Der Angeklagte bestreitet mit anderen Worten sämtliche gegen ihn erhobenen Vorwürfe. Und angesichts der äußerst undurchsichtigen Umstände betrachten wir die Schmerzensgeldforderungen als vollkommen unangemessen.«

Williams Verteidiger, ein arroganter Lackaffe, lehnt sich mit einem zufriedenen Lächeln zurück. William selbst wirkt dagegen ziemlich kleinlaut. Bis jetzt hat er zusammengesunken daneben gesessen und auf die Tischplatte gestarrt. Es ist bestimmt kein Vergnügen, wegen Trunkenheit am Steuer und Körperverletzung angeklagt zu sein.

Als die Staatsanwältin, Fatima Bahar, Williams Vergehen und ihre Folgen darlegt, wird mir akut schlecht. Mit zitternden Fingern greife ich nach dem Wasserglas, das jemand für mich bereitgestellt hat. Es rutscht mir fast aus der schwitzenden Hand.

»Erik«, sagt die Staatsanwältin und sieht mich an.

Ich schlucke. Trotz des Wassers ist mein Mund trocken wie Sandpapier, und erneut überrollt mich eine Welle von Übelkeit.

»Erzähl uns von der Nacht auf den elften Juni dieses Jahres«, fährt sie fort. »Alles vom Anfang der Party bis zum Unfall. Lass dir so viel Zeit, wie du brauchst.«

Fatima Bahar lächelt, will mir helfen, mich zu entspannen. Ich stelle das Glas ab und bin mir die ganze Zeit bewusst, dass sie alle dort hinter mir sitzen. Mama und Papa, meine Schwester, Gittan und Krister, Ibbe, Massoud, die halbe Fußballmannschaft und eine Menge Leute, die ich nicht kenne. Es ist unmöglich, sich hier zu entspannen.

Hätten meine Beine funktioniert, wäre ich aufgestanden und einfach aus dem Saal gerannt, ohne auch nur ein Wort zu sagen. Andererseits – hätten meine Beine funktioniert, würde ich überhaupt nicht hier sitzen. Es macht mich wütend, und Wut ist offenbar genau das, was ich brauche, denn plötzlich kann ich wieder reden. Ich wiederhole dieselben Sätze wie bei der Vernehmung im Krankenhaus, ändere nichts. Die Staatsanwältin stellt noch ein paar zusätzliche Fragen. Ich antworte so, wie wir es vereinbart haben.

Als der Verteidiger an der Reihe ist und mich ins Kreuzverhör nimmt, kehrt die Nervosität zurück.

»Erik«, sagt der Lackaffe. »Es gibt Zeugen, die ausgesagt haben, dass du dich vor dem Unfall mit William gestritten hast. Stimmt das?«

»Nein«, sage ich.

»Zu keinem Zeitpunkt im Laufe des Abends?«

»Nein.«

»Es geht das Gerücht um, du hättest William mit einem Messer bedroht. Ist da etwas dran?«

»Absolut nichts.« Ich schaue ihm direkt in die Augen. »Aber es ist richtig, dass William mich wegen eines Messers angeschrien hat.«

Der Verteidiger sieht überrascht aus.

»Was war da los?«

»Wir standen an dem Tisch mit den Getränken, draußen im Zelt. Es waren keine Zitronenscheiben mehr da, aber es gab noch Zitronen. Und ein Messer. Es ist mir aus der Hand gerutscht und William direkt vor die Füße gefallen. Er hat rumgebrüllt, dass ich verdammt nochmal aufhören soll, mit Messern nach ihm zu werfen, ich hätte sie ja wohl nicht mehr alle. Aber es war nur ein Versehen und wir haben nicht wirklich gestritten, sondern rumgealbert.«

Nach einer kurzen Pause ist es Zeit für den großen Auftritt der Starzeugin. Cissi hat knallenge Jeans an, aber kein bauchfreies Top wie sonst. Die Haare hat sie zu einem straffen Pferdeschwanz zusammengenommen, und ihr Make-up ist diskret. Sie sieht bedeutend jünger aus als bei unserer letzten Begegnung auf Hampus' Party. Bis auf das Scharren der Stuhlbeine auf dem Boden ist es totenstill im Raum.

»Hallo Cecilia«, sagt der Richter, als Cissi sich gesetzt hat. »Bevor wir anfangen: Stehst du in irgendeiner Verbindung zum Angeklagten? Seid ihr verwandt? Befindet ihr euch in einer anderen engen Beziehung?«

»Äh, nein.«

Cissi sieht aus, als würde sie am liebsten sterben oder sich an einen sehr weit entfernten Ort wünschen.

»Gut«, sagt der Richter und beginnt nach ihrer Vereidigung mit der Befragung.

Ich versuche, mich auf das zu konzentrieren, was Cissi sagt, aber es fällt mir wirklich schwer. Nach einer umständlichen Geschichte, wie sie und Emily zur Party gekommen sind und was sie dort gemacht haben, kommt sie schließlich zu der Stelle, an der es wichtig wird.

»Um welche Zeit hast du mit Emily Brandt die Feier bei Hampus Olsson verlassen?«, fragt Fatima Bahar.

»Halb eins.«

»Bist du dir sicher?«

Cissi nickt.

»Ganz sicher. Ich hatte kurz davor noch mal auf mein Handy geschaut und es dann in der Küche liegen lassen.«

»Erzähl uns, was du gesehen hast, als du aus der Haustür gekommen bist«, sagt die Staatsanwältin.

»Ich habe gesehen, wie William und Erik mit dem Auto von Hampus' Papa weggefahren sind. Einem silbernen Cabrio.«

»Konntest du erkennen, wer am Steuer saß?«

»Ja.« Cissi räuspert sich. »Es war William.«

»Danke, Cecilia«, sagt Fatima Bahar und lächelt.

Der Verteidiger nimmt Cissi ziemlich hart in die Mangel. Er fragt sie, wie sie so sicher sein kann, dass William gefahren ist, wenn sie das Auto doch nur von hinten gesehen hat. Er fragt, wie viel sie getrunken hat. Er fragt noch eine Menge mehr, aber Cissi hat sich warmgeredet und antwortet, ohne zu zögern.

»William hat dunkle Haare. Erik ist blond. Außerdem ist er größer. Ich bin sicher, dass William am Steuer saß.« Cissi lächelt entwaffnend. »Und ich habe an dem Abend wirklich nicht viel getrunken. Emily, meine Freundin, war schon ziemlich früh so voll, dass mir gar nichts anderes übrigblieb, als mich um sie zu kümmern.«

»Eine letzte Frage«, sagt Williams Anwalt und schaut Cissi durchdringend an. »Du scheinst eine der wenigen zu sein, die während der ganzen Veranstaltung nicht sinnlos betrunken waren. Es liegen Aussagen vor, dass es einen Zwischenfall mit einem Messer gab. Hast du gesehen, dass William und Erik sich an diesem Abend irgendwann gestritten haben?«

»Nein.« Cissi hält seinem Blick stand. »Ich habe irgendwas von einem Messer gehört. Aber ich habe nichts gesehen. Ich habe nur gesehen, wie die beiden weggefahren sind.«

62

MATS

Ich öffne den Zeitungskasten und bücke mich, um den obersten Packen herauszunehmen, als ich plötzlich ein Stechen in der Brust verspüre. Mein Schrei muss bis in den Laden zu hören gewesen sein, denn schneller als ich blinzeln kann, kommt Rosita schon herbeigeeilt.

»Mats? Was ist passiert?«

Ich bin nicht in der Lage zu antworten, vor Schmerz ist mir schwarz vor Augen geworden. Für einen kurzen Moment denke ich, es ist das Herz und dass mich der Sensenmann hier und jetzt, auf dem Bürgersteig vor meinem Laden, zu sich holt. Aber als ich langsam wieder etwas sehen kann, wird mir klar, dass es der Rücken ist.

»Mats?«

Rosita beugt sich nach unten, um mit mir zu reden, nachdem mein Körper in dieser gebückten Haltung gefangen ist.

»Verdammt, das tut weh.«

Ich stoße die Wörter zwischen zusammengepressten Zähnen hervor, fahre mir mit der Hand über den Rücken, um den Schmerzpunkt zu finden.

»Was ist denn?« Sie klingt ängstlich.

»Keine Sorge.« Ich mache ein paar unbeholfene Schritte zur Tür, versuche mich an einem beruhigenden Lächeln, aber jede Bewegung fühlt sich an wie ein Messerstich. Wahrscheinlich ist mein Gesicht nur noch eine verzerrte Grimasse. »Hexenschuss«, füge ich hinzu.

»Gott sei Dank!«, ruft sie. »Ich dachte …« Sie schnappt nach Luft. »Ich dachte, du stirbst.«

»So leicht …«, ich kann ein Stöhnen nicht unterdrücken, »… wirst du mich nicht los.«

Rosita lächelt ein bisschen verunsichert.

»Willst du dich hinsetzen? Soll ich dir in den Laden helfen?«

Ich schüttele den Kopf, probiere stattdessen, mich aufzurichten, und muss mir auf die Zunge beißen, um nicht laut aufzuschreien.

»Es ist besser, in Bewegung zu bleiben.«

»Fahr nach Hause«, sagt sie. »Ich kümmere mich hier um alles.«

Bei dem Gedanken, nach Hause zu Annika zu fahren – die heute erst um zwei zur Arbeit muss –, bohrt sich das Messer noch tiefer in meinen Rücken. Die endlosen Monologe meiner Frau, unter welchen Umständen William womöglich ins Gefängnis muss und ob Erik straffrei davonkommen wird, gehen mir auf die Nerven. Dass ich seit Anfang Juni keine Nacht mehr durchgeschlafen habe, hinterlässt mittlerweile auch Spuren. Ich fühle mich, als wäre ich von dichtem Nebel umgeben, ich kann nur noch langsam denken, und mein Körper ist genauso träge.

Ich habe keine Probleme einzuschlafen, aber nach ein paar Stunden wache ich auf. So gut wie jede Nacht träume ich von dem Unfall. Im Traum finden wir die Jungs, und ich rufe sofort den Krankenwagen. Als Annika und ich ins Krankenhaus kommen, steht Erik aus dem Bett auf und kommt uns auf gesunden Beinen entgegen. Jedes Mal wache ich mit Herzrasen auf, wälze mich bis in den Morgen in meinem nassgeschwitzten Bett hin und her und finde keine Ruhe mehr.

»Ach was«, sage ich zu Rosita. »Ich bleibe hier. Aber es wäre lieb, wenn du die Zeitungen hereinbringen würdest.«

Sie wirft mir einen forschenden Blick zu, dann hebt sie die Zeitungspacken in einen Einkaufswagen und schiebt ihn in den Laden. Mit vorsichtigen Schritten schlurfe ich hinter ihr her, gehe an der Kasse vorbei und ziehe mich in die Kaffeeküche zurück. Verdammt! Ein Hexenschuss ist wirklich das Letzte, was ich jetzt gebrauchen kann.

Annika drängt auf das nächste Projekt, nämlich das Haus für Eriks Rückkehr umzubauen. Mit anderen Worten: Sie bestimmt, was getan werden soll, und überlässt mir dann den Großteil der Arbeit. Ich habe schon eine Rampe für die Eingangstreppe organisiert, und wir haben Eriks Zimmers ins Erdgeschoss verlegt, wo es jetzt keine Türschwellen mehr gibt.

»Das ist natürlich alles nur vorübergehend«, meinte Annika. »Solange er im Rollstuhl sitzen muss.«

Meine Frau variiert Eriks Zustand je nachdem, mit wem sie darüber redet. Im Gespräch mit der Versicherung ist er mehr tot als lebendig. Wenn die Leute aus dem Fußballverein dieselben Fragen stellen, bekommen sie zu hören, dass er wahrscheinlich wieder ganz gesund wird. Ich wüsste gern, was sie selbst glaubt. Tief drinnen.

Annika hat einen Bettüberwurf, Kissen und Bilder für Eriks neues Zimmer gekauft. Sie ist vollauf damit beschäftigt, alles so gemütlich wie möglich für ihn zu machen. Sie weiß noch nicht – und ich habe ihm versprochen, ihr nichts zu sagen –, dass Erik sich zum Wintersemester für ein Journalistikstudium in Göteborg beworben hat.

Ich habe ihn gebeten, damit zu warten. Habe ihn gewarnt, dass es ihm womöglich schwerfallen wird, sich allein zurechtzufinden, zumindest am Anfang. Ich habe auch angedeutet, dass es vielleicht besser wäre, näher bei den Ärzten und dem Rehateam in Orup zu bleiben, falls Probleme auftauchen. Aber Erik hat alles geregelt. Er sagt, wenn man seinen Wohnsitz in einer anderen Stadt anmeldet, dann bekommt man dort automatisch Zugang zur medizinischen Versorgung, die man benötigt. Er hat außerdem herausgefunden, dass er Anspruch auf gewisse Assistenzleistungen hat, und er hat auch schon recherchiert, welche Möglichkeiten es gibt, ein behindertengerechtes Auto zu bekommen.

Annika wird ausrasten, wenn sie das alles erfährt. Und bis zu einem gewissen Grad kann ich das sogar verstehen. Sie hat ja keine Ahnung, wovor Erik flieht.

63

ANNIKA

»Kannst du das noch mal wiederholen?« Meine Beine geben nach, und ich sinke aufs Bett. Zwei Monate Warten haben mich mürbe gemacht, jetzt habe ich keine Kraft mehr.

»Ich bin freigesprochen worden«, sagt Erik. »William ist zu drei Monaten Haft verurteilt worden. Aber die Schmerzensgeldforderung ist nicht durchgegangen. Jedenfalls nicht ganz. Ich bekomme die Hälfte.«

Mein Körper zittert, ich spüre den Herzschlag bis in die Fingerspitzen. Wie ist das möglich? Bis eben dachte ich noch, wir würden in einem Rechtsstaat leben. In einem Land, in dem das Gute siegt und das Böse verliert.

Ich war naiv. Unsere moderne Gesellschaft basiert ganz offensichtlich immer noch auf einem völlig willkürlichen System, in dem man nur die richtigen Kontakte haben muss, und schon ist man fein raus. So etwas dürfte einfach nicht sein! Eriks Leben ist zerstört, und der Schuldige kommt mit einer Strafe davon, die er kaum spüren wird: drei Monate gratis Essen und eine Summe, die Papa Krister aus der Portokasse zahlt. Das ist lächerlich.

Der Zorn verleiht mir neue Energie. Ich stehe auf, stürme aus Eriks Zimmer in die Küche. Finde mein Handy und rufe Mats an. Nach vier endlosen Freizeichen nimmt er endlich ab.

»Kann ich dich gleich zurückrufen? Hier ist ein Vertreter, der …«

»Die Hälfte«, keuche ich. »Hörst du? Die Hälfte! Das ist doch Wahnsinn! Wie können die so etwas zulassen? Ich weiß ni…«

»Annika.« Mats' Stimme ist kalt. »Ich rufe zurück.«

Das Gespräch bricht ab, und ich starre das Telefon an. Bin sehr kurz davor, es einfach auf den Boden zu pfeffern, beherrsche mich aber im letzten Moment. Dann kommen die Tränen. Ich weine so heftig, dass ich mich auf der Arbeitsplatte abstützen muss. Das Gefühl von Ohnmacht schüttelt meinen Körper.

Erik kommt in die Küche gerollt, und ich wende den Kopf ab, will mir die Tränen mit dem Ärmel meines Fleecepullovers aus den Augen wischen. Mittwochs habe ich frei, und ich habe den Vormittag damit verbracht, den Garten winterfest zu machen. Der Fleecestoff saugt die Tränen nicht auf, stattdessen ist jetzt mein ganzes Gesicht nass.

»Weinst du?«, fragt er.

»Ob ich weine?« Ein seltsames kurzes Lachen rutscht mir heraus. »Ach Quatsch. Ich habe nur was ins Auge bekommen.«

Erik reißt ein Stück Küchenpapier ab und reicht es mir.

»Danke.« Ich trockne mir die Wangen, dann lehne ich mich an die Spüle und bemühe mich, normal zu wirken. »Na, und was sagst du zu dem Urteil? Wie fühlst du dich?«

»Weiß nicht.« Erik zuckt die Schultern. »Hab eh nicht damit gerechnet, den vollen Betrag zu bekommen, insofern …«

»Aber …« Die Wut kocht wieder in mir hoch. »Denk daran, dass es dabei um deine Zukunft geht, Erik. Dein Leben! Und findest du nicht, dass William eine härtere Strafe verdient hätte? Drei Monate … das ist ja nichts.«

Er sieht mich ausdruckslos an.

»Eine härtere Strafe würde auch nichts ändern.«

»Wie meinst du das?«

»Dass es egal ist.« Erik rollt ans Fenster, redet mit dem Rücken zu mir weiter. »Auch wenn William zehn Jahre im Knast sitzen müsste, wäre ich trotzdem noch gelähmt.«

Mein Herz schrumpft wie das faulende Fallobst draußen auf dem Kompost.

»Das …« Ich schlucke die erneuten Tränen herunter. »Das stimmt natürlich. Aber es wäre doch wichtig, das höchstmögliche Schmerzensgeld zu bekommen! Vor allem, weil es womöglich als Grundlage für die Entscheidung der Versicherung herangezogen wird. Ich meine, im Moment erscheint dir das vielleicht noch unrealistisch, aber eines schönen Tages willst du ja von zu Hause ausziehen, und dann wirst du das sicher bereuen. Wenn du mich fragst, solltest du auf jeden Fall in Berufung gehen.«

Eriks Schweigen provoziert mich, aber ich beiße mir auf die Zunge. Ich muss ihm Zeit lassen, das Urteil zu verdauen. Ich öffne den Schrank unter der Spüle und werfe das Küchenpapier weg, gehe dann zum Ofen und schalte ihn ein.

»Im Kühlschrank steht eine Auflaufform mit marinierten Hühnerbeinen. Schiebst du die bitte so ungefähr in zehn Minuten in den Ofen?«

Erik wendet hastig den Rollstuhl.

»Wohin gehst du?«

Sein Blick brennt in meinem Nacken.

»Nur ein bisschen frische Luft schnappen.«

Ich habe keine Ahnung, wohin ich gehen soll, ich will einfach nur aus dem Haus. Raus. Weg. Unser Zuhause ist kein Zuhause mehr. Die Wände sind nur noch Kulissen, in denen vier Menschen wohnen, die Familie spielen. Aber wir sind keine Familie mehr, nicht im eigentlichen Sinn des Wortes.

Erik ist deprimiert und reizbar, was vollkommen verständlich ist. Emily lässt sich kaum noch blicken. Wenn sie nicht bei Cissi ist, dann verkriecht sie sich in ihrem Zimmer. Mats arbeitet mehr denn je. Er ist immer schlecht gelaunt, hört nicht zu, wenn ich mit ihm rede. Den ganzen Herbst über ist er mir ausgewichen, wenn ich mit ihm über den Unfall oder die Gerichtsverhandlung sprechen wollte. Er war nicht einmal bereit, verschiedene praktische Dinge mit mir zu diskutieren, die mit Erik zu tun haben. Die ganze Verantwortung lastet auf meinen Schultern.

Bei näherem Nachdenken bin vielleicht ich die Einzige, die Theater spielt, während alle anderen ihre wahre Persönlichkeit zeigen. Niemand sonst versucht, die Stimmung aufrechtzuerhalten. Niemand sonst scheint Lösungen für unsere Probleme finden zu wollen.

Ich hatte gehofft, dass das Urteil einen Abschluss und einen Neustart für uns bedeuten würde. Jetzt müssen wir weiter für Eriks Zukunft kämpfen und dafür sorgen, dass er die Entschädigung bekommt, die ihm rechtmäßig zusteht. Und so, wie ich Mats kenne, wird er nicht einen Finger krümmen, um mich dabei zu unterstützen.

Die Straßenlaternen werfen ein sanftes Licht auf den Bürgersteig, der von einer dicken Schicht aus nassem Laub bedeckt ist. Die Damen hinter dem Tresen von Husie Tobak haben schon Feierabend gemacht, das Fenster unter dem rot-weißen Kioskschild ist nur schwach beleuchtet. Auf der gegenüberliegenden Straßenseite kommt ein Mann mit zwei kleinen Kindern aus der Pizzeria. Sie reden und lachen, gehen schnell zu einem der parkenden Autos.

Erst als der Mann die Fahrertür öffnet, sehe ich, dass es Mattias Melin ist. Ich schaue schnell in die andere Richtung und beschleunige meine Schritte. Nichts gegen Mattias, aber ich kann jetzt nicht mit Eriks Trainer reden. Ich bin nicht in der Verfassung, ihn über Eriks momentanen Zustand zu informierten und ihm dann auch noch zum Saisonabschluss der Mannschaft zu gratulieren.

Es versetzt mir einen Stich ins Herz, wenn ich daran denke, dass ich nie wieder in der Herbstdunkelheit auf dem Husiegård-Sportplatz stehen und Erik beim Dribbeln im grellen Flutlicht zusehen werde.

Ich gehe weiter, vorbei an der Husie-Schule und Vannagården.

Die Stimmen auf dem Sportplatz des Nachbarvereins lassen mich hochschauen. Auf dem Spielfeld herrscht reger Betrieb, Jungs und Mädchen verschiedener Altersklassen machen ihre Übungen nach Anweisung des Trainers.

Die Begegnungen mit dem Nachbarverein waren immer besonders angespannt. Bei einem dieser unzähligen Derbys, Erik war elf oder zwölf, hatte sich ein richtig großes Publikum versammelt. Wir standen kurz vor einer schmachvollen Niederlage, als Erik es schaffte, in den letzten bangen Minuten zwei Tore zu schießen.

Die Euphorie nach so einem Match kann man niemandem erklären, der es nicht selbst erlebt hat. Der Triumph, wenn man am Publikum der gegnerischen Mannschaft vorbeigeht, ist mit nichts zu vergleichen.

Immer noch in Erinnerungen versunken, gehe ich zu weit und muss an der Kreuzung am Kvarnbyväg umkehren. Das letzte Stück suche ich tief in mir selbst nach Kraft und Mut. Kraft, um für Erik weiterzukämpfen. Mut, um mich nicht darum zu scheren, was andere über mich denken, und das zu tun, was getan werden muss.

64

EMILY

Wir kommen gleichzeitig in die Diele, ich von oben, Papa von draußen. Er sieht aus wie jemand, der zwei Tage durchgefeiert und in seinen Klamotten geschlafen hat. Sein Hemd ist zerknittert, die Augen sind rot. Er will gerade etwas sagen, aber Mama ist schneller.

»Das Essen ist fertig!«

Sie ruft aus der Küche, und nach ein paar Minuten sitzen wir alle am Tisch, sogar Erik ist an seinen Platz gerollt.

»Ich gönne mir ein Glas Rotwein dazu.« Mama schaut Papa an. »Trinkst du auch einen Schluck?«

Er schüttelt den Kopf und schenkt sich und Erik Wasser ein. Mein Bruder trinkt keine Milch mehr, er muss jetzt auf die Kalorien achten, nachdem er sich nicht mehr wie früher bewegen kann.

Während sich alle von dem Essen nehmen, redet Mama wie ein Wasserfall. Offenbar wurde heute das Urteil verkündet, und William muss für drei Monate ins Gefängnis. Mama findet das viel zu wenig. Ich finde, das klingt schrecklich. Allein die Vorstellung, drei Monate eingesperrt zu sein! Noch dazu an einem Ort, wo es nur so von Mördern und anderen kriminellen Typen wimmelt. Also, ich hätte Panik bekommen – mir fällt kaum etwas ein, was für mich schlimmer wäre.

Mama quasselt weiter, und ich schaue verstohlen zu Papa. Er scheint gar nicht mehr zuzuhören. Erik sagt wie üblich nichts dazu. Soll das jetzt für immer so weitergehen? Nicht, dass es wirklich lustiger war, als Mama und Erik bei jedem Abendessen über Fußball geredet haben, aber das hier ist der blanke Terror. Seit dem Unfall benehmen sich alle so unglaublich ätzend. Und ich komme mir vor, als wäre ich Luft. Niemand würde es merken, wenn ich aus der Küche schweben und verschwinden würde.

Mama verstummt. Sie trinkt einen Schluck Wein, stellt das Glas ab und sieht Papa an.

»Du sagst gar nichts, Mats.«

Er versucht, mit der Gabel eine Olive aufzuspießen, die wegspringt und neben dem Teller landet.

»Zu was?«

»Zu was?« Mama verdreht die Augen. »Hast du mir überhaupt zugehört? Mich interessiert natürlich, was du von dem Urteil hältst. Ob wir in Berufung gehen sollen oder nicht.«

Papa wendet sich an Erik.

»Was meinst du? Bist du zufrieden, oder möchtest du versuchen, mehr rauszuschlagen?«

Mein Bruder starrt aus dem Fenster.

»Ich glaube nicht, dass ich das durchstehe«, murmelt er, ohne einen von uns anzusehen.

Ich konzentriere mich auf die Olive, die immer noch neben Papas Teller liegt, und bereite mich auf die Explosion vor. Überlege kurz, ob es vielleicht doch gutgeht, als Mama tief Luft holt. Ich hebe den Kopf nur so weit, um zu sehen, wie sie mit Schwung die Arme ausbreitet.

»Ich verstehe euch einfach nicht! Bin ich hier wirklich die Einzige, die findet, dass ein Täter bestraft werden muss? Und dass ein Opfer Anspruch auf eine angemessene Entschädigung hat?«

Papa legt die Gabel auf den Tisch, reibt sich mit beiden Händen die Augen.

»Findest du es nicht ein bisschen übertrieben, in diesem Zusammenhang von Täter und Opfer zu sprechen?«

»Wie bitte?« Mamas Stimme ist schrill. »Ist William in deinen Augen etwa auch ein Opfer? Jetzt, wo er Stammspieler in der 1. Mannschaft geworden ist?«

»Nein …« Diesmal verdreht Papa die Augen. »Natürlich ist William hier nicht das Opfer. Aber …« Er räuspert sich, schaut Erik und mich an. »Seid ihr fertig mit essen?«

Ehe ich antworten kann, hat mein Bruder schon den Rollstuhl gewendet und ist auf dem Weg aus der Küche.

»Warum schickst du die Kinder weg?«

Mama sieht aus, als könnte sie sich nicht entscheiden, ob sie mit Papa schimpfen oder Erik hinterherlaufen soll, aber sie bleibt sitzen. Papa sieht mich an.

»Ist das okay, Emily?«

Irgendetwas an seinem Gesichtsausdruck hält mich davon ab zu protestieren. Ich schnappe mir mein Besteck, nehme mein Glas und meinen Teller mit und trage alles zur Spülmaschine. Aber als ich in der Diele bin, gehe ich doch noch mal einen Schritt zurück.

»Was ist denn?«, fragt Mama in der Küche. »Du bist weiß wie die Wand. Ist was passiert?«

Ich mache noch einen Schritt zur Tür, spähe vorsichtig um die Ecke.

»Nein.« Papa fingert an seinem Ehering herum, der fast in seine Haut eingewachsen ist. Er macht immer Witze darüber, dass er sich nie von Mama trennen kann, weil er den Ring gar nicht mehr ablegen könnte. »Das heißt doch …«, sagt er dann. »Gewissermaßen.«

Was ist denn mit ihm? Ist er krank? Hat er Krebs? So wie Opa? Mein Magen zieht sich zusammen.

»Mats.« Mama beugt sich vor. »Raus mit der Sprache. Was ist los?«

Papa hebt den Blick. Seine Augen glänzen feucht, und ich bete im Stillen. *Bitte, lieber Gott, mach, dass Papa nicht stirbt.*

»Also, ich weiß nicht, wie ich es dir sagen soll.« Seine Stimme wird langsam fester. »Aber wahrscheinlich ist es das Beste, wenn ich gar nicht lang um den heißen Brei herumrede.«

»Ja?«

Mama ist auch blass geworden, vielleicht hat sie genauso große Angst wie ich.

Papa holt tief Luft und atmet dann in einem langen Seufzen wieder aus.

»Ich will die Scheidung.«

DIE HOCHZEIT

65

ERIK

Mein erster Impuls ist Flucht. Was wird William mit mir machen, wenn er bemerkt, dass ich ihn mit Sanja gesehen habe? Wie weit würde er gehen, um einen Skandal zu verhindern? Ein untreuer Bräutigam am Tag der Hochzeit wäre ein gefundenes Fressen für die Medien.

Dann wird mir bewusst, dass mir das scheißegal ist. Ich habe gar kein Interesse daran, so eine Sache auszuplaudern. Es macht mich nur fassungslos, dass man sich so unglaublich armselig verhalten kann. Und mir tut Emily leid. William Nihlzén ist eine Schlange, und er wird sich niemals ändern.

Sanja und William schlagen zuerst beide den Weg Richtung Terrasse ein, aber dann scheint William es sich anders zu überlegen und geht stattdessen geradeaus weiter. Hat er inzwischen mit Krister über die Unfallnacht gesprochen? Ich weiß, dass die beiden ziemlich lange miteinander geredet haben, aber das muss natürlich nicht heißen, dass die Wahrheit ans Licht gekommen ist. Krister ist ein gerissener Hund. Wahrscheinlich hat er seinem Sohn eingeredet, nicht auf mein wirres Geschwätz zu hören. »Erik ist ein Fall für die Psychiatrie. Er bildet sich das alles nur ein.«

William steuert direkt auf mich zu.

»Willst du rein?«

Er macht eine Geste zum Rollstuhl, als wollte er mir seine Hilfe anbieten.

»Nein, wir machen uns jetzt auf den Heimweg.«

Er will gerade noch etwas sagen, als vom Eingang des Nebengebäudes laute Geräusche herüberdringen. Wir drehen uns um. Nike kommt mit unserem Gepäck auf den Vorplatz. Sie hat das lila Kleid gegen Jeans und einen weiten Kapuzenpulli getauscht. Sie hebt eine Hand und winkt.

»Bin gleich da!«, rufe ich. »Räumst du die Sachen schon mal ins Auto?«

Sie sieht nicht glücklich aus, fügt sich aber und trägt die Taschen Richtung Parkplatz.

Ich schaue William wieder an, will ihn fragen, was er weiß und was er gegebenenfalls zu tun gedenkt, aber es gelingt mir nicht, meine Gedanken und Worte zu sortieren. Und eigentlich gibt es auch nichts mehr zu sagen. Ich habe alles aufgeschrieben. Ich muss den Brief nur noch abschicken. Dann ist es vorbei.

»Tja …« William fährt sich mit der Hand durchs Haar. »Also, du haust jetzt ab, ja?«

Ich nicke.

»Schlafe lieber im eigenen Bett.«

»Na klar, wenn dir das lieber ist.« Er wirft einen Blick über die Schulter und macht dann einen Schritt auf mich zu. »Ich habe übrigens mit meinem Vater gesprochen, er …«

Im selben Moment bemerken wir beide, dass Sanja auf uns zukommt. Sie wirkt vollkommen unbekümmert, sie schwebt geradezu über den Kiesweg. William reagiert genau, wie man es von einem Feigling wie ihm erwarten würde. Er klopft mir auf den Rücken, mit einem hastigen »Man sieht sich, Erik, mach's gut«, und hastet zum Schloss.

Ich bleibe sitzen und starre wie paralysiert auf die Frau, die immer näher kommt. Im Licht der Laternen schimmern ihre Haare wie Feuer, und irgendetwas in meinem Inneren erwacht zum Leben. Eine Erinnerung – oder vielleicht ein Gefühl. Ich denke nicht nach, setze nur den Rollstuhl in Bewegung.

»Hallo! Sanja!«

Sie entdeckt mich, und ihr Gesicht verwandelt sich in ein Lächeln. Sie scheint nicht im Geringsten zu ahnen, dass ich beobachtet haben könnte, was sie vor ein paar Minuten noch gemacht hat. Sie kommt auf den Vorplatz, schwankt ein bisschen auf ihren hohen Absätzen.

»Du …« Ich senke die Stimme. »Ich würde gern mit dir reden. Wollen wir ein Stück gehen? Da wo es nötig ist, kannst du mir ja helfen und ein bisschen schieben.«

»Können wir uns nicht hier unterhalten?«

»Das kommt darauf an«, sage ich.

Ihr Lächeln verblasst.

»Kommt worauf an?«

»Ob du willst, dass die Typen da drüben …«, ich nicke in Richtung einer Gruppe lautstarker Pinguine, die vor der Schlosstreppe Zigarre rauchen, »… auch mitbekommen, worüber wir sprechen.«

Sanja zögert erst, aber dann wendet sie meinen Rollstuhl und schiebt mich zum Kiesweg.

Wir bewegen uns schweigend fort, die Stimmen von der Terrasse werden erst lauter, um kurz darauf immer leiser zu werden. Die Dunkelheit wird dichter, je weiter wir das Schlossgebäude hinter uns lassen. Die Situation ist absurd, mein Herz pocht wie wild unter meinem weißen Hemd.

»Denkst du, hier ist es gut?«

Wir sind am unteren Ende des Parks gelandet, nur wenige Meter vor uns geht es eine steile Böschung hinunter. Unterhalb der Böschung verläuft eine Straße, und nur ein kleines Stück weiter stehen ein paar bunt zusammengewürfelte Häuser – früher ein Fischerdorf, heute teure Privatwohnsitze und Ferienhäuser mit Meerblick. Sanja bleibt stehen, ohne meine Antwort abzuwarten, und ich drehe mühsam den Rolli um, damit ich ihr in die Augen schauen kann.

»Wie kannst du meiner Schwester so etwas antun?«

Das Mondlicht glitzert in Sanjas Augen. Sie spielt die Ahnungslose.

»Wovon redest du?«

»Du weißt ganz genau, wovon ich rede. Ich habe dich gesehen. Euch. Ich habe dich und William gesehen.«

Für einen Sekundenbruchteil stelle ich mir vor, dass sie mich die Böschung hinunterstößt. Stattdessen fängt sie an zu lachen.

»Herrgott, Erik. Deshalb sind wir den ganzen Weg hier runtergegangen?« Sie legt den Kopf schief. »Wir haben nur geredet. Robin und ich sollen etwas fürs Frühstück organisieren, und ich musste noch ein paar Details mit William besprechen. Es geht um eine Überraschung für Emily.«

»Es sah aus, als hättet ihr euch geküsst.«

»Entspann dich.« Sanja lacht noch mehr. »Du siehst ja Gespenster. Warum sollte ich William küssen, wenn ich Robin habe? William und Emily sind unsere Freunde.«

Ich hatte eine ganz andere Reaktion erwartet. Entsetzen. Oder eine Verteidigungsrede. Ihre Fröhlichkeit macht mich unglaublich wütend.

»Ich weiß genau, was ich gesehen habe. Und es ist ja nicht das erste Mal …«

Die letzte Bemerkung rutscht mir ungewollt raus, und ihr Gesichtsausdruck verändert sich. Jetzt sieht sie aufrichtig verwirrt aus.

»Was meinst du?«

Meine Wangen glühen. Was ist nur in mich gefahren?

»Ach, nichts«, sage ich. »Vergiss es.«

»Wer A sagt, muss auch B sagen.« Sanja beugt sich vor. »Was meinst du mit ›nicht das erste Mal‹?«

Ich nehme einen schwachen Duft von Vanille wahr und werde sofort in den Sommer vor acht Jahren zurückgeworfen, in die Nacht im Club Étage, wo sich die ganze Clique nach meiner Abschlussfeier versammelt hatte. Ich spüre, wie ihre Haare meine Nase kitzeln, sehe vor mir, wie sie und ich zusammen tanzen. Wie wir Arm in Arm den Club verlassen. Wie sie lacht, mir in die Augen schaut.

Nur ein paar Tage später war alles anders.

Mir wird klar, dass diese Gelegenheit nie wiederkommt. Entweder jetzt oder nie.

»Ihr habt auf Hampus' Party geknutscht«, sage ich schnell. »Du hast mit William rumgemacht, obwohl wir beide zusammen waren.«

»Du und ich?« Sanja richtet sich auf, runzelt die Stirn. »Wir zwei waren doch nie zusammen.«

Der Boden unter mir verwandelt sich in ein schwarzes Loch, der Rollstuhl mitsamt Inhalt wird mit einer Geschwindigkeit in die Tiefe gesogen, bei der sich mein Magen zusammenzieht. Meine Gedanken kreisen so schnell, dass mir schwindelig wird, und zumindest dieses eine Mal bin ich froh, dass ich schon sitze. Habe ich mir alles nur eingebildet?

Nein! Das kann nicht sein. Unsere Geschichte war zerbrechlich, sie hatte gerade erst begonnen. Aber wir waren zusammen, und ich hatte noch nie etwas Vergleichbares erlebt. Sanja war Tag und Nacht in meinen Gedanken, ich konnte nicht mehr essen und nicht mehr schlafen. Sogar während des Fußballtrainings musste ich ständig an sie denken. Ich stellte mir vor, dass sie eines Tages im Publikum stehen und mir zuschauen würde, wie ich ein wichtiges Tor schoss, träumte davon, dass sie danach an den Spielfeldrand kommen und mich küssen würde.

Diese ersten Tage nach meinem Schulabschluss waren die glücklichsten Tage meines Lebens.

»Es …« Ich kann ihr nicht länger in die Augen sehen. »Es ist sicher besser, wenn …«

Meine Hände greifen nach den Rädern, versuchen, den Rollstuhl in Bewegung zu setzen, aber durch die leichte Steigung und den Untergrund komme ich nicht so einfach von der Stelle. Noch dazu steht Sanja vor mir und versperrt mir den Weg.

»Du«, sagt sie, und das breite Lächeln ist zurück. »Ich habe kaum noch Erinnerungen an diese Party damals bei Hampus. Und es kann sehr gut sein, dass ich an dem Abend mit William rumgeknutscht habe. Aber heute haben wir wirklich nur geredet. Ehrenwort.«

66

EMILY

Wir treffen uns auf dem Kiesweg, stoßen fast zusammen, als ich um die Ecke der Schlossmauer biege.

»*Da* bist du.« Ich will gar nicht gereizt klingen, aber ich habe ihn seit einer Ewigkeit gesucht und langsam wirklich angefangen, mir Sorgen zu machen. »Wo warst du denn?«

»Nirgends.« Williams Blick flackert. Er wirkt nicht besonders glücklich, mich zu sehen. »Ist alles okay, Schatz?«

»Nein«, sage ich. »Es ist nicht alles okay. Das heißt … Bei *dir* scheint nicht alles okay zu sein.«

»Wie kommst du darauf?«

Ich will ihm gerade antworten, als wir gerufen werden. Papa steht auf der Terrassentreppe, er ist zusammen mit Oma und Tante Ulla auf dem Weg zu uns. Die alten Damen sind zum Glück langsam, so dass ich William noch zuzischen kann, dass er sich gefälligst nicht vom Fleck zu rühren hat, solange wir nicht miteinander geredet haben.

»Da sind ja unsere Turteltäubchen«, sagt Papa, als die drei schließlich bei uns ankommen. »Die Damen haben genug getanzt und wollen sich jetzt zurückziehen.«

Ich lächle angestrengt, umarme die beiden und wünsche ihnen eine gute Nacht.

Sobald das Trio außer Sichtweite ist, ziehe ich William auf die Wiese, unter einen Baum.

»Ich merke doch, dass irgendetwas nicht stimmt. Du bist überhaupt nicht du selbst. Das hier ist unser Tag, unser Abend, aber du bist überhaupt nicht richtig anwesend. Dein Kopf ist ganz woanders.«

»Es tut mir leid, Em.« Er fällt in sich zusammen wie ein Ballon, aus dem man die Luft herausgelassen hat. »Es tut mir so leid.«

Ein kalter Wind weht durch den Park, ich bekomme Gänsehaut an meinen nackten Armen. Was hat das zu bedeuten? Bereut er unsere Hochzeit? Hat er eine andere?

Ich kämpfe gegen die Tränen an.

»Was tut dir leid?« Meine Stimme ist brüchig, und ich räuspere mich. »William, sag mir, was los ist. Du hast die ganze Zeit mit deinem Vater geredet. Ist etwas mit der Firma?«

William schüttelt den Kopf, sieht unglücklich aus.

»Emily.« Er nimmt mich in die Arme, drückt mich so fest an sich, dass ich kaum atmen kann. »Es tut mir so leid. Bitte. Wenn ich abwesend wirke, dann hat das nichts mit WibNet zu tun. Und erst recht nichts mit dir. Du weißt, dass ich dich liebe.« Die Worte kommen mit Nachdruck, und er küsst meine Stirn. »Es … Es geht um den Unfall.«

Ich löse mich aus seiner Umarmung und mache einen Schritt zurück.

»Den Unfall?«

Er nickt, seufzt tief.

»Du weißt ja, dass ich dabei mein Gedächtnis verloren habe und dass der ganze Abend aus meiner Erinnerung gelöscht ist …«

»Ja?«

»Dein Bruder …« William fährt sich mit den Fingern durchs Haar. »Erik hat sich vorhin verdammt merkwürdig benommen, wollte, dass ich meinen Vater frage, was an dem Abend wirklich passiert sei.«

»Was wirklich passiert sei?«

»Ja, genau. Und, also …« William schiebt die Hände in die Hosentasche, zieht sie wieder heraus. »Ich dachte erst, er würde nur wirres Zeug reden. Sich irgendwas ausdenken, um mich zu verunsichern. Aber dann habe ich meinen Vater damit konfrontiert, und …«

Er drückt den Rücken durch und starrt in den Park. Die Sängerin aus Kristianstad schlingert kichernd den Weg entlang, ihr Begleiter ist ein alter Studienfreund von William. Ich schaue nach unten ins Gras, hoffe, dass sie uns nicht bemerken und sich nicht mit uns unterhalten wollen. Als sie vorbeigegangen sind, hebe ich den Kopf.

»Und dann?«

Eine gefühlte Ewigkeit stehen wir in der Dunkelheit und sehen uns an. Von der Terrasse hallen laute Stimmen und Gelächter herüber. Die Bässe der Technobeats aus dem Festsaal pulsieren im Takt mit meinem ängstlich klopfenden Herzen.

William schluckt und öffnet endlich den Mund.

»Wenn herauskommt, was wirklich passiert ist, dann lande ich wieder im Gefängnis. Aber diesmal nicht nur für ein paar Monate. Dann bin ich erledigt. Endgültig.«

67

ANNIKA

Die Bar ist rappelvoll, Lachsalven rollen wie Wellen durch den Raum. Zahllose schwarze Fräcke stehen aufgereiht am Tresen, alle mit Whiskygläsern oder Bier in der Hand. In den Sesseln sitzen Frauen in Abendkleidern und schlürfen Wein. Ich hätte auch nichts gegen ein Gläschen einzuwenden, aber ich schaffe es zu widerstehen und gehe weiter, in Richtung Treppe.

Oben im Festsaal läuft dröhnend laute Musik. Bunte Lichter flackern über die Wände, bilden psychedelische Muster, die wirklich bei jedem einen epileptischen Anfall auslösen könnten. Ich schiebe mich an der Wand entlang bis zu dem Platz vor, wo ich beim Abendessen gesessen habe, und beobachte dabei die Hochzeitsgäste, die sich auf der Tanzfläche zum Affen machen.

Der Anblick tanzender Menschen bereitet mir immer schlechte Laune. Der Grund dafür ist ein Kommentar, den Emily in ihren frühen Teenagerjahren einmal hat fallen lassen: »Mama, du siehst so irre komisch aus, wenn du tanzt. Du hast echt null Taktgefühl.« Sie meinte es sicher nicht böse, es ist ihr einfach mit einem Lachen herausgerutscht. Aber es hat sich in mein Gedächtnis eingebrannt, und seitdem habe ich nie wieder einen Fuß auf eine Tanzfläche gesetzt.

Gittan hat damit offensichtlich keine Probleme. Sie geht ganz und gar in einem alten Discohit auf und ist mit vollem Körpereinsatz dabei. Von ihrem Mann fehlt weit und breit jede Spur. Was zur Hölle hatte Krister mitten in der Nacht im Park zu suchen? Im selben Moment fällt mir der hitzige Wortwechsel zwischen ihm und William wieder ein. Ich habe die beiden ja nur gehört, nicht gesehen, weil ich mich nicht getraut habe, um die Ecke zu gehen, solange sie dort standen. Aber sie klangen wirklich sehr aufgebracht. Vor allem William.

Meine Handtasche liegt auf dem Boden, neben einer schmutzigen Serviette und einem undefinierbaren Essensrest, womöglich ein matschiges Salatblatt. Ich hebe die Tasche auf, stelle mich an eins der hohen Fenster und schaue hinaus in den Schlosspark. Die Terrassenbeleuchtung reicht nicht sehr weit, der größte Teil der Grünfläche liegt im Dunkeln. Auch der Mond spendet kaum Licht, es reicht nur für einen gespenstischen Schimmer. Hier und da glitzert der Öresund wie ein dünner Silberstreif in der Ferne.

Ich will mich gerade umdrehen, als eine Bewegung vor den Hecken meine Aufmerksamkeit weckt. Da ist jemand. Ich lehne mich vor und versuche, mehr zu erkennen. Als die Gestalt sich zwischen zwei Baumstämmen befindet, sehe ich, dass es ein Mann ist. Er ist schwarz gekleidet, natürlich trägt er einen Frack, und er läuft hastig, als wolle er nicht gesehen werden. Oder als müsse er sehr eilig irgendwohin – oder von irgendetwas weg.

Die charakteristischen Bewegungsmuster begleiten einen Menschen schon von klein auf, und für gewöhnlich verstärken sich diese Eigenheiten mit dem Alter noch. Und dank unzähliger Fußballspiele ist es ein Leichtes für mich, die Person zu identifizieren, die dort unten durch den dunklen Park hetzt.

Der Mann auf der Flucht ist William.

Nachdem ich erfolglos herumgefragt habe, wo meine Kinder stecken, gehe ich nach draußen, atme die Nachtluft ein und versuche, meinen Ärger herunterzuschlucken. Hat Emily sich schon zurückgezogen? Das erscheint mir nicht sehr wahrscheinlich, erst recht nicht, da William offenkundig noch im Park herumrennt.

Ich denke eher, dass sie mir aus dem Weg geht. Erik dagegen kann sehr wohl einfach schlafen gegangen sein, ohne einer Menschenseele Bescheid zu sagen. Es würde ihm ähnlich sehen.

Ich bleibe einen Moment auf der pompösen Treppe stehen und betrachte die Umgebung. Der schwere Geruch von Erde und Tang mischt sich mit einem süßlichen Blütenduft, von den Feldern zieht dünner Nebel herüber. Vor den Bäumen am Rand der Wiese steht ein Reh. Wachsam beobachtet es mich mit seinen leuchtenden Augen.

»Annika!«

Das Reh und ich zucken gleichermaßen zusammen. Ich drehe mich um und sehe Nike, Eriks Assistentin. Sie hat sich umgezogen und kommt in Jeans und Pulli aus dem Nebengebäude auf mich zu.

»Hast du Erik gesehen?«

»Erik?« Ich gehe ihr entgegen. »Nein, schon länger nicht mehr.«

»Wir wollten eigentlich los …« Sie streicht sich mit der Hand den kurzgeschnittenen Pony glatt, wie um ihre Frisur in Ordnung zu bringen. »Er hat mich gebeten, unsere Sachen ins Auto zu bringen, und jetzt ist er einfach verschwunden.«

»Ihr wolltet los?«

»Ja.« Sie wirkt verlegen. »Er wollte lieber zu Hause schlafen.«

»In Göteborg?«, frage ich.

Sie nickt.

»Aber ihr habt doch Zimmer …«

Plötzlich hallt ein Schrei durch die Nacht, und mir stellen sich sämtliche Nackenhaare auf.

»Shit.« Nike reißt die Augen auf. »Was war das?«

Ich sehe sie ratlos an.

»Ich habe keine Ahnung.«

»Vielleicht hatte jemand von den Älteren einen Herzinfarkt?«

Eriks Assistentin späht in die Richtung, aus der das Schreien kam. »Ich bin ausgebildete Ersthelferin.« Mit einem Mal sieht sie entschlossen aus. »Entschuldige.« Und dann rennt sie los.

Meine Füße schmerzen, aber irgendetwas, vermutlich Neugier, verleitet mich dazu, ihr zu folgen. Ziemlich schnell stelle ich fest, dass ich nicht die Einzige mit diesem Impuls bin. Eine ganze Reihe von Hochzeitsgästen eilt durch den dunklen Schlosspark. Männer joggen in glänzenden Halbschuhen über die Wiese, Frauen stolpern in Sandaletten und Pumps den Kiesweg entlang.

Der Weg ist nicht weit, aber lang genug, um meine Neugier in bohrende Unruhe zu verwandeln. Mit jedem Schritt werden meine Beine schwerer. Unten im Park hat sich ein richtiger Menschenauflauf gebildet, und aufgeregtes Stimmengewirr klingt von dort herauf. Mein Herz schlägt schneller, aber es setzt kurz aus, als Cissi mir fast vor die Füße läuft.

»Cissi?« Ich versuche, sie festzuhalten. »Was ist passiert? Was machen die ganzen Leute dort unten?«

Sie gibt mir keine Antwort. Stattdessen reißt sie sich los und rennt in die entgegengesetzte Richtung, zurück zum Schloss. Ich überlege kurz, ihr nachzulaufen, aber neues Rufen lenkt mich ab.

»O Gott!« Es ist eine helle Frauenstimme. »Jemand muss ihn von da unten raufholen!«

»Einen Notarzt!« Jetzt spricht ein Mann. »Hat schon jemand die 112 angerufen?«

»Er kann doch nicht einfach so da liegen bleiben!«, sagt ein Dritter. »Dreht ihn auf die Seite, macht die Atemwege frei, jetzt tut doch irgendwas.«

»Auf keinen Fall«, sagt wieder ein anderer mit fester Stimme. »Lasst ihn liegen. Wenn man ihn umdreht, kann das die Verletzungen noch schlimmer machen. Überlasst das dem Rettungsdienst.«

Alle reden durcheinander, die Leute fallen sich gegenseitig ins

Wort. Schließlich meldet sich einer zu Wort, der alle anderen übertönt.

»Es reicht, verdammt nochmal! Seht ihr nicht, dass er tot ist?«

ACHT JAHRE ZUVOR

68

MATS

»Ich kann den Wettschein morgen abgeben«, sagt Krister mit Blick auf Lucifer, der gerade sein Bein an einer Straßenlaterne hebt. »Muss sowieso früh aufstehen und mit dem kleinen Monster hier raus.«

Ich betrachte den kleinen Terrier mit einem leichten Stich von Neid. Annika weigert sich kategorisch, einen Hund anzuschaffen. Findet, wir hätten nicht genug Zeit. Sie hat schon recht damit, dass wir nicht so oft zu Hause sind, aber ich könnte ihn ja mit in den Laden nehmen. Dem Hund würde es da super gehen, er könnte den ganzen Tag in der Kaffeeküche schlafen.

»Passt dir das wirklich?« Ich schaue wieder zu Krister. »Sonst erledige ich das von der Arbeit aus. Hatte ohnehin vor, morgen Vormittag kurz vorbeizufahren.«

»Ja klar, kein Problem.« Krister zieht Lucifer weiter. »Und du glaubst also an Liverpool und City?«

»Du weißt doch …« Ich unterdrücke ein Rülpsen. »Du weißt doch, dass ich an gar nichts glaube. Und was Fußball betrifft, vertraue ich dir voll und ganz.«

Er feixt.

»Das ist ja auch richtig so.«

Wir kommen an der Bushaltestelle vorbei und überqueren die Straße. Hier draußen ist die Amiralsgata menschenleer und verlassen, vor allem mitten in der Nacht. Krister geht geradeaus weiter.

»Ich schlage vor, wir drehen die Runde über den Fußweg bis zur

Kreuzung unten an der Kirche und dann den Husieväg entlang zurück«, sagt er.

Ich habe nichts gegen einen etwas längeren Spaziergang einzuwenden. Nach dem vielen Whisky, den wir zum Schluss noch in uns reingekippt haben, kann ich die frische Luft gut gebrauchen.

»Aber nächste Woche …« Ich stolpere fast über die Leine, als Lucifer mir vor die Füße läuft. »Aber nächste Woche bestimme ich.«

»Auf jeden Fall.« Krister wechselt die Seite. »Seit wie vielen Jahren machen wir das jetzt eigentlich schon so?«

Ich rechne kurz zurück. Wir haben mit den Wetten an einem Abend in Göteborg angefangen, der noch milder war als der heutige. Die Jungs waren dreizehn und spielten um den Gothia Cup. Wir Eltern feierten den unerwarteten Sieg gegen eine brasilianische Mannschaft mit einer kleinen Kneipentour, und irgendwann an diesem Abend wurde die Idee geboren, eine private Wettgemeinschaft zu gründen. Mittlerweile sind nur noch Krister und ich übrig geblieben. Wir weigern uns, online zu spielen, geben unsere Wettscheine jeden Samstag persönlich ab.

»Sechs.« Ich schaue Lucifer zu, der offenbar eine interessante Duftspur im Gras neben dem Bürgersteig entdeckt hat. »Wir spielen seit sechs Jahren.«

»Dann wird es langsam wirklich Zeit, dass es sich auszahlt«, sagt Krister und biegt nach links auf den Fußweg ab.

Die Sommercups waren immer schön. Mehrere Jahre in Folge reisten wir an verschiedene Orte in Schweden und Dänemark, um unsere Söhne anzufeuern. Und wir waren eine super Elterntruppe. Krister kann manchmal ein bisschen besserwisserisch sein, aber er ist immer unterhaltsam und weiß ein gutes Bier zu schätzen. Außerdem hat er, im Unterschied zu Annika und vielen anderen, den Sport der Jungs nie mit diesem blutigen Ernst betrachtet. Wenn Massoud dagegen mit seinem Taktikgerede anfängt, ist er unerträglich. Genau wie Leif, Hampus' Vater. Aber nett sind sie trotzdem.

Ungefähr im selben Moment, als wir den Fußweg erreichen, höre ich Motorengeräusche auf der Amiralsgata. Es kommt schnell näher. Und es ist ein kräftiger Motor. Die Scheinwerfer flackern hinter den Bäumen an uns vorbei.

»Mann, hat der es eilig«, sagt Krister.

Seine Lippen bewegen sich noch, aber der Rest seines Satzes geht schon im Quietschen der Reifen unter. Der Fahrer reißt den Wagen völlig unvermittelt nach rechts herum, und ich sehe gerade noch, dass es ein Cabriolet ist. Das Auto schießt über die Wiese und rast in irrsinnigem Tempo auf den Fußweg zu. Auf einen dumpfen Schlag folgt ein lautes Krachen, als eine Straßenlaterne direkt vor dem provisorischen Fußballplatz der Fahrt ein jähes Ende setzt. Das linke Vorderrad ist am Rand des Grabens zum Stehen gekommen und der Wagen neigt sich bedenklich.

Für einen kurzen Moment stehen wir wie versteinert da und starren das Autowrack an. Dann rennen wir los.

»Scheiße!«, keucht Krister. »Was für ein verdammter Idiot.«

Mir schießen ähnliche Gedanken durch den Kopf, aber ich bringe kein Wort heraus. Ich bin ein paar Schritte hinter ihm, und meine Panik wächst. Blut war noch nie mein Ding. Ich fürchte mich vor dem Anblick, der uns womöglich erwartet, und fühle mich schlagartig stocknüchtern.

»Mist!« Krister dreht sich um. »Ich habe kein Telefon dabei. Hast du dein Handy eingesteckt? Wir müssen ja den Notruf verständigen …«

Ich habe es schon aus der Tasche gezogen und will gerade die 112 wählen, als Krister die Hundeleine fallen lässt und zu dem Auto stürzt.

»William! O mein Gott! William!«

Ich trete geistesgegenwärtig auf die Leine, hebe sie auf und zwinge mich weiterzugehen. Als ich näher komme, sehe ich, dass Krister recht hat. Direkt vor dem zerbeulten Cabrio liegt William. Und er rührt sich nicht.

»William?« Krister war Sanitäter beim Militär und reagiert schnell, bringt seinen Sohn in die stabile Seitenlage. »William? Hörst du mich?«

Der Junge gibt keinerlei Lebenszeichen von sich, und ich kämpfe gegen die aufsteigende Übelkeit an. Die Scheinwerfer des Autos sind erloschen, und die Sommernacht ist eigenartig still. Passiert das alles hier gerade wirklich?

»Er atmet«, sagt Krister vor mir auf dem Fußweg. »Aber er ist bewusstlos. Hast du angerufen?«

»Nein …«

Mein Körper scheint den Kontakt zu meinem Verstand verloren zu haben. Oder mein Gehirn hat einfach aufgehört, Signale weiterzuleiten. Lucifer zerrt kläffend an der Leine. Ich versuche, mein Handy einzuschalten, ohne den Hund loszulassen, aber meine Finger gehorchen nicht, fühlen sich an, als wären sie aus Beton.

»Papa?«

Die Leine rutscht mir aus der Hand. Die Stimme kommt aus dem Graben vor der eingedrückten Motorhaube und gleicht eher einem Flüstern – aber es besteht überhaupt kein Zweifel daran, wem diese Stimme gehört. Ich sehe mich suchend um und schnappe nach Luft. Nur wenige Meter vor dem demolierten Auto im hohen Gras liegt er. Erik.

Ich mache ein paar große Schritte, sinke auf die Knie und höre es knirschen, realisiere, dass überall Glassplitter liegen. Auf den ersten Blick sieht es nicht so aus, als hätte Erik größere Verletzungen, aber er blutet stark aus einer Platzwunde über der Augenbraue.

»Um Gottes willen, was ist denn passiert? Hast du Schmerzen?«

»Nein …« Er schluckt. »Oder doch … Meine Schulter. Ich …«

»Bleib liegen«, sage ich. »Vielleicht ist sie nur ausgekugelt, aber das soll sich ein Profi anschauen, ja?«

»Ist …« Eine Träne rinnt Eriks Wange hinunter. »Ist er tot?«

69

ERIK

»Nein. Nein, er lebt. William ist bewusstlos, aber er lebt.« Papa streicht mir über den Kopf. »Mach dir keine Sorgen, Junge.«

»Aber …«

Die Panik pocht in meiner Brust. Ganz in der Nähe bellt ein Hund, wahrscheinlich Lucifer. Papa steht auf, sein Blick irrt suchend herum.

»Erik, hier ist überall Glas«, sagt er. »Rühr dich nicht von der Stelle. Ich muss nur …«

»Geh nicht!« Ich strecke die Hand aus und bekomme Papas Hosenbein zu fassen. »Ich meine nicht William. Der Mann auf dem Fußweg …« Ich muss eine Pause machen, muss Tränen und Rotz herunterschlucken. »Wir haben ihn überfahren.«

Papa starrt mich an.

»Wen?«

Ich schlucke wieder.

»Einen Mann. Ich weiß es nicht… Er war auf dem Fußweg.« Die Tränen müssen raus, ich kann sie nicht länger zurückhalten. »Es war … Es war keine Absicht, Papa. Ich … wirklich nicht. Er war einfach da …«

»Mats! Komm her!«

Krister ist also auch hier. Papa dreht sich nach ihm um, aber dann schaut er mich wieder an.

»Bleib ganz still liegen, okay?«

Er verschwindet außer Sicht, und ich schließe die Augen. Meine linke Schulter tut höllisch weh. Ein bohrender Schmerz, der in Wellen kommt und geht. Ich höre Papa und Krister leise reden, aber ich kann nicht verstehen, was sie sagen. Es ist vor allem Krister, der spricht. Er klingt energisch, vielleicht sogar wütend. Papa murmelt. Ich fühle mich dumpf, stehe wahrscheinlich unter Schock, aber ich tue, was Papa gesagt hat, und bleibe ganz still liegen. Hebe nur die rechte Hand ein wenig und taste nach meiner Augenbraue, fasse in klebriges Blut.

»Erik?«

Ich öffne die Augen. Papa und Krister schweben über mir. Ihre Gesichter sind zwei helle Kreise vor dem lilablauen Himmel. Krister geht neben mir in die Hocke.

»Wie fühlst du dich, Junge?« Er schaut über die Schulter, wartet nicht auf meine Antwort. »Dein Vater und ich haben uns unterhalten, und ... wir denken, dass es klüger ist, wenn wir das hier für uns behalten. Zu eurem Besten.«

Sein Mund verzieht sich zu einer boshaften Grimasse, wird zu einem teuflischen Grinsen mit spitzen Zähnen. Ich blinzle.

»Wie ... wie meinst du das?«

»Das wird dir dein Vater später erklären.« Er tätschelt mir hastig den Kopf und steht wieder auf, dreht sich dann zu Papa um. »Du hast den Krankenwagen noch nicht gerufen, oder?«

Papa schüttelt wie in Trance den Kopf, sieht völlig weggetreten aus.

»Gut.« Krister schiebt ihn ein Stück weg und fährt fort: »Denn jetzt muss es verdammt schnell gehen.«

Es regt sich kein Wind, und um uns herum ist es still wie im Grab. Ich höre die beiden so deutlich, als würden sie direkt neben mir stehen.

»Du bleibst bei den Jungs«, sagt Krister. »Warte eine Viertelstunde, dann verständigst du mit dem Handy des Mannes die 112. Vergiss nicht, es hinterher irgendwo verschwinden zu lassen. Falls William zu sich kommt, schaust du, wie es ihm geht, und erzählst ihm exakt, was wir besprochen haben. Ruf mich sofort an, wenn sich sein Zustand verschlechtern sollte. Und sobald du den Krankenwagen siehst oder hörst, haust du hier ab. Aber so, dass dich niemand bemerkt.« Für einen Moment schweigen beide. »Sind wir uns einig?«, fragt er dann.

»Klar«, sagt Papa. »Absolut.«

»Und jetzt setz dich hin, verdammt. Sonst kann man dich von der Straße aus sehen.«

Kurz darauf höre ich Krister laut fluchen, während der Hund wie wahnsinnig bellt.

»Erik, hör mir jetzt ganz genau zu.« Papa ist zurück und hat sich neben mich gehockt. Er wirkt etwas gefasster. »In ein paar Minuten kommen die Sanitäter und die Polizei. Du erzählst ihnen nichts von dem Mann. Kein Wort. Vergiss ihn. Tu einfach so, als hätte es ihn nie gegeben.«

»A… aber …«

»Bleib ganz ruhig.« Papa nimmt meine Hand. »Krister und ich kümmern uns um alles. Bleib ganz ruhig liegen, bis Hilfe kommt, den Rest regeln wir. Ihr habt ein Auto geschrottet, aber ihr habt keinen Menschen überfahren, okay?«

70

MATS

Seit ich den Notruf gewählt habe, kriechen die Minuten dahin, aber dann höre ich endlich ein Fahrzeug kommen. Das Martinshorn ist nicht an, aber die Motorengeräusche verraten, dass es kein normales Auto ist. Vielleicht trifft die Feuerwehr vor dem Krankenwagen ein, die Feuerwache ist schließlich nur ein paar hundert Meter von hier entfernt.

»Vergiss nicht, was wir besprochen haben.« Ich drücke Eriks Hand. »Und erzähl um Himmels willen niemandem, dass Krister und ich hier gewesen sind.«

Meinem Sohn steht die Panik ins Gesicht geschrieben. Er hält krampfhaft meine Finger fest, und ich will ihn nicht alleinlassen. Jede Faser meines Körpers sträubt sich dagegen, aber die grellen Scheinwerfer kommen immer näher, und ich muss jetzt weg, ehe es zu spät ist.

»Wir sehen uns bald, mein Großer … im Krankenhaus. Sie geben dir sicher gleich etwas gegen die Schmerzen in der Schulter.«

Ich muss meine Hand mit sanfter Gewalt aus seiner Umklammerung befreien, werfe mich flach ins hohe Gras und krieche auf das niedrige Gehölz zu, das den provisorischen Fußballplatz von der Straße abschirmt.

»Papa! Papa, wohin gehst du?«

Eriks Rufen bricht mir das Herz, aber ich beiße die Zähne zusammen, mein Mund schmeckt nach Blut, und ich robbe weiter, bete im Stillen, dass er dichthalten wird.

Kriechen im Gelände. Ich hätte nie gedacht, dass diese Übung aus dem Wehrdienst mir im zivilen Leben jemals von Nutzen sein würde. Und ich kann mich nicht daran erinnern, dass es so verflucht anstrengend war. Kleine Steine und spitze Zweige zerkratzen meine nackten Unterarme, ständig stoße ich mir die Knie an hochstehenden Wurzeln und was weiß ich nicht allem. Aber ich kann nicht anhalten, darf nicht anhalten. Muss weiter. Muss weg.

Erst als mehrere Baumreihen zwischen mir und der Unfallstelle liegen, wage ich, eine Pause zu machen. Ich setze mich auf, drehe mich um und verspüre eine gewisse Erleichterung. Erik und William bekommen jetzt Hilfe, zwei Personen in neongelben Uniformen gehen zügig um das Auto herum.

Das Auto, ja. Erst sah ich nur ein zerstörtes Cabrio. Dann, als ich neben Erik wartete, wurde mir bewusst, dass es Leif Olssons frisch restaurierter BMW ist. Der Wagen wurde irgendwann Mitte der Achtziger gebaut, hat also keine Airbags, aber immerhin Sicherheitsgurte – die unsere Söhne dem Anschein nach allerdings nicht angelegt hatten.

Dieses Auto ist Leifs ganzer Stolz. Ich begreife einfach nicht, wieso Erik und William in diesem Wagen saßen. Ich kann mir natürlich denken, dass sie den BMW bei Hampus zu Hause gesehen haben und irgendwann im Laufe des Abends probesitzen durften. Aber wie zur Hölle konnten sie so unglaublich dumm sein, damit wegzufahren? Und warum hat sie niemand daran gehindert? Waren auf dieser Party denn alle sinnlos besoffen? Erik kam mir gar nicht so betrunken vor. Ein wenig verwirrt vielleicht, aber das lag vermutlich auch am Schock. Was William betrifft, lässt es sich schwer sagen. Ist er bewusstlos, weil er so viel intus hat? Oder ist er mit dem Kopf auf den Boden aufgeschlagen und hat erst durch den Aufprall das Bewusstsein verloren?

Ich höre irgendwo einen Zweig knacken und zucke erschrocken zusammen, versuche, nicht darüber nachzudenken, was das bedeuten könnte. Will nicht wissen, ob Krister noch in der Nähe ist. Will ihn, um ganz ehrlich zu sein, überhaupt nie wiedersehen.

Im selben Moment wird mir bewusst, was wir getan haben. Was wir – hier und jetzt gerade – tun. Die Erkenntnis schnürt mir die Brust zusammen, ich schnappe nach Luft. Ich kippe auf den Rücken, bleibe liegen und suche durch das dichte Laub nach dem Himmel. Vielleicht suche ich auch nur nach einem Lichtstreifen, einer Art Hoffnungsschimmer.

Das hier ist Wahnsinn. Es ist vollkommen krank, es wird niemals funktionieren. Wie sollen wir je wieder irgendjemandem in die Augen schauen? Das bedeutet doch, dass wir alle anlügen müssen, die wir kennen. Für den Rest unseres Lebens.

Ich zwinge mich aufzustehen, gehe zwischen den Bäumen weiter, abseits von Radwegen und Straßen in Richtung der Jägersros-Trainingsbahn. Tagsüber finden dort Trabrennen statt, aber um diese Uhrzeit ist dort sicher keine Menschenseele unterwegs.

Das Dickicht wird immer undurchdringlicher. Ich bleibe mit dem Hosenbein an einem dornigen Busch hängen und stürze fast, aber ich halte mich aufrecht, kämpfe mich weiter vorwärts. Als mein Handy klingelt, bleibt mir vor Schreck fast das Herz stehen. Ich brauche eine halbe Ewigkeit, bis ich es endlich aus meiner Tasche gezerrt habe und den Ton abstellen kann. Auf dem schwarzen Bildschirm leuchtet mir Annikas Name entgegen. Zur Sicherheit schalte ich das Telefon ganz aus, falls jemand auf die Idee kommen sollte, meinen Standort zu tracken. Was ganz sicher niemand tun wird, warum auch.

Der Sand auf der Trabrennbahn ist weich. Ich folge dem breiten, sorgsam geharkten Weg und erreiche den Tunnel, durch den die Trabergespanne von den Höfen östlich der Anlage auf die Bahn kommen. Unbehelligt auf der anderen Seite des Elisedalsväg angekommen, gehe ich im Schutz der Bäume zurück in Richtung Moor.

Die Kreuzung an der Kirche ist aus allen Richtungen einsehbar. Sie zu überqueren ist, als würde man eine beleuchtete Arena betreten. Ich ducke mich hinter einen Baum, betrachte aus meinem Versteck die Szenerie. Auf der linken Seite sehe ich blinkendes Blaulicht, aber ich habe keine Wahl, ich muss weiter und der Straße folgen. Widerwillig schlage ich ein langsameres Tempo an, um keine Aufmerksamkeit zu erregen.

Erst als die Vegetation wieder dichter ist, fange ich an zu rennen. Das Frühjahr war trocken, der Boden ist also nicht sumpfig, aber es gibt eine Menge Grasbüschel und Löcher. Ein paarmal stolpere ich fast kopfüber ins Unterholz, aber ich schaffe es, mich abzufangen, und bleibe erst wieder stehen, als ich am Seeufer ankomme.

Meine Gedanken wirbeln wie ein Tornado, rasen in einer wahnsinnigen Geschwindigkeit durch meinen Kopf. Soll ich noch ein Stück weitergehen? Soll ich eine Stelle wählen, die nicht so dicht am Spazierweg liegt? In einem Moment der Klarheit sehe ich die Antwort deutlich vor mir: Nein. Das Einzige, worauf es jetzt ankommt, ist, so schnell wie möglich von hier zu verschwinden.

Ich zerre das Handy des Mannes aus der Tasche und schleudere es in das schwarze Wasser. Auf das leise Platschen folgt das erschrockene Krächzen eines Vogels irgendwo im Schilf. Dann kehrt Stille ein.

DIE HOCHZEIT

71

ANNIKA

Rufe und Schreie klingen durch den dunklen Park, hallen zwischen den Bäumen wider wie aufgescheuchte Fledermäuse. Unter all den aufgeregten Stimmen tritt Nikes am deutlichsten hervor. Ich kann sie nicht sehen, sie muss sich auf der anderen Seite der Menschenansammlung befinden, und ich verstehe auch nicht, was sie sagt, höre nur ihre Verzweiflung heraus.

Ein harter Stoß in den Rücken lässt mich taumeln. Mats hat die Abkürzung über die Wiese genommen und schiebt sich ohne ein Wort an mir vorbei, schleudert seinen Frack ins Gras und rennt weiter. Ich hefte mich an meinen Exmann, aber es fällt mir schwer, mit ihm Schritt zu halten. Für einen untrainierten, angetrunkenen Mann Ende fünfzig ist er überraschend schnell.

Und dann ist Schluss. Wir stehen auf einem schmalen Pfad, der zum Meer hinunterführt, und rechts von uns endet der sanfte Hang in einer steilen, grasbewachsenen Böschung.

»Nein!«, brüllt Mats. »O Gott, nein!«

In seiner Stimme schwingt das Echo einer Geschichte mit, die ich schon einmal erlebt habe. Meine Füße sind wie festgewachsen, und ich starre auf das weiße Hemd, das sich über Mats' Rücken spannt. Die Stimmen um uns herum werden immer hysterischer. Ich zwinge meine Beine, zur Seite zu gehen, werfe einen Blick nach unten und schnappe nach Luft.

Drei Meter unter uns, am Fuß der Böschung, liegt Erik. Er ist aus dem Rollstuhl gefallen, ein Arm ist unnatürlich abgewinkelt. Hampus, Krister und Sanja stehen ein Stück abseits und sehen zu, wie Nike rhythmisch ihre Handflächen auf Eriks Brustkorb presst. Ich weiß, dass ich etwas sagen sollte, aber ich bringe kein Wort heraus. Als Mats die Böschung hinunterschlittert, folge ich ihm, so schnell ich kann.

»O Gott!«, ruft er und sinkt neben Erik auf die Knie. »O Gott! Was ist mit ihm?«

Hampus stellt sich zu uns.

»Sanja hat ihn hier gefunden«, sagt er. »Aber niemand scheint gesehen zu haben, wie es passiert ist.«

Während ihr die Tränen das Gesicht herunterlaufen, macht Nike unbeirrt mit ihren Wiederbelebungsversuchen weiter. Ich friere und merke, dass mir schlecht wird. Will mich auf Erik werfen, ihn hochziehen, in den Rollstuhl setzen, will schreien, dass er mit dem Blödsinn aufhören soll, aber ich stehe stumm daneben.

»Erik«, wimmert Mats. »Komm schon! Atme!«

Krister kommt dazu.

»Der Krankenwagen ist unterwegs.« Er zieht das Handy aus der Tasche und starrt auf das Display. »Warum dauert das denn so lang, verdammt.«

Ich sinke auf den Boden, nehme Eriks Hand. Mit der anderen Hand fahre ich sanft über den Stoff seines Fracks. Weit weg wummern die rhythmischen Bässe der Musik, die immer noch im Festsaal läuft.

»Was zur Hölle?!«

Eine kräftige Männerstimme dringt durch das Gewirr. Schwere Schritte kommen hinter mir die Böschung herunter, und im nächsten Augenblick hockt William neben Nike.

»Shit. Shit. Shit.« Er fährt sich mit den Fingern durch die dunklen Haare. Die sonst so gepflegte Frisur hat sich aufgelöst, Strähnen hängen ihm ins Gesicht. »Was ist passiert?« Seine Stimme bricht. »Was zur Hölle ist mit ihm passiert?«

Ich betrachte William, der weiter mit Nike redet, sehe, wie er aufsteht, das Handy schon so gut wie am Ohr, und dann zu den anderen drei hastet.

»Wisst ihr irgendwas?«, ruft er. »Habt ihr gesehen, wie es passiert ist?«

In diesem Moment wird mir alles klar. Es ist, als würde man eine Saite überspannen, und plötzlich reißt sie. Ein lautes Rauschen schwillt in meinem Kopf an, wird mit jeder Sekunde lauter. Ich höre nicht mehr, was die anderen sagen, sehe nur noch, wie sich ihre Lippen bewegen.

Das Rauschen vermischt sich mit Mats' unterdrücktem Schluchzen. Ich stütze mich auf den umgekippten Rollstuhl und schaffe es, auf die Füße zu kommen, nehme dann Kurs auf die kleine Gruppe von vier Personen, die ein wenig abseits steht.

»Ich habe dich gesehen!« Meine Fäuste trommeln auf Williams Brustkorb. »Du hast es getan. Zum zweiten Mal!« Ich schreie aus vollem Hals. »Du hast ihn umgebracht! Du hast meinen Sohn umgebracht!«

72

EMILY

»Möchten Sie etwas trinken?«

Der große uniformierte Polizist hat mich zu seiner Kollegin gebracht, einer jungen Frau in Zivil. Sie trägt die blonden Haare zu einem dicken Zopf geflochten. Wir sitzen in einem kleinen Raum hinter der Bar, einer Art Büro. Die Frau, eine gewisse Jessika mit zwei Nachnamen, die ich schon wieder vergessen habe, studiert unsere Gästeliste.

»Ein Glas Wasser vielleicht?«

Der Große lässt nicht locker. In seinem Gesichtsausdruck spiegelt sich eine Mischung aus Sensationsgier und Mitleid. Ich will kein Wasser. Ich will nur, dass William herkommt, mich in den Arm nimmt und mir sagt, dass alles gut wird.

»Wo ist mein Mann?«

Mein Mann. Es ist ungewohnt, ihn so zu bezeichnen, aber es fühlt sich gut an. Der Zopf schaut von der Liste hoch.

»Er wird wohl im Speisesaal sein. Wir sind noch dabei, alle Gäste dort zu versammeln.«

Im Hintergrund ist ein gedämpfter Geräuschteppich aus Stimmen zu hören. Ab und zu wird das Gemurmel von Weinen oder Rufen durchbrochen.

»Können Sie ihn bitte holen?«

Tränen steigen mir in die Augen, und die Umrisse der Frau verschwimmen.

»Wir befragen alle einzeln nacheinander«, erklärt sie. »Ihr Mann ist nach Ihnen an der Reihe.«

»Ähm … Jessika.« Ein uniformierter Kollege steckt den Kopf durch die Tür. »Da ist ein Typ, der sagt, er müsse dringend nach Hause.«

»Er bleibt«, erwidert sie kurz. »Die Ausfahrt ist abgesperrt. Niemand verlässt das Schloss, ehe wir nicht mit allen gesprochen haben.«

»Was soll ich ihm sagen? Der Typ dreht total durch … Schreit irgendwas von Privatleben und Menschenrechten.«

Die Polizistin zuckt mit den Schultern.

»Erklär ihm, dass er die Ermittlungen behindert, wenn er einfach fährt. Und dass so etwas mit einem Bußgeld bestraft werden kann. Oder mit Gefängnis.«

Der Uniformierte grinst und verzieht sich wieder. Gleichzeitig kommt der Große zurück. Er stellt mir ein Glas Wasser hin und setzt sich neben seine Kollegin.

»Okay.« Der Zopf legt die Liste beiseite, nimmt ein Handy, tippt darauf herum und platziert es zwischen uns auf dem Tisch. »Befragung von Emily Brandt …«

»Nihlzén«, korrigiere ich sie.

Sie zieht die Augenbrauen hoch, fährt aber fort.

»Emily Nihlzén. Ebenfalls anwesend sind Jessika Borneklint Fager und Mohamad Karim, es ist 2.10 Uhr.« Sie sieht mich an. »Es tut mir sehr leid, was passiert ist. Und ich kann verstehen, wie belastend das hier für Sie ist. Aber wir müssen mit allen reden.«

Ich nicke, kann die Tränen nicht länger zurückhalten.

»A … aber …« Ich schließe die Augen, atme, mache sie wieder auf. »Sie denken doch nicht … Das muss doch ein Unfall gewesen sein!«

»Genau das versuchen wir herauszufinden«, sagt die Polizistin, die offenbar Borneklint Fager heißt. »Wann haben Sie Ihren Bruder zum letzten Mal lebend gesehen?«

Zum letzten Mal lebend.

»Das …« Meine Stimme kippt. »Das weiß ich nicht.«

Es gab eine Zeit, da habe ich meinen großen Bruder bewundert, da war er mein Idol. Die Tage, an denen ich mit Erik und seinen Freunden im selben Zimmer sein durfte, waren meine Glückstage. Die schönsten Abende waren die, an denen Erik mir meine Gutenachtgeschichte vorlas. Über viele Jahre ging das so, von dem Moment an, als mir bewusst wurde, dass es ihn gab, bis zu … Ja, wann hörte es auf?

Mein Bruder hatte viele Gesichter. Er war der Fußballspieler, verschwitzt und ehrgeizig. Der frischgebackene Schulabgänger in einem Krankenhausbett auf der Orthopädie. Der erwachsene Mann im Rollstuhl. Der Journalist, der den Kontakt abbrach, als William wieder in mein Leben kam. Ein Schauer läuft mir den Rücken hinunter, ich fange an zu zittern.

»Denken Sie nach«, sagt Borneklint Fager. »Es ist wichtig.«

Ich ersetze die alten Bilder von Erik mit den neuen, mit dem Erik von heute. Sein abgewandtes Gesicht, als William und ich vor der Pastorin standen, die seltsame Begründung, warum er nicht über Nacht bleiben wollte.

»Er sagte, dass er nach Hause fahren wollte«, flüstere ich.

»Nach Hause? Haben nicht alle Gäste ein Zimmer hier auf dem Schloss?«, fragt sie.

»Nicht alle, aber die meisten. Und natürlich hatte Erik eins, aber er wollte nicht bleiben. Er meinte, er sei die vielen Menschen nicht gewöhnt.«

Während der Vernehmung schreibt der große Polizist die ganze Zeit am Laptop mit. Seine Finger sind lang, sie fliegen förmlich über die Tastatur. Er tippt faszinierend schnell.

»Okay«, sagt Borneklint Fager. »Um wie viel Uhr war das?«

»Keine Ahnung.« Der Große hält inne. Ich spüre, dass er mich ansieht, löse den Blick von seinen Händen und schaue seine

Kollegin an. »Ich habe heute keine Uhr getragen. Und auch kein Handy bei mir gehabt.«

»Nur so ungefähr«, hakt sie nach. »War das vor oder nach der Torte?«

»Danach.« Mein Blick fällt nach unten, und ich sehe, dass ich die Hände auf den Bauch gelegt habe, als würde ich instinktiv versuchen, das Kleine zu schützen, das dort in mir wächst. »Vielleicht gegen elf. Oder halb zwölf. Ich … ich weiß es nicht genau.«

»Und als Sie ihn das nächste Mal gesehen haben …«

Jessika Borneklint Fager lässt den Satz in der Luft hängen, und ich muss mir einen Ruck geben, um den Kopf wieder zu heben.

»Da war er tot.«

73

MATS

»Ich verstehe das nicht …« Isobel kann nicht aufhören zu weinen. Die Wimperntusche hat schwarze Streifen auf ihren Wangen hinterlassen, und ihre Nase läuft. »Wie …?« Sie schüttelt den Kopf. »Ich kann nicht …«

Schluchzend sinkt sie mir in die Arme. Ich streichle ihr den Rücken und suche nach den richtigen Worten, aber ich weiß nicht, was ich sagen soll. Erik ist tot, und es war kein Unfall. Da bin ich mir sicher. Wäre er einfach nur mit einem Rad vom Pfad abgekommen, dann wäre der Rollstuhl nicht bis ganz nach unten gerollt, sondern einfach umgekippt. Dann hätten die Schlehen und das hohe Gras den Aufprall gedämpft. Jemand muss ihn die Böschung hinuntergestoßen haben.

Isobel verkriecht sich tiefer in meine Umarmung, ich grabe meine Nase in ihre schwarzen Haare und danke im Stillen demjenigen, der uns zusammengeführt hat. Nachdem Gott mich offenkundig verlassen hat, gilt dieser Dank meiner Schwiegermutter Rosita.

Ich hatte kaum ausgesprochen, dass ich die Scheidung will, da hatte Annika mich schon rausgeworfen. Rosita, meine treue Kassiererin und unersetzliche Hilfe im Laden, bot mir sofort die Wohnung ihrer Tochter Isobel an. Isobel war auf Fernreise in Südamerika und plante erst im Frühjahr, nach Schweden zurückzukommen. Ich packte ein paar Klamotten in eine von Eriks alten Sporttaschen und fuhr mit dem Bus in die heruntergekommene Zwei-Zimmer-Wohnung im Nobelväg. Annika bereute ihre Reaktion schon ziemlich bald und wollte, dass ich nach Hause zurückkomme. Aber das stand für mich nicht zur Debatte.

Abgesehen davon, dass ich den Kindern gegenüber natürlich schon ein schlechtes Gewissen hatte, genoss ich diese erste Zeit in Isobels Wohnung. Es war phantastisch, nach der Arbeit nichts als Stille um mich zu haben. Jede zweite Woche war Emily bei mir, aber sie legte mir keine langen To-do-Listen vor und hielt auch keine endlosen Monologe über den Unfall – es war wie ein Traum. Aber irgendwann holte mich die Wirklichkeit doch wieder ein. Ohne Annika hatte ich zwar ein Problem weniger, aber meine anderen, viel größeren Probleme waren ja immer noch da.

Isobel zu trösten hält meine eigene Verzweiflung auf Abstand, und während ich langsam ihren Rücken streichle, versuche ich, meine Gedanken zu sammeln. Die Situation ist entsetzlich, aber für jemanden, der die Hintergründe kennt, kaum überraschend. Erik war psychisch labil, und er schien fest entschlossen zu sein, unser Geheimnis offenzulegen. Wusste Krister davon? Hatte Erik die Gelegenheit, mit einem der Betroffenen zu reden, und falls ja, mit wem? Die Antwort liegt auf der Hand: Wenn Erik jemanden angesprochen hat, dann William. William war am Unfall beteiligt gewesen, aber er weiß nicht, was in jener Nacht wirklich vorgefallen ist. Ich kann und will nicht glauben, dass mein Schwiegersohn etwas mit Eriks Tod zu tun hat, aber in diesem Moment vertraue ich niemandem.

Der große Speisesaal des Schlosses ist voll mit Hochzeitsgästen. Der Nihlzén-Clan besetzt die eine Ecke des Raums, aber Krister ist viel zu unruhig, um still zu sitzen. Er tigert die ganze Zeit auf und ab, redet lautstark auf alle ein, die ihm in die Quere kommen, verwendet Wörter wie »Skandal« und »Katastrophe«. Vielleicht ist das ein Versuch, die Aufmerksamkeit in eine andere Richtung zu lenken?

William sitzt zwischen Gittan und einem Cousin, einem der

Brautführer. Sie unterhalten sich leise, und alle drei sehen erschüttert aus, aber das ist kein Beweis dafür, dass William unschuldig ist.

Fariba hat sich zu Annika gesetzt. Schön, dass sich jemand anderes erbarmt. Annika hatte unten im Park einen völligen Nervenzusammenbruch, hat auf William eingeschlagen und geschrien, er sei ein Mörder. Ich kann mir vorstellen, dass sich nach dieser Szene kaum noch jemand in ihre Nähe traut.

»Hallo, darf man fragen, was das soll?« Dieser aufgeblasene Schriftsteller, Karl Forselius, legt schon wieder los. Erst vor ein paar Minuten hat er sich lautstark über unrechtmäßige Freiheitsberaubung beschwert, und offensichtlich konnte der junge Polizeibeamte ihn nicht beruhigen. »Wie lange wollen Sie uns noch hier festhalten? Wenn wir alle einzeln verhört werden, sitzen wir ja morgen früh noch hier!«

Cissi springt auf. Sie versucht, Forselius an einen der Tische zu lotsen, aber er zieht verärgert seine Hand weg.

»Ich muss hier raus!«, brüllt er. »Ich ertrage dieses Rumgesitze nicht mehr, verdammte Scheiße!«

William steht auf und ist mit wenigen schnellen Schritten bei seinem Freund.

»Karl. Reiß dich zusammen, Mann. Du wolltest doch sowieso erst morgen nach Hause fahren. Emilys Bruder ist tot, und das Mindeste, was wir jetzt tun können, ist, der Polizei zu helfen.«

Die anderen Gäste in der Nähe murmeln zustimmend.

»Darf ich mich zu euch setzen?«

Nike steht vor uns. Ihre Augen sind dick geschwollen und verheult.

»Natürlich«, sage ich und zeige auf den freien Stuhl neben mir. »Setz dich.«

Sie lässt sich fallen, zieht ein Taschentuch aus ihrer Handtasche und schnäuzt sich.

»Mein Beileid …«, sagt sie dann. »Wie geht es euch?«

»Darüber will ich gerade noch gar nicht so genau nachdenken«, antworte ich wahrheitsgemäß. »Und du, wie geht es dir?«

Die Frage lässt Nike völlig zusammenbrechen. Ein Heulkrampf schüttelt sie, und ich würde sie gern in den Arm nehmen, nur müsste ich dafür Isobel loslassen, und so endet es damit, dass ich ihr unbeholfen die Schulter tätschle.

»Ich bin schuld«, schluchzt sie. »Ich war es! Alles ist meine Schuld.«

»Deine Schuld?« Ich sehe sie an. »Wieso solltest du schuld daran sein?«

»Weil ...« Sie schnieft. »Weil ich Erik dazu überredet habe herzukommen. Er wollte es wirklich nicht, aber ich ...« Sie verbirgt das Gesicht in den Händen, wimmert. »Ich ... Ich habe ihm die ganze Zeit damit in den Ohren gelegen.«

»So darfst du nicht denken«, murmele ich und tätschle wieder ihre Schulter. »Und du warst ja auch nicht die Einzige, die ihn bearbeitet hat.«

Mir fällt das Telefonat vom Vormittag wieder ein. Höre Eriks flehende Stimme, ihm diesen Tag zu ersparen, und mich selbst, wie ich ihn zwinge weiterzufahren. Mein Blick wandert zu den großen Fenstern hinüber. Es ist schwarz dort draußen, aber unten im Park ist ein schwacher Lichtschein zu sehen, der sicher von den Scheinwerfern der Polizei kommt.

»Ich ...« Nike nimmt die Hände vom Gesicht und greift wieder nach dem Taschentuch. »Ich weiß nicht, warum...« Sie schnäuzt sich und knüllt das Papiertaschentuch zu einem kleinen Ball zusammen. »... aber er war heute so anders als sonst. Also, er hatte ja schon immer gute und schlechte Tage, aber so wie heute habe ich ihn noch nie erlebt. Er war ...« Sie verstummt. »Irgendwie verzweifelter«, sagt sie nach einer kurzen Pause. »Aber er war auch die ganze Nacht auf und hat irgendetwas geschrieben. Vielleicht war er einfach übermüdet?«

»Vielleicht«, sage ich.

»Ich verstehe es einfach nicht«, fährt sie fort. »Wir wollten nach Hause fahren. Er saß auf dem Vorplatz und hat sich mit William unterhalten und …«

Ich stutze.

»Was hast du gesagt?«

Sie blinzelt ein paarmal.

»Er hat sich mit William unterhalten. Er …«

»Wann war das?«, unterbreche ich sie. »Hast du Erik danach noch mal gesehen?«

Ich stelle Nike weitere Fragen, bis die Situation einigermaßen klar für mich ist, schaue ihr dann fest in die Augen und sage so ruhig wie möglich: »Versprich mir, dass du das der Polizei erzählst. Es könnte wichtig sein.«

74

EMILY

Als William endlich von der Vernehmung zurückkommt, entgleitet mir alles. Ich stolpere durch den Speisesaal und falle ihm in die Arme.

»Liebling«, murmelt William in meine Haare. »Mein armer kleiner Liebling. Wie fühlst du dich?«

Mein Hals ist voller Tränen und Schleim, aber das ist nicht der einzige Grund, warum mir die Antwort in der Kehle stecken bleibt. Meine Gedanken kreisen wie wild. Sie drehen sich immer schneller, rasen in alle Richtungen gleichzeitig davon.

»Ich weiß es nicht.« Ich schluchze in den schwarzen Stoff seines Fracks. »Erik …« Die Tränen laufen in Strömen. »Erik …« Ich schlucke. »Er ist tot!«

William drückt mich fester an sich. »Ich weiß. Es ist so unwirklich. Ich kapiere das alles noch gar nicht.«

Erik. Sein Name schrillt in meinem Kopf wie ein durchdringender Dauerton. Wir standen uns nicht besonders nah, aber wir waren Geschwister und haben unsere Kindheit gemeinsam verbracht. Jetzt bin ich allein mit Mama und Papa. Es ist so unendlich traurig.

Wer weiß, ob er nicht versöhnlicher gewesen wäre, wenn er gewusst hätte, dass er Onkel wird. Vielleicht hätte ein zahnloses Babylächeln ihn umgestimmt und ihn irgendwann sogar dazu gebracht, den Vater des Kindes zu akzeptieren. Aber auf diese Fragen werden wir nie eine Antwort bekommen. Warum nur ist das alles so gekommen?

»Komm.« William bringt mich in die Lobby, zu einem Sofa ganz hinten in der Ecke. »Setz dich hier hin, ich besorge uns etwas zu trinken, bevor wir in unser Zimmer gehen. Was möchtest du? Tee? Wasser? Whisky?«

Ich schüttele den Kopf. Ich will nichts trinken. Will überhaupt nichts mehr. Will nur, dass dieser Albtraum ein Ende hat.

Er eilt zurück in den Speisesaal, und ich schließe die Augen, will alles und alle um mich herum vergessen, aber ich komme nicht gegen die Sturzflut aus Stimmen und Bildern an, die über mich hereinbricht. Szenen vom Tag flimmern vor meinem inneren Auge vorbei, Gesprächsfetzen werden wie Tonbandaufnahmen in meinem Kopf abgespielt. Sie lassen mich keine Sekunde in Ruhe, laufen ununterbrochen weiter wie ein ruckelnder Film mit asynchronem Ton.

Als ich William draußen im Park mit seinem merkwürdigen Verhalten konfrontierte, wollte er mir zuerst nicht erzählen, worüber Krister und er gesprochen hatten.

»Emily, bitte«, sagte er mit Tränen in den Augen. »Können wir das nicht morgen klären? Wenn wir wieder zu Hause sind?«

Ich zog ihn noch ein Stück tiefer zwischen die Bäume.

»Weißt du«, sagte ich. »Eigentlich ist es mir scheißegal, worum es geht. Aber wenn du es mir nicht erzählst, bin ich wirklich enttäuscht. Wir haben uns heute ein Versprechen gegeben. Bedeutet das gar nichts für dich?«

Und da – nachdem ich ihm hoch und heilig geschworen hatte, niemandem etwas zu verraten – fing er an zu reden.

Krister hatte zunächst geleugnet, dass es noch mehr über den Unfall zu sagen gebe. Aber als William ihm klargemacht hatte, dass er die Wahrheit wissen wollte und notfalls eben zu Erik gehen würde, um Antworten zu bekommen, war Krister eingeknickt. Sie waren allerdings mehrmals gestört worden und hatten es nicht geschafft, ihr Gespräch vor dem Abendessen zu Ende zu bringen.

Deshalb hatte William Krister mitten im Hauptgang mit nach draußen genommen. Er war schockiert und wollte mehr erfahren.

»Verstehst du?« William sah mich verzweifelt an. »Wir haben jemanden totgefahren … Einen Menschen aus Fleisch und Blut. Und statt die Polizei zu rufen, haben sie alles vertuscht und die Leiche verschwinden lassen. Wie in einem schlechten Horrorfilm.«

»Was heißt das? Wer hat die Leiche verschwinden lassen?« Ich zitterte. Vielleicht weil sich der Satz, den ich gerade gesagt hatte, so fremd anfühlte. Oder weil ich schon so lange mit nackten Schultern im Freien stand. »Du warst bewusstlos und Erik gelähmt. Ihr habt doch hilflos im Gras gelegen.«

»Unsere Väter«, sagte William leise. »Krister und Mats haben die Leiche irgendwo in Häckeberga vergraben.«

Ich schnappte nach Luft.

»Papa hat das getan? *Mein* Papa?« Meine Knie wurden weich, und ich musste mich an William klammern, um nicht hinzufallen. »Und Erik wusste das die ganze Zeit?«

»Es sieht so aus.« William seufzte. »Es ist so dermaßen krank und abgefuckt. Mein Vater sagt, sie hätten es für uns getan. Damit wir nicht ins Gefängnis kommen.«

»Aber das warst du doch trotzdem«, protestierte ich. »Du warst im Gefängnis.«

»Ja, aber nur für drei Monate.«

»Und wie geht es jetzt weiter?«, fragte ich und ließ seinen Arm los. »Was willst du tun? Was sollen *wir* tun?«

Er fuhr sich mit der Hand durch die Haare, lief im Gras auf und ab wie ein Tiger im Käfig.

»Nichts, denke ich. Laut meinem Vater kennen nur er, Mats, Erik und ich die ganze Geschichte. Und du jetzt auch …« Er lächelte freudlos. »Der einzige Weg ist wohl, weiterhin dichtzuhalten.«

Wieder durchfuhr mich ein kalter Schauer, und ich versuchte zu verstehen, was ich gerade erfahren hatte. Konnte es nicht begreifen. Papa. Mein liebster Papa. Er sollte eine Leiche vergraben haben? Die Vorstellung war bizarr. Mein ganzer Körper sträubte sich dagegen, ich wollte zu ihnen rennen und sie anschreien, alle drei. Aber ein Versprechen ist ein Versprechen. Ich rieb mit den Händen über die Gänsehaut an meinen Armen, hoffte auf ein bisschen Wärme.

»Wer war es?«

William runzelte die Stirn.

»Wer war wer?«

»Wer war das Opfer? Der Mann, den ihr überfahren habt.«

»Ein alter Mann.« William schaut nach unten. »Sie sind nicht ganz sicher, aber mein Vater sagt, dass etwa zwei Wochen nach dem Unfall eine Vermisstenmeldung in der Zeitung stand. Es wurde ein alleinstehender Rentner aus Klågerup gesucht. Eine Arztpraxis hatte Alarm geschlagen, nachdem er nicht zu einem Termin erschienen war. Es gab mehrere Suchaktionen in der Umgebung, aber Papa meint, es könne natürlich genauso gut sein, dass er in den falschen Bus gestiegen ist und in Husie gestrandet war.«

»Ich fasse es nicht!« Ich konnte meine Wut nicht mehr zurückhalten. »Wie konnten sie einfach den Mund halten, obwohl sie wussten, dass nach dem Mann gesucht wurde? Vielleicht hatte er Kinder? Oder andere Angehörige?«

»Pst! Nicht so laut.« William sah sich hastig um. »Hör zu. *Ich* habe den Mann nicht vergraben. Und er scheint auch keine Angehörigen gehabt zu haben …«

»Das mag ja sein«, unterbrach ich ihn. »Aber das konnten sie zu dem Zeitpunkt ja nicht wissen.«

»Das stimmt.« William zog mich an sich, versuchte, meine frierenden Arme unter seiner kurzen Frackjacke zu wärmen, aber so richtig gelang es ihm nicht. »Überhaupt muss man sagen, dass sie echt Glück hatten, denn soweit ich weiß, wurde der Fall zu den Akten gelegt.« Er sah mir in die Augen, hielt meinen Blick fest. »Denkst du, ich sollte zur Polizei gehen und Selbstanzeige erstatten?«

Ich konnte William ansehen, wie sehr es ihn quälte. Er war ganz zerrissen zwischen dem Wunsch, das Richtige zu tun, und der Angst, alles zu verlieren. Er sprach es nicht laut aus, aber ich wusste, dass er sich nicht nur vor dem Gefängnis fürchtete und davor, von mir getrennt zu sein, sondern auch an seinen Ruf dachte, an die Firma und den bevorstehenden Börsengang.

»Ich weiß es nicht«, sagte ich schließlich. »Aber wie gesagt: Du wusstest von alldem nichts, und du hast deine Strafe schon verbüßt. Soll die hirnverbrannte Idee unserer Väter dein Leben noch weiter zerstören?« Ich dachte an unser Kind. Daran, dass wir Eltern werden, dass unsere Eltern Großeltern werden. Ich sah William an. »Wahrscheinlich würdest du dieses Mal eine längere Haftstrafe bekommen. Und Papa und Krister würden auch hinter Gittern landen. Womöglich sogar Erik. Und das alles ist schon so lange her. Vielleicht ist es wirklich besser, einfach so zu tun, als wäre es nie passiert.«

75

ANNIKA

»Annika Brandt, bitte.«

Jemand hat mich in eine dicke Decke gewickelt, trotzdem friere ich bis ins Mark. Auf dem Tisch steht ein Becher heißer Kakao, und allein bei dem Geruch dreht sich mir der Magen um. Ich stehe hastig auf, stolpere dabei über die Decke und falle dem jungen Polizisten beinahe in die Arme. Er erinnert mich ein bisschen an Massoud, so wie er damals aussah, als wir uns kennenlernten. Das war vor über zwanzig Jahren, als die Jungs bei den Bambini anfingen, Fußball zu spielen. Die Trikots waren ihnen viel zu groß, reichten ihnen bis über die Shorts und sahen aus wie Kleider. Erik, Ibbe, William, Robin, Hampus. Unsere Jungs. Immer nass geschwitzt, mit Hummeln im Hintern und strahlenden Augen.

Einer von ihnen ist nicht mehr da.

Ich folge dem Polizisten in einen kleinen Raum hinter der Bar. Eine Frau mit Zopf, ohne Uniform, nimmt mich in Empfang. Sie steht auf und gibt mir die Hand.

»Jessika Borneklint Fager, ich leite die Ermittlungen.«

Wir setzen uns. Ich betrachte den dicken Zopf, während die Frau ein Handy auf den Tisch legt. Der Name Borneklint spielt fast, aber nur fast, in derselben Liga wie Nihlzén. Krister hat irgendwann einmal erzählt, dass er seinen Nachnamen im Zuge seiner ersten Firmengründung ändern ließ. Er fand Nilsson zu normal, wollte einen Namen mit Stil, einen, der aus der Menge herausstach. Das mit dem Stil ist gründlich in die Hose gegangen, aber auffällig ist der Name, das muss man ihm lassen.

»Die Situation muss sehr schwer für Sie sein.«

Die Stimme der Ermittlerin holt mich in die Gegenwart zurück. Ich merke, dass meine Gedanken die ganze Zeit abschweifen, wahrscheinlich eine Art Selbsterhaltungstrieb.

Sie fährt fort. »Aber Sie werden sicher verstehen, dass wir alle möglichst zeitnah befragen müssen.«

»Natürlich hat er kein Geständnis abgelegt.« Ich sehe die blonde Frau an. »Sonst würde er ja nicht mehr frei herumlaufen.«

»Wer?« Jessika Borneklint Fager runzelt die Stirn. »Wer soll was gestanden haben?«

»Den Mord«, entgegne ich. »Es war William Nihlzén. Sie dürfen ihn nicht noch einmal damit davonkommen lassen. Es …«

»Warten Sie mal.« Die Ermittlerin hebt eine Hand. »Haben Sie Beweise, dass es sich um Mord handelt?«

»Ich habe nicht gesehen, wie er es getan hat, aber ich stand am Fenster und habe beobachtet, wie William aus dem Park gerannt kam, kurz bevor Erik gefunden wurde. Ich bin ganz sicher, dass er es war. Und es ist ja nicht das erste Mal, dass William versucht hat, meinen Sohn umzubringen.«

»Warum sollte er das tun wollen?«, fragt Borneklint Fager.

»Das müssen Sie William fragen. Ich habe nicht die leiseste Ahnung, warum. Aber ich bin ganz sicher, dass er es war.«

»Sie sagten gerade, es sei nicht das erste Mal …« Massouds junger Doppelgänger schaut von seinem Laptop auf. »Denken Sie dabei an den Autounfall?«

Ich nicke. Sie haben William Nihlzén also bereits überprüft und festgestellt, was für ein Kaliber er ist.

»Ist Ihnen im Laufe des Abends etwas Ungewöhnliches an Erik aufgefallen?«, fragt Borneklint Fager und hakt direkt noch deutlicher nach: »Haben Sie an seinem Verhalten oder an seiner Stimmung etwas bemerkt, das anders war als sonst?«

»Nein.« Ich überlege kurz und komme schnell zu dem Schluss,

dass Erik heute genauso distanziert und verschlossen war wie immer in den letzten acht Jahren. Der Unfall hat ihn verändert, was natürlich vollkommen verständlich ist. Die anschließenden Depressionen haben mir Sorgen gemacht, aber er wollte keine Hilfe, zumindest nicht von mir. Diese schwere Last hatte wohl oder übel Mats zu tragen. »Er war wie immer«, sage ich.

Meine Kehle zieht sich zusammen, wird immer enger. Ich schaue diese fremden Menschen auf der anderen Seite des Tischs an und zwinge mich, den Mund aufzumachen.

»Können Sie mir sagen, was passiert ist? Was die …« Die Frage bleibt auf der Zunge kleben, aber schließlich bringe ich sie doch heraus: »… die Todesursache war?«

Die Ermittlerin schüttelte den Kopf.

»Noch nicht. Aber aufgrund der besonderen Umstände können wir sicher schon in ein paar Tagen mit einem Befund aus der Rechtsmedizin rechnen.«

»Aber Sie glauben wohl hoffentlich nicht, dass es Selbstmord war, oder? Ich meine, warum sollte Erik sich auf der Hochzeit seiner Schwester das Leben nehmen? Erik hat seine Schwester geliebt.«

Jessika Borneklint Fager legt den Kopf schief.

»Hat er das wirklich?«

Wieder sträubt sich meine Zunge, plötzlich wird mir ganz heiß.

»Wie bitte?« Meine Stimme hört sich merkwürdig dünn an, ich merke selbst, dass ich verwaschen spreche. »Was wollen Sie damit andeuten?«

Die blonde Frau blättert in ihren Unterlagen, schaut nach unten und dann wieder hoch.

»Wir haben den Eindruck gewonnen, dass Erik und Emily schon länger keinen nennenswerten Kontakt mehr zueinander hatten. Und dass es endgültig zum Bruch zwischen den beiden kam, als Emily und William ein Paar wurden.«

»Das … ist nicht wahr«, flüstere ich. »Wer hat das behauptet?«

»Das dürfen wir Ihnen nicht sagen.« Die Ermittlerin lehnt sich zurück. »Aber Sie haben das anders wahrgenommen?«

»Meine Kinder hatten immer ein gutes Verhältnis zueinander.« Ich richte mich auf, finde zu meiner normalen Stimme zurück. »Ich meine, natürlich haben sie sich auch mal gestritten, so wie alle Geschwister. Und Erik ist nach Göteborg gezogen, als Emily aufs Gymnasium kam. Selbstverständlich hat sich ihre Beziehung dadurch verändert. Sie haben ja ganz unterschiedliche Leben gelebt. Aber sie waren nicht zerstritten.«

»Wie stand Erik zu der Hochzeit?«, fragt Borneklint Fager. »Wir haben gehört, dass Ihre Familie und die Familie Nihlzén früher eng befreundet waren. Nach dem Unfall zerbrach diese Freundschaft?«

»Überrascht Sie das etwa?« Ich sehe einen kleinen Spucketropfen aus meinem Mund fliegen. Er landet auf dem Tisch neben dem Handy. »Würden Sie sich nicht von der Familie fernhalten, deren Sohn versucht hat, Ihr Kind zu töten?«

»Vielleicht schon«, antwortet Borneklint Fager. »Dann ist es also richtig, dass Erik den Partner seiner Schwester abgelehnt hat?«

»Ich habe nie mit ihm darüber geredet.«

»Und was denken Sie darüber, dass Ihre Tochter William Nihlzén geheiratet hat?«

Ich schaue hoch, hole tief Luft.

»Ich bin nicht glücklich darüber. Aber Emily ist eine erwachsene Frau und trifft ihre eigenen Entscheidungen.«

Die Ermittlerin nickt.

»Wie würden Sie Ihr Verhältnis zu Erik beschreiben? Hatten Sie häufig Kontakt?«

Wieder schnürt es mir die Kehle zu.

»Unser Kontakt ist gut«, sage ich. »*War* gut. Nicht perfekt, aber gut.« Ich schaue der Frau in die Augen. »Wir hatten keinen Streit, wenn Sie darauf hinauswollen.«

»Wo waren Sie nach dem Abendessen bis zu dem Zeitpunkt, als Erik gefunden wurde?«, fragt Borneklint Fager.

Ich habe genug Krimis gesehen, um zu verstehen, worum es hier geht. Vermutlich ist es nur eine Routinefrage, trotzdem koche ich innerlich. Sie kann doch nicht ernsthaft in Erwägung ziehen, dass ich meinen eigenen Sohn umgebracht habe? Ich schließe die Augen und zähle langsam bis zehn, bevor ich den beiden ausführlich Bericht erstatte. Ich will gerade zum Schluss kommen, als mir etwas einfällt.

»Ich habe übrigens zufällig einen Streit zwischen William und seinem Vater gehört. Es war ziemlich früh am Abend. Hat vielleicht gar nichts mit der Sache zu tun, aber man kann ja nie wissen …«

»Haben Sie auch gehört, worum es in dem Streit ging?«, fragt die Ermittlerin.

»Nicht direkt«, antworte ich. »Aber William war sehr aufgebracht.«

76

EMILY

»Aber, Süße …« Das Sofapolster sinkt ein, als Cissi sich neben mich setzt. »Wieso sitzt du hier so allein? Wo ist denn William?«

Widerwillig öffne ich die Augen. Meine Freundin sieht erschöpft aus, ihre mit Haarspray festbetonierte Frisur ist zwar einigermaßen in Ordnung, aber von ihrem Make-up ist nicht mehr viel übrig, und ihre Stirn glänzt.

»Er wollte was zu trinken holen.«

Ich sehe mich in der Lobby um. Die Beleuchtung ist gedämpft, und die Tische wurden schon sorgfältig abgewischt. Williams Tante geht auf dem Weg zum Ausgang an der Bar vorbei. Sie nickt mir zu, mit einer Miene, die Anteilnahme ausdrücken soll, aber auch erkennen lässt, dass sie das alles hier als Zumutung empfindet. Mir kommen die Tränen, und Cissi fängt mich auf, als ich zusammenbreche.

»Erik …« Ich bebe am ganzen Körper. »Was mache ich denn jetzt bloß? Erik ist tot. Er ist *tot.*«

»Oh, Emily.« Cissi nimmt mich fest in den Arm. »Es tut mir so leid. Es ist so furchtbar. Du …«

Sie schluchzt, und wir weinen zusammen. Ich rieche Cissis Parfüm und fühle mich sofort in die Wohnung in Röda Höja versetzt. Wir sind wieder sechzehn, und ich wache in Cissis Bett auf, mit einem Handy voller Nachrichten und verpasster Anrufe. Als ich Papa endlich erreiche, erzählt er mir von Eriks Unfall, und ich hyperventiliere. Cissi, verschlafen und in ihrem Winnie-Puh-Pyjama, umarmt mich und versucht, mich zu trösten.

Dieser Morgen war der Anfang vom Ende unserer Familie.

Mein Kopf pocht und fühlt sich an, als würde er platzen. Werde ich jemals wieder aufhören können zu weinen? Werde ich jemals wieder von diesem Sofa aufstehen? Dieser Tag sollte der schönste Tag unseres Lebens werden. Und jetzt ist Erik tot, William hat erfahren, dass er einen Menschen überfahren hat, und unsere Gäste werden von der Polizei vernommen. Es ist einfach alles zu viel.

»Wie geht es dir?« Hampus steht vor mir, ich habe ihn nicht kommen hören. »Entschuldige«, sagt er. »Die Frage war dumm. Das alles muss schrecklich sein für dich. Es *ist* schrecklich. Scheiße. Ich weiß nicht, was ich sagen soll …« Er schüttelt den Kopf. »Dürfen wir uns ein bisschen zu euch setzen?«

Ich nicke, bemerke, dass Benjamin ein paar Schritte hinter ihm wartet. Die beiden sinken jeder in einen der runden Sessel.

»Gibt es irgendetwas, das wir für euch tun können?« Benjamin hält eine grüne Bierflasche hoch. »Habt ihr Durst? Im Speisesaal steht noch eine ganze Kiste.«

Er macht Anstalten aufzustehen, aber wir winken ab.

»Vielleicht sollte man besser schlafen gehen.« Benjamin trinkt einen großen Schluck Bier. »Andererseits – wie soll man nach so einer Sache schlafen?«

William kommt zusammen mit Robin und Sanja in die Lobby. Während William zu mir eilt, bleiben die beiden anderen unter dem Kristallleuchter stehen.

»Es tut mir leid.« Er beugt sich zu mir und murmelt: »Ich bin bei Ibbe hängengeblieben und habe immer noch nichts Trinkbares gefunden. Er lässt dich von Amanda grüßen. Sie ist mit Milo aufs Zimmer gegangen.« Dann richtet er sich auf und dreht sich um. »Kommt her und setzt euch dazu. Wenn ihr wollt.«

Robin und Sanja zögern nur kurz, dann schieben sie sich jeder einen Stuhl an den Tisch.

»Alles okay bei dir?«, fragt Sanja.

Wir haben uns schon im Speisesaal umarmt und geweint, und ich schüttele nur den Kopf. William geht rüber an die Bar und hinter den Tresen, stellt ein paar Gläser und eine Flasche Whisky auf ein großes Tablett und kommt damit an den Tisch zurück. Er quetscht sich neben mich aufs Sofa.

»Ich glaube, wir können etwas Starkes vertragen.«

Alle außer mir nehmen sich ein Glas und lassen William einschenken. Ich rechne mit Kommentaren, habe Angst, dass Cissi sich verplappert, aber vielleicht sind die anderen zu aufgewühlt, um zu bemerken, dass ich auf Alkohol verzichte und warum.

Meine Kopfhaut spannt, und mein Nacken juckt. Cissi hilft mir, den Schleier abzunehmen, legt die Haarnadeln in einem kleinen Haufen auf den Tisch. Aus dem Speisesaal dringen gedämpfte Stimmen, ein paar uniformierte Polizisten und hohläugige Hochzeitsgäste schlüpfen diskret durch die Eingangstür nach draußen. Ich bin unendlich dankbar, dass die Leute so rücksichtsvoll sind. Sie huschen vorsichtig vorbei, schauen weg oder werfen höchstens einen kurzen Blick in unsere Richtung, wenn sie denken, dass wir es nicht sehen. Jemand, ich weiß nicht wer, hat es geschafft, neugierige Journalisten vom Schloss fernzuhalten.

Hampus beugt sich über den Tisch.

»Sagt mal … Gibt es jemanden, der weiß, wie es passiert ist? Oder was überhaupt passiert ist?«

»Keine Ahnung.« Cissi schüttelt langsam den Kopf. »Karl und ich … Also, Karl Forselius«, ergänzt sie und wird rot, »wir waren draußen und … haben ein bisschen Luft geschnappt, und dann haben wir plötzlich diesen wahnsinnigen Tumult unten am Pfad gehört …« Sie schluchzt auf. »Ich sehe ihn die ganze Zeit vor mir. Wie er da lag. Es ist so schrecklich!«

William nimmt meine eiskalte Hand in seine warme und drückt sie ganz fest. Ich drücke zurück und versuche, meinen Atem unter Kontrolle zu bekommen.

»Entschuldige bitte, Emily, ich sollte das vielleicht nicht sagen …« Hampus wirft mir einen unsicheren Blick zu und sucht dann Unterstützung bei Benjamin. »Aber wir haben das Gefühl … Also, wir hatten den Eindruck, dass die Polizei denkt, dass Erik ermordet wurde.«

»Ist das wahr?« Cissi sieht schockiert aus. »Aber wie kommt ihr darauf?«

»Schwer zu sagen.« Hampus lehnt sich zurück. Er hält sein Bier in der einen Hand und fährt mit dem Zeigefinger der anderen über den rauen Rand der Flaschenöffnung. »Es lag wohl an den Fragen, die sie uns gestellt haben.«

»Jetzt macht aber mal halblang.« William stellt sein Glas ab und schaut die anderen am Tisch der Reihe nach an. »Warum sollte jemand Erik ermorden? Das ist doch total absurd. Er war betrunken und ist die Böschung hinuntergerollt.«

Robin nickt.

»Irgendwie so muss es ja abgelaufen sein.«

»Er war aber nicht betrunken«, sagt Hampus. »Er hat mir selbst erzählt, dass er und seine Assistentin schon so gut wie auf dem Heimweg nach Göteborg waren. Erik wollte fahren.«

»Ich weiß.« William lässt meine Hand los und schenkt sich Whisky nach. »Aber vielleicht hat er es sich anders überlegt.«

»Was ist mit Selbstmord?« Sanja schaut mich an. »Sorry, ich spekuliere nur …« Sie legt ihre langen roten Haare in den Nacken, schlingt sie zu einem Knoten zusammen, der sich sofort wieder auflöst, als sie ihn loslässt. »Es schien ihm jedenfalls nicht besonders gutzugehen.«

»Ach nein?« Cissi nippt an ihrem Glas, verzieht das Gesicht. »Hast du dich mit ihm unterhalten?«

Sanja erzählt von einem Gespräch unten im Park, bei dem Erik einen verwirrten Eindruck auf sie gemacht habe.

»Er hat urplötzlich angefangen, über deine Party zum Schulabschluss zu reden.« Sie dreht sich zu Hampus um. »Hat behauptet, wir wären damals ein Paar gewesen. Also, er und ich. Da dachte ich wirklich, er ist verrückt geworden …« Sie schaut wieder mich an. »Ehrlich, das war für mich ein richtiger kleiner Schock. Ich hatte mit Erik seit dem Unfall überhaupt nichts mehr zu tun, und auf einmal wirft er mir vor, ich wäre ihm untreu gewesen. Dabei waren wir ja nie zusammen.«

»Armer Erik.« Robin schüttelt den Kopf. »Erst diese idiotische Autofahrt …« Er sieht William an. »Nimm's mir nicht übel, aber besonders schlau war das echt nicht. Und jetzt …« Er hebt hilflos die Hände. »Jetzt ist er tot.«

Ich lehne mich an Williams Schulter und schließe die Augen. Hinter meinen geschlossenen Lidern taucht das Bild meines Bruders auf. Es ist unvorstellbar, dass ich nie wieder seine Stimme hören werde.

77
MATS

Zum Glück kann Isobel immer und überall schlafen, ganz egal unter welchen Umständen. Es dauert nicht lange, und sie atmet tief und gleichmäßig. Ich schlage die Decke zurück, stelle die Füße auf das kalte Parkett und taste mich an der Bettkante entlang zum Sessel vor, auf dem meine Frackhose liegt. Verzichte auf das Hemd, das T-Shirt, das ich zum Schlafen anhabe, muss reichen. Meine Schuhe stehen direkt vor der Tür.

Mit meinem eigenen Zimmerschlüssel in der Hosentasche und Annikas zusätzlicher Schlüsselkarte in der Hand schleiche ich in den Flur, bleibe auf dem weichen Teppich stehen, bis sich meine Augen an das Licht gewöhnt haben.

Erik ist tot.

Die Erkenntnis trifft mich wie ein Faustschlag in die Magengrube, und der Boden gerät ins Wanken. Ich klammere mich an dem geschnitzten Geländer fest. Schließe die Augen, hole tief Luft und höre im selben Moment gedämpfte Stimme unten in der Lobby. Als Isobel und ich uns zurückgezogen haben, saßen Emily und ein paar ihrer Freunde noch in einer der Sitzgruppen. Sind sie immer noch da? Ich spähe nach unten und erkenne sofort Williams dunklen Haarschopf. Typisch. Was soll ich ihnen sagen?

Am besten gar nichts. Ich muss es auf jeden Fall versuchen, vielleicht klappt es ja.

Ich hatte um diese Zeit nicht mehr mit so vielen Leuten im Foyer gerechnet, aber vielleicht sind die Vernehmungen noch nicht abgeschlossen. Und manche sind wahrscheinlich auch einfach zu aufgewühlt, um schlafen zu gehen. Nur gut, dass Mama und Tante Ulla schon im Bett waren, als die Hölle losgebrochen ist. Ich gehe leise die Treppe hinunter und husche nach links, um mich durch den Speisesaal nach draußen zu schleichen.

»Papa?«

Verdammt. Ich drehe um und gehe zu ihnen an den Tisch. Emily liegt halb auf dem Sofa, den Kopf an Williams Schulter gelehnt. Sie ist blass, und man sieht ihr an, dass sie geweint hat. Hinter ihr auf der Fensterbank liegt ein Knäuel aus weißem Tüll, das nur ihr Schleier sein kann.

»Ich dachte, ihr schlaft längst?«, fragt sie.

»Das ist unmöglich«, sage ich und nicke den anderen hastig zu. »Ich brauche ein bisschen frische Luft.«

Als die Tür hinter mir zufällt, überkommt mich plötzlich das Gefühl, dass ich zurück in die Lobby gehen sollte. Ist William wirklich jemand, an den man sich anlehnen kann? Was, wenn Eriks Mörder dort drinnen auf dem Sofa sitzt? Unentschlossen bleibe ich stehen, aber dann gehe ich doch weiter. Selbst wenn es so sein sollte, herrscht in der Lobby sicher keine akute Gefahr. Eins nach dem anderen.

Ich friere, höre meine Schritte durch die Stille hallen. Zwei Polizeiautos stehen noch vor dem Schloss, aber ich sehe keine Beamten. Die Reporter, die den Vorplatz mehrere Stunden belagert haben, scheinen sich fürs Erste zurückgezogen zu haben. Trotzdem fühle ich mich beobachtet und lasse den Blick über die dunkle Fassade gleiten.

Das Nebengebäude sieht genauso verlassen aus. Mit einem leisen Klicken öffnet die Schlüsselkarte die Tür. Ich finde den richtigen Flur und stehe schließlich vor dem Zimmer Nummer sechzehn. Hole Luft. Überdenke meinen Plan ein letztes Mal und komme zu dem Schluss, dass es keine Alternative gibt. Klopfe zweimal kurz und leise an.

Auf der anderen Seite der Tür ist kein Lebenszeichen zu hören. Ein Stück den Flur hinunter, in einem anderen Zimmer, hustet jemand, sonst ist alles still. Ich klopfe etwas lauter, energischer, und da endlich kann ich etwas hören. In der schmalen Ritze zwischen Schwelle und Tür wird ein schwacher Lichtstreifen sichtbar. Die Klinke bewegt sich.

»Du?« Nike hat die Tür einen Spaltbreit geöffnet und blinzelt mich an. Ihre Augen sind geschwollen, und das Kopfkissen hat deutliche Abdrücke auf ihrer Wange hinterlassen. Sie trägt ein hellblaues Nachthemd mit Star-Wars-Motiv. »Ist etwas passiert? Noch mehr?«

Ich signalisiere ihr, leise zu sein und mich in ihr Zimmer zu lassen. Sie wirkt zuerst unsicher, aber dann macht sie die Tür weit genug auf, dass ich mich vorbeischlängeln kann. Die Uhr am Fernseher zeigt mit leuchtend blauen Ziffern 3.25 Uhr. Ich entscheide mich, direkt zur Sache zu kommen.

»Hat Erik seinen Laptop mit hierher genommen?«

»Seinen Laptop?« Nike ist verwirrt. »Wieso denn?«

»Ich habe keine Zeit für Erklärungen«, sage ich. »Du musst mir einfach vertrauen. Ist der Laptop hier?«

»Äh … nein. Der … der liegt bestimmt noch im Auto. Also, wir waren ja auf dem Weg nach Hause …« Sie fängt an zu zittern. »O Gott«, flüstert sie. »Ich kann einfach nicht …«

Sie sinkt auf ihr Bett und vergräbt das Gesicht in den Händen, fängt laut an zu weinen. Ich will sie trösten, aber dafür ist jetzt keine Zeit.

»Wo sind die Autoschlüssel?«, frage ich stattdessen.

»Da.« Sie zeigt zum Schreibtisch, wischt sich mit dem Handrücken die Nase ab. »Aber dürfen wir das überhaupt? Was, wenn …«

»Keine Sorge.« Ich nehme den Schlüsselbund und gehe zur Tür. »Wenn die Polizei den Laptop braucht, können sie ihn dann ja mitnehmen. Warte hier, ich bin gleich zurück.«

78

ANNIKA

Die Dunkelheit der Nacht ist in mein Zimmer eingedrungen, sie kriecht über den Boden wie giftiger Rauch. Ich drehe mich vom Fenster weg, kneife die Augen zusammen. Schwitze und strecke die Füße unter der Decke heraus, friere und ziehe sie wieder zurück.

Ich will nicht hier sein, aber ohne eine Mitfahrgelegenheit komme ich nirgendwohin, und Mats will natürlich nicht fahren, bevor seine alte Mutter und ihre Schwester nicht aufgestanden sind. Vielleicht werden die beiden alten Damen im Laufe des Vormittags noch vernommen.

Mir sind alle aus dem Weg gegangen. Wahrscheinlich haben sie Angst vor weiteren Gefühlsausbrüchen. Aber ich verzichte gern auf linkische Umarmungen und pflichtschuldige Beileidsbekundungen. Fariba hat mir ein paar Beruhigungspillen gegeben, als wir im Speisesaal saßen, die liegen immer noch in meiner Handtasche. Ich will mich nicht in einen chemischen Nebel flüchten. Nicht jetzt.

Als ich das Befragungszimmer verlassen habe, saßen Emily und William ganz hinten in der Lobby, zusammen mit ein paar anderen von der jüngeren Garde. Auf dem Tisch standen Flaschen und Gläser. Sie hat so getan, als würde sie mich nicht sehen.

Die Dunkelheit bedrängt mich, engt mich ein. Ich setze mich auf, schnappe nach Luft.

Wie kann Emily dort mit William sitzen, als wäre nichts geschehen? Ihr Bruder ist tot. Und William ist schuld.

Oder etwa nicht?

Meine Gedanken wandern die ganze Zeit in dieselbe Richtung, aber jedes Mal, wenn ich an den Punkt mit der Frage nach dem *Warum* komme, werde ich plötzlich unsicher. Warum, um alles in der Welt, sollte William Erik umbringen wollen? Was ist sein Motiv? War ich vorschnell mit meinen Anschuldigungen? Habe ich in der Vernehmung einen unschuldigen Mann des Mordes bezichtigt?

Nein. Es muss William gewesen sein. Wer sonst sollte es getan haben? Ich habe ihn mit eigenen Augen gesehen. Er kam genau von dort, wo Erik gefunden wurde, und er hatte es eilig. Das kann kein Zufall sein.

Zweimal war Erik einem Mordversuch ausgeliefert, und beide Male waren exakt dieselben Menschen um ihn herum. Wenn man ein paar Randfiguren abzieht, ist der Kern unverändert. Aber Erik und William hatten in der Zwischenzeit nichts miteinander zu tun.

Ich versuche, einen neuen Denkansatz zu finden. Wenn das Motiv nichts mit dem Unfall zu tun hat, worum könnte es dann gegangen sein? Erik ist Journalist. Hat er womöglich Unregelmäßigkeiten in Williams Unternehmen aufgedeckt? Irgendetwas herausgefunden, das auf keinen Fall in die Öffentlichkeit gelangen darf? Hat William nicht genau das unten vor dem Schloss zu Krister gesagt? »Wenn das rauskommt, dann …« Doch, das hat er gesagt. Und sein Vater hat ihn beruhigt. Ist Krister auch in die Sache verwickelt? Auch er war in der Dunkelheit unterwegs. Fakt ist, dass er nach unserer kurzen Begegnung nicht ins Schloss zurückgegangen ist, sondern hinunter in den Park. Aber um wie viel Uhr war das?

Ich massiere mir die Schläfen. Angenommen, Erik war im Besitz von Informationen, die der Firma geschadet hätten – dann käme sogar Ibbe als Täter in Frage. Er hat als Teilhaber des Unternehmens, das sie gemeinsam aufgebaut haben, genauso viel zu verlieren wie William. Ich kann mir Ibbe nur schwer als abgebrühten Mörder vorstellen, aber er könnte für William die Drecksarbeit gemacht haben.

Erik.

Geliebter Erik.

Die Behauptung dieser unangenehmen Polizistin über Emilys und Eriks angeblich schlechtes Verhältnis nagt in mir. Wie kann sie so etwas Unverschämtes sagen? Als würde sie meine Kinder besser kennen als ich, die Mutter.

Als sie klein war, hat Emily Erik vergöttert. Und er war ein phantastischer großer Bruder. Las ihr Geschichten vor, malte mit ihr und baute Höhlen. Erik hatte eine Engelsgeduld mit seiner Schwester. Als er in die Pubertät kam, wurden die Spielstunden weniger, aber das ist ja wohl nicht ungewöhnlich? Den Vierzehnjährigen möchte ich sehen, der seine kleine Schwester überall dabeihaben will.

Ich wüsste wirklich gern, wer mit der Polizei über Erik und Emily gesprochen hat. War es Emily selbst? Mats? Oder vielleicht William?

79

EMILY

Sie sind inzwischen bei der zweiten Flasche. Ich brauche keinen Whisky, fühle mich auch so wie betäubt. Ich habe Kopfweh, und eine leichte Übelkeit kommt und geht. Wahrscheinlich sollte ich mich besser ins Zimmer zurückziehen, aber unsere Hochzeitsnacht ist sowieso ruiniert, und ich bin lieber bei meinen Freunden als allein mit meinen Gedanken.

Die Unterhaltung dreht sich immer noch um den Autounfall, was mich ein bisschen beunruhigt. Alle außer Benjamin waren damals dabei, und es scheint sich ein allgemeines Bedürfnis aufgestaut zu haben, die Ereignisse jenes Abends zu analysieren. William und ich halten uns beide zurück.

»Ich kann mich noch ganz genau an den Moment erinnern, als ich erfahren habe, was passiert war.« Robin sieht mich an. »Wirklich, das gehört zu den schlimmsten Dingen, die ich je erlebt habe.« Er schüttelt sich, dreht sich zu William. »Es wusste ja keiner, wie es für euch ausgehen würde. Ein paar von uns dachten, du wärst tot.«

»Ich bin wieder auferstanden.« William grinst schief. »Und im Gefängnis gelandet, ohne über Los zu gehen.«

William hat nie ein Geheimnis daraus gemacht, dass er nach dem Unfall seine Strafe absitzen musste. Er hat sogar Vorträge vor Jugendlichen gehalten und sie vor den Gefahren gewarnt, die mit Alkohol am Steuer einhergehen. Vielleicht hat er das Ganze als eine Art Neuanfang betrachtet. Eine zweite Chance. Sie hätten beide dabei sterben können.

Ich lehne mich auf dem Sofa zurück, mache die Augen zu. Tue alles, um nicht an das zu denken, was ich heute erfahren habe. An den toten Mann im Naturschutzgebiet, an Papas und Kristers Eingreifen. Die quälenden Gedanken an Erik sind am schwersten zu verdrängen, vor allem weil die anderen die ganze Zeit über ihn reden.

Hampus, Cissi, Sanja und Robin wühlen in alten Erinnerungen, graben jedes Detail von Hampus' Party aus. Cissi erzählt, wie voll ich an dem Abend war, und macht eine große Sache daraus, wie sie mich nachts nach Hause schleifen musste. Sie diskutieren über die Musik, wer alles da war und wer nicht. Und erst nach einer ganzen Weile wird mir bewusst, dass William verstummt ist.

Ich öffne die Augen und sehe ihn an. Er war schon die ganze Zeit blass, aber jetzt ist sein Gesicht fast durchsichtig.

»Was war eigentlich los?« Robin leert sein Glas und stellt es auf den Tisch, schaut William an. »Wie kam es dazu, dass ihr losgefahren seid? Ich weiß, dass du bei dem Unfall das Gedächtnis verloren hast, aber … Kannst du dich immer noch nicht daran erinnern?«

»Ich weiß gar nichts mehr.« William gähnt herzhaft. »Da ist alles schwarz.«

»Ich finde das so gruselig«, sagt Sanja. »Dass das Gedächtnis einfach so gelöscht werden kann.«

Cissi nickt. Sie hat ihre Schuhe ausgezogen und ein Bein hoch auf das Sofa gezogen, man merkt ihr den Whisky inzwischen deutlich an. Vielleicht ist sie enttäuscht, dass Karl Forselius offenbar ohne sie schlafen gegangen ist.

»Hört mal …« Ihr Gesichtsausdruck verändert sich plötzlich, und sie beugt sich vor, um die Aufmerksamkeit der Gruppe auf sich zu ziehen. »Ich habe das noch nie jemandem gesagt außer Emily, aber ich muss es euch einfach erzählen – in dieser Nacht ist nämlich etwas total Verrücktes passiert.«

Ich sehe sie mit klopfendem Herzen an. Was hat sie vor?

»In dieser Nacht scheint so einiges total verrückt gewesen zu sein«, sagt Benjamin lächelnd.

»Ja, oder?« Cissi erwidert sein Lächeln. »Jedenfalls hatte ich Emily gerade nach Hause gebracht und dann ziemlich schnell gemerkt, dass ich mein Handy bei Hampus vergessen hatte. Das war eine Katastrophe, weil meine Mama ja dachte, wir wären bei uns daheim und würden einen Filmabend machen. Also blieb mir gar nichts anderes übrig, als noch mal zurückzugehen und mein Telefon zu holen. Aber dann, als ich wieder auf dem Heimweg war …« Sie dreht sich zu William um. »Bin ich deinem Vater begegnet. Er kam mit eurem Hund angerannt … Lucifer hieß er, oder?«

William nickt.

»Heißt.«

»Okay, der Hund lebt also noch.« Sie spielt mit den Haarnadeln herum, die auf dem Tisch liegen, schaut wieder hoch. »Jedenfalls war dein Vater stinksauer, als Lucifer auf mich zugelaufen kam und mich begrüßt hat. Ich fand das richtig unheimlich, obwohl er ja den Hund angeschrien hat und nicht mich. Aber das Krasseste an der Sache kommt erst noch. Als ich wieder zu Hause war, hatte ich nämlich Blut an der Hand.« Sie blickt schweigend in die Runde, um die Information bei allen sacken zu lassen. »An der rechten Hand, mit der ich den Hund gestreichelt hatte.«

Verdammt. An diese Geschichte hatte ich überhaupt nicht mehr gedacht. Und angesichts dessen, was ich heute Nacht erfahren habe, sollte sie auch so schnell wie möglich wieder in Vergessenheit geraten. Zum Glück hat Cissi den ganzen Whisky in sich hineingeschüttet.

»Ach, das.« Ich strecke mich und setze mich ordentlich hin. »Jetzt erinnere ich mich wieder … Ich habe meinem Vater am nächsten Tag davon erzählt, und es war wohl so, dass Krister und er noch eine Runde mit dem Hund gedreht haben und Lucifer ihnen abgehauen ist.«

Cissi zieht die Augenbrauen hoch.

»Sie sind mitten in der Nacht noch Gassi gegangen?«

Offenbar ist sie doch nicht so betrunken, wie ich dachte, ihr Kopf arbeitet jedenfalls noch.

»Ich glaube …« Ich schaue Cissi an. »Meine Eltern waren an dem Abend bei Williams Eltern zum Essen eingeladen. Papa und Krister haben danach noch einen Verdauungsspaziergang mit Lucifer gemacht, und da ist er ihnen irgendwie ausgerissen. Sie mussten ihn ewig suchen. Papa meinte, dass Lucifer wahrscheinlich ein totes Kaninchen aufgestöbert hat.«

»Igitt, wie eklig.«

Cissi verzieht das Gesicht, und die anderen scheinen dasselbe zu denken.

»Na ja. Was haltet ihr davon, langsam ins Bett zu gehen?« William steht vom Sofa auf. »Ich glaube zwar nicht, dass ich schlafen kann, aber ich bin fix und fertig. Ich würde mich gern ein bisschen hinlegen.«

80

MATS

Ich schließe den Kofferraum auf, erkenne sofort Eriks schwarzen Trolley und ziehe ihn ein Stück nach vorn. Ich muss eine ganze Weile mit dem klemmenden Reißverschluss kämpfen. Der Koffer ist ordentlich gepackt, ganz oben liegt ein gefaltetes Hemd, darunter ein Pullover. Ohne nachzudenken, nehme ich den Pulli heraus und vergrabe die Nase in dem weichen Stoff. Ich nehme den schwachen Duft von Waschmittel wahr, aber auch noch etwas anderes.

Erik.

Es schnürt mir den Hals zu.

Er ist nicht mehr da.

Diese verdammten Nihlzéns. Es muss einer von ihnen gewesen sein.

Seit die Leiche in Häckeberga gefunden wurde, wirkt Krister nervös, auch wenn er das Gegenteil behauptet. So kaltblütig, wie er damals nach dem Unfall gehandelt hat, würde er sicher nicht davor zurückschrecken, jemanden für immer zum Schweigen zu bringen. Andererseits hat Nike William noch zusammen mit Erik gesehen, kurz bevor Erik tot aufgefunden wurde. Also hat womöglich doch Nihlzén junior die Sache selbst in die Hand genommen. Wenn Erik Gelegenheit hatte, William über die Umstände rund um den Unfall aufzuklären, könnte William sehr wohl die Fassung verloren haben. Erst recht, falls Erik ihm erzählt hat, dass er die ganze Angelegenheit an die Öffentlichkeit bringen will.

Sollte die Wahrheit ans Licht kommen, hat William von uns

allen am meisten zu verlieren: seine erfolgreiche Karriere und sein Ansehen. Die Medien würden sich mit Feuereifer auf diese Story stürzen. Aber wäre er zu einem Mord fähig? Fraglich. Das traue ich eher seinem Vater zu.

Bei der Vernehmung habe ich meinen Verdacht mit keinem Wort erwähnt. Ehe ich jemanden beschuldige, will ich wissen, was Erik auf seinem Computer hat. Nike erwähnte, dass er in der Nacht vor der Hochzeit noch bis spät gearbeitet habe. Könnte es mit dem Unfall zusammenhängen?

Ich lasse den Pullover los, wühle tiefer im Koffer und ertaste etwas Flaches, Gepolstertes – die Laptophülle. Auf dem Rücksitz liegt ein Stoffbeutel. Ich leere ihn aus, wickele Eriks Laptop zusätzlich in seinen Pulli und schiebe das Bündel in die bunte Tasche. Dann schließe ich den Wagen wieder ab und mache mich auf den Rückweg.

Ein Polizeiauto rollt heran. Ich bemerke es zu spät, schaue mich nach einem Abzweig um, aber hier gibt es keinen anderen Weg. Wahrscheinlich ist es sogar besser so. Denn wie sähe es aus, wenn ich ganz unvermittelt eine andere Richtung einschlagen würde? Ich bemühe mich, so entspannt wie möglich weiterzugehen.

Die Scheibe auf der Fahrerseite gleitet nach unten.

»Kleiner Spaziergang?«

Es ist der große Uniformierte, der am Steuer sitzt.

»Hatte mein Ladegerät im Auto vergessen«, sage ich und hebe den Stoffbeutel hoch. »Typisch.«

Der Polizist lacht, hebt die Hand zum Gruß und fährt langsam weiter die Allee hinunter.

Ich seufze erleichtert, als der Streifenwagen außer Sicht ist. Ob sie wohl schon mit den Zeugenbefragungen fertig sind? Wahrscheinlich nicht. Das zweite Polizeiauto steht immer noch vor dem Schloss.

Nike öffnet die Tür, bevor ich überhaupt geklopft habe. Sie hat sich einen weißen Bademantel übergezogen, der mit dem Schriftzug *Schlosshotel Örenäs* bestickt ist. Ich gehe direkt zu dem kleinen Schreibtisch, nehme den Laptop aus der Hülle, stelle ihn auf die Glasplatte und klappe ihn auf.

»Was weißt du über den Unfall?«, frage ich sie und stelle im selben Moment fest, dass der Laptop passwortgeschützt ist.

»Über den Unfall?«

Nike sieht ehrlich verwirrt aus, und ich bin völlig baff. Kann das wirklich sein? Es hätte mich nicht überrascht, wenn Erik sich in einem schwachen Moment seiner Assistentin anvertraut hätte.

»Willst du mir sagen, dass Erik dir nie erzählt hat, wieso er gelähmt ist?«

Sie schüttelt den Kopf.

»Er wollte nicht darüber reden.«

Ich wechsle das Thema.

»Kennst du sein Passwort?«

»Was willst du denn nachschauen?« Sie kommt einen Schritt näher. »Darfst du das überhaupt?«

»Erik ist tot«, sage ich. »Und ich bin sein Vater.«

»Aber …« Nike stemmt die Hände in die Hüften, bemüht sich, energisch zu wirken. »Ich kann mir nicht vorstellen, dass er damit einverstanden ist.« Sie verbessert sich. »Gewesen wäre …«

»Erik war mein Sohn«, unterbreche ich sie. »Ich bin auf seiner Seite. Bitte, Nike. Komm schon.«

Sie seufzt, beugt sich über die Tastatur und tippt widerstrebend das Passwort ein. Sesam öffnet sich.

Meine Brille steckt in der Hosentasche, ich setze sie auf und starre auf den Bildschirm. Ein Durcheinander von Dateiordnern ist über den ganzen Computer-Schreibtisch verstreut. Einer davon heißt *Job*. Ich öffne ihn, aber keines der Dokumente scheint das zu sein, was mich interessiert.

»Wonach suchst du?«

Nike hängt jetzt über meiner Schulter.

»Du hast gesagt, er hätte gestern noch bis tief in die Nacht an einem Text gearbeitet«, sage ich. »Weißt du, was das war?«

Sie schüttelt den Kopf.

»Das hat er mir nicht gesagt. Aber er hat in letzter Zeit aus allem ein Geheimnis gemacht und nicht mehr wie sonst über seinen Job geredet. Ich habe ihn gefragt, ob er an etwas Spannendem dran wäre, aber er wollte absolut nichts erzählen. Er meinte nur, ich würde es schon irgendwann erfahren.« Sie schluchzt leise, sieht mich mit glasigen Augen an. »Ich … ich glaube, er hat an einem Buch über sein Leben geschrieben. Dass es … nicht leicht für ihn war, und er wollte nicht, dass es jemand liest, bevor alles fertig ist.«

Ich rufe Word auf und klicke die Option »zuletzt verwendet öffnen« an. Dann gehe ich alle Dokumente durch, aber keiner der Texte beinhaltet etwas Persönliches. Alles, was ich finde, sind Artikel, die Erik für verschiedene Auftraggeber geschrieben hat.

Schließlich gebe ich auf.

»Du musst dich geirrt haben.« Ich sehe Nike an. »Hier ist nichts, was nach einem Buch aussieht.«

Ich schalte den Laptop aus und will ihn gerade in die Hülle zurückschieben, als ich etwas Weißes bemerke.

»Bingo«, murmele ich und ziehe einen dicken Briefumschlag heraus.

81

EMILY

»Bist du noch wach?«

Williams Stimme ist sanft, aber in meinen Ohren klingt sie schrill, zerreißt die dunkle Stille des Raums. Es ist unsere Hochzeitsnacht, die Uhr zeigt zwanzig nach vier, und wir haben uns erst vor ein paar Minuten hingelegt.

»Mhm.«

Ich ziehe die Decke zum Kinn. Am liebsten würde ich mich ganz darunter verkriechen und weinen.

»Das, was …« William räuspert sich. »Ich hoffe, du glaubst das nicht, was deine Mutter vorhin zusammenphantasiert hat.«

»Was meinst du?«

»Dass ich ein Mörder bin.«

»Natürlich glaube ich das nicht.«

»Sie scheint wirklich davon überzeugt zu sein, ich hätte zweimal versucht, Erik zu töten. Heute Nacht und damals bei dem Unfall. Aber ich schwöre dir, Emily. Ich habe ihm nichts getan.«

William redet schnell. Als hätte er es eilig, alles loszuwerden, was er sagen will. »Ich weiß wieder, was passiert ist. Ich weiß, warum wir gefahren sind. Und wie es zu dem Unfall gekommen ist.«

Im Bruchteil einer Sekunde bin ich hellwach.

»Gerade eben in der Lobby hast du doch noch gesagt, dass du dich an nichts erinnern kannst?«

Williams Hand tastet nach mir, findet meine Wange, streichelt sie zärtlich.

»Das konnte ich auch nicht. Bis heute Abend …« Er rutscht

näher. »Erst das, was mein Vater mir erzählt hat. Von dem Mann, den wir überfahren haben. Und als Hampus und die anderen dann vorhin unten saßen und geredet haben …« Seine Stimme zittert. »Es war so verdammt gruselig, weil ich auf einmal das Gefühl hatte, wieder in diesem BMW zu sitzen. Das war krank, Emily. Ich konnte Eriks Stimme *hören,* und ich …«

William verstummt, und ich lausche auf mein eigenes galoppierendes Herz.

»Ich habe nie kapiert, warum wir das getan haben«, sagt er dann. »Ich konnte ja verstehen, dass wir auch mal in so einem Auto sitzen wollten, aber ich habe mich immer gefragt, wie ich so dumm sein konnte, damit loszufahren. Mein Führerschein war erst ein paar Monate alt, wieso sollte ich den riskieren? Manchmal habe ich gedacht, dass Erik mich gezwungen hat.«

»Und? Hat er das?«

»Nein, wir wollten einfach nur eine Probefahrt machen. Es war das coolste Auto, das wir je gesehen hatten.« William hat sich auf die Seite gedreht, streicht mit dem Zeigefinger über meine Stirn. »Völlig bescheuert, natürlich. Aber wir waren auch total besoffen.«

»Und dann? Was ist passiert?«

Er schluckt.

»Erik saß neben mir und hat mich mit Sanja genervt. Hat die ganze Zeit rumgelabert, wie toll sie sei, und damit angegeben, dass sie jetzt ihm gehören würde …« Jedes Wort wird von seinem warmen Atem begleitet, und ich liege ganz still, brauche seine Wärme. »Du darfst jetzt nicht sauer werden, denk dran, dass es acht Jahre her ist.«

»Ich werde nicht sauer.«

»Okay …« Er spricht weiter. »Ich musste lachen und habe gesagt, dass das irgendwie nicht so ganz stimmen könnte, weil Sanja nämlich gerade mit mir rumgeknutscht hätte. Und da ist Erik total ausgeflippt. Er hat rumgeschrien und mich beschimpft.

Natürlich hatte ich ihn auch früher schon mal wütend erlebt, aber noch nie so wie da. Er hat mich angebrüllt, ich solle die Finger von seiner Freundin lassen. Lauter solche Sachen.«

»Das hat er gesagt? Dass Sanja seine Freundin sei?«

»Ja.« William sucht meine Hand, verschränkt seine Finger mit meinen. »Und das Auto hatte ordentlich PS. Ich bin viel zu schnell gefahren, habe wahrscheinlich aus lauter Panik das Gaspedal durchgetreten, während ich gleichzeitig versucht habe, Erik zu beruhigen.« Er seufzt. »Aber das hat überhaupt nicht funktioniert. Und als wir auf die gerade Strecke kamen, hat Erik meinen Arm gepackt und nach rechts gezogen.«

In der Stille, die folgt, liege ich reglos da, spüre Williams Hand in meiner.

»Dann …« Meine Stimme ist brüchig. »Dann war Erik schuld, dass ihr diesen Mann überfahren habt?«

»Das ist wahrscheinlich Auslegungssache. Immerhin saß ich am Steuer. Aber ich hatte Sanja geküsst, und er schien davon auszugehen, dass sie zusammen sind. Du weißt ja, wie Sanja ist … Oder wie sie damals war. Flirty. Vielleicht hatte sie mal mit Erik getanzt, und er hat daraus geschlossen, dass sie so gut wie verheiratet waren. Andererseits wäre es niemals zu dem Unfall gekommen, wenn er nicht an meinem Arm gezerrt hätte.«

»Das bedeutet ja …« Ich schlucke, fange noch einmal anders an. »Wenn das stimmt, was du sagst, dann hast du unschuldig im Gefängnis gesessen.«

»Na ja, ich bin immer noch gefahren. Und ich wurde wegen Trunkenheit am Steuer und fahrlässiger Körperverletzung verurteilt. Ganz ehrlich – ich bin deswegen nicht verbittert. Verglichen mit Erik bin ich mehr als glimpflich davongekommen, er hat einen viel höheren Preis bezahlt. Ganz zu schweigen von dem Mann, den wir überfahren haben.«

Ich versuche zu erfassen, was William sagt. Kann man einen

solchen Verrat wirklich einfach hinnehmen? Kann er, obwohl er gerade all diese Dinge erfahren hat, auch noch die andere Wange hinhalten und dann damit abschließen? Vielleicht.

»Bleibt nur zu hoffen, dass deine Mutter den Unfall bei der Vernehmung nicht angesprochen hat.« Er seufzt. »Nicht, dass die Polizei noch auf die Idee kommt, in den Archiven zu graben.«

Ich kann mir sehr gut vorstellen, dass sie genau das getan hat. Mama liebt es, sich darüber auszulassen, wie lausig die Ermittlungen seinerzeit geführt wurden.

»Mach dir keine Sorgen«, sage ich. »Mama steht unter Schock, sie fängt sich schon wieder.«

»Das gehört nicht unbedingt zu ihren stärksten Eigenschaften.« William seufzt wieder. »Sich zu fangen, meine ich.« Er liegt eine Weile stumm da. »Verdammt, Emily«, sagt er dann. »Ich weiß wirklich nicht, ob es richtig ist, das mit dem alten Mann weiterhin zu verschweigen. Ich fühle mich … einfach nicht wohl bei dem Gedanken.«

Ich schlinge die Arme um ihn und muss an meine großen Pläne für diese Nacht denken, an die Flasche, die unangetastet im Weinkühler steht, und die Rosenblätter, die wir vom Bett geschüttelt haben, ehe wir unter die Decke gekrochen sind. Ich hatte mir den Moment, in dem er die Neuigkeit erfahren würde, ganz anders vorgestellt, aber er muss ja wissen, was er zu verlieren hat, falls er sich entschließen sollte, zur Polizei zu gehen.

»Liebling.« Meine Nase an seinem Hals, mein Mund in der kleinen Grube über seinem Schlüsselbein. »Du wirst Papa. Wir werden Eltern.«

82

ANNIKA

Ich hatte gehofft, allein im Frühstücksraum zu sein, aber viele der Gäste haben einen langen Heimweg vor sich und wollen offenbar zeitig los. Fast die Hälfte der Tische ist besetzt.

Als Gittan und Krister mich entdecken, verstecken sie sich hinter ihren Kaffeetassen und drehen sich weg. Familie Jafari hat sich eine andere Ecke des Raums ausgesucht. Sie unterhalten sich leise, aber ihr Gespräch verstummt, als ich durch die Tür komme. Milo klopft energisch mit einem Teelöffel auf die Tischplatte.

An einem runden Tisch direkt vor dem Wintergarten sitzen Mats und Isobel zusammen mit Mats' Schwester Susanne, ihrer Mutter und deren Schwester. Mats hat dunkle Ringe unter den Augen, auf seinem Teller liegt eine einsame Scheibe Toast.

Ich selbst bin einerseits unglaublich wütend, andererseits stehe ich völlig neben mir. Das Gefühl ist dasselbe wie damals in der Unfallnacht, als Mats und ich in der Notaufnahme ankamen.

Eine Frau, die gerade ihren Sohn verloren hat, geht ans Buffet und nimmt sich einen weißen Teller, aber diese Frau bin nicht ich. Eine Frau, die gerade ihren Sohn verloren hat, schenkt sich Grapefruitsaft in ein winzig kleines Glas ein, sie sieht aus wie ich, aber ich kann es nicht sein, denn diese Frau verhält sich ganz normal. Sie rauft sich nicht die Haare. Sie schreit ihre Verzweiflung nicht heraus. Sie atmet, läuft hin und her und nimmt sich Rührei. Benutzt eine rostfreie Zange, um Frühstücksspeck aus einer fettigen Schale zu angeln.

Meine Knie werden weich, und ich stütze mich diskret auf der Anrichte ab, lasse den Speck auf meinen Teller fallen. Kalter Schweiß kommt aus allen Poren. Ich steuere auf einen freien Tisch in der Nähe zu, sinke auf den Stuhl und bete, dass ich jetzt nicht ohnmächtig werde und mit dem Gesicht im Rührei lande. Nach ein paar Schlucken Saft legt sich die Benommenheit, und mein Puls normalisiert sich.

Das Geräusch schleppender Schritte dringt an mein Ohr. Ich hebe den Kopf und sehe Mats, der mit einer Tasse in der Hand zum Buffet geht. Er füllt sie mit schwarzem Kaffee aus der großen Thermoskanne neben dem Automaten und gibt noch ein paar Tropfen Milch dazu. Eine Routine, die mir nur allzu vertraut ist.

Statt an seinen Tisch zurückzugehen, kommt er zu mir.

»Hej«, sagt er leise.

»Hej«, antworte ich genauso gedämpft.

Wir sehen uns schweigend an, scheinen beide den nächsten Schritt des anderen abzuwarten. Die Luft zittert vor Spannung. Zwischen uns stehen Fragen, Wut und Missgunst. Aber ich ahne auch noch etwas anderes. Denn es gab eine Zeit, da war alles gut, da waren wir eine Familie. Mutter, Vater, Kinder.

»Wie geht es dir?«

Er zieht sich einen Stuhl heran, setzt sich vorn auf die Kante und stellt seine Tasse auf den Tisch.

»Nicht besonders«, gebe ich zu. »Hat sich die Polizei noch mal bei dir gemeldet? Weiß man schon mehr über Eriks … Verletzungen?«

Er seufzt tief, schüttelt den Kopf und fragt im nächsten Atemzug, ob ich mit Emily gesprochen habe.

»Nein.« Ich blicke durch die großen Fenster in den Park, der wolkenverhangene Himmel liegt wie eine dunkle Decke über dem Öresund. »Du?«

»Wir haben gestern noch ein paar Worte gewechselt. Sie kommt zurecht.«

Ich sehe Mats wieder an.

»Sie muss sich von William trennen.« Ich beuge mich vor. »Dir ist doch hoffentlich bewusst, dass es kein Zufall sein kann, dass …« Die Wut kehrt zurück, und ich ignoriere Mats, der seine Hand hebt, um mich zu bremsen. »Es muss etwas zwischen den beiden vorgefallen sein«, fahre ich etwas lauter fort. »Irgendeine alte Geschichte, die all die Jahre vor sich hingeschwelt hat. William hat schon damals versucht, Erik umzubringen. Und diesmal hat er es geschafft.« Mats' Augen flackern, und ich versuche, seinen Blick festzuhalten. »Hörst du mich? William ist gefährlich. Wir müssen Emily klarmachen, dass …« Er unternimmt einen neuen Anlauf zu protestieren, aber ich bin jetzt richtig in Fahrt. »Nein, Mats, keine Widerrede!« Meine geballte Faust knallt auf den Tisch, und der Saft schwappt aus dem Glas. »Er darf nicht damit durchkommen, dieser …«

»Annika«, zischt Mats. »Nicht so laut, Herrgott nochmal. Da drüben sitzen Krister und Gittan. Und die Jafaris.«

»Das weiß ich.« Ich fauche zurück. »Aber ich habe nichts zu verbergen. Im Gegensatz zu …« Plötzlich verschwimmt Mats vor meinen Augen, die Tränen kommen ganz ohne Vorwarnung. »Erik ist tot«, schluchze ich. »Tot!«

»Komm.« Er nimmt mich am Handgelenk. »Wir gehen nach draußen.«

Ich gehorche, und Mats lässt mich los, sobald ich aufgestanden bin.

»Was wollen wir hier?« Wir stehen auf dem Vorplatz und ich schaue meinen Exmann durch einen Schleier aus Tränen an. »Und sag mir jetzt nicht, dass ich mich zusammenreißen soll, denn das werde ich nicht tun. Ich werde mich nie wieder zusammenreißen. Nie in …«

»Kannst du wenigstens für zwei Sekunden den Mund halten?«

Er fährt sich mit der Hand über die kurzen Haare, zögert erst, gibt mir aber dann ein Zeichen, ihn in den Park zu begleiten.

83

EMILY

Als es an der Tür klopft, bin ich wach. Ich habe die ganze Nacht kein Auge zubekommen, aber ich bleibe liegen und tue so, als würde ich schlafen. Spüre das Federn der Matratze, als William sich aufsetzt, höre, wie er zur Tür geht.

»Entschuldige.« Gittans Stimme. »Wir wollen uns auf gar keinen Fall aufdrängen. Aber es …«

Sie macht eine längere Pause, sucht wohl nach den richtigen Worten.

»Wir wollten nur nach euch schauen«, springt Krister ihr bei. »Wie fühlt ihr euch?« Er senkt die Stimme. »Wie geht es Emily? Konnte sie ein bisschen schlafen?«

»Es geht ihr den Umständen entsprechend gut«, sagt William. »Aber wir haben natürlich beide schlecht geschlafen …« Er räuspert sich. »Gibt es schon Neuigkeiten von der Polizei?«

»Von der Kripo hat sich heute noch keiner im Schloss blicken lassen.« Gittan flüstert fast. »Aber unten vor der Tür steht ein Streifenwagen.«

»Es ist einfach unglaublich«, knurrt Krister. »Dass so etwas ausgerechnet auf eurer Hochzeitsfeier passieren musste. Hätte er sich nicht eine passendere Gelegenheit dafür aussuchen können? Ohne unbeteiligte Dritte mit hineinzuziehen.«

»Du denkst also, es war Selbstmord?«, fragt William.

»Was soll es denn sonst gewesen sein?«

Krister konnte noch nie leise reden, und es klingt, als würde Gittan versuchen, die beiden Männer in den Flur zu lotsen, um mich nicht zu wecken. Sie bemüht sich umsonst. Ich verstehe jedes Wort.

»Annika ist direkt auf mich losgegangen«, sagt William. »Sie hat herumgeschrien, ich hätte Erik umgebracht und dass ich jetzt ja endlich meinen Willen bekommen hätte.«

»Das habe ich gehört.« Gittans Stimme bebt vor Zorn. »Diese Frau ist vollkommen verrückt geworden. Wie kann sie so dreist sein, derartige Vorwürfe in den Raum zu stellen? Das ist doch Wahnsinn! Fängt sie etwa wieder mit der ganzen alten Geschichte an? Du solltest sie anzeigen, William.«

»Unsinn.« William versucht, seine Mutter zu beruhigen. »Annika stand unter Schock. Sie hat nicht darüber nachgedacht, was sie da sagt. Das war mit Sicherheit nicht so gemeint.«

Er klingt deutlich unbekümmerter als heute Nacht. Ich kann mich nicht erinnern, dass er Mama schon jemals in Schutz genommen hat. Vielleicht hat ihn die Nachricht, dass er Vater wird, nachsichtiger gemacht.

William hat geweint, als ich ihm gesagt habe, dass wir ein Baby bekommen. Seine Gefühle haben ihn so überwältigt, dass ich mir einen furchtbaren Augenblick lang unsicher war, ob es Freudentränen oder Tränen der Verzweiflung waren. Aber er hat mir geschworen, dass er glücklich sei. Überglücklich. Und dann haben wir beide noch mehr geweint. Weil wir uns so darauf freuen, Eltern zu werden. Aber auch, weil so viel Schreckliches passiert ist.

»Sei dir da nicht zu sicher«, gibt Gittan zu bedenken. »Annika hat schon immer gern Feuer gelegt. Sie genießt es regelrecht, Menschen zu verletzen. Diese Frau braucht Streit wie andere die Luft zum Atmen.«

Ich müsste mich eigentlich aufregen, aber meine Schwiegermutter hat recht. Mama ist nie so energiegeladen wie mitten in einer Auseinandersetzung. Und wenn ich so darüber nachdenke, dann war das ziemlich oft der Fall. Nicht zuletzt, wenn es um

Erik ging. Für ihn konnte sie Himmel und Hölle in Bewegung setzen.

Das Gespräch im Hotelflur verstummt, und ich höre, wie William zurück ins Bett kommt. Er schlüpft unter die Decke und zieht mich an sich.

»Wie geht es dir?«, fragt er.

»Ich weiß nicht. Ich konnte nicht schlafen.«

»Ich auch nicht.«

Wir liegen eine Weile schweigend nebeneinander.

»Glaubst du, dass er ermordet wurde?«, fragt William unvermittelt.

Er flüstert, als hätte er Angst, es könnte uns jemand hören.

»Nein«, sage ich. »Warum sollte ihn jemand ermorden?«

»Es gibt einen Grund. Erik wusste etwas, das besser ein Geheimnis bleiben soll.«

Ich kneife die Augen zu und mache sie wieder auf. Das Zimmer ist noch da. Nichts hat sich verändert.

»Aber wer sollte in diesem Fall der Mörder sein? Du, Papa oder Krister?«

William schnappt nach Luft.

»Das ist nicht lustig. Du weißt, dass keiner von uns so etwas tun würde.« Er legt eine Hand auf meinen Bauch. »Bist du sicher, dass du schwanger bist?«

»Hundert Prozent.«

84

MATS

»Da bist du ja.« Krister zieht mich auf dem Kiesweg mit sich. »Können wir kurz reden?«

Das ist keine Frage, es ist ein Befehl.

»Bis nachher«, sage ich zu Annika, die auf dem Vorplatz steht und Krister anstarrt. »Ich rufe dich an, wenn wir abfahrbereit sind.«

Krister hat es eilig, und kurz darauf gehen wir schon an der Terrasse vorbei. Ich drehe mich hastig um. Isobel steht an einem der großen Fenster im Frühstücksraum, und ich winke ihr, um ihr zu signalisieren, dass sie sich keine Sorgen machen soll. Sie hebt genervt die Arme, ist offensichtlich der Meinung, dass ich bereits lange genug spazieren gegangen bin.

»Mats«, sagt Krister. »Es … tut mir leid. Wirklich.«

Zum ersten Mal seit langem scheinen Krister Nihlzén die Worte zu fehlen. Das könnte daran liegen, dass er betroffen ist. Oder es liegt daran, dass er so tut, als wäre er betroffen.

»Danke.«

Ich ziehe den Reißverschluss meiner dünnen Jacke hoch. Die sommerliche Hitze von gestern ist buchstäblich wie weggeblasen.

Krister räuspert sich, spuckt ins Gras.

»Hast du etwas gesagt?«, fragt er dann.

»Nein«, sage ich. »Warum sollte ich das tun?«

»Keine Ahnung.« Er zuckt die Schultern. »Weil du aufgewühlt und erschüttert bist vielleicht.«

Er hat recht. Noch vor ein paar Minuten war ich kurz davor,

Annika die ganze Geschichte zu erzählen. Weil ich finde, dass sie ein Anrecht darauf hat zu erfahren, warum es Erik so schlechtging. Ich würde ihr gern erklären, dass es nicht nur daran lag, dass er im Rollstuhl saß, sondern auch an den Schuldgefühlen. Aber im letzten Moment hielt mich irgendetwas davon ab. Wir haben dieses Geheimnis so lange bewahrt. Was hätte ich gewonnen, wenn ich jetzt darüber reden würde? Die Polizei hat keinen Zusammenhang zwischen dem Leichenfund in Häckeberga und dem Autounfall vor acht Jahren hergestellt. Ich weiß nicht, ob Annika die Information für sich behalten könnte. In betrunkenem Zustand vermutlich nicht. Und ein Geständnis würde uns alle in den Abgrund reißen, inklusive Emily.

Aber womöglich ist die Angst, dass meine Tochter mich hassen könnte, der wahre Grund, warum ich Annika nicht einweihen will. Wenn Emily jemals erfährt, was wir getan haben – sie würde es mir nie verzeihen. Sie würde den Kontakt zu mir abbrechen, genau wie sie es bei Annika getan hat, und das würde ich nicht überleben.

Und dann geht es natürlich auch um Isobel.

»Ich habe mit niemandem darüber gesprochen. Weder mit der Polizei noch mit Annika, Isobel oder Emily.«

»Gut.« Krister nickt zufrieden. »Und der Notruf damals? Als du die 112 verständigt hast … Da gibt es ganz sicher nichts, was die Polizei auf deine Spur bringen könnte, oder?«

»Du weißt, dass es nichts gibt.«

»Ja, ja«, sagt er schnell. »Es ist so lange her. Ich musste nur meine Erinnerung auffrischen.« Eine Sorgenfalte bildet sich zwischen Kristers buschigen Augenbrauen. »Allerdings haben wir ein anderes Problem … Das heißt, wahrscheinlich ist es gar keins, aber ich denke, du solltest es trotzdem wissen.«

»Was denn?«

Wir stehen fast an der Stelle, wo Erik verunglückt ist. Absperrbänder flattern im Wind, und ich muss mich wegdrehen, will nicht an den Anblick erinnert werden, den ich letzte Nacht dort ertragen musste.

»*Ich* habe es erzählt«, sagt Krister. »Und zwar William. Er ist gestern Abend zu mir gekommen und … Nun, Erik hatte sich offenbar verplappert und Andeutungen gemacht. Ich habe versucht, mich aus der Sache rauszuwinden, aber William war …« Er verzieht das Gesicht. »Es ging nicht. Mir blieb nichts anderes übrig, als die Karten auf den Tisch zu legen.«

Ich schaue auf das Meer hinaus, das sich wild in alle Richtungen kräuselt. Auf den Wellenkronen tanzt weißer Schaum. Ich begreife, dass Emily jeden Moment die Wahrheit erfahren wird. Natürlich wird William ihr dieses Geheimnis anvertrauen.

»Und jetzt ist Erik tot.« Ich schiebe die Hände in die Jackentasche, balle die Fäuste. »Das könnte auch reiner Zufall sein, aber …«

»Stopp«, fällt Krister mir ins Wort. »Ich weiß, was du denkst. Und ich kann verstehen, dass man die Situation leicht so deuten kann, wie du es gerade tust. Vor allem jetzt, in dieser Phase der Trauer.« Er sieht mich durchdringend an. »Ja, William war sehr aufgebracht. Aber vor allem war er wütend auf *mich*. Auf uns. Weil wir den Alten …« Er bricht ab, muss überlegen, wie er fortfahren soll. »William weiß, dass Erik nichts mit unserer Entscheidung zu tun hatte«, sagt er schließlich. »William würde niemals … Das schwöre ich dir.«

Und du?, denke ich. Wie weit bist du bereit zu gehen, um deinen Ruf und den deiner Familie sauber zu halten?

Aber natürlich sage ich das nicht laut.

85

ANNIKA

Ich stehe noch lange auf dem Vorplatz und überlege, ob ich zurück in den Frühstücksraum gehen soll, aber bei dem Gedanken an kaltes Rührei wird mir schlecht. Stattdessen gehe ich langsam nach links in Richtung Nebengebäude. Genauso gut kann ich schon mal meine Sachen packen, ich habe hier nichts mehr verloren. Wenn ich mir vorstelle, dass ich die ganze Rückfahrt mit Mats und Isobel in einem Auto verbringen muss, bin ich jetzt schon erschöpft. Es muss doch noch andere Gäste geben, die nach Malmö fahren.

Mats fand die Theorie, dass William Erik umgebracht hat, völlig abwegig. Meine Überlegung, dass sein Motiv etwas mit dem Unfall zu tun haben könnte, wollte er sich schon gar nicht mehr anhören.

»Die Polizei hat alles im Griff«, sagte er. »Lass die Leute ihre Arbeit machen. Und vergiss nicht, dass du gerade über Emilys Ehemann sprichst. Ein Mordvorwurf ist nichts, was man einfach so zurücknehmen kann.«

Mats scheint dagegen davon auszugehen, dass es Selbstmord war.

»Es wäre schrecklich, wenn sich herausstellen sollte, dass Erik sich dafür entschieden hat, seinem Leben ein Ende zu setzen, statt uns um Hilfe zu bitten, aber wir wissen doch beide, dass es ihm nicht gutging. Phasenweise ging es ihm sogar richtig schlecht. Und auf der Fahrt hierher hatte er eine Panikattacke. Die Vorstellung, all den Menschen zu begegnen, die er seit der Gerichtsverhandlung nicht mehr gesehen hat, war zu viel für ihn.«

Was Eriks psychische Verfassung betrifft, hatte Mats natürlich recht, aber ich hielt dagegen, dass unser Sohn sich eine denkbar schlechte Methode ausgesucht hatte, wenn er ernsthaft sterben wollte. Niemand, der sich wirklich umbringen wollte, fuhr dafür im Rollstuhl eine Wiesenböschung runter. Die Wahrscheinlichkeit war viel zu hoch, dabei einfach direkt umzukippen und sich höchstens ein paar Grasflecken auf dem Frack zuzuziehen.

Mats meinte, dass Erik vielleicht durcheinander gewesen sei, dass er unüberlegt aus dem Moment heraus gehandelt habe.

»Misch dich nicht in die Arbeit der Polizei ein, Annika«, meckerte er an mir herum. »Erspar ihnen deine Theorien.«

Neben meinen eigenen Schritten höre ich Stimmen vom Schloss näher kommen. Ich drehe mich um und sehe Familie Jafari auf der Treppe. Ibbe und seine Frau vorweg, hinter ihnen folgen Massoud und Fariba mit Milo auf dem Arm. Ich nehme an, dass sie ihre Sachen zusammenpacken und nach Södra Sandby fahren werden, den Samowar aufsetzen und die Geschehnisse der Nacht diskutieren werden. Es würde mich nicht wundern, wenn sie auch davon überzeugt wären, dass Erik sich das Leben genommen hat, und bestimmt geben sie mir die Schuld an allem, was passiert ist.

Ich gehe schneller, bleibe am Eingang des Nebengebäudes stehen und wühle in meiner Tasche nach der Schlüsselkarte. Unmittelbar bevor Krister aufgetaucht war, wollte Mats wissen, ob er noch irgendetwas für mich tun könne. Ob ich nicht jemanden anrufen wolle, ob mir vielleicht jemand Gesellschaft leisten würde, damit ich jetzt nicht allein sein müsse.

Ich brauche keine Hilfe. Das Einzige, was ich will, ist mein Erik, und den kann auch Mats mir nicht wiederbringen. Niemand kann das.

Als ich die Schlüsselkarte endlich gefunden habe und vor den Sensor halte, legt sich eine Hand auf meine Schulter. Ich zucke zusammen, drehe mich um.

»Entschuldige.« Ibbes Haare sind genauso glänzend und perfekt frisiert wie immer, aber er ist blass und sieht müde aus. »Ich wollte dich nicht erschrecken.« Er lächelt unsicher. »Es tut mir so furchtbar leid«, sagt er dann. »Das mit Erik.«

Ich schaue ihn schweigend an.

»Ja, also, wir sind natürlich alle traurig.«

Er murmelt seine Beileidsbekundung und zeigt dabei auf die anderen, die versammelt hinter ihm stehen. Massoud, Fariba mit Milo, Ibbes Frau, Gittan und Krister, die ganze Bagage. Bis auf Milo sehen sie alle aus, als würden sie sich insgeheim weit wegwünschen, und scheinen das hier möglichst schnell hinter sich bringen zu wollen.

Sehr praktisch, Ibbe als eine Art Unterhändler vorzuschicken. Damit sie danach mit gutem Gewissen nach Hause fahren können.

Obwohl meine Hände zittern, schaffe ich es, die Karte lange genug vor das Lesegerät zu halten. Ohne ein Wort ziehe ich die Tür auf und stürme zu meinem Zimmer.

»Scheiße.« Meine Fäuste trommeln auf den Schreibtisch. »Scheiße, scheiße, scheiße.«

Die Minibar ist nicht mal einen halben Meter entfernt. Hinter der braunen Klappe warten Wärme und Trost. Meine Finger strecken sich nach dem Griff, aber ich widerstehe, schaffe es, meine Hand zu stoppen. Stattdessen bearbeite ich die Tischplatte mit noch mehr harten Schlägen. Ich hämmere, bis meine Hände taub sind und die Unterarme brennen. Dann lege ich mich aufs Bett, verschwitzt, außer Atem, und starre an die Decke.

Es täte mir sicher gut, noch ein bisschen zu schlafen, aber ich kann nicht. Ich frage mich, ob ich überhaupt je wieder schlafen kann.

Ich sehe Kafkas vorwurfsvollen Blick vor mir. Noch ist er ja mit allem versorgt, aber ich habe plötzlich Sehnsucht nach meinem

Kater. Ich will nur noch nach Hause. Wenn es gar nicht anders geht, nehme ich eben ein Taxi.

Kleider und Schuhe landen kreuz und quer in meinem Trolley. Ich pfeife auf mein Reisenecessaire, lege stattdessen den Koffer aufs Waschbecken und fege Schminkzeug und Schmuck einfach mit Schwung von der Spiegelablage direkt auf mein restliches Gepäck.

Und dann ist Schluss. Meine Beine gehorchen nicht mehr, bunte Punkte tanzen vor meinen Augen. Ich lasse mich auf den Klinkerboden sinken, lege den Kopf auf meine angezogenen Knie, atme schwer.

Erik ist tot.

Wirklich tot.

Ich kann nicht mehr. Aber ich muss hier weg. Weg von diesem Ort. Weg von diesen Menschen.

Meine Handtasche liegt auf dem Bett. Ich krieche auf allen vieren dorthin, zerre irgendwie mein Handy heraus und suche aus dem Telefonbuch die richtige Nummer heraus.

»Annika?«, meldet sich Pirkko verschlafen. »Ist etwas passiert?«

86

EMILY

»Sollen wir gehen?« Ich stehe vom Bett auf und merke, dass meine Beine zittern. »Dann haben wir es hinter uns.«

»Du musst dich unten nicht blicken lassen.« William hängt seinen Frack auf den Bügel, schiebt ihn in den Kleidersack und zieht den Reißverschluss zu. »Niemand erwartet das von dir. Dein Bruder ist tot, dafür hat jeder Verständnis. Wir können uns das Frühstück aufs Zimmer bringen lassen.«

Er hat recht, wir müssen nicht nach unten zu den anderen gehen. Ich würde am liebsten abreisen, ohne auch nur einen einzigen Menschen zu sehen. Aber früher oder später müssen wir dieses Zimmer verlassen. Und es wird nicht besser und auch nicht einfacher, wenn wir es noch länger hinauszögern.

»Nein, schon gut.« Ich gehe zur Tür, stütze mich an der Wand ab, um mich aufrecht zu halten. »Unsere Gäste sind aus dem ganzen Land angereist. Wir sollten uns wenigstens für die Geschenke bedanken … Unser Bedauern über das Geschehen ausdrücken. Oder etwas in der Art.«

William kommt mit, aber er sieht skeptisch aus.

»Bist du sicher, dass dir das nicht zu viel wird?« Er streichelt mir über die Wange. »Du musst dich jetzt schonen.«

Ich lege die Hand auf die Klinke und stutze.

»Hast du mein Armband gesehen?«

»Welches?«

»Das Perlenarmband natürlich.«

Ich wanke ins Bad und finde das Etui. Es ist leer, genau wie ich befürchtet habe. Die Kette schmiegt sich um meinen Hals, auch die Ohrringe habe ich an. Ich schaue mich suchend um, kalter Schweiß bricht mir aus. Cissi glaubt an Horoskope und trägt verschiedene Kristalle bei sich, die ihr Kraft geben sollen. Mit diesem Hokuspokus konnte ich noch nie etwas anfangen, aber dass ein Teil der Morgengabe verschwunden ist, fühlt sich sogar für mich wie ein schlechtes Omen an.

Ich gehe zurück zum Bett, wühle in den Decken und Kissen. Vielleicht habe ich heute Nacht vergessen, das Armband abzulegen? Aber es liegt nicht im Bett und auch nicht darunter, alles, was ich finde, sind Staubflusen, die über das Parkett schweben. Jetzt kann ich nicht mehr. Das ist der eine Tropfen zu viel.

»Ein Armband kann sich doch nicht in Luft auflösen!«

Ich stehe auf, und das Zimmer dreht sich.

»Es taucht bestimmt wieder auf, wenn wir unsere Sachen packen«, sagt William und nimmt meinen Arm. »Ist alles okay?«

»Ja, mach dir keine Sorgen.«

Auf dem Weg nach unten kommt das Schwindelgefühl zurück. Ich weiß nicht, ob es an der Schwangerschaft liegt, am Armband oder an der allgemeinen Anspannung. Meine Ruhe ist aufgesetzt, ich bin überhaupt nicht so gefasst, wie ich mich nach außen gebe. Aber wir fahren bald nach Hause. Dann kann ich zusammenbrechen. Unbeobachtet.

»Emily.« Cissi steht mit Karl Forselius und ein paar anderen Gästen in der Lobby. Sie klopft William kurz auf die Schulter und stürzt dann auf mich zu. »Süße, wie geht es dir?«

»Alles …« Ich schlucke die Tränen herunter, die plötzlich nach oben steigen, nehme einen neuen Anlauf. »Es ist beschissen. Wirklich beschissen. Ich will nur noch hier weg.«

»Oh, Emily.« Sie nimmt mich in die Arme. »Ich kann einfach nicht fassen, dass er nicht mehr da sein soll.«

»Ist die Polizei noch im Schloss?«

»Ich glaube schon.« Cissi streichelt mir über den Rücken. »Aber sie sind wohl bald fertig. Ich soll dich übrigens von Amanda grüßen und dir ausrichten, dass sie sich bei dir meldet. Sie sind gerade gefahren.«

Die Eingangstür geht auf, und wir lassen uns los. Eine große Frau mit blondierten, toupierten Haaren betritt die Lobby.

»Emily.« Sie atmet angestrengt. »Wie gut … Herzlichen Glückwunsch, natürlich. Und mein Beileid … Gott, entschuldige bitte. Ich weiß nicht, wie …«

Ich brauche einen Moment, um zu kapieren, dass die Frau Pirkko Larsson ist, Mamas Kollegin. Die beiden haben schon zusammen in der Bibliothek gearbeitet, als ich noch ziemlich klein war, und Pirkko war oft bei uns zu Hause, hat unsere Küche mit ihrem lauten Lachen gefüllt. Vielleicht sind sie immer noch Kolleginnen.

»Alles gut.« Ich ziehe sie ein wenig beiseite. »Wie … Warum bist du hier?«

»Annika hat mich angerufen.« Pirkko zieht ein Taschentuch heraus und wischt sich den Schweiß von der Stirn. »Aber wo ist sie?«

»Äh …« Ich sehe mich um. »Sie … Ich weiß es nicht. Hat sie dir das nicht gesagt?«

»Nein.« Pirkko schüttelt den Kopf. »Sie hat ganz komisch geredet, sehr durcheinander. Ich habe mir gleich Sorgen gemacht, dass sie, na ja, du weißt schon, vielleicht zu viel getrunken hat … Ich habe versucht, dich zu erreichen, und bei Mats habe ich es auch probiert, aber keiner von euch ist ans Telefon gegangen, deshalb …«

»Herrje. William? William!«

Er ist gerade in ein Gespräch mit Karl Forselius vertieft und sieht mich fragend an.

»Was ist los?«

»Mama«, flüstere ich. »Wir müssen meine Mama finden.«

87

MATS

Isobel und ich haben ausgecheckt und sind mit unserem Gepäck auf dem Weg zum Auto, als Emily quer über den Vorplatz auf uns zustürmt. William joggt direkt hinter ihr, und mein Magen krampft sich zusammen. Ich wollte nicht abreisen, ohne mich von meiner Tochter zu verabschieden, aber ich hatte mir vorgenommen, mich ab sofort von allen anderen Personen mit dem Nachnamen Nihlzén fernzuhalten.

»Wo … ist …« Emily keucht atemlos. »Wo ist Mama?«

»Keine Ahnung«, antworte ich. »Ich habe ihr gerade eine Nachricht geschickt, dass wir jetzt losfahren, falls wir sie mitnehmen sollen.«

Im selben Moment streckt mir jemand eine teigige Hand entgegen.

»Hej, Mats, wir haben uns lange nicht gesehen.« Pirkko Larsson taucht plötzlich wie aus dem Nichts auf. »Annika hat mich angerufen … Sie klang aufgewühlt und hat mich gebeten zu kommen. Wisst ihr vielleicht, wo sie ist?«

»Habt ihr schon in ihrem Zimmer nachgesehen?«, fragt Isobel und zeigt zum Nebengebäude.

»Komm.« Emily zieht Pirkko mit sich. »Ich weiß, welche Zimmernummer sie hat.«

Ist Annika umgekippt? Ich hoffe inständig, dass sie es geschafft hat, die Finger von der Flasche zu lassen. Sie sollte wenigstens warten, bis sie wieder zu Hause ist und nicht Gefahr läuft, sich ein zweites Mal in aller Öffentlichkeit zu blamieren.

Nach unserer Scheidung wurde es immer schlimmer mit Annikas Trinkerei. Mehr als einmal rief Emily mich völlig verzweifelt an, weil sie Angst hatte, ihre Mutter wäre tot oder auf dem besten Weg zu sterben.

Ganz so dramatisch war es zum Glück nie, aber einmal, als Emily bei Cissi übernachtet hatte und am Sonntagvormittag nach Hause kam, fand sie Annika völlig weggetreten in ihrem vollgekotzten Bett vor.

Ein anderes Mal musste ich Annika in der Stadt einsammeln. Es war Samstagabend, und Isobel und ich waren in einem Restaurant in Höllviken, als mein Handy klingelte. Mein erster Impuls war, den Anruf zu ignorieren. Wir hatten einen schönen Abend, und ich ahnte schon, dass Emily bestimmt nicht anrief, um ein bisschen zu plaudern. Aber natürlich nahm ich ab. Mein schlechtes Gewissen lag ohnehin schon bleischwer auf meinen Schultern, und nur weil ich Annika satthatte, konnte ich meine Tochter nicht im Stich lassen. Der Abend endete damit, dass ich mit einem Taxi zu einer versifften Kneipe in Södervärn fuhr, Annika auf den Rücksitz verfrachtete und sie anschließend zu Hause bewachen musste, bis der Alkohol buchstäblich wieder aus ihr herausgeflossen war.

Jetzt steht William zwischen dem Konferenztrakt und dem Nebengebäude und sieht ratlos aus. Mir wird plötzlich bewusst, dass er seine übliche Aura von Erfolg und Selbstsicherheit verloren hat. Er wirkt in sich zusammengefallen, seine Kleider sehen aus, als wären sie eine Nummer zu groß.

Ich gehe auf ihn zu.

»Wie geht es dir?«

Er schüttelt langsam den Kopf, schaut zur Tür, hinter der Emily und Pirkko gerade verschwunden sind.

»Nicht so besonders«, sagt er und sieht mich an. »Und selbst?«

»Ungefähr genauso.«

Wir haben nicht viel miteinander gesprochen, seit Erik gestern gefunden wurde. Und ich habe Angst davor, dass mir möglicherweise etwas herausrutscht, sollten wir ernsthaft anfangen zu reden. Ich werde den Gedanken einfach nicht los, dass er oder Krister – oder alle beide – ihre Finger im Spiel haben könnten.

»Bis bald«, sage ich. »Isobel und ich fahren jetzt nach Hause. Sag Emily, dass ich sie heute Nachmittag anrufe.«

Er nickt und folgt den beiden Frauen zum Nebengebäude.

Isobel und ich machen uns wieder auf den Weg zum Parkplatz, ziehen die Koffer über den Asphalt. Wir sind fast am Auto, als eine Frauenstimme meinen Namen ruft.

»Wir müssen mit Ihnen reden.« Die Polizistin, die letzte Nacht die Befragungen geleitet hat, Bornefager Irgendwas, kommt mit energischen Schritten auf uns zu. »Und es wäre gut, wenn Sie jetzt gleich mitkommen könnten.«

»Natürlich«, sage ich. »Darf ich nur schnell noch unsere Koffer ins Auto legen?«

Isobel sieht die Beamtin an und dann mich, ein Schatten huscht über ihr Gesicht.

»Worum geht es?«

»Ich weiß es nicht«, sage ich. »Ich habe keine Ahnung.«

Bornemark – oder war es doch Borneklint? – Fager schenkt Isobel ein Lächeln, das alles andere als herzlich wirkt.

»Es haben sich im Laufe des Morgens einige neue Informationen ergeben. Die würden wir gern überprüfen.«

Sie könnte jetzt natürlich hinzufügen »Machen Sie sich keine Sorgen, es dauert nicht lange« oder »Keine Angst, wir werden Ihren Mann nicht einsperren«.

Aber das tut sie nicht.

88

EMILY

»Mama?« Ich klopfe noch einmal laut an die Tür. »Bist du da?«

Im Zimmer bleibt alles still, und in meinem Kopf steigen die schrecklichsten Bilder hoch. Ein schlaffer Körper in einer Badewanne, in der sich das Wasser rot gefärbt hat. Ein ebenso schlaffer Körper im Bett, inmitten von Kotze und leeren Flaschen.

Erik war Mamas Ein und Alles, und mein ganzes Leben lang hatte ich das Gefühl, dass sie ihn mehr liebt als mich. Er schien ihre ganze Aufmerksamkeit einfach aufzusaugen. Es war, als wäre sie gar nicht fähig, gleich viel Liebe für uns beide zu empfinden.

Vielleicht war ich gar nicht gewollt. Vielleicht war es nie geplant, dass Erik noch ein Geschwisterchen bekommt. Die Frage brannte mir schon oft auf der Zunge – aber ich habe sie nie gestellt. Wahrscheinlich hatte ich zu große Angst vor der Antwort.

Erik konnte immer alles, und ich war in allem bestenfalls mittelmäßig. Mama hat sich mit ganzer Seele in Eriks Fußballspiel gestürzt, stand am Spielfeldrand und schrie wie eine Verrückte, schwärmte stundenlang von seinen Leistungen.

Als ich mit Hallenhockey anfing, hat sie das überhaupt nicht interessiert. Ich musste immer allein zusehen, wie ich zum Training kam, selbst wenn es aus Kübeln goss oder spiegelglatt auf den Straßen war. Sie hat sich kein einziges Match angesehen. Papa kam ein paarmal, um uns anzufeuern – und er wäre sicher öfter gekommen, wenn er mehr Zeit gehabt hätte. Irgendwann gab ich auf. Es ging mir beim Hockey nicht darum, die Aufmerksamkeit meiner Eltern zu bekommen, aber ohne ihre Unterstützung wurde das Ganze einfach zu mühsam. Ich kam oft zu spät zum Training, und es war mir peinlich, immer die Eltern meiner Freunde zu fragen, ob sie mich zu den Spielen mitnehmen konnten.

Auch Eriks Schulnoten waren ständig Thema beim Abendessen. »Super, oder?« Mama rieb uns seine Klassenarbeiten unter die Nasen. »Wieder eine Eins in Englisch.« Es gab tatsächlich nur ein einziges Fach, in dem ich glänzte – Mathe. Aber in Mamas Welt sind Sprachen viel mehr wert, deshalb wurden meine Mathenoten nie besonders gewürdigt. Wenn ich alles richtig hatte und erklären wollte, wie geschickt ich eine Aufgabe gelöst hatte, gähnte sie oder stand auf, um den Tisch abzudecken. Zumindest habe ich es so in Erinnerung.

»Annika, bitte! Mach auf!« Pirkko schaut mich an. »Was, wenn sie ohnmächtig geworden ist, Tabletten genommen hat oder …«

»Nimmt sie …« Mein Puls rast noch von dem kurzen Sprint hierher und ich schnappe nach Luft. »Nimmt sie etwa auch Tabletten?«

»Nein. Nicht, dass ich wüsste, aber …«

Pirkko verstummt, als das Türschloss knirscht, und dann steht Mama vor uns. Vollständig bekleidet und nicht im Geringsten blutig – sie wirkt nicht einmal betrunken. Nur die geröteten Augen verraten, dass etwas nicht in Ordnung ist.

Ein plötzlicher Zorn wallt in mir hoch. Und ich kann nicht mal sagen, auf wen ich wütender bin. Auf Mama, weil sie mich wieder in ein sechzehnjähriges Mädchen mit Todesangst verwandelt hat, oder auf mich selbst. Warum lasse ich es zu, dass meine Gefühle Amok laufen, obwohl ich doch beschlossen hatte, meine Mutter auf Abstand zu halten?

»Gott sei Dank.« Pirkko schiebt sich nach vorn und umarmt Mama. »Ich habe mir solche Sorgen gemacht. Ich dachte schon, du …« Sie schüttelt den Kopf. »Es ist so furchtbar. Mit Erik. Was ist überhaupt passiert? Wie kann man denn …« Dann besinnt sie sich und sieht mich an. »Entschuldige. Entschuldige, bitte, ich …«

»*Du* musst dich nicht entschuldigen.« Ich starre Mama an. »*Sie* ist diejenige, die sich dafür entschuldigen sollte, dass sie wegen nichts und wieder nichts diesen Großeinsatz ausgelöst hat.«

Mama sieht mich mit leeren Augen an.

»Ich habe niemanden um einen Großeinsatz gebeten. Ich habe Pirkko angerufen, nicht dich.«

89

ANNIKA

»Hier.« Pirkko stellt einen Becher mit Kaffee und Milch auf den Nachttisch und lässt sich in den Sessel fallen. »Du kannst das Zimmer so lange haben, wie du es brauchst«, sagt sie. »Sonntags sind weniger Gäste im Haus.«

Ich nehme den Becher und nippe vorsichtig, um mir nicht die Zunge zu verbrennen. Der Kaffee schmeckt abscheulich.

»Danke, dass du gekommen bist.«

»Das ist doch selbstverständlich.« Pirkko mustert mich. »Du klangst wahnsinnig aufgeregt am Telefon – aber das ist ja kein Wunder. Wenn man bedenkt, was passiert ist.«

Wir schweigen eine Weile, trinken unseren Kaffee. Draußen vor dem Fenster zieht ein Schwarm Gänse am grauen Himmel vorbei.

»Willst du mir mehr erzählen?«

Darüber zu reden bringt mir meinen Erik auch nicht zurück. Trotzdem stelle ich den Becher auf den Nachtisch und fange an zu erzählen. Als ich ihr die Trauung und das vornehme Abendessen beschreibe und von meiner Rede erzähle, lacht sie.

»Entschuldige.« Sie sieht betreten aus. »Aber es ist einfach so typisch für dich, Annika.«

Ich erkläre ihr, dass Erik unterhalb der Böschung gefunden wurde. Mein Hals schmerzt, und mein Kopf fühlt sich an, als würde er gleich platzen, aber ich rede weiter, erzähle von dem Chaos, das dann folgte, und den Vernehmungen.

»Es ist so schrecklich. Man kann es gar nicht begreifen …«, murmelt sie, als ich fertig bin.

Der Gedanke an die Familien Jafari und Nihlzén und ihren erbärmlichen Versuch, Mitgefühl zu demonstrieren, gibt meinem Zorn neues Futter, verdrängt sehr effektiv die Trauer.

»Ich werde dir jetzt noch etwas erzählen ...« Ich schaue Pirkko an. »Aber du darfst wirklich mit niemandem darüber sprechen, versprich mir das.«

Sie sieht mich erschrocken an, aber sie legt die Hand aufs Herz.

»Ich glaube«, sage ich und verbessere mich dann selbst, »nein, ich bin mir sicher, dass William Erik umgebracht hat.«

»Was?« Pirkko schlägt sich die Hand vor den Mund. »Ist dir klar, was du da sagst? Ich dachte, es wäre ein Unfall gewesen.« Nach einer kurzen Pause fügt sie zaghaft hinzu: »Oder Selbstmord.«

Ich schüttele den Kopf.

»Die Polizei hat sich noch nicht dazu geäußert, aber ich bin überzeugt davon, dass es Mord war.«

Pirkko hört mir mit großen Augen zu, als ich ihr meine Theorie einer Racheaktion darlege.

»Um Himmels willen.« Pirkko sieht mich entsetzt an. »Das klingt wie aus einem Film oder einem Buch.«

»Ich weiß«, sage ich. »Natürlich ging es Erik phasenweise schlecht, aber warum um alles in der Welt sollte er sich hier das Leben nehmen? Auf der Hochzeit seiner Schwester?«

»Und Emily?«, fragt Pirkko. »Was sagt sie zu deinem Verdacht?«

Ein dumpfer Schmerz rumort in meinem Bauch, und vielleicht will er mich an etwas erinnern. Ich habe drei Kinder in mir getragen und geboren. Nun lebt nur noch eins von ihnen. Emily. Das Mädchen mit dem feindseligen Blick.

Erik war drei, als seine kleine Schwester zur Welt kam. Die Schwangerschaft war beschwerlich, ich litt durchgehend unter Übelkeit, ich war müde und schwerfällig. Trotzdem musste ich zu Hause das meiste allein stemmen, weil Mats kurz zuvor das Geschäft übernommen hatte und rund um die Uhr arbeitete. Da wir vor Erik ein Sternenkind bekommen hatten, wagte ich bis zuletzt nicht daran zu glauben, dass alles gutgehen würde. Aber dann war sie da – und wie. Schreiend, schrumpelig und sehr lebendig.

Es klingt wie ein Klischee, doch als wir mit Emily aus der Klinik nach Hause kamen, war unsere Familie komplett. Ein Junge und ein Mädchen – was kann man sich noch mehr wünschen?

Natürlich dachte ich manchmal an Oscar, unseren Jungen, der vor der Geburt gestorben war. Ich fragte mich, wie er wohl ausgesehen hätte, was für ein Mensch er gewesen wäre. Aber das hinderte mich nicht daran, mich über meine beiden Kleinen zu freuen. Im Gegenteil. Ich war so unendlich dankbar, dass es sie gab und dass alles gutgegangen war.

Und Emily war ein unkompliziertes Baby. Sie aß und schlief gut, und sie war zufrieden und fröhlich. Es gab nie Probleme mit ihr. Wenn andere von den Trotzanfällen ihrer Dreijährigen erzählten oder über die Vorpubertät jammerten, konnte ich nicht mitreden. Im Teenageralter, vor allem nach Eriks Unfall, hatten wir so unsere Kämpfe miteinander, aber die meiste Zeit war sie brav und umgänglich.

Als kleine Schwester musste sie oft mitkommen, wenn der große Bruder zum Training oder zu Spielen gefahren wurde. Sie beklagte sich selten. Und als sie doch irgendwann anfing, sich darüber zu beschweren, war sie alt genug, um allein zu Hause zu bleiben. Ich hatte den Eindruck, dass Emily froh war, die ganze Fußballsache los zu sein, und dass sie glücklich war, wenn sie sich allein in ihrem Zimmer beschäftigen konnte oder sich mit Cissi verabreden durfte. Aber vielleicht hat sie sich auch vernachlässigt gefühlt. Wir haben eigentlich noch nie darüber geredet.

Wann ist unser Verhältnis so abgekühlt? Wann hat Emily aufgehört, mit ihren Sorgen zu mir zu kommen? War das vor oder nachdem sie William wiederbegegnet ist?

Die Bauchschmerzen breiten sich im ganzen Körper aus.

»Pirkko«, flüstere ich, denn meine Stimme trägt nicht mehr. »War ich …« Ich muss mich zwingen, die Frage zu stellen. »War ich eine schlechte Mutter?«

»Nein!«, ruft sie, ohne zu zögern. »Wie kannst du so etwas sagen? Du warst eine phantastische Mutter. Überleg doch mal, wie viel Zeit du für Eriks Fußball geopfert hast. Und dann, nach dem Unfall, hast du mit Zähnen und Klauen dafür gekämpft, dass er eine Entschädigung bekommt.«

»Ja, ja …« Tränen verschleiern mir den Blick, und ich sehe Pirkko wie durch einen Nebel. »Dass ich für Erik eine gute Mutter war, weiß ich. Zumindest habe ich *versucht*, es gut zu machen …«

Pirkko sieht mich schweigend an und wartet darauf, dass ich weiterrede.

»Aber für Emily …«, schluchze ich. »Emily.«

90

MATS

Ich stehe in einem kalten Verhörraum auf der Polizeiwache in Helsingborg. Borneklint Fager hat Gesellschaft von einem Mann mit Seitenscheitel und Undercut bekommen. Unter seinem olivgrünen Hemd zeichnen sich die durchtrainierten Oberarme ab.

»Henric Lunde, Kripo«, sagt er und streckt mir die Hand hin. »Bitte, setzen Sie sich.«

Ich wische mir schnell den Schweiß von der Hand und begrüße ihn, dann setzen wir uns an den einzigen Tisch im Raum. Jemand hat drei Gläser bereitgestellt, drei Flaschen Mineralwasser, einen Computer und ein Handy. Lunde greift nach der Maus und klickt zunächst eine Weile auf dem Bildschirm herum, dann dreht er den Kopf und sieht mich mit kalten blauen Augen an.

»Gut. Legen wir los«, sagt er.

Borneklint Fager greift nach dem Handy, schaltet etwas ein, legt es wieder auf den Tisch.

Lunde hakt zügig die einleitenden Formalitäten ab und fährt dann im selben Tempo fort: »So. Bitte schildern Sie uns kurz, wo Sie sich gestern Abend und Nacht aufgehalten haben. Beginnen Sie mit dem Abendessen, und dann arbeiten wir uns Stunde für Stunde vor.«

Ich wende mich an seine Kollegin.

»Wozu soll das gut sein? Das habe ich Ihnen und Ihrem anderen Kollegen doch schon alles gesagt. Ich verstehe nicht …«

»Erzählen Sie es einfach noch mal. Danke«, sagt Lunde.

Zum zweiten Mal innerhalb von vierundzwanzig Stunden beschreibe ich Annikas kleine Vorstellung während des Festessens und wie ich sie ins Nebengebäude gebracht habe. Ich erkläre, dass ich ins Schloss zurückgegangen bin und wie sich nach und nach alle Gäste im Saal versammelten, um beim Hochzeitswalzer zuzuschauen.

»Danach wurde die Tanzfläche für alle freigegeben. Als meine Mutter und ihre Schwester sich zurückziehen wollten, sind wir nach draußen gegangen, um dem Brautpaar gute Nacht zu sagen. Wir haben noch ein paar Worte gewechselt, dann habe ich die Damen zu ihren Zimmern gebracht und bin anschließend wieder auf die Feier zurück.«

Als ich eine Pause mache, um Luft zu holen, wedelt Lunde ungeduldig mit der Hand. Also erzähle ich von noch mehr Tanz, von Drinks und von dem Augenblick, als jemand ins Schloss gestürzt kam und schrie, dass Erik verletzt sei. Ich ende mit dem nächtlichen Spaziergang zum Parkplatz.

Von einzelnen Ereignissen will der Ermittler die genauen Uhrzeiten wissen, und mir wird langsam schwindelig. Ich bin mir nicht mehr sicher, was wann passiert ist und welche Uhrzeit ich mir nur ausgedacht habe, um ihm etwas sagen zu können.

»Wenn ich Sie richtig verstanden habe …«, er scrollt zurück und fährt dann fort, »sind Sie und Ihre Lebensgefährtin, Isobel Perez, nach der Vernehmung durch meine Kollegen ins Bett gegangen. Das war um kurz nach drei Uhr heute Nacht. Sie konnten nicht einschlafen, und dann ist Ihnen eingefallen, dass Sie Ihr Handyladegerät im Auto vergessen hatten. Sie sind es holen gegangen und dann auf direktem Weg wieder in ihr Zimmer im Schloss zurückgekehrt?«

»Das ist korrekt«, sage ich.

»Hm.« Henric Lunde schaut vom Bildschirm hoch. »Wie kommt es dann, dass eine Überwachungskamera vor dem Eingang des Nebengebäudes Sie heute Nacht zweimal eingefangen hat? Um genau zu sein um 3.31 Uhr und um 3.45 Uhr.«

»D…das kann nicht sein«, antworte ich, ohne nachzudenken. »Das muss jemand gewesen sein, der mir ähnlich sieht.«

»Wohl kaum.« Lunde durchbohrt mich mit seinem eisblauen Blick. »Ich zeige Ihnen gern die Bilder …«

Er dreht den Bildschirm in meine Richtung. Ich tue so, als würde ich meine Brille suchen, um Zeit zu gewinnen. Aber noch bevor ich die Brille aufgesetzt habe, sehe ich zwei Versionen eines kurzhaarigen, leicht übergewichtigen Manns in weißem T-Shirt vor der Glastür. Auf beiden Bildern ist die Uhrzeit eingeblendet.

Ich schwitze wie ein Schwein. Wie zur Hölle soll ich aus dieser Nummer wieder rauskommen? Ich würde am liebsten laut schreien, versuche stattdessen zu lächeln.

»Ja, richtig … Stimmt, ich erinnere mich dunkel. Um die Zeit war ich noch etwas beduselt.«

»Ach ja?« Borneklint Fager wacht auf. »Soweit ich mich erinnere, haben Sie einen ziemlich klaren Eindruck bei der Vernehmung letzte Nacht gemacht. Haben Sie danach Alkohol getrunken?«

Ich fluche im Stillen.

»Ich habe mir ein paar Gläser genehmigt, um runterzukommen. Ich wusste nicht, dass das verboten ist.« Ein unerwarteter Zorn überkommt mich und lässt mich laut werden. »Ich stand unter Schock. Das ist ja wohl verständlich, oder? Was wollen Sie eigentlich von mir? Mein Sohn ist tot, und Sie erwarten von mir, dass ich mich an jeden einzelnen Schritt erinnere, den ich gestern Abend gemacht habe, an die genaue Uhrzeit und …«

»Wir wissen, dass das hier schwer für Sie ist«, sagt Lunde ohne einen Hauch von Empathie in der Stimme. »Aber sagen wir einfach, dass Sie nicht mehr alles so genau im Kopf hatten, was heute Nacht vorgefallen ist … Nachdem Sie nun diese Aufnahmen hier gesehen haben – können Sie uns erklären, was Sie im Nebengebäude getan haben?«

Ich muss mich konzentrieren. Was wissen sie? Wissen sie überhaupt etwas, oder tun sie nur so? Wie viel kann ich erzählen? Mir ist absolut bewusst, wie die Situation in den Augen der Polizei wirken muss und dass alles, was ich jetzt sage, dumm klingen wird.

»Doch, doch, ich weiß es jetzt wieder.« Lunde und Borneklint Fager wechseln einen vielsagenden Blick, aber ich ignoriere sie und fahre unbeirrt fort: »Nike, also Eriks Assistentin, war nach ihrer Vernehmung sehr aufgewühlt. Ich habe mir Sorgen um sie gemacht und wollte nachschauen, ob alles in Ordnung ist. Wo ich ja sowieso schon draußen unterwegs war.«

»Mitten in der Nacht?«

»Ja, genau.« Ich starre ihn böse an. »Mitten in der Nacht. Wenn man traurig oder deprimiert ist, geht es einem gerade dann oft am schlechtesten. Nike war fix und fertig. Erik war für sie nicht nur irgendein Klient von vielen, die beiden waren eng befreundet.«

»Okay …« Henric Lunde verschränkt die Arme vor der Brust. »Aber warum sind Sie zweimal zu Eriks Assistentin gegangen? Oder haben Sie noch anderen Personen einen nächtlichen Besuch abgestattet?«

»Nein.« Das Zucken in Borneklint Fagers Mundwinkel ist mir nicht entgangen. »Nein«, wiederhole ich mit mehr Nachdruck. »Ich war nur bei Nike. Bei niemandem sonst. Sie … brauchte Kopfschmerztabletten. Die Schachtel lag in Eriks Auto, ich habe sie ihr mitgebracht, als ich mein Ladegerät geholt habe.«

»Das war wirklich sehr nett von Ihnen.« Lunde beugt sich über den Tisch nach vorn, und ich unterdrücke den Impuls zurückzuweichen. »Und Eriks Laptop? Was war damit?«

91

ANNIKA

»Bist du dir wirklich ganz sicher?« Pirkko knallt den Kofferraum ihres knallroten Kias zu. »Ich habe jede Menge Zeit, falls du doch noch zu Emily willst, bevor wir fahren.«

Ich schüttele den Kopf. Ich habe schon viel zu viel Zeit an diesem Ort verbracht. Meine Kollegin wollte unbedingt, dass ich mich noch eine Stunde ausruhe, bevor wir das Zimmer verlassen.

»Du hast doch selbst gehört, dass sie nichts mit mir zu tun haben will.«

»Das ist deine Interpretation.« Pirkko öffnet die Fahrertür und quetscht sich hinters Steuer. »Außerdem sagt man manchmal Sachen, die man gar nicht so meint. Vielleicht wünscht Emily sich tief im Herzen auch, dass ihr miteinander reden würdet.«

Ich lasse mich auf den Beifahrersitz fallen, mein Blick wandert noch einmal zum Schloss zurück. Der Wilde Wein zittert im Wind, und der dunkelgraue Himmel bildet einen scharfen Kontrast zur sandfarbenen Fassade.

»Wenn es so wäre, hätte sie mir das auch einfach sagen können. Und ehrlich gesagt, weiß ich gar nicht, ob ich das wollen würde. Mit ihr reden, meine ich.«

Pirkko lässt den Motor an und legt den Rückwärtsgang ein.

»Du hast jetzt nur noch Emily«, sagt sie sanft. »Vergiss das nicht.«

Als wir Örenäs hinter uns lassen, landen die ersten schweren Regentropfen auf der Windschutzscheibe. Ich verfolge ihren schlingernden Weg das Glas hinunter. Es gab eine Zeit, in der es auf verregneten Autofahrten Eriks Lieblingsbeschäftigung war, sich zwei Tropfen auszusuchen und zu beobachten, welcher von beiden zuerst unten ankam. Er kommentierte das Wettrennen mit großer Begeisterung und machte die Sportjournalisten aus dem Fernsehen nach. Wir lachten damals über die erwachsenen Formulierungen, die aus dem Mund dieses kleinen Jungen kamen.

Tränen steigen mir in die Augen, und ich drehe mich zu Pirkko um, die leicht nach vorn gelehnt am Steuer sitzt.

»Ich …« Meine Stimme bricht. »Ich will ihn sehen.«

»Erik?«, fragt sie, ohne den Kopf zu drehen.

Ich nicke.

»Das geht bestimmt. Gibt es jemanden, an wen du dich wenden kannst?«

»Ich habe eine Visitenkarte bekommen.« Ich greife in die Handtasche, aber ich ziehe die Hand nicht wieder heraus. »Die Frau, die gestern die Zeugen befragt hat, meinte, ich solle mich melden, wenn etwas wäre.«

Wir nähern uns der Auffahrt auf die E6, und Pirkko tritt aufs Gas.

»Na also«, sagt sie. »Ruf sie gleich morgen früh an. Montags ist es bestimmt einfacher, jemanden zu erreichen.«

Ich atme tief ein und langsam wieder aus.

»Bist du sicher, dass du lieber allein sein willst?« Meine Kollegin hält den Blick fest auf die Straße gerichtet. »Kafka zählt nicht. Und ich weiß, dass er Hunger hat, aber wir können erst bei dir vorbeifahren und den Kater versorgen, und dann kommst du mit zu mir.«

»Danke, aber das ist nicht nötig.«

Pirkko kennt mich, sie macht sich bestimmt Sorgen, dass ich zur Flasche greife. Und genau das habe ich vor. Der Rotwein, der in der Küche auf mich wartet, ist das Einzige, was mich im Moment aufrecht hält.

Das Handy in meiner Tasche klingelt. Garantiert wieder ein Klatschreporter, der einen Kommentar der trauernden Mutter haben will. Ich lasse es einfach klingeln. Wer mir etwas Wichtiges mitzuteilen hat, kann mir gern eine SMS schicken. Ich weigere mich, heute mit fremden Menschen zu sprechen.

Der Regen wird stärker, peitscht gegen die Scheiben. Die Wischerblätter arbeiten hektisch dagegen an, und trotzdem kann man die Straße kaum noch sehen. Der Himmel weint, eine abgedroschene, aber passende Metapher.

Pirkko hustet, als wollte sie die Stimmbänder zum Leben erwecken.

»Und du hast der Polizei also gesagt, dass du denkst, dass Erik ermordet wurde?«, fragt sie dann.

»Ja.« Ich starre auf die nasse Fahrbahn. »Aber ich hatte nicht den Eindruck, dass sie mich ernst nehmen.«

»Hm.« Meine Kollegin macht ein summendes Geräusch. »Glaubst du wirklich … Ich meine, glaubst du *ganz tief im Innersten*, dass William zu so etwas fähig wäre? Entschuldige, aber es fällt mir so schwer, mir vorzustellen, dass es ein Mord gewesen sein könnte. Das klingt so … unwirklich.«

Ich schließe die Augen und lehne den Kopf an die Nackenstütze. Pirkko hat recht. Es klingt unwirklich. Und vielleicht hat er ihn nicht vorsätzlich getötet. Vielleicht war es, trotz allem, ein Unfall. Aber wenn es so war – warum hat er dann vertuscht, was passiert ist? Wieso ist er weggelaufen, statt den Notarzt zu rufen? Außerdem sind zwei schreckliche Unfälle einer zu viel. Es ist nicht besonders schwer, hier ein deutliches Muster zu erkennen.

»Aber es könnte sein, dass du doch recht hast«, fährt Pirkko fort. »William sitzt nämlich gerade bei der Polizei.«

Ich sehe sie an.

»Jetzt?«

Sie nickt.

»Ich nehme jedenfalls an, dass er noch dort ist. Als ich auf dich gewartet habe, kam eine Polizistin und hat ihn gebeten, sie für eine weitere Vernehmung nach Helsingborg zu begleiten. Er ist selbst gefahren, hat sich das Auto von einem seiner Freunde geliehen. Mats musste wohl auch noch mal mit, um Fragen zu beantworten.«

»Mats?« Ich sehe die bunten Schilder von Center Syd im strömenden Regen vorbeiflimmern und drehe mich dann langsam zu Pirkko um. »Das mit Mats kann nur ein Missverständnis sein. Aber William … Vielleicht gibt es doch noch so etwas wie Gerechtigkeit auf dieser Welt.«

92

EMILY

»Willst du nicht lieber mit zu uns nach Hause kommen?« Gittan dreht sich im Auto zu mir um. »Du kannst so lange bleiben, wie du willst.«

»Danke.« Ich sehe sie an. »Aber ich bin völlig fertig, und ich … brauche einfach ein bisschen Zeit für mich allein.«

Ich meine, eine gewisse Erleichterung in den müden Augen meiner Schwiegermutter zu erkennen. Am Anfang der Autofahrt hielt sie einen langen Monolog darüber, wie furchtbar traurig und schrecklich alles ist. Stellte tausend Fragen, die niemand beantworten kann.

»Warum musste William noch mal zur Polizei? Weiß man inzwischen, wie Erik gestorben ist? Es kann doch nur Selbstmord gewesen sein? Verzeih, Emily, aber er war ja wirklich etwas speziell. Oder findet ihr nicht? Und wie kann das eigentlich sein, dass uns niemand informiert?«

Nachdem weder ihr Mann noch ich auf sie reagierten, wurde sie irgendwann still.

Jetzt räuspert sich Krister vorn auf dem Fahrersitz, und es scheint, als wolle er etwas sagen – aber sein Mund bleibt zu.

Mein Schwiegervater hat keinen Ton gesagt, seit wir Örenäs verlassen haben. Ich nehme an, dass ihm gerade eine Menge durch den Kopf geht. So wie ich Krister kenne, beschäftigt ihn weniger Eriks Tod als vielmehr die Sorge, dass die Wahrheit über den Autounfall ans Licht kommen könnte. Wird William der Polizei erzählen, was er weiß, wenn sie ihn unter Druck setzen und mehr über sein Verhältnis zu Erik wissen wollen? Möglich. Aber eigentlich kann ich es mir nicht vorstellen. Die Firma bedeutet ihm unendlich viel. Ibbe und er haben WibNet gegründet, sie haben so viel Zeit und Energie in dieses Unternehmen gesteckt. Er kann doch nicht sein Lebenswerk aufs Spiel setzen, nur weil unsere Väter vor acht Jahren eine unfassbar dumme Entscheidung getroffen haben?

Ich habe noch nie erlebt, dass es Krister die Sprache verschlägt. Um ehrlich zu sein, denke ich manchmal, dass er viel zu viel redet. Aber heute würde ich mir nichts mehr wünschen, als dass er anfangen würde, irgendetwas zu erzählen. Ich will den normalen wichtigtuerischen Krister zurück. Will ihn schimpfen und herumpoltern hören und will, dass er die Sache in die Hand nimmt. So wie er es sonst immer tut. Der normale Krister Nihlzén wäre aufs Polizeirevier gestürmt und hätte verlangt, den Polizeichef zu sprechen. Er hätte hundert Telefonate mit Leuten geführt, die Kontakte zur Justiz haben, und sie um fragwürdige Gefallen gebeten. Aber ich nehme an, dass er sich im Augenblick lieber unauffällig verhalten will.

Ich werfe einen hastigen Blick aufs Handy. Ich habe über fünfzig unbeantwortete Anrufe und fast ebenso viele ungelesene SMS. Diese verdammten Journalisten, die unbedingt ein Statement von William haben wollen. Sie scheuen nicht einmal davor zurück, mich zu kontaktieren, obwohl ihnen klar sein muss, dass Erik mein Bruder war. Ich habe die Schlagzeilen gesehen: *Todesfall auf Promihochzeit. Hochzeitstragödie bei den Nihlzéns. Mysteriöser Tod erschüttert Hochzeitsgäste.* Haben sie nichts Wichtigeres, worüber sie schreiben können? Krieg und Hunger zum Beispiel?

Widerwillig klicke ich mich durch die Nachrichten, um sicherzugehen, dass ich nichts Wichtiges übersehen habe. Habe ich nicht. Aber es ist zumindest eine Nachricht darunter, die mich interessiert. Meine Tante gibt mir Bescheid, dass Oma und meine

Großtante Ulla jetzt erst mal bei ihr zu Hause sind und es den beiden den Umständen entsprechend gutgeht. Ich antworte mit einem roten Herzen und schalte den Klingelton wieder ein, falls Papa oder William sich melden.

Papa. Mein Magen zieht sich zusammen. Warum musste er noch mal zur Polizei? Warum war die Vernehmung im Schloss nicht genug? Dass Papa noch ein zweites Mal befragt wird, ist mir genauso unbegreiflich wie die Tatsache, dass William mit aufs Revier musste. Es sei denn, es geht doch um diese alte Geschichte. Ich verstehe das alles nicht.

Wie üblich kümmert sich Krister nicht um irgendwelche Verbotsschilder, und heute bin ich dankbar dafür. Er fährt mich direkt vors Haus und parkt zwei Meter vom Eingang entfernt. Ich rechne schon fast damit, dass hinter der niedrigen Mauer gegenüber bereits die Paparazzi lauern, aber zum Glück sind keine Fotografen in der Nähe zu sehen. Vielleicht haben sie sich auch nur vor dem Regen in die Bar Italia geflüchtet.

Meine Schwiegereltern helfen mir, unser Gepäck und die vielen Geschenke in die Wohnung zu tragen. Alles landet auf einem großen Haufen in der Diele, der Kleidersack oben drauf.

»Na dann.« Gittan umarmt mich. »Jetzt ruh dich ordentlich aus, meine Liebe. Leg dich in die Badewanne, mach es dir schön. William kommt bestimmt auch jeden Moment nach Hause. Die haben sicher inzwischen gemerkt, dass sie die falsche Person im Visier haben.«

Krister steht in der Tür und murmelt etwas, das Zustimmung bedeuten könnte. Oder denkt er, dass an Mamas Vorwürfen womöglich doch etwas dran ist? Ich schüttele den Gedanken ab. Das ist absurd.

Als die Tür hinter ihnen zugefallen ist, stehe ich immer noch in der Diele, starre den Geschenkeberg aus Zellophan und Schleifenbändern an. Dann ist es, als würde alle Energie aus mir herausrinnen. Mit dem Rücken an der Wand rutsche ich langsam auf den Boden und bleibe sitzen. Kraftlos, willenlos und so unendlich müde.

Das Handy weckt mich. Ich muss auf dem harten Fliesenboden eingeschlafen sein. Wie lange habe ich hier gelegen? Der Klingelton wird lauter, und ich komme auf die Knie, stehe auf und taumle zur Kommode, wo das Handy liegt. Benommen nehme ich den Anruf an.

»Hej, Spätzchen, hier ist Mama.«

Ich erstarre.

»Leg nicht auf«, sagt sie sofort. »Ich habe gehört, dass William und Mats in Helsingborg sind und …«

Sie hat getrunken. Es ist nicht zu überhören, und ich hole Luft, um sie anzuschreien, aber sie kommt mir zuvor.

»Wie geht es dir?«

Der Boden schwankt, ein Augenblick im freien Fall. Ich schaffe es stehen zu bleiben, klammere mich an der Wut fest, die über all die Jahre in mir gewachsen ist.

»Bist du jetzt endlich zufrieden?«

Mama keucht, aber ich gebe ihr keine Gelegenheit, mich zu unterbrechen. »Das ist doch genau das, was du immer wolltest? Du wolltest, dass alles kaputtgeht! Genau das war die ganze Zeit dein Ziel!«

»Emily, bitte.« Mama schluchzt. »Sag das nicht. Du *darfst* so etwas nicht sagen. Ich habe nie gewollt, dass …«

Ohne darüber nachzudenken, bin ich aus der Diele gegangen und stehe jetzt vor dem großen Panoramafenster, das zum Meer hinausgeht. Die Wellen werfen sich wütend gegen die Uferpromenade, klatschen gegen Stege und Mauern.

»Du wolltest mich nie haben! Du hast immer nur Erik geliebt. Mich hast du gehasst, seit ich auf die Welt gekommen bin. Aber weißt du was? Ich weiß trotzdem, was Liebe ist. Und ich werde meinem Kind all das geben, was ich von dir nie bekommen habe.«

Das Telefon gleitet mir aus der Hand und knallt auf das glänzende Parkett.

93

ANNIKA

Mein Herz rast wie wild, und ich spüre einen Druck auf der Brust. Ich richte mich auf dem Stuhl auf, um mehr Sauerstoff zu bekommen, aber der Druck wird immer schlimmer. Ist das der Moment, in dem ich meinen ersten Herzinfarkt erleide? Papa hatte zwei leichte, bevor der dritte ihm den Garaus machte. Die Angst gleicht einer eiskalten Hand, die mich umklammert. Meine Fingerspitzen und Lippen werden taub. Sterbe ich jetzt? Hier, am Küchentisch?

Niemand wird mich vermissen. Wenn ich heute tot umfalle, dann werde ich hier wahrscheinlich bis Dienstagnachmittag unbemerkt verrotten, weil sich Pirkko erst dann fragen wird, warum ich nicht komme, um sie an der Ausleihe in der Bibliothek abzulösen. Aber möglicherweise würde sie sich noch nicht einmal wundern, sondern denken, dass ich wegen Erik zu Hause geblieben bin. Es wäre nicht überraschend, wenn sich eine Mutter nach dem Tod ihres Sohnes krankschreiben lassen würde.

Das Handy liegt stumm auf dem Tisch, aber in meinem Kopf hallen Emilys Worte wider.

Du hast immer nur Erik geliebt. Mich hast du gehasst.

»Nein«, flüstere ich, und eine Träne fällt auf den gesprungenen Handybildschirm. »Ich habe dich geliebt … Ich *liebe* dich …«

Die kalte Hand schließt sich noch fester um mich. Ich atme tief ein und zähle dabei bis fünf, atme genauso langsam aus. Zähle weiter, benutze die Ziffern wie ein Mantra. Und es scheint zu funktionieren, denn schließlich lässt der Druck ein wenig nach.

Ich lehne mich zurück, sehe mich in der Küche um, als wäre ich zum ersten Mal hier. Die Vorhänge, die Pflanzen auf der Fensterbank, Geschirrtücher und Topflappen. Die riesige Pfeffermühle, die Erik mir in dem Jahr zu Weihnachten geschenkt hat, als er nach Göteborg gezogen ist. Sie war teuer. Ich habe in dem guten Haushaltswarengeschäft im Einkaufszentrum Triangeln nachgeschaut, was vergleichbare Pfeffermühlen kosten. Vielleicht war das seine Art, mich um Verzeihung zu bitten? *Verzeih mir, Mama. Verzeih mir, dass ich dich verlassen habe.*

Neben der Pfeffermühle steht der Wein. Ein paar Liter Vergessen und Erleichterung in einer recycelbaren Verpackung. Wer auch immer meine Leiche hier auf dem Stuhl – oder wohl eher auf dem Boden – finden wird, wird wahrscheinlich denken, dass diese tote Frau eine tragische Figur war. Ohne Freunde, ohne Familie. Und das Letzte, was sie getrunken hat, war billiger australischer Rotwein aus dem Tetrapack.

Ich lasse den Tränen freien Lauf, schniefe und schluchze, wische mir mit dem Pulliärmel den Rotz von der Nase. Wen schert das? Niemanden. Absolut niemanden.

Als ich das nächste Mal den Kopf hebe, sitzt Kafka in der Tür. Seine gelbgrünen Augen leuchten wie Sterne am schwarzen Nachthimmel. Vielleicht hat er einen siebten Sinn, vielleicht versteht er, dass ich Trost brauche, und will mich an seine Existenz erinnern. Ich seufze. Wir können so tun, als ob, aber wir wissen beide, dass es nicht stimmt. Ich liebe meinen Kater, und er liebt sein Futter.

Lautlos tapst er auf mich zu, starrt mich auffordernd an.

»Willst du auf den Schoß?«, frage ich rasselnd. »Das machst du doch sonst nie?«

Kafka rührt sich nicht von der Stelle, lässt mich nicht aus den Augen. Ich schiebe den Stuhl ein wenig zurück, damit ein bisschen mehr Platz zwischen mir und dem Tisch ist, und kurz drauf liegt das rabenschwarze Tier zusammengerollt auf meinen Beinen.

Die Finger in dem dichten Fell vergraben, versuche ich, Emilys Stimme zum Schweigen zu bringen. Die kalte Hand hat mein Herz losgelassen, aber das Echo in meinem Kopf ist noch da. Ihre Worte haben tiefe, schmerzende Wunden gerissen. Der Kater sieht mich an, die Sternenaugen glitzern. Ich zwinge mich, dem Echo zuzuhören.

Ich werde meinem Kind all das geben, was ich von dir nie bekommen habe.

Meinem Kind? Hat sie das wirklich gesagt, oder bilde ich es mir nur ein? *Meinem Kind.* Ist Emily schwanger?

Nein. Sie kann nicht schwanger sein. Sie hat gestern geheiratet, ich habe doch gesehen, wie sie angestoßen hat. Oder hat sie womöglich gar keinen Alkohol getrunken? Ich kann mich nicht so genau erinnern, war mehr an meinem eigenen Wein interessiert. Aber ihr Kleid saß so perfekt. Da war nichts von einer Schwangerschaft zu sehen. Nein, sie erwartet bestimmt kein Baby.

Ein Kind. Emilys kleiner Sohn oder ihre kleine Tochter. Ein Enkelkind.

Mein Enkelkind.

Für ein paar Minuten spiele ich mit dem Gedanken, dass Emily schwanger ist und ich Oma werde. Was gleichzeitig hieße, dass Mats Opa werden würde. Mats. Ihn hätte ich in dem ganzen Gefühlschaos fast vergessen. Was hat Pirkko gesagt? Dass William *und* Mats von der Polizei für weitere Vernehmungen nach Helsingborg abgeholt worden sind.

Ja, genau das hat sie gesagt. *Für weitere Vernehmungen.* Ich lasse die Erkenntnis sacken, suche nach Gründen. Dass William bei der Polizei ist, überrascht mich nicht. Er hat schließlich einiges zu erklären. Aber Mats? Was um alles in der Welt wollen sie von ihm?

Ich greife nach meinem Handy, suche in der Liste mit meinen letzten Anrufen nach Mats und drücke auf seine Nummer. Während das Freizeichen ertönt, empfinde ich große Dankbarkeit dafür, dass ein eventuelles Enkelkind nicht schon heute auf die Welt kommt. Papa und Opa beim Polizeiverhör. Das wäre kein guter Start ins Leben.

Das Freizeichen bricht ab, die Mailbox geht an. Ich beschließe, dass es mir scheißegal ist, was man in meinem Nachruf über mich sagt, und setze Kafka sanft zurück auf den Boden. Ich brauche mehr Wein. Jetzt.

94

MATS

Ich würde töten für einen Snus, aber die Tabakdose muss wohl im Koffer gelandet sein. Die harte Stuhllehne ist unbequem. Ich schließe die Augen. Versuche, mich zu entspannen, was allerdings völlig unmöglich ist. Aber wahrscheinlich wollen sie genau das bezwecken und halten mich deshalb schon seit Stunden hier fest.

Das mit dem Laptop zu verheimlichen war dämlich. Ich hätte einfach sofort sagen sollen, wie es war. Meine Geschichte, dass Erik mich gebeten hätte, einen seiner Texte zu lesen, klingt genauso erfunden, wie sie ist. Aber es kann ja nicht verboten sein, den Laptop des eigenen Sohns zu öffnen. Zumal Nike ihn gleich heute Morgen der Polizei übergeben hat.

Ich höre Geräusche an der Tür und öffne die Augen. Henric Lunde und Jessika Borneklint Fager kommen ins Zimmer. Lunde hat einen Becher Kaffee in der Hand. Man hat mir ebenfalls Kaffee und sogar ein belegtes Brot angeboten, aber ich will hier nicht sitzen und so tun, als wäre ich im Café. Ich will nach Hause.

Lunde knallt eine Plastikmappe auf den Tisch und setzt sich mir gegenüber, Borneklint Fager nimmt – genau wie vorher auch – neben ihm Platz. Irgendetwas in ihren Gesichtern gibt mir ein ungutes Gefühl. Die beiden wirken auf einmal verdammt zufrieden, oder täuscht das?

Ich strecke die Beine unter dem Tisch aus und dehne die Arme, in der Hoffnung, meinen steifen Körper zum Leben zu erwecken. Beschließe, die Situation ab sofort selbst in die Hand zu nehmen, diesem arroganten Affen nicht länger das Ruder zu überlassen.

Borneklint Fager schaltet die Aufnahmefunktion ein und legt das Handy wieder auf den Tisch. Dann leiert sie mit monotoner Stimme Datum, Uhrzeit und anwesende Personen herunter.

»Langsam wird es absurd«, sage ich, als sie fertig ist. »Sie halten mich jetzt seit mehreren Stunden hier fest, und ich kapiere immer noch nicht, warum. Was wollen Sie eigentlich? Denken Sie etwa, ich habe meinen eigenen Sohn umgebracht? Und wenn Sie das nicht denken, sollten Sie Ihre Zeit dann nicht lieber darauf verwenden, den Mörder zu finden?«

Lunde verzieht keine Miene.

»Die Todesursache steht noch nicht fest. Wir ermitteln in alle Richtungen und schließen nichts aus, aber es ist nach wie vor möglich, dass es sich um einen tragischen Unfall handelt. Und ich bedaure natürlich sehr, dass das alles so lange dauert, aber wir warten noch auf einen richterlichen Beschluss.«

Mein Vorsatz, den weiteren Verlauf des Gesprächs in die Hand zu nehmen, fällt wie ein Kartenhaus in sich zusammen.

»W…was für einen Beschluss?«

»Die Bewilligung der Hausdurchsuchung bei Ihnen«, informiert mich Borneklint Fager.

»Was?« Ich kann mich nur mühsam beherrschen, nicht vom Stuhl aufzuspringen. »Wovon reden Sie da? Mit welcher Begründung? Sie können doch nicht einfach in mein Haus eindringen…«

»Ganz genau.« Henric Lunde plustert sich auf. »Aus diesem Grund brauchen wir die richterliche Anordnung. Und es geht uns auch gar nicht so sehr um Ihr Zuhause, wir wollen uns vor allem Ihren Computer ansehen.«

Ich schaue mich im Raum nach versteckten Kameras um, habe plötzlich das Gefühl, in einer verrückten Komödie mitzuspielen. Aber die Stimmung ist alles andere als heiter.

»Ich verstehe das nicht …« Vor meinen Augen flimmert alles.

»Wenn Sie nicht glauben, dass ich meinen Sohn umgebracht habe, was wollen Sie dann mit meinem Computer?«

»Das kann ich Ihnen gern erklären«, sagt der Ermittler und lehnt sich zurück. »Unsere Techniker haben heute Vormittag einen schnellen Blick in den Laptop Ihres Sohns geworfen. Und dabei sind sie über etwas gestolpert, das unser Interesse geweckt hat, besonders angesichts einer Sache, über die wir uns in diesem Moment auch mit Ihrem Schwiegersohn unterhalten.« Er nickt in Richtung der Wand hinter sich. »Wie Sie vielleicht mitbekommen haben, sitzt William Nihlzén im Zimmer nebenan.«

Ich merke, wie das Blut aus meinem Kopf schwindet und sich wie ein großer schwerer Klumpen in meinen Magen legt. Hat William etwa doch ausgepackt und die Wahrheit über den Unfall erzählt? Wie kann er nur so unfassbar dumm sein?

Ich sehe die beiden Polizisten an, versuche zu ergründen, wie viel sie tatsächlich wissen.

Der Umschlag, der in Eriks Laptophülle steckte, enthielt genau das, was ich bereits befürchtet hatte: ein Geständnis. Es war ein mehrseitiger, handschriftlicher Brief mit einer umfassenden Schilderung des gesamten Geschehens. Erik hatte nichts ausgelassen, weder wie er William während der Fahrt am Arm gezogen hatte noch wie Krister und ich den überfahrenen Mann erst im Wäldchen versteckt hatten, um seine Leiche in der darauffolgenden Nacht in Häckeberga zu verscharren.

Der Brief liegt in meinem Trolley und ist mit Isobel auf dem Weg zurück nach Malmö. Es schien keine digitale Version davon zu geben. Erik hatte bestimmt einen Grund, seine Geschichte von Hand aufzuschreiben. Vielleicht wollte er sicherstellen, dass niemand den Brief als Fälschung abtun kann. Aber was haben die Ermittler dann gefunden? Und was hat William ihnen erzählt, das sie veranlasst, *meinen* Computer durchsuchen zu wollen?

»Was …« Ich schlucke, setze noch einmal an. »Sie sagen also, dass Sie etwas auf Eriks Laptop gefunden haben. Aber was zur Hölle hat das mit mir zu tun?«

Lunde zieht ein Blatt aus der Plastikmappe, die auf dem Tisch liegt.

»Das hier ist ein Auszug von einem Ihrer Bankkonten, genauer gesagt dem Konto bei der UBS. Am ersten August ist Geld auf dieses Konto eingegangen, fünfzehntausend Kronen. Und so weit wir es zurückverfolgen können, wird exakt diese Summe an jedem Monatsersten auf dieses Konto überwiesen.«

Meine Gedanken schießen wie Flipperkugeln hin und her. UBS? Fünfzehntausend Kronen? Jeden Monat? Ich bin so in meine hektischen Überlegungen vertieft, dass Lunde seine Frage wiederholen muss.

»Mats Brandt, können Sie bestätigen, dass das Ihr Konto ist?«

»Nein«, sage ich. »Nein, kann ich nicht. Ich höre den Namen UBS gerade zum ersten Mal. Was ist das überhaupt?«

Lunde beugt sich über den Tisch.

»Denken Sie ganz genau nach.« Es fällt ihm schwer, seine Gereiztheit zu verbergen. »Wenn Sie jetzt lügen, bringen Sie sich in ernsthafte Schwierigkeiten.«

»Aber verdammt nochmal!« Die Wut ist zurück, flammt auf wie ein Feuer. »Ich schwöre Ihnen bei allem, was mir heilig ist, dass mir dieses Konto nicht gehört. Wie kommen Sie überhaupt darauf?«

Ich setze meine Brille auf, ziehe mir das Blatt näher heran. Ganz oben ist irgendein Logo. UBS. Darunter steht »United Bank of Switzerland«. Dann folgt eine lange Ziffernreihe und in der nächsten Zeile steht es schwarz auf weiß.

Account holder: Mats Brandt.

95

EMILY

Das Handy klingelt irgendwo in der Wohnung. Ich liege noch auf dem Sofa, lasse es einfach läuten, bis es von selbst wieder aufhört. Bestimmt ist es wieder Mama. Oder einer von diesen verfluchten Journalisten, die einfach nicht aufgeben. Kaum ist der Klingelton verstummt, fängt es von vorn an. Es könnte auch Amanda sein. Oder William. Aber warum sollte ich aufstehen?

Mein großer Bruder ist tot. Mein Papa und mein frischgebackener Ehemann werden schon den ganzen Nachmittag von der Polizei vernommen. Passiert das alles wirklich, oder ist es nur ein böser Traum? Ein ungewöhnlich realistischer Traum.

Unsere Hochzeit sollte wunderschön werden, eine Hommage an die Liebe. Am Ende wurde daraus eine einzige Katastrophe. Ich habe Mama gesagt, ich wüsste, was Liebe ist. Aber weiß ich das wirklich? Werde ich meinem Kind nach allem, was geschehen ist, noch Liebe und Sicherheit geben können? Oder werde ich genauso enden wie meine eigene Mutter? Einsam und verbittert, gemieden von allen, die ihr früher einmal wichtig waren?

Nein! Nein, nein, nein.

Panik macht sich in mir breit. Ich *darf* nicht so werden wie sie. William und ich müssen das hier gemeinsam durchstehen. Ich lasse nicht zu, dass unser Kind unter alldem leiden muss. *Niemals.*

Nach der Scheidung war Mama ein Wrack, und Papa hat nie begriffen, wie schlimm es wirklich war. Ja, er ist ein paarmal gekommen, um mir zu helfen, wenn es ganz besonders übel war, aber die meiste Zeit habe ich im Stillen gelitten. Ich hätte mich natürlich weigern können, jede zweite Woche bei Mama zu wohnen, aber ich konnte sie doch nicht im Stich lassen. Wenn ich ganz zu Papa und Isobel gezogen wäre, hätte sie wahrscheinlich durchgehend gesoffen und wäre am Ende auf der Straße gelandet.

Als ich mit der Schule fertig war, wirkte sie endlich etwas stabiler, und ich traute mich auszuziehen. Zuerst in ein Studentenwohnheim in Lund und wenig später in Williams Wohnung im Stadtzentrum. Mama hat es offensichtlich auch ohne mein wachsames Auge geschafft, ihren Job und ihre Wohnung zu behalten, und so voll wie gestern Abend habe ich sie auch schon lange nicht mehr erlebt. Aber ich weiß natürlich nicht, wie viel sie sonst trinkt. Wir sehen uns ja nie.

Mein Kopf schmerzt vom unterdrückten Weinen, und ich lasse den Tränen freien Lauf, trommle mit den Fäusten auf das Sofakissen und schreie so laut ich kann. Die Geräusche, die aus meiner Kehle kommen, machen mir Angst. Sie klingen wie von einem Tier. Einem verletzten Tier.

Ich halte inne und lausche. Was war das? Hat jemand an die Tür geklopft?

»Fahr zur Hölle!«, brülle ich, wohl wissend, dass wer auch immer draußen im Regen steht, mich sowieso nicht hören kann.

Das Handy klingelt wieder. Es ist doch nicht zum … Widerstrebend befreie ich mich aus der Decke, gehe dem nervigen Klingelton nach und finde mein Telefon auf dem Fußboden. Es klopft immer noch an der Tür. Welcher Spinner ist das? Mit dem Handy am Ohr gehe ich auf den Balkon und beuge mich über das Geländer.

»Emily!«, ruft Cissi in den Hörer, während ich sie gleichzeitig unten vor der Haustür sehe.

Es ist so dunkel, als wäre es Nacht, dabei ist noch Nachmittag. Die Außenbeleuchtung ist an, und das Meer rauscht und schäumt. Cissi entdeckt mich und winkt.

»Herrgott nochmal, Emily.« Das Klopfen hört auf. »Ist die Gegensprechanlage etwa immer noch kaputt? Ich habe mir langsam wirklich Sorgen gemacht. Kannst du mich jetzt bitte endlich reinlassen?«

Mein erster Gedanke ist nein.

Schaffe ich nicht.

Kann ich nicht.

Will ich nicht.

Aber Cissi würde ein Nein niemals akzeptieren. Wenn ich sie jetzt nicht reinlasse, dann klettert sie über den Balkon und kommt trotzdem in die Wohnung. Cecilia Björling kann ziemlich hartnäckig sein.

»Shit, was für ein ekelhaftes Wetter.« Cissi hinterlässt nasse Spuren auf dem Boden, ihre Haare kleben am Kopf. »In der Hinsicht hattet ihr gestern wirklich Glück …« Sie stockt, beißt sich auf die Zunge. »Entschuldige. O Gott, Emily. Es tut mir so leid, ich wollte nicht …«

»Alles gut. Ich bin so fertig, dass ich gar keine Kraft habe, um mir über so was Gedanken zu machen.«

»Und genau deshalb bin ich hier.« Sie stellt ihre tropfenden Sneaker ins Schuhregal und hängt ihre Regenjacke auf, greift dann nach einer braunen Papiertüte, die sie auf dem Boden abgestellt hat. »Für dich. Oder für uns. Hamburger, Pommes, extra Dip. Ich habe das mit William und deinem Papa gehört und dachte mir, dass du bestimmt nicht in der Verfassung bist, dir was zu essen zu machen, und vielleicht auch ein bisschen Gesellschaft gebrauchen kannst …« Ein unsicherer Seitenblick. »Ist das in Ordnung? Ich kann auch gehen, wenn dir das lieber ist.«

Ihre Fürsorglichkeit löst den nächsten Gefühlsschwall in mir aus. Die Tränen fließen in Strömen, als hätte jemand den Wasserhahn aufgedreht. Cissi stellt die Tüte wieder ab und nimmt mich lange in den Arm.

»Meine arme, arme Emily.«

Sie sagt nicht, dass alles wieder gut wird. Mir das zu versprechen traut sie sich nicht. Aber ihre Umarmung, ihre Wärme und dass sie hergekommen ist, reicht mir im Moment völlig aus.

»Möchtest du lieber erst reden und dann essen oder umgekehrt?«

»Ein bisschen Essen wäre nicht schlecht, glaube ich.«

Es wundert mich, dass ich überhaupt an Essen denken kann, aber ich habe schon das Frühstück kaum angerührt und bin ehrlich gesagt ziemlich ausgehungert. Cissi lässt mich los und lotst mich die Treppe hoch in die Küche, holt Geschirr und Besteck aus den Schränken und sichtet dann den Inhalt der Tüte.

»So«, sagt sie, als wir fast alles aufgegessen haben. »Was ist seit heute Morgen passiert? Bring mich auf den aktuellen Stand.«

Ich nehme eine Serviette und tupfe mir sorgfältig den Mund ab. Zeit für mich, eine Entscheidung zu treffen. Mir fällt ein Sommertag im Lottapark ein. Es muss ein paar Monate nach dem Unfall gewesen sein. Wir redeten über Ehrlichkeit. Cissi war felsenfest davon überzeugt, dass es den Leuten oft bessergeht, wenn sie nicht alles wissen. Sie war der Ansicht, es sei ein großer Unterschied, ob man lügt oder nur die Wahrheit verschweigt.

»Die lange oder die kurze Version?«, frage ich.

»Machst du Witze?«

Sie tut beleidigt, und ich erstatte ihr Bericht über die Ereignisse des Tages, erzähle von Pirkkos unvermitteltem Erscheinen, Mamas Fehlalarm und ihrem Anruf. Eine halbe Stunde später liege ich wieder auf dem Sofa, eingekuschelt unter einer dicken Decke und erschöpft vom vielen Weinen. Cissi sitzt auf dem Sessel auf der anderen Seite des Tischs, hat sich den Hocker herangezogen und die Füße hochgelegt.

»Du lieber Himmel«, murmelt sie, als ich fertig bin. »Das ist alles so krank. Ich sollte vielleicht nichts sagen, aber sowohl

Aftonbladet als auch Expressen haben eure Hochzeit heute als Schlagzeile auf den Titelseiten.«

Wir schweigen. Ich schließe die Augen. Meine Gedanken kreisen immer schneller, geben einfach keine Ruhe.

»Denkt die Polizei wirklich, dass William etwas mit Eriks Tod zu tun hat?«, fragt Cissi nach einer Weile.

»Ich weiß es nicht«, sage ich.

»Und du?« Cissis Tonfall bringt mich dazu, die Augen wieder zu öffnen. »Denkst *du*, dass es William war?«

»Nein.« Ich will gar nicht zögerlich klingen, aber es dauert ein paar Sekunden, bevor ich es schaffe weiterzureden. »Natürlich nicht.«

96

MATS

Ich lese meinen Namen wieder und wieder. Schwitze. Verstehe einfach nicht, wie das sein kann. Will mich jemand ans Messer liefern? Aber warum? Und auf welche Weise sollte man dieses unbekannte Bankkonto gegen mich verwenden können?

»Das muss ein Irrtum sein«, sage ich schließlich. »Das ist nicht mein Konto.« Ich hebe den Kopf und blicke in zwei ausdruckslose Gesichter, fühle mich genötigt fortzufahren. »Sie haben das hier also …«

»Auf Eriks Laptop gefunden«, bringt Henric Lunde meinen Satz zu Ende. »Ich möchte betonen«, sagt er mit Nachdruck, »dass es nicht verboten ist, ein Schweizer Konto zu führen. Aber nachdem der Absender der Zahlungseingänge nicht ersichtlich ist, wüssten wir gern von Ihnen, woher das Geld kommt.«

Ich versuche, meine Gedanken zu sortieren. Die beiden Polizisten sehen mich fragend und abwartend an. Lunde trommelt mit den Fingern auf den Tisch. Borneklint Fager scheint dagegen nicht einmal zu blinzeln. Irgendwo draußen im Flur schlägt eine Tür.

Fünfzehntausend Kronen im Monat. Eine undeutliche Assoziation geht mir durch den Kopf, aber ich bekomme sie nicht richtig zu fassen. Lunde meinte eben, dass erst ihr Gespräch mit William sie neugierig auf dieses Bankkonto gemacht habe. Also muss es etwas mit dem Unfall zu tun haben. Worum sollte es sonst gehen?

Im nächsten Moment wird mir bewusst, dass Lunde doch sicher irgendwelche Andeutungen in dieser Richtung machen würde, wenn William unser Geheimnis verraten hätte. Er müsste viel konkreter werden, mit direkten Anschuldigungen kommen.

»Wie sieht's aus?« Lunde krempelt seine Ärmel hoch, als würde er sich auf eine Schlägerei vorbereiten. »Es bringt doch nichts, hier herumzusitzen und irgendwelche Ausreden zu erfinden. Sagen Sie uns einfach, wie es sich wirklich verhält.«

Und genau da erwische ich ihn, den Gedanken, der eben noch am Rand meines Bewusstseins vorbeigeflattert ist. Die Frage ist nur, ob ich meine Theorie erklären kann, ohne der Wahrheit zu nahe zu kommen. Falls sie die nicht ohnehin schon kennen. Aber in einer Sache hat der Typ zweifellos recht: Ich darf nicht mehr lügen, darf mich nicht in ein noch komplizierteres Netz verstricken.

»Es kann nur Erik gewesen sein«, sage ich schließlich. »Der das Konto eröffnet hat, meine ich.«

Lunde zieht die Augenbrauen hoch.

»Sie können nicht für eine andere erwachsene Person ohne deren Zustimmung ein Konto eröffnen. Zumindest nicht in Schweden.«

»Ich weiß. Aber die Sache ist die: Erik heißt ebenfalls Mats. Mats Erik Theodor Brandt. Und da Sie den Kontoauszug auf Eriks Laptop gefunden haben …«

Ich schaue den Ermittler an und sehe, dass seine Ohrläppchen glühen.

»Aber …«, setzt er an.

Ich lasse ihn nicht zu Wort kommen. »Sie kennen das ja sicher, dass es häufig zu Missverständnissen kommt, wenn der Rufname nicht als erster Name im Pass eingetragen ist. Bei Verträgen im Ausland ist das natürlich erst recht schwierig zu erklären. Wahrscheinlich war es Erik einfach zu mühsam, das ändern zu lassen, als er den Fehler bemerkt hat.« Ich schenke mir etwas Wasser in eins der Gläser ein, die auf dem Tisch bereitstehen, stelle die Flasche zurück und füge hinzu: »Das Konto muss Erik gehören. Ich habe keine Ahnung, woher dieses Geld kommt. Und Sie werden garantiert weder auf meine Personennummer noch auf meine Ausweisnummer stoßen, wenn Sie die Bank kontaktieren. Denn ich gehe davon aus, dass Sie das noch nicht getan haben?«

»Die Anfrage läuft.« Borneklint Fager windet sich. »Nicht ganz einfach, an einem Sonntagnachmittag jemanden zu erreichen.«

Sie schaut ihren Kollegen an, der wortlos nickt. Er beendet die Befragung und bittet mich, sitzen zu bleiben. Dann verlässt er den Raum.

Ich trinke das Wasser aus, lehne mich auf dem harten Stuhl zurück und werfe Borneklint Fager, die noch etwas in den Computer eingibt, einen verstohlenen Blick zu. Ich sollte mich freuen, bald wieder ein freier Mann zu sein. Aber die Erleichterung will sich nicht einstellen. Stattdessen überfällt mich eine gewaltige Traurigkeit. Sie rollt über mich hinweg wie eine gewaltige Welle, schwarz und erdrückend.

»Ist alles in Ordnung?«, fragt Borneklint Fager. »Brauchen Sie etwas?«

Ich antworte nicht, habe vollauf damit zu tun, mich nicht von der Welle wegreißen zu lassen.

Als wir Erik in einer der ersten Wochen in Orup besuchten, war mir sofort klar, dass etwas passiert sein musste. Noch etwas. Als Annika das Zimmer verließ, um mit der Ergotherapeutin zu reden, erzählte Erik mir, dass Krister ein paar Tage zuvor in der Klinik aufgetaucht war. Er hatte Erik Geld im Austausch für sein Schweigen geboten.

Damals konnte ich nicht verstehen, warum Erik wegen dieser Sache so außer sich war. Indem er die Ereignisse der Unglücksnacht für sich behielt, schützte er ja nicht nur uns, sondern auch sich selbst. Ich wusste zu diesem Zeitpunkt schon, dass Erik schuld am Unfall gewesen war, weil er William während der Fahrt am Arm gezogen hatte. Erik war deshalb völlig verzweifelt gewesen und wollte zur Polizei gehen, aber ich riet ihm, dieses Detail für sich zu behalten. Er war querschnittsgelähmt. War das nicht Strafe genug?

Und um ehrlich zu sein, fand ich Kristers Aktion ziemlich bescheuert. Ich war mir sicher, dass Erik auch ohne Schweigegeld dichthalten würde. Damals wusste ich noch nicht, dass sich Schuldgefühle tief in die Seele eines Menschen hineinfressen und sie vollkommen brechen können. Schuld verschwindet nicht mit der Zeit, mitunter wird sie sogar noch größer.

Ich habe nie erfahren, wie die Vereinbarung zwischen Erik und Krister aussah, bin wohl einfach davon ausgegangen, dass Erik einmal eine größere Summe von ihm bekommen hat. Aber offensichtlich war der Deal ein steuerfreies Monatseinkommen in Höhe von fünfzehntausend Kronen. Oder vielleicht auch beides. Kein Wunder, dass Erik als freier Journalist so gut über die Runden kam. Und es ist ein weiterer guter Grund, warum Krister ihn womöglich loswerden wollte.

Im Flur werden Schritte laut, und Henric Lunde erscheint in der Tür. Die ehedem glattgekämmte Frisur ist ein bisschen zerzaust.

»Okay«, sagt er auf dem Weg ins Zimmer. »Wir haben voreilige Schlüsse gezogen. Es tut uns leid.«

Ich nicke, habe keine Kraft mehr, mich zu streiten, will eigentlich nur noch eine einzige Antwort von ihm.

»Wurde Erik ermordet?«

Ich starre in die eisblauen Augen des Ermittlers.

»Wie schon gesagt: Diese Frage ist noch nicht abschließend geklärt.«

97

ANNIKA

Der Dienstag beginnt zäh. Der freie Montag hieß für mich, dass ich mich weiter mit Wein aus dem Tetrapack trösten konnte. Irgendwann im Laufe des Abends muss die Quelle wohl versiegt sein, denn dem Wohnzimmertisch nach zu urteilen, endete die Nacht mit den Resten aus der Hausbar. Cointreau und altem Portwein.

Ich fand es absolut gerechtfertigt, mir das Hirn wegzusaufen. Der Meinung bin ich immer noch. Ich bereue nur das Finale. Mein Dienst beginnt um zwölf Uhr, und ich habe nicht mehr viel Zeit, um mich in Form zu bringen. Mein Schädel steckt im Schraubstock, mein Mund ist trocken und gleichzeitig klebrig. Wenn ich aufstoße, schmecke ich Orangenlikör, und ich muss mich auf dem Sofa zurücklehnen, damit nicht versehentlich noch mehr mit hochkommt. Aber ich werde mich nicht krankschreiben lassen. Auch unter diesen Umständen arbeiten zu gehen macht einen guten Eindruck. Und vielleicht brauche ich heute meinen Job. Um nicht unterzugehen.

Den gestrigen Tag habe ich also zusammen mit meinem Wein auf dem Sofa verbracht. Daneben haben mir Kafka, mein Handy und ein Stapel Fotoalben Gesellschaft geleistet. Zwei der Alben tragen den Titel *Mein erstes Jahr*. Das eine ist blau, das andere rosa. Ich konnte mich nicht überwinden, das blaue zu öffnen. Die Frage ist, ob ich es überhaupt noch mal schaffen werde, mir die Fotos darin anzusehen. Das rosa Album ist dünner. Aber ist das nicht bei den meisten Zweitgeborenen so? Die Eltern – das heißt, die Mütter – haben für solche Bastelsachen einfach keine Zeit mehr, wenn zwei kleine Kinder um ihre Aufmerksamkeit buhlen.

Emily hat keine neuen Bilder auf Instagram hochgeladen, das letzte ist von Samstagvormittag, als sie und ihre Brautjungfern sich für die Hochzeit fertig gemacht haben. Ich habe in unregelmäßigen Abständen nachgeschaut, was die prominenten Hochzeitsgäste in den sozialen Medien geäußert haben, aber bislang hat sich niemand zu irgendwelchen Spekulationen hinreißen lassen, was ich ihnen hoch anrechne. Von der Trauung selbst sind inzwischen eine ganze Reihe privater Fotos online. Es gibt auch keinen Grund, sie wieder zu löschen. Schließlich sind William und Emily ja trotz allem verheiratet.

Natürlich habe ich auch gegoogelt, was die Presse über das Geschehen geschrieben hat. Die Abendzeitung hat gleich mehrere Spalten mit dem »mysteriösen Todesfall auf der Märchenhochzeit in Schonen« gefüllt. Sie haben einige unbedeutende Gäste sowie Freunde von unbedeutenden Gästen interviewt – die nicht einmal selbst vor Ort waren – und zitieren sie mit Äußerungen wie »wirklich gruselig« und »so unglaublich tragisch«.

Die Sydsvenskan hatte schon in ihrer gestrigen Ausgabe eine kurze Meldung. Es waren nur wenige Zeilen, in denen lediglich mitgeteilt wurde, dass ein siebenundzwanzigjähriger Mann unter noch ungeklärten Umständen ums Leben gekommen sei und dass die Polizei sich vor dem Hintergrund der laufenden Ermittlungen bislang nicht zu dem Vorfall geäußert habe. Ich habe keinen Bericht darüber gefunden, dass jemand verhaftet wurde. Aber es kann natürlich sein, dass die Presse das einfach noch nicht erfahren hat, weil die Polizei gewisse Informationen bewusst zurückhält.

Gestern am späten Nachmittag entdeckte ich zwei verpasste Anrufe von Borneklint Fager. Sie hat keine Nachricht hinterlassen und ging auch nicht ans Telefon, als ich sie zurückrufen wollte. Sicherheitshalber habe ich mein Handy jetzt wieder auf laut gestellt, falls sie es noch einmal versucht.

Mats ist wieder zu Hause. Er hat sich heute früh bei mir gemeldet und mich geweckt. Laut ihm gibt es immer noch nichts Neues, er hatte zuletzt gestern Abend Kontakt mit der Polizei. Morgen fahren wir zusammen ins Leichenschauhaus. Ich will meinen Erik ein letztes Mal sehen und bin unendlich dankbar dafür, dass ich das nicht allein machen muss. Emily will nicht mitkommen, und ich muss gestehen, dass ich darüber erleichtert bin. Ihr dort zu begegnen wäre zu viel für mich.

Ich nehme das rosa Album in die Hand und blättere die wenigen Seiten mit den eingeklebten Fotos durch. Eine knallrote, schreiende Emily an meiner Brust, direkt nach der Geburt. Meine müden, aber glücklichen Augen. Auf der nächsten Seite gibt es ein Bild von mir mit Emily im Kinderwagen. Der stolze große Bruder steht auf den Zehenspitzen und betrachtet seine Schwester. Sie ist warm eingepackt unter einer dicken Schicht Decken. Mein Magen zieht sich zusammen. Natürlich hat er seine kleine Schwester geliebt, oder? Und sie ihren Bruder doch auch?

Es sind nicht viele Fotos im Album, aber die Bilder, die ich eingeklebt habe, sind irgendwie sehr bezeichnend. Die sechs Monate alte Emily sitzt auf dem Küchenboden, sie hat ein Pappbilderbuch auf dem Schoß und einen Berg Kissen im Rücken, damit sie nicht umkippt. Ihr breites Lachen entblößt zwei kleine Zähnchen im Unterkiefer. Ich erinnere mich plötzlich, wie es sich angefühlt hat, sie im Arm zu halten. An die speckigen Händchen, die sie mir entgegengestreckt hat. An den Duft von Babypuder. Habe ich sie oft genug an mich gedrückt? Lange genug?

Ihr erster Geburtstag. Emily besucht Oma und Opa in Örebro. Mein Vater trägt seine Enkelin, als wäre sie ein Püppchen aus Porzellan. Mein geliebter Papa. Was hätte er zu alldem gesagt? Zu dem Unfall und den Jahren danach? Hätte ich die Dinge anders betrachtet, wenn meine Eltern noch gelebt hätten, als es passierte?

Ich lege das Album beiseite. Atme.

Wie kann Emily mir vorwerfen, dass ich sie nie geliebt hätte? Es ist so schrecklich ungerecht. Geradezu bösartig.

Direkt nach der Scheidung war ich sicher nicht die lustigste Mama der Welt. Finanziell war es eng, und es ging mir nicht gut, ab und zu trank ich zu viel. Wir sind öfter aneinandergeraten, weil sie ständig irgendwelche Markenklamotten haben wollte. Aber wir haben uns ja nicht ernsthaft gestritten, oder? Ich erinnere mich nicht. Was ich schon ein bisschen unheimlich finde. Diese Jahre, als mich zuerst Mats und dann Erik verlassen hatte, sind ganz hinten im Stahltresor meines Gedächtnisses verwahrt.

Emily ist direkt nach dem Gymnasium zu Hause ausgezogen. Hatte das etwas mit mir zu tun? Ich glaube nicht. Die meisten jungen Leute wollen doch auf eigenen Beinen stehen, sobald sich die Möglichkeit bietet. Und Emily war schon immer sehr selbständig, wollte immer alles allein schaffen. Nein, unser Verhältnis wurde nur dadurch vergiftet, dass sie eines Tages William Nihlzén angeschleppt hat. Das war ein solcher Schock. Wie konnte sie ihm verzeihen, obwohl er so viel Unglück über unsere Familie gebracht hatte? Ich versuchte, sie zur Besinnung zu bringen. War ihr nicht klar, dass er sie mit ins Verderben ziehen würde? Aber Emily wollte nicht auf mich hören. Und man sieht ja, wohin es geführt hat.

Der Handybildschirm ist schwarz. Ich habe sie nicht angerufen, um ihr vorzuhalten, dass sie besser auf mich gehört hätte. Ich habe sie angerufen, weil sie noch da ist. Weil sie meine Tochter ist, und weil ein Kind seine Eltern braucht. Natürlich hätte sie mich auch damals nach der Scheidung gebraucht, aber jetzt bin ich für sie da, und was auch immer ich falsch gemacht habe, ich bin gern bereit, mich dafür zu entschuldigen. Es wird sehr viel leichter für mich sein, auf sie zuzugehen, wenn William aus dem Weg ist – denn sie werden doch sicher nicht zusammenbleiben, nach allem, was vorgefallen ist? Aber Emily muss mir natürlich auch eine ehrliche Chance geben.

Ich schaue auf die Uhr, sehe, dass der Vormittag schon wieder vorbei ist, und komme auf die Beine. Kafka schläft tief und fest vor dem Sofa, und um ein Haar hätte ich ihn getreten. Dabei fällt mein Blick auf etwas Merkwürdiges, das neben oder genau genommen sogar unter meinem schlafenden Kater liegt.

»Was hast du denn da?«

Ich bücke mich und schiebe vorsichtig einen Finger unter das schwarze Fell. Kafka öffnet die Augen und starrt mich empört an, aber er protestiert nicht, als ich sein Hinterbein ein wenig anhebe, um besser dranzukommen.

Und dann baumelt ein hübsches Perlenarmband zwischen meinem Daumen und Zeigefinger. Ein vages Gefühl von Unbehagen erfüllt mich. Irgendwo habe ich dieses Armband schon mal gesehen. Ich folge einem Impuls und nehme mein Handy vom Tisch, öffne Instagram und suche nach Bildern von der Trauung.

Da. Emily trägt das Armband ums Handgelenk.

Ich betrachte den Schmuck, der in meiner Handfläche liegt, spüre das Gewicht der glatten, runden Perlen, und auf einmal flimmert Erik vor meinem inneren Auge vorbei. Der umgestürzte Rollstuhl, die Rufe, die durch die Nacht hallen. Meine Nackenhaare stellen sich auf, und mein Blick fällt auf meine Handtasche. Sie liegt auf dem Tisch, muss wohl umgefallen sein, direkt an der Kante. Die Öffnung klafft über dem Boden, genau dort, wo Kafka es sich bequem gemacht hat.

Mein Gedächtnis arbeitet langsam und systematisch, gräbt sich zielstrebig durch die Schichten belangloser Informationen. Dann bin ich am Ziel. Erinnere mich an meine kalten, steifen Finger im feuchten Gras, spüre wieder, wie sie sich um etwas schließen. Etwas, das direkt neben Eriks Körper liegt.

Wie ist das Armband dorthin gekommen?

Ich schlucke.

Emily?

Die Erkenntnis landet wie ein schwerer, plumper Vogel auf meiner Brust. Seine Krallen bohren sich in mein Fleisch, der Schnabel hackt nach meinem Herzen.

98

MATS

Die Tür der Rechtsmedizin fällt hinter uns zu, und wir bleiben auf dem Parkplatz stehen. Die Luft ist immer noch warm. Die Bäume werfen lange Schatten auf den Asphalt, es riecht schwach nach Benzin. Annika kramt in ihrer Handtasche, findet schließlich ein Taschentuch und schnäuzt sich.

»Es ist so ungerecht.« Sie schluchzt und tupft sich die Tränen aus den Augen. »Erik war noch so jung, er hatte sein ganzes Leben vor sich. Reicht es nicht, dass er schon mit diesem schweren Unfall fertig werden musste?«

»Es gibt …« Ich blicke in den leuchtend blauen Himmel. Ein weißer Streifen zieht in Richtung Kastrup, das Flugzeug blitzt kurz auf, und ich setze noch einmal neu an. »Ich glaube nicht, dass es so etwas wie Gerechtigkeit gibt. Oder dass wir alle dieselbe Menge Leid ertragen müssen … Manche von uns bekommen einfach mehr aufgeladen.«

Ich gehe langsam zum Auto, und Annika folgt mir.

»Hat sich die Polizei noch mal bei dir gemeldet? Gibt es Neuigkeiten zur Todesursache?«

»Nein.« Ich gehe weiter. »Nichts Neues. Sie wissen nur, dass er an einem Schädeltrauma gestorben ist. Aber das sagt ja nichts darüber aus, wie es dazu gekommen ist.«

Ich bin darauf vorbereitet, mir gleich wieder Annikas ewige Litanei mit Anschuldigungen gegen William anhören zu müssen, aber erstaunlicherweise sagt sie nichts mehr. Stattdessen geht sie ums Auto herum, öffnet die Beifahrertür und steigt ein. Ich setze mich ans Steuer, lasse den Motor an und parke rückwärts aus.

Die Fahrt verläuft schweigend, wir starren beide auf die Straße. Ich wappne mich, warte auf irgendeine Form von Ausbruch. Weinen, Schreien und Klagen. Diesmal könnte ich ihr das nicht zum Vorwurf machen.

Als wir die E22 erreichen, holt meine Exfrau tief Luft.

»Hast du …« Sie zögert, aber nur einen kurzen Moment. »Hast du je daran gezweifelt, dass ich Emily liebe?«

Die Frage überrascht mich, aber ich brauche keine Bedenkzeit.

»Nein. Wie kommst du darauf?«

Sie antwortet nicht, und ich versuche zu verstehen, worauf sie hinauswill. Seit Emily mit William zusammen ist, haben Annika und Emily kaum noch Kontakt. Aber das hat ja eigentlich nichts mit Emily zu tun. Annika ist wegen William auf Abstand gegangen. Sie hat ihn für ihr ganzes Unglück verantwortlich gemacht: das Ende von Eriks vielversprechender Fußballkarriere, die Scheidung, die Einsamkeit. Ich weiß nicht, wie oft ich kurz davor war, ihr zu erzählen, dass Erik mindestens genauso schuld an dem Unfall war wie William. Aber es gibt zu viele Dinge, die ich ihr nicht sagen kann.

Dass Erik nun tot ist, könnte ein Anlass sein, das Schweigen zu brechen, aber ich habe versprochen, unsere Lüge aufrechtzuerhalten.

William und ich wurden fast gleichzeitig aus der Vernehmung entlassen, sind im Flur buchstäblich ineinandergelaufen. Er war mit Robins Auto nach Helsingborg gekommen und bot mir an, mich nach Hause zu fahren. Wir hatten mit anderen Worten reichlich Zeit, über alles zu sprechen.

Mein Schwiegersohn fing damit an, sich alles von der Seele zu reden. Offenbar hatte ein Zeuge beobachtet, wie er von der Stelle, wo Erik wenig später gefunden wurde, Richtung Schloss zurückgerannt war. Deshalb hatte die Polizei ihn erneut befragt.

»Es stimmt, dass ich zu dem Zeitpunkt im Park war. Ich war auf der Suche nach meinem Vater, hatte so viele Fragen, nach allem, was er mir vor dem Essen schon erzählt hatte. Wir haben uns an dem Abend mehrmals verabredet, um zu reden, aber es kam immer wieder etwas dazwischen, und wir haben uns verpasst.«

Er erzählte mir auch, dass Emily alles über den Autounfall wisse und dass sie gemeinsam entschieden hätten, weiterhin zu schweigen.

»Du, mein Vater und Erik, ihr habt acht Jahre lang dichtgehalten«, sagte William. »Ich gehe davon aus, dass wir den eingeschlagenen Weg fortsetzen. Niemand scheint den Mann, der gestorben ist, mit unserem Unfall in Verbindung zu bringen, und ein Geständnis würde die Zukunft so vieler Menschen zerstören. Nicht zuletzt Emilys.«

Und damit überzeugte er mich. Emily muss jetzt an erster Stelle stehen. Sie hat nichts Falsches getan. Sie ist völlig unschuldig in diesen Sumpf aus Lügen und falschen Entscheidungen geraten. Bei dem Gedanken daran, dass Emily weiß, welche Schuld ich auf mich geladen habe, wird mir immer noch schlecht. Bislang hat sie sich noch nicht bei mir gemeldet, aber das ist wohl nur eine Frage der Zeit. Im Augenblick hat sie verständlicherweise genug damit zu tun, um ihren Bruder zu trauern.

Ich werde das, was Krister und ich getan haben, immer bereuen, genau wie das, was wir nicht getan haben oder besser anders gemacht hätten. Aber vor allem bereue ich, was ich bei meinem letzten Telefonat mit Erik gesagt habe. Warum habe ich ihn gezwungen, weiterzufahren und nach Örenäs zu kommen? Warum war das so wichtig? Ich habe doch gehört, wie schlecht es ihm ging. Hätte ich ihm gesagt, dass es in Ordnung sei, umzukehren und nach Hause zu fahren, würde er heute noch leben.

Ich werfe einen verstohlenen Blick zu Annika, warte darauf, dass sie noch etwas sagt. Aber das Auto gleitet weiter über die Autobahn, ohne dass eine Antwort von ihr kommt. Ihr Gesicht ist verschlossen, und ihre Augen sind starr auf die Stoppelfelder gerichtet, die in der Nachmittagssonne glühen.

Auf der Rückfahrt vom Polizeirevier in Helsingborg versuchte ich herauszufinden, was William noch alles bei der Vernehmung ausgesagt hatte. Ich wollte wissen, warum Lunde und seine Kollegin sich so sehr für dieses Bankkonto interessiert hatten, von dem sie dachten, es wäre meins. Aber William meinte, er habe nichts Besonderes erwähnt. Sie hatten ihm wohl ein paar Fragen zu den wirtschaftlichen Verhältnissen von WibNet gestellt, also dachten sie vielleicht, dass William das Geld überwiesen hat. Oder sie waren einfach ganz allgemein neugierig. Ein Schweizer Konto mit regelmäßigen Zahlungseingängen würde vermutlich jeden misstrauisch machen.

Was wird passieren, wenn sie herausfinden, dass Krister hinter den Transaktionen steckt? Könnte diese Erkenntnis weitergehende Untersuchungen im Hinblick auf Eriks Tod und mögliche Hintergründe nach sich ziehen?

Es war leichtsinnig von Erik, diese Bankunterlagen so offen aufzubewahren. Andererseits hatte er natürlich nicht damit gerechnet, dass sein Computer der Polizei in die Hände fallen würde.

»Natürlich ist das Liebe«, sagt Annika, als wir auf die Abfahrt nach Klågerup und Kvarnby abbiegen. »Nur deshalb wollte ich doch, dass William aus ihrem Leben verschwindet.«

Wir stehen still und warten im Strom der Pendler, die von der Arbeit in der Innenstadt zu ihren Familien in Bara und Klågerup nach Hause fahren. Zu ihren Reihenhäusern, Gartentrampolinen, Hunden und Kindern.

»Ich weiß«, sage ich. »Ehrlich gesagt war ich anfangs auch nicht besonders glücklich über diese Beziehung. Aber Emily ist erwachsen. Und du machst ihr das Leben nicht gerade leichter, wenn du sie zwingst, sich zwischen dir und William zu entscheiden.«

99

ANNIKA

In der Wohnung ist es stickig und warm. Ich reiße beide Küchenfenster auf, nehme mir einen Stuhl, setze mich und schaue in den Garten. Die Bäume, die klein und dünn waren, als ich hier eingezogen bin, und noch viel Unterstützung brauchten, haben inzwischen einige Jahre auf dem Buckel. Die Stämme sind jetzt kräftiger, die Kronen breiter, sie bilden ein Dach über den Bänken in der Laube.

Ich sitze erst ein paar Minuten, als Kafka mir auf den Schoß springt. Meine Hände streicheln seinen weichen Rücken, kraulen seine Ohren. Er rollt sich zusammen, schnurrt.

Auf dem Tisch stehen zwei Gläser mit Teelichtern. Dazwischen liegt das Armband. Ich kann den Anblick kaum ertragen. Jede Perle ist wie ein Auge, das mich beobachtet und jede meiner Bewegungen verfolgt.

Es war natürlich völlig unmöglich für mich, gestern Nachmittag arbeiten zu gehen. Ich musste mich krankmelden, was niemanden besonders überraschte.

»Es ist gut, dass du zu Hause bleibst«, sagte Pirkko, als sie mich ein bisschen später anrief. »Du musst jetzt auf dich aufpassen.«

Den Nachmittag verbrachte ich zusammengerollt wie ein Embryo. Drei- oder viermal wählte ich Emilys Nummer, aber genauso oft drückte ich das Gespräch wieder weg, bevor sie abnehmen konnte. Trauer und Wut tobten in meinem Körper wie ein Tornado, quetschten alles heraus, was in meinen Gedärmen war, und zerrissen mir das Herz. Ich konnte nicht denken, kann es immer noch nicht. Ich verstehe es nicht. Verstehe absolut gar nichts. Ich bin nicht mal sicher, dass es sich wirklich so verhält, wie ich befürchte.

Ich hatte eigentlich vor, Mats von meiner Entdeckung zu erzählen. Ich wollte dafür die Fahrt nach Lund am frühen Nachmittag nutzen. Ich fand, er müsse es wissen. Oder ich hatte einfach nur das Bedürfnis, meine Gedanken mit jemandem zu teilen.

Aber aus irgendeinem Grund war es unmöglich, meinen Verdacht laut auszusprechen. Vielleicht hatte ich Angst, dass er wütend werden würde. Nicht auf Emily, sondern auf *mich*, dass ich überhaupt so etwas von unserer Tochter denken konnte. Und dann knallte er mir an den Kopf, dass ich sie zwingen würde, sich zu entscheiden.

Du machst ihr das Leben nicht gerade leichter, wenn du sie zwingst, sich zwischen dir und William zu entscheiden.

Seine Worte klingen immer noch in meinen Ohren. Als hätten sie sich für alle Zeiten in meine Gehörgänge geätzt.

Mein Plan war, mit Pirkko zu reden. Sobald ich zu Hause war, wollte ich sie anrufen, um mir bei ihr Unterstützung zu holen.

»Unsinn«, würde Pirkko sagen. »Du hast Emily nicht vor die Wahl gestellt. Du hast versucht, sie zu beschützen.«

Trotzdem liegt das Handy noch in meiner Handtasche. Und es sieht ganz so aus, als würde es dort auch bleiben. Weil ich nach diesem harten Tag zu erschöpft bin, um zu telefonieren? Oder habe ich Angst, dass meine Freundin womöglich doch nicht auf meiner Seite steht?

Ich werfe einen Blick auf das Armband, schaue sofort wieder nach draußen, ins Grüne. Ich könnte ein Glas Wein vertragen. Die Alkoholhandlung hat noch offen. Ich könnte mit dem Fahrrad hinfahren, aber mein Körper scheint auf dem Küchenstuhl festgewachsen zu sein. Ich komme nirgendwohin. Die Perlen glotzen mich vom Tisch aus an.

Der Besuch in der Rechtsmedizin hatte vorübergehend alles andere verdrängt. Eriks blasses, lebloses Gesicht zu sehen war … absurd, es widersprach jeder Logik. Ich hatte das Gefühl, meinen eigenen Körper verlassen zu müssen, um den Anblick zu ertragen.

Ansonsten haben die Gedanken an Emily und das Armband meinen Kopf in jeder wachen Minute seit gestern beschäftigt. Und wache Minuten gab es viele, nachdem ich heute Nacht kein Auge zugemacht hatte.

Ich weiß, dass ich eine Entscheidung treffen muss. Aber ich darf nichts überstürzen. Ich muss das Richtige tun. Für Emily.

DREI MONATE
NACH DER HOCHZEIT

100

EMILY

Ich stehe auf der anderen Straßenseite und sehe sie durch die Tür kommen. Sie trägt einen roten Mantel, den ich noch nie an ihr gesehen habe, ein paar blonde Strähnen schauen unter der Mütze heraus. Sie schiebt energisch die Tasche zurück auf die Schulter, sieht sich um.

Ich mache einen Schritt zur Seite, verstecke mich im Windfang eines Hauseingangs. Will noch ein bisschen hier stehen bleiben und sie beobachten. Kann man einem Menschen von außen ansehen, ob er es ernst meint?

Es war Mamas Vorschlag, dass ich sie hier vor den Räumen der Anonymen Alkoholiker abholen soll. Ich nehme an, es ist eine Art Statement. Sie will mir zeigen, dass sie wirklich zu den Treffen geht, dass es nicht nur leeres Gerede ist.

Sie nimmt ihr Handy aus der Manteltasche, schaut sicherlich nach, ob ich ihr eine Nachricht geschickt habe. Dann zieht sie die Mütze tiefer über die Ohren, tritt von einem Fuß auf den anderen.

Es ist heute ungewöhnlich kalt in Malmö, sieben Grad minus. Meine Zehen sind schon ganz taub, und ich muss mich bald zeigen. Ich brauche nur noch ein paar Minuten, um meine Gedanken zu sammeln.

Wir haben uns seit Eriks Beerdigung nicht mehr gesehen. Es war ein furchtbarer Tag, der schwerste meines Lebens. Mir war die ganze Zeit schlecht, die Übelkeit schwappte in meinem Magen auf und ab. Die Schwangerschaft wäre eine allseits akzeptierte

Entschuldigung gewesen, aber ich bin trotzdem froh, dass ich mich nicht öffentlich übergeben habe.

Morgens ist es immer noch ziemlich schlimm, und William bringt mir jeden Tag Frühstück ans Bett, bevor er zur Arbeit geht. Das ist so süß von ihm. Er tut alles, damit es mir gutgeht. Es läuft wirklich super zwischen uns, das Ganze hat uns nur noch enger zusammengeschweißt.

Es wurde eine Menge über Eriks Tod geschrieben, vor allem in den ersten Wochen. Mittlerweile ist die Sache zum Glück schon wieder in Vergessenheit geraten. Erik ist durch einen kräftigen Stoß gegen den Kopf gestorben, man vermutet, dass er beim Sturz aus dem Rollstuhl auf einem Stein aufgeschlagen ist. Aber da man die näheren Umstände des Sturzes nicht klären konnte, hat die Polizei die Ermittlungen eingestellt. Es überrascht mich, dass Mama nicht Himmel und Hölle in Bewegung gesetzt hat, um gegen diesen Beschluss Einspruch zu erheben.

Sie schaut wieder auf ihr Handy, sieht sich um. Ich muss mich jetzt zu erkennen geben, bevor sie einfach wieder geht. Dennoch zögere ich. Was will sie? Worum geht es ihr wirklich?

Wahrscheinlich will sie mir die Hand reichen. Den ganzen Herbst über hat sie mir kurze Nachrichten geschickt, hat von ihren Fortschritten als trockene Alkoholikerin berichtet, hat gefragt, ob ich bei irgendetwas Hilfe brauche. Sie scheint William stillschweigend akzeptiert zu haben. Oder es geht ihr nur darum, ihr Enkelkind aufwachsen zu sehen. Aber vielleicht ist das auch Grund genug.

Mama lebt schließlich. Sie steht in ihrem roten Mantel auf der anderen Straßenseite und ist offenbar bereit, noch einmal neu anzufangen. Wenn ich es schaffe, meinen Stolz herunterzuschlucken und zu vergessen, wie oft sie mich enttäuscht hat, können wir uns vielleicht wieder wie eine ganz normale Familie verhalten. Warum sollte ich ihr nicht verzeihen, wenn ich mich doch auch damit abgefunden habe, was Papa und Krister im Zusammenhang mit dem Unfall getan haben? Vielleicht muss ich mir aber auch zuerst selbst verzeihen.

Mein Herz klopft, als ich die Straße überquere.

»Hej, meine Süße.« Wir umarmen uns vorsichtig, und ich nehme ein neues Parfüm wahr. Es riecht frisch, mit einer starken Zitrusnote. »Wie geht es dir?«

Sie macht einen Schritt zurück und mustert mich. Ihr Blick wandert nach unten, verharrt auf meinem Bauch. Unter der dicken Jacke ist es schwer, eine Veränderung auszumachen.

»Gut.« Ich versuche, die Stimme ruhig zu halten, aber ich merke, dass sie zittert. »Und selbst?«

Zwei erlösende Worte. Mama konnte schon immer am besten über sich reden. Sie spricht von neuer Energie, erzählt, dass sie sich wieder im Fitnessstudio angemeldet hat und einen Italienischkurs machen will.

Auf halbem Weg zum Café schlägt sie einen Abstecher ins Einkaufszentrum vor. Es tut gut, ins Warme zu kommen. Vor einer Buchhandlung greift sie plötzlich nach meinem Arm, will, dass ich stehen bleibe.

»Du hast doch nicht etwa vergessen, nach wem du benannt bist, oder?«

»Emily Brontë.« Mein Blick wandert über die Bücher, die im Schaufenster liegen. »Ich habe einmal versucht, dieses Buch von ihr zu lesen …«

»Sturmhöhe«, wirft Mama ein. »Das war zu früh. Damals warst du zehn oder elf. Versuch es noch mal, es ist großartig.«

Als kleines Mädchen bekam ich oft zu hören, wie ich zu meinem Namen gekommen bin. Ich glaube, Mama fühlte sich irgendwie besonders, weil sie eine berühmte Schriftstellerin im Kopf hatte. Bei der Gelegenheit erzählte sie dann immer auch von Oscar, dem Jungen, der noch in ihrem Bauch gestorben war, und der nach Oscar Wilde benannt worden war. Erik bekam dann einen Königsnamen, aber als ich zur Welt kam, kehrten sie zum Schriftstellerthema zurück. So wie ich Mama kenne, hatte Papa dabei nicht viel zu melden.

Wir schlendern weiter, und als Mama vor einem Geschäft mit Babykleidung stehen bleibt, wird mir klar, was der Grund für den Umweg war. Wir gehen rein, schauen uns um.

»Es fühlt sich noch zu früh an.« Ich streiche prüfend mit den Fingern über einen mintgrünen Strampelanzug mit Eulen. »Man kann ja nie wissen. Ich will das Schicksal nicht herausfordern.«

»Ach was.« Mama nimmt ein winziges Mützchen vom Haken. »Man muss daran glauben, dass es gutgeht. Sich freuen, statt sich Sorgen zu machen. Auf das Schlimmste kann man sich ohnehin nicht vorbereiten.«

In diesem Fall weiß sie tatsächlich, wovon sie spricht. Und es klingt klug, auch wenn es nicht ganz einfach ist, sich an diesen Rat zu halten. Ich bin eine unruhige Seele. Zumindest was das kleine Leben angeht, das in mir wächst. Manchmal denke ich, dass das arme Würmchen schon vor der Geburt viel zu hohen Erwartungen gerecht werden muss. Ich gebe es nicht gern zu, aber tief im Innersten hoffe ich, dass unser Kind den Weg für eine neue und besser Zeit bereitet. Einen Neuanfang. Nicht nur für mich, sondern auch für das Verhältnis zwischen William und Mama, zwischen unseren Familien.

Wir verlassen das Geschäft mit einer ganzen Tüte voller Babykleidung.

»Zu Hause auf dem Dachboden ist auch noch eine ganze Menge«, sagt Mama. »Die alten Sachen von dir und Erik, die ich aufgehoben habe.«

Dann verstummt sie, wird nachdenklich, in sich gekehrt. Ich wage nicht zu fragen, woran sie denkt.

Unser Ziel ist das Café Hollandia in der Fußgängerzone. Mama bestellt sich ihren Kaffee schwarz und dazu eine Hefeschnecke, ich nehme einen Milchkaffee und einen Safranmuffin. Als wir uns aus unseren warmen Jacken geschält und den ersten Schluck Kaffee getrunken haben, stellt sie ihre Handtasche auf den Schoß. Will sie unsere Wiedervereinigung fotografieren? Es sieht nicht danach aus, die Tasche bleibt, wo sie ist. Sie wirft einen kurzen Blick über die Schulter und räuspert sich.

»Emily …« Ihre Stimme ist so leise, dass ich mich über den Tisch beugen muss, um sie zu verstehen. »Ich habe mir das, was ich jetzt tue, sehr gut überlegt.« Eine Hand gleitet in die Tasche. »Und ich werde dir auch keine Fragen stellen.«

Im nächsten Moment liegt mein Perlenarmband vor mir auf dem Tisch.

»Du musst es verloren haben. Ich habe es direkt neben Erik gefunden … Als er … Nun, unterhalb der Böschung.«

»Wie …« Meine Ohren rauschen. »Neben Erik?« Meine Lippen sind trocken, meine Zunge schlaff. Ich nehme das Armband. »Seltsam. Ich …«

»Schhh.« Ich spüre Mamas warme Hand auf meiner kaltschweißigen Haut. »Sag nichts. Ich will es nicht wissen. Und ich verspreche dir hoch und heilig, dass das hier unter uns bleibt.«

Ich schließe die Augen und sehe sie wieder vor mir, die Szene, die seit jenem Tag nahezu ununterbrochen in meinem Kopf abläuft, wie ein Horrorfilm in Dauerschleife.

Erik im Rollstuhl, eingehüllt von der Dunkelheit. Der Öresund, der hinter seinem Rücken glitzert. Die glühenden Augen. Seine Worte.

»Dann weiß William jetzt also, dass er einen Menschen überfahren hat? Das wurde auch langsam Zeit.« Plötzlich wurde er traurig. »Aber der Unfall … Das war meine Schuld, Emily. Ich habe William am Arm gezogen, und deshalb hat er die Kontrolle über den Wagen verloren. Er … er hat gesagt, er hätte mit Sanja geknutscht. Aber Sanja war meine Freundin! Wir waren zusammen, und da bin ich so unglaublich wütend geworden.«

Mein Bruder redete weiter, sein Mund bewegte sich ununterbrochen, und er faselte von Angst, sagte, er habe es »satt, nach Kristers Pfeife zu tanzen« und dass er »frei sein« wolle. Er wollte jetzt alles erzählen. Er wollte reinen Tisch machen, konnte nicht länger damit leben, zu verschweigen, was er getan hatte.

Mein Protest war schrill und unzusammenhängend.

»Bist du verrückt?! Kapierst du nicht, wie viele Menschen du damit ruinierst? Wenn du den Unfall verursacht hast, kannst du wenigstens uns andere da raushalten. Denk an Williams Firma. An Ibbe und die ganzen Mitarbeiter. Und denk an mich, ich…«

»Hör auf.« Erik unterbrach meinen Wortschwall. »Es spielt keine Rolle, was du sagst. Ich werde mich der Polizei stellen und die Verantwortung für mein Handeln übernehmen.« Er sah mich an. »Du findest immer einen Weg, Emily. Du bist stark.«

Der Autounfall hatte unsere Familie zerstört, alles zerstört. Und jetzt stand ich da – an meinem eigenen Hochzeitstag –, und alles, was mein neues Leben, meine neue Familie werden sollte, lag in Scherben vor mir.

Weiße Blitze tanzten vor meinen Augen, während Erik redete und redete. Ich hörte ihm nicht mehr zu, schrie nur noch auf und nahm nichts mehr wahr, außer meinem eigenen Schrei.

Dann drang Eriks Stimme wieder zu mir durch.

»Emily! Nein!«

Für einen kurzen Moment schien der Rollstuhl zu schweben. Dann krachte es. Ein paar dumpfe Schläge.

Panik.

Stille.

Als William mir später von seinen zurückgekehrten Erinnerungen an den Unfall erzählte, musste ich nicht so tun, als wäre ich schockiert, obwohl ich schon wusste, wie alles abgelaufen war und wer Schuld an allem hatte. Ich war noch nie in meinem Leben so schockiert wie in dieser Nacht.

Rückblickend begreife ich nicht, wie ich es geschafft habe, nicht zusammenzubrechen. Begreife nicht, wie ich es bis heute schaffe, mir nichts anmerken zu lassen. Womöglich liegt sie in der Familie, diese Fähigkeit, sich zusammenzureißen, selbst wenn man einen furchtbaren Fehler begangen hat, ganz egal wie weh es auch tut.

Ich schließe die Finger um das Armband, hole tief Luft. Mama streichelt meine Hand. Ich öffne die Augen und sehe sie durch einen Schleier aus Tränen an.

»Ich …« Mein Hals ist so eng, dass ich kaum ein Wort herausbekomme. »Du musst mir glauben«, sage ich schließlich. »Ich wollte das nicht.«

EPILOG

MATS

Ich bücke mich und hake die Leine an Zitas Halsband fest, pfeife Zorro zu mir und leine ihn ebenfalls an. Rufe dann ins Wohnzimmer, wo Isobel im Lammfellsessel sitzt und liest.

»Wir sind bald wieder da!«

Sie murmelt eine Antwort, und ich öffne die Tür, trete nach draußen auf die Treppe. Der Dezemberabend ist nasskalt und neblig, aber die Hunde freuen sich, ziehen mich über den knirschenden Kies des Gartenwegs zum Bürgersteig.

»Ach, hallo.«

Tommys Kopf taucht hinter der Hecke auf.

»Hej.«

Ich taste in meiner Jackentasche, ob ich die Kacktüten eingepackt habe.

»Lange nicht gesehen…« Er kommt näher. »Die Feiertage waren sicher eine schwere Zeit für euch. Wie geht es euch?«

Schon seit der Hochzeit bin ich meinem Nachbarn so gut es ging aus dem Weg gegangen. Es hat nicht immer geklappt, aber unsere Begegnungen am Briefkasten sind auf jeden Fall weniger geworden. Tommy hat natürlich alles über die Hochzeitstragödie gelesen, was er finden konnte, und erhofft sich *Insider-Informationen* von mir. Das kann er vergessen.

»Danke«, antworte ich. »Es geht. Es gibt gute und schlechte Tage.«

Tommy nickt. Als ob er eine Ahnung hätte, wie es sich lebt, wenn man den Tod des eigenen Sohns auf dem Gewissen hat.

Zorro und Zita ziehen kläffend an den Leinen. Ich zeige auf die Hunde, ringe mir ein Lächeln ab.

»Muss los.«

Der Nebel kriecht über die dunklen Fußballplätze des Kulledal-Sportvereins. Ich gehe den Fußweg hinter dem Sportplatz entlang und streife dann ohne Ziel durch das Wohngebiet. Hinter den Gardinen und den leuchtenden Weihnachtssternen in den Fenstern sind Menschen zu sehen. Familien. Ganz unterschiedliche Familien. Glückliche und unglückliche. Große und kleine.

Die Monate nach dem Autounfall damals waren die Hölle, aber dieser Herbst war zehnmal schlimmer. Erik ist tot, und ich hätte es verhindern können. Und wenn ich schon früher erwachsen und verantwortungsvoll gehandelt hätte, wären ihm acht Jahre Leid erspart geblieben.

Zum Glück sind die Feiertage bald vorbei. An Heiligabend saßen wir zu viert am Tisch. Isobel, meine Mutter, Tante Ulla und ich. Kein Erik. Ich hatte panische Angst vor diesem Tag, mir graute davor, den leeren Platz sehen zu müssen. Erik hat uns nicht oft besucht, aber in den letzten fünf Jahren war er über Weihnachten immer bei uns.

Man kann wirklich nicht behaupten, dass wir dieses Jahr ein fröhliches Fest gehabt hätten. Es gab Schinken und Weißkohl, wir haben ein paar Schnäpse getrunken und lustlos das eine oder andere Weihnachtslied gesungen. Die Gespräche kreisten um neutrale Themen wie das Wetter und die besten Rezepte für Hering in Currysauce. Während der ganzen Heringsdiskussion konnte ich an nichts anderes denken als daran, dass die Curryvariante Eriks Lieblingssorte war.

Emily und William verbrachten Heiligabend wie üblich bei den Nihlzéns. Emily hat schon immer von der großen Weihnachtstafel bei Kristers Bruder und seiner Frau in Ljunghusen geschwärmt. In meinen Ohren klingt es grauenvoll. Ein bisschen wie in diesem

Bergmann-Film, der in der Vorweihnachtszeit immer im Fernsehen läuft: viel zu viele Menschen, Hunde und Kinder in heillosem Durcheinander. Aber Emily fühlt sich dort wohl, sie liebt diese Art von Chaos.

Am ersten Feiertag waren wir zum Essen bei Emily und William eingeladen. Gittan, Krister und Annika waren auch da. Die Idee dahinter war vermutlich, eine neue Tradition zu begründen, was sicher mit unserem kommenden Enkelkind zusammenhängt.

Auch da war die Stimmung nicht besonders ausgelassen, wobei ich denke, dass wir uns wirklich alle Mühe gegeben haben, nicht aneinanderzugeraten. Sogar Annika hat sich im Zaum gehalten. Im Übrigen hat sie keinen Tropfen Alkohol getrunken und mir versichert, sie habe ihr Alkoholproblem in den Griff bekommen. Es klang vielversprechend.

Vielleicht ist mein Spaziergang doch nicht so ziellos. Ich stehe vor dem gelben Briefkasten auf dem Marktplatz, und meine kalt gefrorenen Finger wandern in die Innentasche. Nur ein kurzes Zögern, dann hebe ich die Klappe an und schiebe den Umschlag durch den schmalen Schlitz. Der Brief, der an die Polizei in Malmö adressiert ist, landet weich auf einem Bett aus Neujahrsgrüßen und verspäteten Weihnachtskarten.

Ich drehe mich hastig um, habe plötzlich das Gefühl von Eile und ziehe ein bisschen zu grob an den Leinen. In Wirklichkeit habe ich reichlich Zeit. Es ist Abend, und der Briefkasten wird erst morgen geleert. Dann ist Silvester, was bedeutet, dass die Post erst zwei Tage später ausgetragen wird, am zweiten Januar.

Unsere Silvesterfeier dieses Jahr wird ruhig ausfallen, Isobel und ich treffen uns mit ein paar guten Freunden und wollen zusammen kochen. An Neujahr werde ich ihr alles erzählen. Ich will, dass sie die Wahrheit über den Unfall von mir erfährt und nicht von irgendjemand anderem.

Erst an der Kreuzung Kulladalsgata und Per Albin Hanssonsväg wird mir die Tragweite meines Handelns bewusst. Ein Schauer durchfährt meinen Körper, aber vielleicht hat das auch gar nichts mit dem Brief zu tun. Die feuchte Luft kriecht durch sämtliche Stoffschichten.

Ich glaube, dass ich das Richtige getan habe. Ich hatte die Wahl, weiter zu schweigen und mit der Schuld zu leben oder zu sprechen und frei zu sein. Angesichts all der Dinge, die geschehen sind, war die Entscheidung am Ende ganz einfach. Mir ist klar, dass es für viele Menschen in meinem Umfeld Folgen haben wird, wenn die Wahrheit ans Licht kommt, und sie werden mich vermutlich dafür hassen, zumindest eine Weile. Aber die Zeit heilt Wunden, und ich bin überzeugt, dass die Lügen und Heimlichkeiten ein Ende haben müssen. Erik hatte recht, als er sagte, dass wir so nicht weitermachen können. Mit einem reinen Gewissen werde ich ein besserer Vater, Partner und Großvater sein. Auch wenn das bedeutet, dass ich zunächst ins Gefängnis muss.

Ob eine Entscheidung gut oder schlecht war, weiß man natürlich immer erst hinterher. In jener Juninacht vor acht Jahren habe ich eine schlechte Entscheidung getroffen. Erik kam zwar um eine Haftstrafe und einen Eintrag im Vorstrafenregister herum, aber er hatte nie die Möglichkeit, sich von der Schuld zu befreien. Ich betrachte es als meine Pflicht, ihm jetzt dabei zu helfen und dafür zu sorgen, dass der letzte Wunsch meines Sohnes in Erfüllung geht.

ANMERKUNG DER AUTORIN

Schloss Örenäs gibt es wirklich, es liegt wenige Kilometer außerhalb von Landskrona. Die Beschreibungen der örtlichen Gegebenheiten entsprechen dem Zustand vor der Renovierung 2022. Ich habe mir jedoch auch einige künstlerische Freiheiten erlaubt. Die größte Abweichung ist der Einbau eines Aufzugs, den es nie gegeben hat. Alle handelnden Personen des Romans sind frei erfunden. Aber das schließt natürlich nicht aus, dass jeder von uns schon mal einer Annika begegnet sein könnte.

DANK

Viele Menschen haben mich bei der Arbeit an diesem Buch unterstützt. Einige von denen, die mir mit Skizzen oder Erklärungen geholfen haben, sind Erik Hirschfeldt, Anna Bågstam, Torsten Bengtsson, Johanna Sundbaum und Emilia Parvaneh. Danke für schnelle Antworten auf meine Fragen über alles Erdenkliche, von Vögeln über Asphalt bis hin zu persischen Namen.

Elina Grandin hat erneut ein großartiges Cover gestaltet.

Mattias Johnsson hat mir von seinen Erfahrungen als Rollstuhlfahrer erzählt. Annika Ernulf hat mir einen Einblick in den Reha-Prozess nach einem Unfall gegeben. Tausend Dank euch beiden für eure Zeit und eure Offenheit.

Katarina Ehnmark-Lundquist hat das Buch schon in einem frühen Stadium gelesen und mich bis zum Schluss mit aufmunternden Zurufen unterstützt.

Viveca Smidvall und Martin Eggert sind immer für mich da und beantworten meine vielen und manchmal komplizierten Fragen rund um Verbrechen und Strafe. Pernilla Qvarfordh hilft mir bei Szenen, die sich um medizinische Versorgung drehen. Ein großes Dankeschön an euch drei, dass ihr mir eure Zeit und euer Fachwissen zur Verfügung stellt.

Anette Eggert, Mattias Edvardsson und Mårten Melin sind die beste Feedbackgruppe, die man sich wünschen kann. Danke für Freundschaft, Lesen und kluge Kommentare. Ein extra großes Dankeschön für eure unerschöpfliche Unterstützung während dieser holprigen Reise. (Mattias, wenn du das nächste Mal am

Anfang des Schreibprozesses eine Meinung äußerst, werde ich eventuell auf dich hören.)

Meine Verlegerin Helena Ljungström und meine Lektorin Elisabeth Watson Straarup beim Albert Bonniers Verlag haben mir geholfen, den Text abzurunden. Meinen herzlichen Dank für eure Sorgfalt und euer Engagement, es ist ein gutes Gefühl, euch – und alle anderen im Verlag – mit im Boot zu haben.

Meine Agentin Christine Edhäll hat zwischendurch die Handbremse angezogen und mich in die richtige Richtung gelenkt. Aus tiefstem Herzen danke dafür, genauso wie für alles andere, was du für mich und meine Bücher tust. Danke an das ganze Team bei der Ahlander Agency, ihr seid großartig!

Mama und Papa haben mich wie immer unterstützt und ermutigt.

Micke, Lukas und Elvira – ihr seid mein Ein und Alles.

Malin Stehn

Happy New Year – Zwei Familien, ein Albtraum

Dichter Nebel liegt über der Stadt: Die 17-jährige Jennifer verschwindet von einer Party. Am anderen Ende des Orts stößt ihre Mutter Lollo mit ihren alten Freundinnen Nina und Malena auf das neue Jahr an. Sie haben nicht mehr viel gemeinsam, aber die Silvesterfeier der Familien hat Tradition. Als alle nach einem Abend mit zu viel Alkohol und zu wenig Ehrlichkeit aufwachen, ist der Albtraum Realität. Pure Panik folgt. Dunkle Geheimnisse kommen an die Oberfläche. Wie gut kennen wir unsere Freunde und unsere Liebsten? Und was ist wirklich in dieser Nacht passiert?

Roman
Übersetzt von Maria Poets
464 Seiten, broschiert

Emily Rudolf
Die Auszeit

Es sollte die perfekte Auszeit werden: Die Influencerin Viktoria Kaplan und ihre fünf engsten Vertrauten wollen in einem Retreat in den Alpen das Leben feiern. Sie sind jung, schön und erfolgreich, und die ganze Welt soll an ihrem Glück teilhaben. Doch unter der Oberfläche brodeln Spannungen. Aus Freundschaft, Liebe und Sex wird Eifersucht, Neid und Hass. Jeder der Anwesenden macht sich verdächtig. Aber das Retreat liegt lange nicht so versteckt, wie alle dachten, und bald zieht ein mörderischer Sturm auf.

»Unheimlich brillant und packend – verpassen Sie Emily Rudolf nicht!« Arno Strobel

Thriller
480 Seiten, Klappenbroschur
978-3-651-00128-2

MIX
Papier | Fördert gute Waldnutzung
FSC® C083411

Erschienen bei FISCHER Taschenbuch
Frankfurt am Main, 2024

Die Originalausgabe erschien 2023 unter dem Titel »Lycka till«
im Verlag im Albert Bonniers Förlag, Stockholm

Published by arrangement with Ahlander Agency

Redaktion: Maria Poets
Gesamtherstellung: CPI books GmbH, Leck
ISBN 978-3-596-70782-9

Malin Stehn

NUR EINE LÜGE

ZWEI FAMILIEN.
EINE TÖDLICHE VERBINDUNG

Roman

Aus dem Schwedischen
von Friederike Buchinger

FISCHER
TASCHENBUCH

An einem Bilderbuchtag in märchenhafter Umgebung heiraten Emily Brandt und William Nihlzén. Doch vor Jahren zerriss die idyllische Mittelklasse-Existenz der Familien Brandt und Nihlzén durch ein furchtbares Ereignis; Freundschaften und Ehen zersplitterten. Jetzt treffen alle wieder aufeinander – bei dieser Hochzeit mit tödlichem Ende, die sie für immer verbinden wird. Hochspannend und empathisch verwebt die schwedische Bestseller-Autorin Malin Stehn die unaufhaltsamen Ereignisse des Hochzeitstags und der Vergangenheit.

»Ein feinsinniger Pageturner, den man in einem Zug verschlingt.« *Skånska Dagbladet*
»Mit Talent und dunkler Phantasie.« *Tina*

Malin Stehn ist fasziniert von der Vielschichtigkeit der Beziehungen in Familien und unter Freunden. Wann führen Liebe und Sorge zu Lügen und Geheimnissen? Wie wird aus Freundschaft Feindschaft? Und ist Blut wirklich dicker als Wasser? Für ihr Werk wurde die schwedische Autorin vielfach ausgezeichnet. Ihre raffinierten psychologischen Spannungsromane »Happy New Year« und »Nur eine Lüge« eroberten sofort die Bestsellerlisten und werden in viele Sprachen übersetzt. Malin Stehn hat zwei erwachsene Kinder und lebt mit ihrem Mann bei Malmö.

Friederike Buchinger übersetzt Belletristik für Erwachsene und Jugendliche sowie Sachbücher aus dem Dänischen, Norwegischen und Schwedischen ins Deutsche. Sie wurde für ihre Arbeiten mehrfach prämiert.